Erwin Guido Kolbenheyer

Das dritte Reich des Paracelsus

I0576266

SEVERUS

Kolbenheyer, Erwin Guido: Das dritte Reich des Paracelsus
Hamburg, SEVERUS Verlag 2012
Nachdruck der Originalausgabe von 1930

ISBN: 978-3-86347-277-1
Druck: SEVERUS Verlag, Hamburg, 2012

Der SEVERUS Verlag ist ein Imprint der Diplomica Verlag
GmbH.

**Bibliografische Information der Deutschen
Nationalbibliothek:**
Die Deutsche Nationalbibliothek verzeichnet diese Publikation in
der Deutschen Nationalbibliografie; detaillierte bibliografische
Daten sind im Internet über http://dnb.d-nb.de abrufbar.

Das dritte Reich des Paracelsus

Roman von

E. G. Kolbenheyer

1 · 9 · 3 · 0

Paracelsus

III. Teil

Requiem

DER TAU DER MITTSOMMER=
nacht netzte das welkende Birkenlaub, die zer=
tretenen Blumen, das staubgemengte Gras.

Vor dem neuen Rathause inmitten des nicht allzu
geräumigen Platzes dunstete die letzte Glut des Sonn=
wendfeuers aus ihrer Asche. Noch immer schwebte in
den ruhenden Lüften ein Zimtduft. Der Bruder des
Kaisers, König Ferdinand, hatte das Holz mit Würz=
öl tränken und zwei Säcke der köstlichen Kanelrinde
darüber streuen lassen. Einer Bürgerstochter aus
Memmingen hatte er die Fackel gereicht, die schönste
Hand sollte die Sankt=Johannis=Flammen zünden;
und er war mit der Beglückten als erster um den auf=
lodernden Brand getanzt. Im Traume noch bebte
das Herz der Jungfrau vor Stolz und Freude.

Und ein Stadtknecht, festlich in die drei Augsburger
Farben gekleidet, stieß mit dem Schuh der Hellebarde
durch die flockige Holzasche. Die Glut blickte auf wie
ein verschlafenes Auge, das sich träge wieder ver=
schleiert. Der Knecht beugte sich über die quellende
Wärme; er atmete den Duftrest der stärkenden Spe=

zerei begierig ein, denn er litt zuweilen an einem Zittern unter der Herzgrube. Dann schweifte sein Blick, wunderlich erquickt, über die schweigende Häuserzeile hin.

Kein Licht war mehr zu sehen. Sie schliefen alle, viel hundert Gäste. Der Herr der Welt, der Kaiser Karl, sein königlicher Bruder, die Kurfürsten, Fürsten, Grafen und Herren, der Legat des Antchrists aus Rom und seine Klerisei, die Prediger aus Wittenberg, alle die Räte und Schreiber, der Staat der deutschen Höfe, die Gesandtschaften der deutschen Städte, ein dichtgedrängter Helfer- und Dienertroß.

Sie schliefen. Das Spiel der Sinne war in die Unendlichkeit der Nacht versunken, die Kette war gesprengt, an der verhangen ihr Lebensnachen über die sonnenbeschienene, dunkelgründige Flut um eine Tagesweile weitergefunden hatte. Ihre Seelen lösten sich von der Knechtschaft der Stunde und gehörten nicht mehr den Leibern an, die Eigennamen führten und die, von Roß und Troß getragen, aus allen Ländern kaiserlicher und päpstischer Hoheit zum Reichstag in diese oberdeutsche Stadt gesammelt waren.

Nackend wie vor Gottes Gericht entschwebten die Seelen, nackt gleich Flammen züngelten sie empor. Und jede Flamme war erfüllt von dem Urwesen des Leibes, der unter ihr atmete, wie ein brennendes Holz verhaucht, von dem Wesen dieses Lebenden, der nicht nur er selbst war, sondern Frucht und Same von hundert Geschlechtern her und hundert Geschlechter weiterhin über sich hinaus.

4

Da die fremden Schläfer von fernen Gebirgen und Strömen, von den kühlen Küsten des Nordens und den warmen Gestaden des Südens durch eines Willens Trieb zusammengezwungen waren, fühlten ihre Seelen den Drang nach Befreiung heftiger und lechzender. Es war Bekenntnistrieb, dem sie hatten folgen müssen. — In goldgelben Zungen tausendjähriger Hörigkeit loderten die einen und blutrot flammten die Seelen jener anderen, die aus tausendjähriger Hörigkeit am eigendeutschen Wesen erstarken wollten. So glich die Stadt in ihrer Ringmauer einer brennenden Opferschale, aus der die Lohe in den Sternhimmel schlägt.

Ein Trunk für die dürstenden Lippen der Urgewalt.

ER aber stand auf dem weiten Felde, das zwischen den Rinnsalen Lech und Wertach in Saaten üppig ergrünt war. Stilltreibende Wolken umglitten seine Stirn. Der Staub des fremden schrägäugigen Kriegervolkes — hier hatte eine seiner äußersten Heereswellen ihren Untergang gefunden — moderte zu seinen Füßen. Und er beugte sich langsam nieder, hob mit beiden Händen die Erdscholle aus dem Boden, auf der die Schale der Stadt ruhte, und trank von den Flammen der bedrängten Seelen, um klein zu werden an der Sehnsucht ihrer Lebensspanne.

In dem Maße, als einstmals der frierende Bettler und Wundenmann, den er vor Plieningen in Schwaben aufgehoben und über die deutsche Erde getragen hatte, am Seelenhauche der Schläfer stark und mächtig geworden war, wurde er kleiner am gleichen Trunke.

So überschritt er die Mauer, breitete die Arme. Sein Mantel schwebte über den steilgedrängten Dachfirsten hin wie eine abendliche Rauchwolke. Seines Mantels Gewölk, leicht gebläht von den Flammen, stand über der Stadt still, als er sich auf dem Friedhofe zu seiten des Domes niederließ, den linken Arm über das gewaltige Dach ausgestreckt und auf den Spieß gestützt, dessen Steinzunge die Doppelzinke der Türme überragte.

Und die spitz aufgebuckelten Gewölbreihen der fünf Kirchenschiffe, ihr zierliches Rippenwerk kaum verratend, wurden unter dem Blicke seines einen strahlenden Auges – das andere war ausgeronnen – durchscheinend wie Bergkristall.

Auf den Fliesen des Domes, die zugleich die Decke der Erbbegräbnisse waren, ausgespannt von dem kleinen Westchor bis an die breite Doppelrundung des östlichen Chores, lag starr und hager der Wundenmann. Sein Genick ruhte auf dem Altare und über seiner Stirn hing, wie das Blatt einer Krone aus edlem Flechtwerk, das fünflichtige Ostfenster. Die Doppelreihe der Pfeiler des Mittelschiffes durchdrang den blassen Leichnam, als sei er vielfach an den Boden gepfählt wie ein Toter, dem die Lebenden für alle Ewigkeit Auferstehung und Gewalt verwehren wollen. Auch die Wunde an jedem Fuße, die in den Handtellern und die klaffende Herzwunde waren erloschen.

6

Der Gewaltige, der an dem Trunk aus dem Seelenbrande wie durch Zauber klein geworden war, griff in das Chorgewölbe nieder und legte seine Hand auf die kalte, dornennarbige Stirn des großen Toten.

»Sie haben dich ans Kreuz geschlagen, dann deinen Leib mit einem schweren Stein bedeckt, und du bist auferstanden. Sie haben dich ins gläserne Latein gesargt, mit Gold und Juwelen überhäuft, du bist aber auferstanden und über die Alpen entwichen. Nun haben sie dich zweimal zwölffach gepfählt mit starken Quaderpfeilern und haben ein kunstvolles Gewölb- und Rippenwerk aus Stein über dir errichtet. Tot bist du, und ich weiß, daß du ein drittes Mal nicht mehr die Kraft wirst finden.«

Da vernahm er Stimmen aus dem Chore der hörigen Seelen:

»Heiliggroß ist deine Kirche und reich. Sie hat die Schlüsselgewalt der Seligkeit, denn sie hat die Schlüsselgewalt des unerschöpflichen Leidensschatzes. Beugt die Knie, nehmt das Leben des Lebens oder seid gerichtet und verdammt! Groß ist deine Kirche, sie ist dein unsterblicher Leib. Und dein Leib, Jesus, o Jesus, lebt in Ewigkeit!«

Dem widerbrausten die Seelenstimmen derer, die von tausendjähriger Hörigkeit abgefallen waren:

»Lobet den Herrn, denn er ist auferstanden aus uns zu seiner Herrlichkeit! Gebrochen liegt des Satans Macht und der Wille des Antichrists unter den Mauern Zions, das ist die Burg Gottes, hocherbaut auf des Wortes Felsgrund. Zu Schmach und Schanden ist gebeugt der Weltherr vor unserem Gewissen. Denn du bist erstanden aus uns, Herr und Christ, auf daß wir in dir leben aus Gnaden in alle Ewigkeit.«

Der Gewaltige beugte sich nieder und flüsterte:

»Sie singen von deinem Leben, und du hörst sie nicht mehr.«

Es schlugen die Flammenchöre zusammen. Ein Wirrsal von Meinungen und Rechtfertigungen wurde laut. Die Flammen verloren das Licht, sie wurden trübe. Zorn und Gewalt und auch jene biegsame List, die ihre Stunde erwägt, während sie die Ewigkeit auf der Zunge trägt, überhitzten den Brand. Sie hielten einander Heiligkeit und Gewissen entgegen gleich Wappenschildern, dahinter trotzten und pochten sie auf ihre Weltmacht. Und so vergifteten sie die lichteren Flammen des Bekenntnistriebes, der sie zusammengetragen hatte. Das Wort war auferstanden und wütete unter ihnen mit der zersetzenden Schärfe seiner Silben und Buchstaben, Punkte und Titel.

»Sie erzählen, daß unter deinem Marterpfahle Knechte jenes Südvolkes lagen und um deinen Mantel würfelten. Die ließen dich immerhin dein Opfer bringen, und man begrub dich. Lebtest du noch, wie bitter müßtest du erkennen, daß du diesem Volke fremder bist als jenen Knechten! Es läßt dir dein Gewand, doch es würfelt um dich und dein Opfer. Ich aber habe dich gewarnt: Es ist kein Volk wie dieses, das keine Götter hat und ewig danach verlangt, den Gott zu schauen.«

Er raffte seinen schwebenden Mantel aus der Luft, er bedeckte den großen Toten und hob ihn, wie ein Vater sein Kind aus der Wiege hebt. Der Trunk der Seelenlohe, der ihn klein gemacht hatte, verlor die Kraft. Wie eine türmende Wetterwolke entwuchs der Gewaltige dem Boden. Sein Auge glühte gegen Süden. Er entschwebte im Sturm. Die flammende Schale der Stadt versank hinter seinem Rücken. Ihr Schein schwand, wie ein Funken verlosch er in der Ferne.

Bald fühlte er die Lüfte an dem Widerstande des Hochgebirges dichter werden. Der graue Mantel wehte weit zurück und wurde so straff an den Toten gepreßt, daß selbst die trockenen Züge des Antlitzes erkenntlich waren.

Im Atlasglanze des Mondes erhob sich vor den beiden der höchste Alpenstock, einer breitgefußten, zackig umrandeten Mulde gleich, deren gleißende Fülle in Eisströmen überquoll und zu Tal glitt. Eines der Randtäler, es war hellschäumend von der Arve durchsprudelt, die ihr Wasser von hundert Gletscherbächen erhält, barg ein winziges Erdenlicht. Eine Benediktinerabtei ruhte in dem Tale und bot diesen matten Schein. Vielleicht hatte das Lichtlein den Stürmenden angezogen, denn dort legte der Gewaltige seine Last nieder.

Er reckte sich und blickte nach Osten, wo schon das zarte Erlichten ein erstes Verlangen gegen die Mondhelle erhob. Aber noch starrten die höchsten Zacken des Alpenstockes in die Nacht, noch schim=

9

merte das Firn= und Eismeer im Monde. Doch den Gewaltigen faßte die Unruhe. Er schwang seinen Spieß weitaus in Schulterhöhe und stieß ihn gegen den Eiskatarakt des breitesten Gletschers. Das Eis zerklüftete unter einem schrillen Laut. Noch einmal holte er aus und spaltete in der Tiefe der Eiskluft das Urgestein. Zitternd wie die Lippen eines schreck= klaffenden Mundes hingen die Eiswände über der Höhle und drohten einzubrechen. Aber er stemmte den Baum des Spießes mit solcher Gewalt in den Granit, daß das Gestein erglühte und aufquellende Dampfriesen ihre gespannten Schultern gegen die Eiswände stemmten.

Und er hob den Toten auf und senkte ihn in die Brust der Alpen. Vor der Kälte des Toten erlosch die Glut in der Höhle, versiegten die Wolken. Das Gestein brach über dem Leichnam ein, die Eiswände schlugen splitternd zusammen, sie schrien auf mit ihrem schrillsten Laut, der weithin über die Firn= und Gletschermeere des Gebirges fortgepflanzt wurde. Und der Berg grollte, daß im Arvetale das Matutin= glöckchen ängstlich und wimmernd wie ein Hilferuf die Luft durchzitterte.

Er lagerte sich über dem weiten Firnbecken, sein Mantel umhüllte ihn wie brodelnde Nebel.

»Könnte ich ruhen wie du unter Stein und Eis, du dreimal geopferter Gott, dessen Wesen endlich er= füllt ist! Seid beneidet, Menschengötter, die ihr alle das Siegel des Todes empfangt, wenn die Menschen euch zum ersten Male ewig heißen. Daß ich nicht

ewig bin, aber immer und immer! Sie bekennen mich
nicht mehr, denn sie haben nur mehr Zungenlaut für
ihre ewigen Götter, die das Siegel des Todes tragen,
alles andere scheint ihnen klein. Aber sie leben mich.
Daß dieses Volkes Blut noch soviel Urquell durch
die Adern führt! So müssen sie die Sehnsüchtigen
sein unter den Menschen, so müssen sie immer wieder
die Leidenden werden unter den Menschen. Und ich
muß leben!

Mittag und Mitternacht, der Abend und der Aufgang gießt seiner Völker Haß und Begierde auf dieses
Volk der Mitte, das auch das Volk der Blutesmitte
ist, da gleichermaßen unentkeimtes Leben, nachdrän-
gend von tausend Geschlechtern her, in ihm selbstver-
schlossen zu Blüte treibt, als weitentfaltet, offenbart,
schon eine Blütenlast zu Frucht und Samen will. —
Andere Völker werden rascher alt und klar, folgen
ihren toten Göttern ins Nichts. Dies Volk muß steigen und fallen wie Ebbe und Flut, wie Tal und
Gipfel, und es ist kein Fall so tief, daß dieses Volkes
Sehnsucht sich nicht höher aus dem Grunde erhöbe,
als aller Völker Sehnsuchtstraum reicht, und es ist
kein Gipfel so hoch, daß dieses Volkes wühlendes
Wesen nicht ruhelos in alle Tiefen müßte.

Aber ich fühle das Ende der Mittsommernacht.
Die Müdigkeit ist in mir allzu laut geworden. —
Jauchze auf, du hinsterbender Tag: es geht der
Stunde zu, da die Nacht von dir wird gebrochen
werden, wenn du am schwächsten scheinst! Es geht
der Julnacht zu, aus der die neue Sonne wird.«

II

Weiß wie eine Wolke stand der Mond im Morgenlichte. Die Zinken des Alpenstockes blühten rosig. Nur noch in der Talestiefe lagen letzte, verträumende Schatten.

Ein Benediktiner, der jüngsten einer, hatte im Brunnenhäuschen seinen Wassereimer gefüllt. Das überplätschernde Wasser spiegelte die Morgenröte. Er setzte den Eimer auf den Brunnenrand, trat an das Spitzbogenfenster. Und sah zu den erblühten Gipfeln hinauf, die noch nie eines Menschen Fuß betreten hatte. Nur eine kurze Weile — und seufzte tief. Dann senkte er den geschorenen Scheitel, bekreuzte sich, indem er an Stirn, Schultern und Herz rührte.

»Et ne nos inducas in tentationem . . . . .« flüsterte er, nahm seinen Eimer und ging lautlosen Schrittes.

Das Lächeln der Gottesmutter

Im Jahre des Bauernzornes und um die Zeit, da die große Uhr vom Aufgang bis zum Garaus sechzehn schlug, nachts aber nur acht Stunden zählte, war im Klarissenkloster bei dem Frauentore der Puls des Nürnberger Gemeinwesens fiebrig geworden, so daß die Herzen der Stadt in Zorn und Mitleid dort zusammenliefen, wie der Lebensbalsam des Leibes zu einer offenen Wunde strömt.

Vor den mordbrennenden Bauern waren die Nonnen von Engeltal und Pillenreut hinter die Ringmauern geflohen und unter einen doppelt bereiten Schutz bei Sankt Klara und Sankt Katharina geschlüpft, da diese beiden Frauenklöster sich gleich den Flüchtlingen trotzig und erbittert geweigert hatten, auf das Ordenskleid zu verzichten und dem Aergernis einer unfruchtbaren Gottesdienstschaft wider Evangeli und Naturbestimmung des Weibes zu entsagen. Das Volk nahm daran wachsenden Anstoß, und dem vermochte kaum einer so bildsamen Ausdruck zu geben als der Prediger zu Sankt Lorenz, Andreas Osiander, den man das Hosenänderle hieß, wenn er in üppiger Kleidung, eine Goldkette um den Hals, durch die Straßen stelzte, dem man nachraunte, sein Großvater in Gunzenhausen sei noch ein Jude gewesen, dessen häßliches, schwarzbärtiges Gesicht aber vergessen wurde, wenn er von der Kanzel sein Feuer über die durstigen Seelen goß, daß sie bebten.

Und auch der Rat trug Rechnung. Er hatte ver=
sucht, den störrischen Mut der Nonnen zu lockern.
Etliche Mönchsklöster waren bereits mit Gut und
Mann ins Bürgertum eingegangen, ihnen nach hat=
ten die Zisterzienserinnen in Gründlach den Schleier
abgelegt und sich zu Ratspensionärinnen machen las=
sen. Nichts mit Gewalt. Rat und Bürger wußten,
daß anderwärts evangelische Prediger am Scheiter=
haufen erstickten, in Nürnberg aber sollte gemeiner
Wille und das Wort zwanglos und frei gehalten
sein, so frei als es sich mit Wohlfahrt und guter Po=
lizei vertrug. Nicht umsonst stand die Umgänglichkeit
der Nürnberger Ratsboten vor Kaiser und Reich in
Ehren, hochgerühmt und wohlgeachtet. Nichts mit
Gewalt, Gewalt ist wider Handel und Bekömmlich=
keit.

Aber der Rat wußte auch, daß Volkesstimme so
unvermittelt nicht Gottes Stimme sei, daß der ge=
meine Wille recht entbunden, füglich gelöst sein wol=
le. Er schloß den Mönchen ihre Kirchen, nahm den
Nonnen ihre Beichtväter. Selber bestellte er die
Seelsorge zu Sankt Klara und Sankt Katharina,
und es waren geistgetriebene, lungengewaltige Herren,
die er bestellte. Die Nonnen wurden krank, man wuß=
te sie aus den Betten vor die Kanzel zu bringen. Die
Nonnen wurden taub, man löffelte ihnen Werg und
Wachs aus den Ohren und machte sie hellhörig.
Ihre Seelsorger von Rats wegen sparten sich nicht
an Atem noch Eifer. Und draußen rings um die Klo=
stermauern wuchs ein Leben so feindselig und fremd,

als es früher ehrfürchtig und hilfsbereit gewesen war.

Kein Wunder, daß die bedrängten Gemüter von Sankt Klara sich eng an den starken Geist ihrer Aebtissin Charitas schmiegten, in der das Feuer der Pirkheimer lebte. Aber auch die Aebtissin empfand es wie einen Kraftzuwachs aus der Welt, als die Pillenreuter Frauen ihren Schutz suchten: schwesterliche Klagen, schwesterliche Geduld, der eigene Trost gewann an Leben, da man ihn anderen mitteilen konnte und den Friedenshauch fühlte, den er noch anderen gab. – Johannes Poliander predigte ihnen des Morgens zwei Stunden, des Nachmittags stundenlang. Es war unerschöpflich, das neue Evangelium des Ketzers Luther, unerschöpflich gleich diesem breitbrüstigen Manne; und wie ein Messer wühlte dessen Wort in ihren Herzen, wenn er von der Zuchtlosigkeit des römischen Antichrists und seiner Rotte, wenn er von dem Schmutze der Klöster und Kleriker erschallte. Die grauen Mauern ihrer Kirche rückten zusammen wie Gruftmauern, von den Heiligenbildern her wehte es sie an, ein zorniges Entsetzen, und sie wagten nicht die Augen zu ihnen aufzuheben. Sie saßen unbeweglich, gesenkten Blicks, und beteten um die Gnade der Taubheit. Er lügt, er lügt; selbst wo sie wußten, daß die Predigerstimme nicht log, keilten sie zwischen die lautlosen Worte ihrer Gebetsreihen in regelmäßigem Rhythmus immer wieder: lügt, lügt. Und sie verzweifelten fast darüber, daß ihnen die Gebete zur gedankenlosen Gewohnheit geworden waren, eine Silbe der anderen nach, liefen sie durch das Bewußtsein ohne Hemmung; was das Ohr einfing, fand Antwort und wuchs zu eigenem Leben in Widerstreit und Gewissensnot, während die Gebete, einmal begonnen, unaufhaltsam darunter weiterrieselten. Silbendienst, so donnerte er, Werkheiligkeit – er hatte recht, dieser unerschöpfliche, breitbrüstige Mensch auf der Kanzel, er hatte recht, indem er log.

Aber dann kam der Abend und die Nacht. Keine der Schwestern sprach über den Prediger ein Wort zu der andern, keine der Schwestern hatte seither gebeichtet, aber es kam der Abend und die Nacht mit ihrem einzigen Lichte am oberen Ende des weißgedeckten Tisches und dem tiefen Dämmern, das die Wände des Refektoriums in den Himmel weitete. Sie sangen, verstummten, und aus der gleichsam geweckten Stille trat er heran zu ihnen einer jeglichen, der süße, der milde, wonnesam verklärte Dominus Tecum. Und jede fühlte, daß er zu jeglicher Mitschwester trat, denn ein schwelgerisches Seufzen erblühte aus ihnen. Keine war, die nicht auf die Verzückung jener heiliggepriesenen Schwestern der Vergangenheit gehofft hätte. Allein nur wenigen wurde die geringere Gabe der Tränen. Unbewegten Angesichts saßen diese, fromm beneidet von den anderen, sie schluchzten nicht, ihre Lippen waren fest geschlossen, sie schienen kaum zu atmen, nur ihre Augen flossen und netzten die über der Brust gefalteten Hände. Ihnen mochte Er die Stirnen küssen.

Allabendlich, ehe sie auseinandergingen, sprach die

Aebtiſſin Charitas mit feſter Stimme das Ordens-
gelübde. Sie bedurften des Seils, ihr Schiff, dem
früher das Menſchenmeer willig die Wellennacken
geboten hatte, war geſtrandet und wurde von der Dü-
nung geworfen. Rings im offenen Lande entfeſſelte
Gewalt, und in den Mauern, mühſam beherrſcht,
ſprungbereit, ein erwachendes Volk, deſſen tiefſte Regung auch Männer hohen Geiſtes und öffentlichen
Wirkens kaum zu faſſen vermochten.

Da gab der Rat um dieſe Zeit kürzeſter Nächte
und längſter Tage die jungen Nonnen der elterlichen
Zucht frei. Wo Väter und Mütter ihr Kind in das
Leben zurückbegehrten, dort werde dem gerechten
Willen zur gottgeſchaffenen Ordnung der Natur
Schutz und Schirm getragen ſein. Aus Sankt Klara
forderte man die Nützelin, die Ebnerin und die
wunderſame Lucia Tetzelin, und ihre Väter waren
Ratsherren.

Faſt Kinder noch, hatten die drei Jungfrauen Pro-
feß getan, nun blühten ſie und ſie kannten ihre Blüte
nicht. Die Familien begehrten bei aller klöſterlicher
Mitgift das junge Blut zurück, das ihnen treiben
und fruchten ſollte. Der Aebtiſſin wurde geheißen,
die Jungfrauen des Gelübdes zu entbinden, und daran klammerten ſich die weltbeſtürmten, verſchleierten
Seelen mit Angſt und Bangen. Charitas Pirkheimer
kämpfte feurig um ſie, klug wußte ſie ihres Amtes
Grenzen vorzuſchützen, und der Rat hatte Sinn dafür. Die Familien wurden dringlicher, und ganz
Nürnberg ergriff Begierde, die Töchter aus dem

Bannkreis der zähen Pirkheimerin befreit zu sehen. Fast schien die Sache zur Gesinnungsprobe des Rates auszuwachsen. Was galten die breitstirnigen evangelischen Beschlüsse, wenn eine schwache Greisin die Kraft hatte, sie zu hintertreiben! Waren nicht der Nützel, der Ebner, der Tetzel alle drei selber des Rats? Dann hieß es: am Fronleichnamsmorgen sollten statt des päpstischen Prahlens von ehedem die Nönnlein von allem Volke heimgeholt sein, und wenn das Kloster darüber brenne. Die Nützel, Ebner und Tetzel hörten den Tag, sie beschlossen in der Stille zuvorzukommen, aber ihre Heimlichkeit wurde zeitiger flügge, und sie mußten wohl oder übel zu Wagen, zu Roß, angetan wie bei einer hochzeitlichen Heimsuchung, dem Volke mit Wucht und Würde genugtun, daß es nicht selber zugriffe. Dichtgedrängt wie ein gestauter Bach stand das Sant-Klarengäßlein und die Doppelzeile »im blauen Stern« voll Menschen. Die Pferde drangen kaum durch.

In einem Winkel des Refektoriums knieten die Nonnen, und vor ihnen stand die Greisin Charitas. Sie hatte weder den Stab genommen, noch das Pektorale angelegt, aber ihre Hände hielten die Falten des Gewandes, als sei sie bereit, die graue Kleidung schützend vor ihre Schar zu breiten; nur ihre Lippen zitterten, und die übermüdeten Augen gewannen ein Feuer der Empörung. Die Seelenangst der letzten schlaflosen Nächte war so offenbar von den gekrümmten Leibern, den bleichen, schlaffen Gesichtern, den geröteten Lidern zu lesen, daß es einer Ab-

wehr der beiden Ratsherren Sebald Pfinzing und
Endres Imhof, die von der Aebtissin zu Zeugen gerufen worden waren, kaum bedurfte, um die Familien und das Volk, das nachdrängte, zurückzuhalten.
Und da die Leute alle Gewaltsamkeit, nach der sie
verlangt hatten, in unaufhaltsamem Flusse fühlten,
denn die drei Väter und ihr Anhang zeigten auch
jetzt den entschlossensten Ernst, huschte da und dort
aus dem stockenden Gedränge ein Mitleidsseufzer,
wohl auch ein Stoßgebetlein in die angespannte
Stille, aus der die beiden Parteien auf eine erste
Menschenregung lauerten. Schon wollte Endres
Imhof auf den Vater Hieronymus Ebner zuschrei-
ten, das scharfe Wetter durch ein geschicktes Wort
zu zerstreuen, als eine der Mütter, es war die Ebnerin, rief:

»Kathrin, lug her, lug, dein Vater und Mutter!
Kumm, Kind! Du sollt ein Mensch sein unter
Menschen!«

Und die schwerfällige Frau tat einige Schritte
auf den Nonnenhaufen zu, sie streckte die Arme vor,
selbst wie ein Kind, das zwischen Furcht und Hoffen
einem Schicksal entgegenläuft.

So war die Starrheit durch einen Herzenslaut
gebrochen. Die Namen der drei jungen Nonnen verlauteten, Befehl und Klage, ihre Familien tasteten
vor, das Volk drückte nach, die beiden Helfer, Pfinzing und Imhof, mußten die Arme breiten, sie hatten
Not, allzu raschen Griffen ihrer drei Ratsverwand-
ten Einhalt zu tun. Die Nonnen waren dichter zu-

sammengekrochen, und die drei jungen hatten sich, auf den Knien rutschend, an Charitas Pirkheimer gedrängt, sie jammerten:

»Mutter, Mutter, lasset uns nit! Ihr seid unser Mutter! Unser Mutter Charitas! Umb der jungfräulichen Kindbetterin willen lasset uns nit!«

Das große, vollblütige Eheweib des Ebner verblaßte bis auf die Lippen, da sie die Töchter hörte, und den beiden anderen Müttern standen gleich ihr die Herzen still, den Männern aber und Brüdern schwoll der Zorn gegen die offenbare Unnatur und sie mochten nimmer zusehen. Da sprang die junge Lucia Tetzelin vor die Aebtissin, faßte die Hände der beiden Ratszeugen: sie wolle ihr Magdtum in Christo friedfertig verteidigen. Endres Imhof fand nun sein mittelndes Wort, zu dem er sich bei Tag und Nacht bereitgehalten hatte, um diese auffällige Sache mäßig zu wenden, so daß die Familien und das murrende Volk verharrten.

Auf den Wangen der Lucia Tetzelin brannten die Rosen der Begeisterung, ihre Augen schimmerten, daß den jungen Männern das Blut wallte. Lucia Tetzelin redete wie ein Magister der Kunst. Die fünf Ratsherren wichen erstaunt zurück, als müßten sie dieser Stimme Raum geben. Der Vater Friedrich Tetzel preßte die Faust vor sein Herz, das aus der Zornesenge und Zuchtbegier in heißerem Stolze erschwoll. Und das Volk lauschte wie unter einer Predigt. Nur den Müttern wurde bang vor dem weibfremden Wesen. Charitas Pirkheimer aber stand mit

vorgeneigtem Kopfe und gesenktem Blicke, als losete
sie einer Stimme ihrer eigenen Brust.

Allein die eifervolle Schönheit versäumte das
Maß. Die Minuten der Rede streckten sich, und die
Männer erholten sich von der Verblüffung, die
Jünglinge erkalteten an den geläufigen Argumenten,
die Mütter, denen allen dreien schon weiße Strähne
im Braun und Schwarz schimmerten, verwanden
das Bangen über der Ungebühr, die sie durch eines
Kindes Zungenfertigkeit zu erleiden meinten. Auch
die Leute, des Absonderlichen satt und eines Endes
begierig, wurden allmählich unruhig.

Zuerst wieder fand die Ratsfrau Ebnerin an ihrem
Unmute hindurch. Sie fiel der Jungen in die Rede:

»Nu ist genug! Bis still, Luzi Tetzlin! Wir han
euch mit Schmerzen geborn und also getreu aufer=
zogen! Wir sein ehrsam Ehfrauen und brauchen
von eim Kind kein Maulwerk nit zu dulden! Bis
still, du jungs Ding, und lern ehender dein Leben
schaun, darein dich Gott von Mutterleib gstellt und
Mutterwehe an – funder Ordensregul!«

Von Wort zu Wort war sie gewachsen, und die
junge Nonne war vor der scheltenden Frau zurückge=
wankt, sie hielt die Hand vor die Stirn, ihre Augen
waren wie zum Schutze geschlossen. Die Ebnerin
trat rasch hinzu, faßte den Arm ihres Kindes. Doch
Katharina schrie auf, als sei sie gebissen, glitt nieder
in die Knie, klammerte beide Hände in die Gewand=
falten der Aebtissin Charitas. Die Mutter schüttelte
das Kind, als wolle sie ihm aus dem Traume hel=

fen. Und bei dem Angstgezeter der Klosterschwestern verloren die Männer ihren Halt, sie fuhren mit Fäusten, mit Flüchen drein. Die drei Nönnlein sperrten sich auf dem Boden und heulten. Lucia Tetzelin war bäuchlings niedergefallen. Im Gedränge trat ihr einer auf die Ferse und brach den Knöchel. Der Schmerzensschrei übergellte den Lärm. Man zerrte die drei Töchter in die Höhe und keilte sich mit ihnen durch Saal und Gang und das Tor hinaus.

Draußen vor dem Kloster war nur das Geschrei gehört worden. Und als die klagenden Jungfrauen, entstellt durch Schmerz und kahlgeschorene Schädel, ihre Schleier waren heruntergerissen worden, auf die Wäglein gehoben wurden, war Mitleid mit der Kreatur mächtig in dem Volke, so daß es stumm stand wie um das Hochgericht, wenn der arm Mann von seinem Leben lassen muß. Das fühlten die Drei, und die Kathrin Ebnerin hob die Hände auf und schrie laut zu Gott. Doch ihre Mutter, stark des Ingrimms über Verrat und Untreue, die sie vom eigenen Fleische erleiden mußte, züchtigte die Jungfrau vor allem Volke, daß deren Blut von Lippe und Nase floß. Mit einem Ruck fanden die Pferde und Wagen den Weg durch die angestaute Menschheit. Es war gut für den Ratsherren Hieronymus Ebner und dessen Ehefrau, gut auch für die beiden anderen Familien. Das Volk murmelte bedrohlich und ein Schweizerknecht, der im Sold des Rats vor dem Klostertore stand, schrie ihnen nach:

22

»Rotz Tüfl din Eid! Do wöllt einer sin Schwert zucken unde denen armen Kinderen bistahn!«

Allein er hätte den drei Entführten mit einer hitzigen Hilfe kaum wohlgetan. Die ehrsame Ratsfrau kannte das Blut, das sie in strenger Zucht fließend gemacht hatte, besser als der fromme Schweizerknecht: noch vor Advent, als der lodernde Bauernbrand unter erbarmungslosen Tritten getilgt war, und die schutzflehenden Schwestern um schwere Erfahrung reicher nach Engeltal und Pillenreut zurückgefunden hatten, drängte sich dasselbe Volk der gleichen Jungfrau Katharina wegen auf der Gasse, ein wenig weiter stadteinwärts und jenseits der Pegnitz, vor der Sant-Sebalder Brauttür. Die fünf klugen Steinjungfrauen zur Linken lächelten neugierig über ihre brennenden Lämpchen auf die stattliche Hochzeiterin nieder, und ihre armen Schwestern zur Rechten ließen Köpfe und ausgebrannte Lampen hangen. Veit Dietrich, der Prediger, trat unter den steinernen Baldachin, um die Brautleute zu segnen und sie mit allen den ehrbaren Frauen und Herren durch das Pförtlein an den Altar zu führen.

Nicht lange nach Fastnacht folgte auch die Jungfrau Nützelin.

*

Nur im Hause des dritten Ratsherren lebte, einer herbgeschlossenen Blüte gleich, die ihren Honigseim verwehrt, Lucia Tetzelin. Nicht daß sie Schleier und Seelendämmern des Klosters schwerer verwunden

23

hätte als die beiden andern. Die Menschenheimat
umfing sie lebensvoll, und in der Erinnerung ihrer
Kindheit schlug sie frohe Wurzeln. Daß ihr Gewalt
angetan worden sei, glaubte sie längst nicht mehr;
doch sie glaubte an den göttlichen Fingerzeig jener
Stunde höchster Erregung. Ihre wunderliche, sach-
kluge Rede war wie eine Eingebung aus ihr hervor-
gebrochen, und auch die andern mußten den Gottes-
atem geschmeckt haben: sie waren vor ihr zurückge-
wichen, hatten sie groß und schweigend angesehen.
Ein anderer Schleier und von heiligster Hand war
auf sie niedergesunken, da man den schwarzen Non-
nenschleier von ihrem Kopfe riß. Es hatte sie unmittelbar ergriffen wie die seligverzückten Schwestern
gepriesener Vorzeit, die Päpsten Einkehr und Fürsten
Buße predigen durften. — So hörte sie die Lehre
des Mönches Luther mit anderen Ohren als die andern, sie erwitterte hinter den stämmigen Glaubens-
worten und weltgeschickten Handlungen ein tieferes
Wesen, das schon in jenen gottgerührten Schwestern
wundermächtig aufgebrochen war. Sie fand aus der
eigenen Brust eine Strahlenbrücke in die ehrfürchtig
überlieferte Zeit zurück, wie sie die Brücke in ihre
Kindheit gefunden hatte. Nur daß sie weibisch selbst-
verklärt ihr Gefühl für ein Gotteserkennen nahm, auf
Wolken schritt und den getreuen Menschenboden
verlor. — Auch fand sie hinter dem unsichtbaren
Schleier ihr Gottesmagdtum besser geschützt als hinter Klostermauern und Ordensregeln. Ihre Schönheit, der Einfluß und Reichtum ihres Vaters lockten.

Sie blieb kalt. Doch hätte sie auch in den Ehestand zu willigen vermocht, allein selbst Liebende, die sie nur des Weibes wegen begehrten, verzagten an ihrem Wesen. Bist du der Bestimmte, bist du der Knecht dessen, was mich zur Magd gemacht hat – das fragte jeden ihr Blick und ihr Lächeln eines überhart geschwungenen Mundes, und jeden ließ es mutlos werden, auch solche, die eines Weibes Scheu einzuholen wissen.

Erst wieder im vierten Jahre nach ihrer Heimkehr begannen die Leute von ihr zu reden, als man sich schon an ihre Sonderlichkeit gewöhnt hatte und es nicht mehr auffällig fand, daß Lucia Tetzelin lieber mit glatzköpfigen Gelehrten disputierte, hinter Büchern saß und Briefe schrieb, die auch kunsterfahrene Männer gerne lasen. Eine Krankheit hatte sie befallen, wie ein kalter dörrender Sturm über ein versiegendes Land fegt. Sie konnte Durst und Eßbegier nicht mehr stillen. Die Säfte ihres Leibes rannen fast ungemessen auf natürlichem Wege von ihr. Zusehends fiel sie vom Fleische. Die Haut war spröde und bronzefarben. Die Zunge brannte, der Gaumen vertrocknete. Das Augenlicht wurde matt, umwölkte sich, und aus den Schleiern tauchten segnende und quälende Gestalten, zu denen sie betete, die sie in dunklen Reden beschwor. Ihr üppiges Haar blieb büschelweis im Kamme. Man mußte das Essen zerkochen lassen und sie mit Müslein zu sättigen trachten, denn ihre Zähne hatten kaum Halt mehr. Und Schmerzen, die da kamen und gingen: eine Gesichtshälfte, eine Schulter, eine Hüfte — als suche das nagende Tier ihrer Krankheit aus dem Leibe zu brechen.

Ulrich Pinter und Hanns Lochner, die Stadtärzte, riefen bald die jüngeren Doktoren Heinz Klingenspor und Jobst Ruckhammer zu Hilfe. Die Kunst schwand ihnen unter den Händen gleich der Kranken, deren Vater sie täglich bestürmte. Endlich zogen sie noch den jüngsten, den Doktor Hieronymus Mulinus, zum Konsilium; der war noch nicht lange aus Padua gekommen und neuer Weisheit voll.

Er warf auch kaum einen Blick durchs Glas, schüttelte den Urin ein wenig, beroch und kostete ihn kaum. Ihm genügten zwei Pulse. Dann bat er das Kollegium mit einer großen Bewegung voll Höflichkeit und selbstsicherer Würde in die Nebenkammer. Dem Vater Tetzel wurde der Zutritt verwehrt.

»Dies ist ein kalttrucken Dyskrasia und folget demnach die Indikation.«

Die andern atmeten auf, und Doktor Jobst Ruckhammer meinte breit:

»Dasselb ist uns wohlbekennt, Kollega — dieselb Indicatio temperamentalis. Dann sie hat kein Fieber nit und verdürst schier, also fleußt auch all Feuchten von ihr ohn Schleim. Allein die Heilung der Ursach: Indicatio causalis, und die Kränk selber: Indicatio morbi — dasselb, Kollega, ist die Frag.«

»Sie steht in incremento, der Kochung im andern stadio, da mügen wir zusehen, was vor ein Krankheit es wird.«

26

»So fie noch nit auf der Höchen ift, als Ihr fa=
get,« brummte Lochner, »da wär mir wohler, ich
wiffet mehr! Dann ich urteil, fie ift in statu, auf der
Höchen. — Der Pinter und ich, wir haben ihr ge=
laffen Median, Epatik, Salvatell, fonderlich die
Adern unter dem Knie, dann ihre Nieren fein ge=
fchwolln, desgleichen die Leber. Jedannocht fie heilet
fchwer und ich möcht ihr kein Köpflein fetzen: ihr
Haut ift verdürrt, manglet der lebendigen Kraft, ich
forcht es möcht ein Stockung bleiben des Bluts und
entzündt werden: ulcus.«

Doktor Hieronymus Mulinus nickte, als fei er im
ganzen einverftanden. Er fragte verbindlich:

»Da hat Euer Würdig alfo auch der Purgaz wohl
gedacht!«

»Ei, Doktor, ihr ift purgiert Haupt, Herz, Leber,
die Nieren zum dickermal, auf daß ihr Superfluität
ehender fei erlediget; allein die ift nit geftellt worden,
als Ihr feht und wißt ... desgleichen vomitus auf ein
jedlich Art.«

Er winkte ab. Hieronymus Mulinus räufperte fich.

»Wollet, Euer Würdig, ein Wort gunnen.« Er
verneigte fich im Kreife. »Als ich, Euer Würdig,
Gelahrt, vernommen und alfo auch felbften gfehn,
perspectione urinarum in vitro: die Jungfrau hat ihr
Superfluität ex frigiditate sicca. Allein die Dürr ihrer
Kälten, fo kein Feuchts läffet in ihr behalten, ift —
als ich hab ex habitu et pulsu wohl gemerkt, dann
der Puls ift klein und weich — zur Melancholie ge=
neiget und denen Nieren frembt. Ift viel fchwarzer

27

Gall in der Jungfrau, darvor ist ihr Haut erdunklet, als hätt sie die italisch Sunn verbrennt. Demnach so ist mein Indicatio causalis nit an die Nieren gewandt, sundern an die Milz. Ihr Milz ist verstopfet fast, sie kann die irden und ohnreinlich Feistigkeit von Speis und Trunk nimmer stoßen aus. Demnach so fleußt all vis expulsiva atque digestiva oder Stoßkraft und Däuung ihrer Milz denen Nieren zu und jaget das Wasser dem Leib aus. Als müssen wir die Milz purgiern und die Leber, nit die Nieren. Dann die Jungfrau ist gewaltiglich saturnisch.«

Nun begann eine ausgedehnte Unterredung darüber, ob die Ausstoßkraft des Leibes und seine Digestion von einem verstopften Organ auf ein anderes übergehen könne, so daß es zu krankhaftem Uebermaß der Leistung getrieben werde.

Indessen ging der Ratsherr Johann Tetzel vor der Kammertür auf und nieder, je länger und je erregter die fünf Aerzte sprachen, desto schwerer wurde sein Herz.

Endlich hatte der junge Doktor drei zum Schweigen gebracht, und es wurde stiller in der Kammer. Nur der alte Lochner blieb dabei, daß der Sitz in den Nieren läge. Er wurde überstimmt, man schritt zur eigentlichen Therapie: die Milz der Lucia Tetzelin zu purgieren.

Ueber die Art des Lassens und Leerens war man sich bald einig, aber es sollte auch eine Arznei komponiert sein, die nicht nur den Nieren Einhalt tat und dort verdickte, sondern zugleich auch die Ver-

ſtopfung der Milz behob und hier ſäfteverdünnend
wirkte. Ein Mittel geriet in Widerſtreit mit dem an=
dern. Und wenn der alte Lochner meinte: eins nach
dem andern, und damit etlichen Beifall fand, ſo
regte der Fall doch zu ſehr die Kunſt an, Qualitäten,
Grade und Guſtus der Heilmittel ſpitzfindig abzu=
wägen, zu addieren und zu multiplizieren. Keiner
konnte das zur Zeit beſſer als der Doktor Heinz
Klingenſpor, er verdunkelte den ſiegreichen Padu=
aner.

Dieſer kluge, junge Mann ſchwieg bedachtſam,
zeigte durchaus das achtungsvollſte Weſen, und
man vergaß gerne, daß er im Konſilium durchge=
drungen war, man vergaß es ſo weit, daß ihn Klin=
genſpor ſchließlich ſelbſt fragte, ob er das Rezept
nicht zu beſſern wünſche. Mulinus fand nur Worte
der Bewunderung, er griff einzelne Teile der Kompo=
ſition heraus und zeigte ein ſo glänzendes Verſtänd=
nis für die unübertreffliche Abgewogenheit der inner=
ſten Arzneipotenzen, daß dem beglückten Heinz Klin=
genſpor vor der eigenen Kunſt ſchwindelte. Ganz am
Schluſſe der Lobrede meinte Mulinus faſt nebenbei,
das Rezept habe einen einzigen Fehler: es ſei in dieſem
Augenblicke allzu kunſtvoll.

Klingenſpor lachte überraſcht, die andern ſtutzten,
der junge Doktor blieb unangefochten: er zöge zu=
nächſt einige ſchlichte hippokratiſche Mittel vor.
Man möge Viscum und Ruta für die Milz beſchlie=
ßen, Centaurion und Laurus in rotem Weine gegen
die Magerkeit und die Superfluität der Nieren.

29

Zwiebel zur allgemeinen Erwärmung und gegen die Augenschwäche, sowie den Haarausfall, Corianderblätter aber, um der Patientin einen gelinden Schlaf zu bringen und ihr die dunkle Farbe aus der Haut zu treiben. Er schloß fast bittend, ein schüchternes Zittern in der Stimme und mit den schönsten Augen. Die andern vier schwiegen betreten, jeder ahnte eine Falle. Langsam fanden ihre Blicke zu dem etwas blässeren Klingenspor, der nachdenklich in seinem Barte kraute – allzu sicher fühlte er sich des Hippokrates nicht mehr. Er schoß hinüber:

»Ist das Euer jungest Weisheit zu Padova?«

»Das nit, das nicht,« fast bestürzt klang die Antwort. »Wir komponieren daselbst nit minder künstlich als Ihr auf der Schul zu Leipzig habet wohl erfahren, Würdig, Gelahrt – allein mir will scheinen, dem alten Tetzel seie die Kunst zu lang und als auch der jungen Tetzelin. Es ist ein Fall. Die ganze Stadt redt davon, und mannig schwätzen, dem jungen Mensch möcht vergeben sein, etwan auch sie seie behext. Es wird ihr kein Zahn im Maule wackelnd: die Stadt weiß. Dann der Vater suchet Hilf und Rat in allen Gassen. So wir modo atque indicatione fürfahren aufs gleich und nit anderst, es möcht uns der Fall genommen sein, und wir wären geschmächt, das ganz Kollegium. Und nit Speired und der bitterst Hohn allein: Wer anderst sollet einziehen, Würdig, Hochgelahrt ... Wer anderst dann Er ... sein pochend Gugelwerk, sein landfahrend Kunst! Derselb, Ihr wisset, Würdig, Hochgelahrt! – Treibt er nit sint Wochen und Mond sein Büberei und hat von mir offentlich gesprochen, er lach meiner und lach Euer, dann wir verstehnd nützit nit . . .«

Er war zusehends geschwollen, seine Aeuglein sprühten, der Mund sprudelte ihm, er stand stocksteif vor Eifer, nur sein Finger stach jeder Silbe nach. Um so bewegter waren die übrigen. Sie schritten in dem engen Raume durcheinander, als suche jeder seinen eigenen Weg mit dem Kopf durch die Wand. Nur der alte Lochner stand am Fenster und trommelte leise an den Butzen. Sie kratzten den Kopf, spuckten, burrten, bliesen den klemmen Atem aus den Mundwinkeln, zuckten mit den Armen auf und hielten jäh zurück. Der Mulinus fuhr weiter:

»Und ist derselb kaum da gewest und hat die Jungfrau besehen, so hat er als auch nit weit zu laufen in die Gilgengaß zun Mohrenapotheker und: weiß her dein Buch! Was stehn drin vor die Jungfrau Tetzelin deren Rezepta! Und fährt durch unser Komposition, wie die Sau durchs Würzgärtlein. Liest unser Namen drunter, hust unser Namen in den Luft mit Lachen, als wärn wir ghürnt Bacchanten vor ihm, dann er ist der hochgelahrt, vielgerühmt, weiterfahren Bombast Paracelsus – und müsset uns Narren mit dem Kolben lausen, auf daß wir sauber werden . . .«

Sie hatten alle vergessen, daß hier der jüngste Hahn krähte. Ihre Köpfe waren rot. Jobst Ruckhammer ging den eifrigen an.

»Ihr sollet den Teufel nit über die Tür maln, dann

er ist sunst nah gnug bei uns, und auch sein Namen nit nennen!«

Klingenspor flüsterte auf ihn ein: »Habt Ihr etwan ghört, Kollega, ist der Tezel allbereits bei ihm gwest!«

»Weiß nit. Allein er geht bei den Lazaro Spengler ein und aus, als Ihr wohl wisset. Und der Tezel ist des Rats, und der Spengler ist der Ratsschreiber.«

»Das ist kein Sach nit,« meinte der alte Lochner vom Fenster her. »Er hat dem Spengler ein Schrift dediziert, soll vor die Franzosenblateren sein. Sollicher Leut gehn mehr bei dem Spengler ein und aus.«

»Allein der Spengler hats gnommen an. Und in des Peipus Druckerei steht von dem ersten Bogen allbereits der Satz. Der Peipus aber saget: nu hätt er ein' und der wär der recht Mann. Der hab ihm ein Prognosticationem auf das dreißigst und folgend vier Jahr geschrieben, als eine sobald nit wieder ans Licht sollt kummen. Desgleichen ein Auslegung der Kartausfiguren, damit sich nimmer kunnt des Osiander Auslegung messen, und seie durchaus über dem Osiander! Dann als männiglich weiß: der Paracelsus kann's baß, nit in arte medica allein, sundern auch in theologia, astronomia, in mathematicis und ist nindert ein Sach und Theorik, der Paracelsus weiß baß. Und liegt dessengleichen ein Handschrift beim Peipus in der Druckerei, faustdick und möcht bei eim halbet Dutzend Sexter in Folio sein, dicht voll beschrieben von ihm jedlichs Blatt, ein Chirurgia.

32

Die follet gleich Stadt und Rat aus der Tauf heben einer Dedicatio zu Dank.«

Lochner kam langfam hinzu.

»Deren Ding etlich han wir all ghört, und ist gut, daß Ihr ein scharf Aug darauf habt, Kollega Hieronyme — allein Ihr wellt der jungen Tetzelin die Milz purgiern, und der alt Tetzel steht für seiner Kammertür und wart auf den Bschluß.«

Sie fanden zurück, wenn auch nicht ohne Hemmnis. Doktor Mulinus hatte sich wohl bewährt. Sie stimmten kurzentschloffen seiner hippokratischen Therapie bei. Und standen alle aufgerichtet, mit würdeschwer gefalteten Mienen vor Vater und Tochter. Ulrich Pinter führte das Wort, und es schien, als müffe die Krankheit augenblicks entweichen, wie ein Teufel vor dem Exorzisten, so würdevoll klangen die Worte des Ulrich Pinter über den Vater und die Tochter hin.

Da der Mond rund werden wollte, und so alle Feuchtigkeit in dem Menschen gemehrt war, kamen Mulinus und Klingenspor überein, diese günstige Zeit zu nutzen. Schon des andern Tags zur regelrechten Stunde — es mußte die dritte sein — ließen sie der Jungfrau einen Schröpfkopf setzen. Hanns Gaupenrieder, der Schneidearzt, tat es selbst. Hanns Gaupenrieder wollte die erlesene Stelle ober der linken Hüfte zuerst einhauen, aber Klingenspor einigte sich mit Mulinus weiterhin, daß das Köpflein ohne Hauen gesetzt werde: denn die bösverstockte Materi liege zutiefst und müsse erst an die Haut gezogen sein.

Man willigte nur darein, daß Hanns Gaupenrieder den locus ventosationis vorher mit lauem Oele erweiche.

Der Schröpfkopf verquoll im Fleische. Da er sich nicht lösen wollte, mußte man ihn mit heißem Wasser behandeln, bis er sich abziehen ließ. Eine Beule verblieb tagelang, blutig geschwollen, und schmerzte; endlich brach sie auf und wurde brandig. Der alte Lochner hatte recht behalten: ulcus.

Doch gegen Gangrän und dergleichen gab es Mittel, und der Wundarzt Gaupenrieder war ein erfahrener Mann, auf den man sich verlassen konnte. Er schlug zunächst gesottenen Urin über, dann starken Weinessig mit Kampfer und Kuhmist. Als aber der Brand sich ausdehnte, löste er einen Teil Quecksilber in zwei Teilen Scheidewasser, eine Höllenmixtur, darein Leinenfleckflein getaucht wurden, die man überlegte. Inzwischen nahm Lucia Tetzelin Viscum und Ruta für die Milz, Centaurion und Laurus in Reinval gegen Magerkeit und die Superfluität der Nieren, Zwiebel zur allgemeinen Erwärmung, sowie gegen den Haarausfall und die Augenschwäche, Korianderblätter aber, um die dunkle Farbe zu verlieren.

Die Qual ihres Durstes wurde unerträglich. Das fressende Wundmittel peinigte sie bis zur Ohnmacht, ihr Augenlicht war beinahe erloschen. Doch ihr Bewußtsein durchbrach zuweilen die Tortur des Leibes, die Marter schlugen in Gnade um.

Da wurde sie zum Kelche für den Geliebten, zum

34

Becher aller Menschennot, den der Engel von Geth⸗
semane reicht, jedes Leidens voll und selig.

»... neigest dein Mund zu mir ... und er ist so
süße, da er ist dürstig der Schmerzen und zucket nach
meinem Leid ... du mein Hochzeiter, du mein lieber
Buhle, du allein ... mir erscheinen deine Augen
durch Lid und Tränen, der Sunn gleich, davor die
Wolken stehn ... neig tiefer dein süßen Mund ...
mein Rand ist überlaufend voll ... so trink mich,
daß nit ein Hauch mehr lebet in mir und alls in dir
ist eingangen ... trink mich aus, sieh, ich verlechz
nach deinem Munde und will dir die Zungen netzen.

Dein Haar schmecket so lieblich, ein Düften, als
von edlen Früchten steigt ... all schlafen ... du und
ich allein sein noch wach ... so voll ist dein Becher,
der Engel wart dir auf, du mein Hochzeiter, du mein
Süßer ... neigest zu mir dein Mund ... daß ich
vergeh ... «

Die Mutter und andere Frauen konnten andächtig
in die Knie sinken und beten, wenn Lucia mit ihrem
Heiland sprach, denn auch sie rochen den frischen Duft
von dem die Kranke wußte; wie reife Aepfel, die eine
Zeitlang in der Kammer liegen, so duftete es bei der
Kranken. Und der Vater kämpfte gegen das heilige
Wesen an. Er räucherte das Zimmer mit Reckholder,
Thymian, sprengte Rosenwasser aus.

Als er über über der Kunst der ansässigen Aerzte
verzweifeln mußte, ging er an einem Adventabend,
dessen föhnige Lauheit die Adern spannte, doch hin⸗
über in die Jrergaß, wo Paracelsus beim Fingerhu⸗

ter Entner im Hinterhaus gegen den Geyersberg zu ein Zimmer und eine Küche gemietet hatte.

*

Viele Lichter an Wand und auf dem Tische mußten im Zimmer der Lucia Tetzelin brennen, wenn sie von ihrem Heiland verlassen war.

Sie rief dem Arzt entgegen:

»Kummt nahe, daß ich Euch sehe, denn sie sagen, Ihr seid anderst als die andern.«

Paracelsus nahm ihre Hand, um den Puls zu fühlen und die Haut zu prüfen. Dann beugte er sich hinunter zu ihr.

»Haucht mich an, Jungfrau Tetzelin.«

Sie tat es fast erschrocken und klagte dann:

»Was habt Ihr vor kalte Augen und ein harten Mund!«

Man hatte sie mit Kissen und Tüchern in einen breiten Schragenstuhl gebettet, sie lehnte auf der rechten Seite, um die Wunde nicht zu drücken. Leise wimmerte sie:

»Kalte Augen . . . ein harten Mund . . . «

Paracelsus untersuchte die Heilmittel. Beide Eltern flüsterten auf ihn ein. Als man ihm auch den Kampferessig reichte, es war noch ein Rest vorhanden, obwohl Gaupenrieder bald zu seiner Höllenmixtur übergegangen war, meinte der Arzt:

»Camphora . . . wär gut gewest, ohn Essig und Kühmist, den Sant Damian diesem säuischen Baderknecht ins Maul müget schmirben — wär gut gewest, eh dann die Krankheit war geborn.«

36

Er deckte die Wunde auf.

»Hinweg mit dem Lappen! Hinweg die Kölblin, die Skatulä!«

Er schüttelte seinen Arm gegen den Tisch hin, spreizte die Finger dabei und sah im Augenblicke so zornig aus, daß eine Magd, die hilfsbereit unter der Tür stand, mit eilig gebreiteter Schürze hinzulief und alles klirrend wegraffte. Er winkte dem Famulus, einem jungen Menschen, er lahmte ein wenig, und der stellte nun die Taschen des Paracelsus auf den Tisch.

»Nimm dein Täfelin, Hanns, und sollu allsogleich zum Mohren laufen. Bstell dem Apotheker, daß er es im Augenblick beginn, dann ich will in einer Weil kummen und sechen.«

Der junge Mann nahm ein pergamentüberzogenes Täflein und den Rötel.

»Terpentinae induratae zween Pfund. Opoponaci ein halbets. Colchotaris der Unzen drei. Reduc in emplastrum. Lies!«

Das Rezept wurde wiederholt. Der Famulus verschwand.

Schweigend wusch Paracelsus die Wunde mit warmem Wein und dann schüttelte er ein Häuflein Pulver aus Bilsenwurzel auf einen Leinwandfleck, durchfeuchtete den Bausch mit heißem Rosenessig und betupfte die Wunde.

»Ihr habet ein milde Hand,« flüsterte die Kranke. »Gebt mir ein' Trunk, der mich stillt, ich muß verschmachten!«

»Den Durſt, Jungfrau, den müſſet Ihr leiden, allein ich will ihn lindern vor dieſe Nacht, daß Ihr müget ein paar Augen voll Schlafes han.«

Er hielt nicht ein und redete ebenſo ſacht, wie er mit der Wunde umging. Allmählich verlor ſich der wühlende Schmerz.

»Nu iſt mir gut. Der grauſam Wehtag will ſchwinden ...«

Paracelſus warf den Leinenbauſch in den Kamin und bedeckte die Wunde mit einem Oelfleck. Dann tröpfelte er aus einem Fläſchchen in den Granatapfelſaft, mit dem die Kranke von Zeit zu Zeit Zunge und Gaumen netzte.

»Trinket langſam davon.«

Und Lucia Tetzelin trank, ohne die weitgeöffneten Augen von ihm zu wenden. Und ohne wegzuſehen, ſetzte ſie den Becher auf den Tiſch.

»Wohl ſeid Ihr anderſt. Und die Leut ſprechen, Ihr ſeiet ein Magus.«

Paracelſus ſtand beim Tiſche und ſchnallte die Taſchen zu. Er meinte ruhig:

»Es iſt kein Land in Europen, wo die Leut nit hättind über mich gredt.«

»Warumb ſeid Ihr anderſt und habet ein Hand, ſo mild!«

»Jungfrau, aufs glich müget Ihr fragen zur Stund das Firmament, warumb es ſo ſeie in ſeiner Konſtellaz bſtellt und nit auf ein ander Art.«

»Iſt Stern und Firmament Euer Maß und Gleichnus!«

38

»Ich merk, Jungfrau, daß Euer Schmerz ist ge=
fänftiget und Euer Durst brennet so arg nit mehr,«
meinte Hohenheim leise lächelnd, »dann der Geist
flüglet wieder. Auch ich hab es vernommen, daß
Ihr gelehrt seid und des Wortes mächtig.«

»Soll ich dann leben? Oder ist meine Zeit um?«

»Ich will Euch bistahn mit Gottes Hilf und
meiner Kunst, dann Ihr kämpfet einen schweren
Kampf.«

Er wollte die Taschen schultern. Der Ratsherr
griff zu.

»Mit nichten, Herr Doktor . . . da will ich ein
rufen, der . . .«

»Ei lasset, Ehrbar. Meine Achslen sein niemalen
wund worden von diesen Riemen. So Ihr das
Pflaster habet, sollt ihrs erwärmen in der Hand und
davon auf ein leinin Flecklin tun, als eins Messers
Rucken dick, und es legen auf. Ein leinin Binden
darumb, doch nit zu fest. Alsdann ins Bett.«

Er stand vor Lucia Tetzelin, die mit ihren fragen=
den Augen nicht von ihm ließ. Die beiden Riemen
schnürten kreuzweise seine breite Schaube über der
Brust in Falten, und er stützte die beschuhten Hände
auf das Schwert wie einer, der vor einer Reise noch
zur letzten Antwort bereit ist, obwohl sein Geist
schon fern weilt.

»Sie sagen, meine Säft seien übel gemengt, ein
kalttrucken Dyskrasia.«

Er nickte. Die Galle stieg ihm.

»Und habend Euch purgiert, vomiert, gelassen,

geschröpft, verätzt, dann das ist ihnen offenbar gewest: Euer Leber ist geschwollen fast, auch die Nieren. Herausser demnach die Humores! Und hand viel großer, breiter Wort umb Euer Ohren geblasen. Als man hie saget ze Nürmberg: Laß dunken, machet den Tanz gut!«

Er kniff die Lider zusammen, preßte die dünnen Lippen und senkte den Kopf. Da beugte sich Lucia Tetzelin weit vor, ihre Augen wurden voll und perlten über, ihre Lippen zitterten.

»Was müsset Ihr verlassen sein und einsam unter den Menschen!«

Im Nu stand der kleine Mann hoch gereckt, seine Stirn zornig gerafft, die Augen scharf und brennend.

»Darumb sollt sich ein Tüfel schern,« entfuhr es ihm. Als er aber ihre Augen sah, murrte er ärgerlich, doch weicher: »Ihr seid des Worts gewohnt, Jungfrau, und habet etlichs über mich von denen Lüten ghört und nichts dann ein kurz Praktik von mir auf diesen Abend erfahrn an Eurem Leibe. Ihr wünschet ein Wort. So will ich Euch sagen: der Schmerz an Eurem offnen Schaden, der muß wiederkehrn, auch unter dem Pflaster, zwar gelinder. Der Durst wird wiederkehrn, doch sollt Ihr schlafen.« Und er fügte leise, in sich gewandt, hinzu: »Wir hand all ein Werkmeister in unserm Leib beschlossen, ein subtilen Chimista. Der ist krank in Euch, und die Arzt habend ihn geschwächt bis an den Tod. Dem will ich helfen, als weit mein Kunst reicht und Experienz. Doch soll ich zu Euch reden

40

im Lichte der Natur, so will ich Euch sagen: Euer
sulphurisch Substanz ist fast erloschen, als wie ein
Glut erlischet, do alls Holz Aeschen ist worden. Euer
merkurialisch Substanz steht in Exaltation, davon
Euer Geist ist erregt als in eim andern Leben. So
ist das Salz übermächtig worden in Euch, daß all
Feuchten hindurchrinnt, wie ein Regen durch den
Sand und hält nichts in ihm. Und also lieget er
darnieder, der groß Chimista Eurer elementarischen
Welt und mag nit mehr scheiden und binden auf
die grecht Art. Da müsset Ihr dürsten und hungren
und der Körper stößt ungedäuet ein Volatile dem
Mund aus, davon Euer Atem schmecket nach Aep=
feln gar lieblich. Müget ein Herz gewinnen, Jung=
frau, auf daß der Chimista wieder erkräftet. Was an
mir liegt, ich wills tun.«

Er ging fast ohne Gruß, gefolgt von den befange=
nen Eltern. Lucia Tetzelin saß, ihren Kopf auf die
Rechte gestützt, die Augen mit der Handfläche be=
schattend. Sie wiederholte leise die Worte des Para=
celsus. Es war ihr, als wehten sie fühlbar um ihre
Stirn und Schläfen wie streichelnde Hände.

Im Flurgang drang der alte Tetzel flehentlich in
ihn.

»Kann ich mehr tun,« beruhigte ihn der Arzt, »als
in meinen Kräften stehet? Ihr müget ein Mann sein,
Ehrbar, und jedlichen Endes bedacht. Ich will ihr
auf diesen Abend noch ein spagirisch Tincturam be=
reiten, darein künnt ich das größist Stuck satzen. Und
ist ein confortativum magnum, das will ich schlagen

in die letzt Schanz. So sie dessen geneußt und sich nimmer daran aufricht, ist meine Kunst vertan. Dann Euer Kind scheinet mir allzu jung vor diese Krankheit.«

»Habt Ihr kein andern Trost, Herr Doktor, habet Ihr kein andern? Es war gfehlt, daß ich nit längest bin bei Euch gwest.«

»Da sollt Ihr ruhig sein, Ehrbar. Wohl habend die Ärzt an der Jungfrau manigerlei Ohnverstand geübt und unnütz Schmerzen, daß es spöttlich ist, allein das Uebel beruht in Ente Veneni: nit als die Lüt sagend, ihr seie mit eim Gift vergeben, sundern sie vergift ihr selbsten aus Ohnmacht der Natur. Ich hab es gesagt: der groß Chimista ist krank in ihr.«

»So helfet ihr und uns,« zitterte es aus dem starken Manne, »dann ich hab all mein Herz an das Kind gesetzt.«

Paracelsus nickte kurz und ging.

Als er in der Mohrenapotheke die Bereitung des Pflasters überprüft und seinem Famulus die Taschen gegeben hatte, trieb es ihn etliche Schritte stadteinwärts. Es war nicht mehr lange bis zur Feuerglocke, da auf den Herden und in den Werkessen jeder Brand gelöscht sein muß. Schnell noch, ehe die Scharwache kam, daß sich niemand außer Haus sehen lasse, es sei ihm denn triftig, und dann nur mit einer Laterne, die alle Unschuld von weitem bezeuge, schnell noch, wie ein Windstoß, wirbelte ein hastiges Leben den Häuserzeilen entlang. Vor den Feiertagen mußte von

Werkstatt zu Werkstatt viel geschlichtet und ausge-
richtet sein, und die Weihnachten hatten den sorglichen Fleiß an Gaumen und Magen zu entgelten.
Die Hausfrauen waren um die letzte offene Stunde
auch sonst eilig mit Wasserbutten und Bierpitschen,
Nachbarn und guten Freunden über die Gasse hin.
Zudem wollte die sonderbar laue Zeit mit ihrer Vor-
frühlingsspannung von Mensch zu Mensch entäußert
sein. Als sei man schon einer Winterverschlafenheit
entrissen, sah man mehr, wußte, hörte man mehr, ließ
leichter einen Heller springen und dazu hatte der immer noch karg bemessene Tagesraum kaum Platz.

Hoch über den Dächern hin huschten helldurch-
schienene Wolkenflocken. Sie gaben den vollen
Mond und feuchtblinkende Sterne im Wechsel frei.
Die Giebel und Ueberhänge, wie Hände, die sich falten wollen, fingen das hurtige Himmelsspiel in ihrer
durchlüfteten Enge ein. Den Grundakkord von Men-
schenwärme und Erdensicherheit warfen die Strah-
lenbündel der Fenster und flügelnden Haustüren über
Pflaster und Gassenmorast.

Doch hinter der Marienkirche wurde das Him-
mels- und Hauslicht vom Scheine der Fackeln und
Glutpfannen verdrängt, der weit hinauf die Strebe-
pfeiler des Chores rötete. Es wurden noch immer
neue Heringe auf die Roste gelegt, als sollte des Bra-
tens kein Ende sein. Leute und Kinder standen darum, gönnten sich eine Vorfreude an den guten,
durstlockenden Fischen oder sahen nur der Geschicklichkeit des Rösters zu, rochen den etwas tranigen,

gaumenkitzelnden Duft, freuten sich der warmen Beleuchtung, lachten, flüsterten, schrien und kümmerten sich nicht darum, daß es Dreiviertel schlug.

An der Barfüßerbrücke vor dem Eckhause gegen das Spital hin sah er ein Trüpplein Kurrentschüler stehen, es mochten zwei Dutzend sein, die sich des Bettels behalfen, um leben zu können. Sie waren auf dem Rückwege, denn unter dem Scheine der beiden Stangenlaternen konnte an ihren Sammelkörben das Bild der hl. Geisttaube erkannt werden, und die Geistschule lag nur mehr wenige Häuser weit. Sie sangen ermüdeten Lauts eine vierstimmige Motette, leiernd und wenig achtsam; sie hatten genug in ihren Bettelkörben für den folgenden Tag und die künftige Nacht. — Paracelsus blieb eine Weile auf der Brücke stehen. Die ziehenden Wolken schimmerten aus dem Wasser und, wo von den beiden Pegnitzarmen die Schüttinsel zugespitzt wurde, spiegelte der Mond aus dem friedlichen Lauf.

Waren es reinigende Strahlenfluten, die das Wasser heilten, oder ergoß sich astrales Gift aus Mond und Stern in das Element und strömte Menschennot, Seuche, Pest in den Fluß! Er schärfte den Blick, als müsse er mit seiner besten Kraft den trügerischen Glanz durchläutern.

Da verstummten die Schüler. Er strich leise über die Stirn hin, schloß die Lider und tastete auf das Steingeländer. Die forschenden, fast verzehrenden Augen der Lucia Tetzelin hingen vor ihm, sie riefen ihn aus der Wolkenblässe ihres Gesichtes an, hielten

44

feſt, zwangen zu zögern, nötigten ihm Worte ab. Auch da ein Geſpinſt von Leibesfirmament zu Leibesfirmament, von einer Wesenskonſtellaz zur andern. Und Worte, die ſie ihm abgenötigt hatte, floſſen drunter hin wie das Pegnitzwaſſer unter dem geſtirnten Himmel und ſeinen Blicken. Strahlen der Menſchenwelt, die ſie Paracelſus und einen Magus heißen, Strahlen der Sternwelt, die ſie Himmel heißen . . .

Neben ihm die eilenden Tritte trieben den Arzt auf und weiter. Der Schatten von Sankt Lorenz drängte ihn gegen die Gaſſe, durch die der Fiſchbach in einem gemauerten Rinnſale ſprudelte. Von dort klangen laute Männerſtimmen. An etlichen Häuſern war das Gitter ausgeſteckt, und die Leute kamen, erhitzt von dem Rotbiere und ihren Geſprächen aus den Toren, ſtanden noch Augenblicke, um mit einer endgültigen Meinung, tauge ſie dem andern oder nicht, das letzte Gewicht auf die Wage ihres Werkeltages zu werfen und dann zuſamt Gevatter Nachbar heimzutrollen, ſelbſtgeſättigt, bettſchwer, entbunden. Paracelſus ſtreifte an ihnen vorbei und folgte einigen lauten, tiefen Stimmen. Ein laues Bad, ſo löſend, umgab ihn der Schall: die fließend aus, der ein in den andern, und hand den Schlaf gſegnet. — Als müſſe von dieſem Bürgerfrieden auf ihn zurückwallen! Faſt ſchien ihm, als ſchliche er auf Diebswegen.

Die Leute bogen in die Lederergaſſe ab, und er mußte über den Kornmarkt zurück, beim Derrer vorüber und über die Säubruck. Dort ſchlug es zwei in die Nacht. Zuerst vorne von Sankt Sebald, dann rechts von Sankt Lorenz und weiterher vom Laufferschlagturm, endlich vom Weißenturm. Er stand, lauschte. Eines Atemzugs Weile, und überall, von allen Seiten überall, die bimmelnde Feuerglock: alles Leben unter Dach und Fach, warm gehegt, vertraulich gedrängt, friedvoll insgemein.

Einen wußte er noch in diesem festen Mauerring, der auch ein Fremder blieb, trotz seines jungen Hausstandes. Weil der das Leben auf eignen Geist stellte und nicht auf den der andern, mußte er umgetrieben sein. In der Druckerei des Peipus waren sie aufeinandergestoßen, zuerst mißtrauisch, da beide den Trotz der Eigenart witterten, dann aber unter Frohlocken. Er hieß Sebastian, nannte sich Frank und hatte die Stirn, von seiner Feder zu leben, solange das junge Weib mit dem Kindlein die Dürftigkeit vertrug. Ein paar Schritte weiter oben auf dem Weinmarkte im Hause des Sebalder Diakonus Althammer nistete er unter dem Dache.

Ein Lächeln, das aus den frühgefältelten Zügen des Paracelsus erblüht war, verschwand plötzlich. Er ging über den Säumarkt, wo man die neuen Krämbuden baute, die Baracke daneben sollte eingerissen werden. Aus den Fensterritzen der Baracke sickerte Licht und der Schornstein rauchte. Dort brauchte das Feuer nicht gelöscht zu sein, und sollte es ihnen ans Ersticken gehen vor Dunst. Schweiß und Gestank! Franzosenmenschen. Arm, nicht nur der Franzosenblattern wegen, die an ihnen fraßen, arm und gepeinigt von der Henkerskunst ihrer Aerzte. Er brauchte nicht einzutreten und sah sie doch in ihren besudelten Laken, die Glieder dick und weiß beschmiert mit der Quecksilbersalbe. »Schmirben! Weißgärber! Schmirben!« Er spie aus. Dort hockten etliche unter der Lampe, als seien sie vom Grab erstanden, das ausgemergelte Gesicht mit Bleiweiß gepudert, so daß die Augenhöhlen, die Nasenlöcher und der offene Mund schwarz wie ausgefressene Löcher klafften. Die, unter dem Giftpuder, mußten hungern und den Holzsud trinken, des heiligen Holzes Guaiak, dreigeteufelt, gottsverflucht, und mußten mit dem gelben Schaume des Gesudels die offenen Schwären betropfen.

Ein Fieber schüttelte ihn, er raffte die Schaube dichter vor der Brust und ließ das Schwert durch den Kot schleifen. Der Peipus zog den Druck des Franzosenbüchleins zu lange hin! Der Paracelsus, Magus, wollte die schändliche Impostur und Krankenpein ihrer Franzosenarzenei austilgen, und der Paracelsus hatte des Lazari Spengler Ohr! Wenn einer ihm beistehen konnte, so dieser unangefochtene Mann! Er ballte die Faust gegen die Franzosenbaracke. »Du arm, gemartert Kreatur, du arm, geschunden Kreatur!« — Er stürmte gegen den Wind die Gasse aufwärts und keuchte. Die dicke Schaube blähte sich. Still war es geworden, menschenleer. Der Wind riß ihm seine Worte von den Lippen.

». . . ihr sollet schmecken mich und meine Sekten, die ihr schmächet die Sekten Theophrasti . . . die

47

kummt euch über und eurer Impostur ... euren
Codices, Commentatores ... Holzsudler, Laratores,
Verator es! Fort euer Glätten, Mini, Bleiweiß! Do
euer Schmirben und Seuden kein Glauben mehr
hätt, habet ihr ein Waffer erdacht, und wo man
euch jaget mit eurem Wäschen, hebet ihr an mit
Räuchen und Aetzen. Ihr follet eur Schand lefen
gedruckt! Sollt das Büchlein freffen, daß euch der
Bauch aufgrölzet! Do müget ihr murmeln und
brummeln, den Mund zufammenziehn, fam hättet
ihr Schlehen und Holzäpfel geffen, und euer Lug
und Trug offenbar auf allen Gaffen fehn! Euer Heiligen werdend euch nit biftahn, ob ihr gleich winf-
let: Sant Veit verantwurt die Franzofen! Verantwurt die Oelfchenkel, Sant Quirin! Sant Johanns,
die fließend offnen Schäden! Sant Dionyfi, die Pla-
teren! Euch aber verantwurt keiner nit, dann ihr feid
über allen Tüfeln ...«

Erhitzt, klopfenden Herzens, stand er vor der Haustür in der Irergaß und polterte mit dem Klöppel.

Nach einer Weile unmutigen Verfchnaufens öffnete fich daumenbreit ein Lugfenfterchen im Stockwerk.

»Wer ift, wer ift ... nachtfchlafend Zeit!«

»Ei, tuet auf, Meifter Entner!«

Es fchloß fich leife. Unhörbar hufchte der lange,
hagere Fingerhuter herunter. Hinter dem vergitterten
Guckloche der Haustür glänzte ein Augapfel im
Streiflichte des Mondes.

»Ich, und kein andrer nit, Meifter.«

48

Unhörbar wurde aufgetan, das Schloß war geölt, der Riegelbalken eingeseift.

»Ist kein Tropfen Bluts in meiner ... dermaßen, Herr Dokter, Hochgelahrt ... dermaßen ein Schröken!«

»Kein Tropfen Bluts, Meister Entner!«

»Als man sagt, als man saget, Herr Dokter!«

»Da sparet Ihr, als man sagt, den Bader bis Weihnachten übers Jahr, und euer treibenden Humores seind merklich gestellt. Schlaft wohl, Meister, und kummt mir nit wieder an, daß ich meine Kohlen lösch, dann ich hab auf diese Nacht noch ein Arcanum für, ein Magisterium magnum, eine Tinctura spagirica, auf daß Ihr wisset ... und die Kohl macht kein Rauch nit in der Essen.«

Der Wachsstock zitterte in der Hand des Fingerhuters.

»Gott und all Heiligen wöllens Euch gesegnen, Herr Dokter!«

»Soll dort gesegnet sein, davor ichs mach.«

Paracelsus wollte weiter, der Meister tupfte ihm auf die Schulter.

»Vor die jung Tetzelin! Der Tetzel ist bei Euch gwest.«

»Forschet nit! Fraget nit, Meister,« grollte der kleine Doktor dumpf und sah den Fingerhuter von unten her an, »dann die anima tincturae, der spiritus magisterii verkreucht sich, so man den nennt, in den er soll fahrn!«

Er rollte die Augen, schrieb einen Drudenfuß ge-

gen den Wachsstock in die Luft. Der Wachsstock
zitterte wieder und begann heftig zu tropfen, wäh=
rend der Meister Entner sich rücklings verzog, so daß
das Lichtlein noch genügte, um dem Paracelsus durch
einen muffigen Flurgang ins Hinterhaus zu leuchten.

*

Tief in der Nacht schickte er seinen erschöpften
Famulus vom Feuer fort und schlafen. Aus dem An=
timon hatten sie die giftigen Rekremente ungeätzt ge=
schieden, nur der liebliche Sulphur war, als goldrote
Tinktur, in der Vorlage aufgesammelt. Er hob die
Vorlage ab, tauchte sie in einen Topf mit lauem
Wasser, daß sich die Tinktur nicht allzu rasch ab=
kühle, und trug sie ans offene Fenster, durch das er
den Mond hatte einwirken lassen. Er setzte die Arznei
dem vollen Lichte aus. Mond und Gestirn konnten
das entgiftete Arcanum nur mehr fördern.

Ueber einigen Apfelbäumen wies der Neutorturm
mit seiner spitzen Zinke hinauf in die strahlende
Scheibe.

Fröstelnd zog Paracelsus das Wams über dem
Damastbrüstlein zusammen. Seine ermüdeten Augen,
tief beschattet von der vorspringenden, quergefurch=
ten Stirn, schlossen sich beinahe. Er trug keinen Bart
mehr, sein Gesicht war hager, den bitteren Zug um
seine schmalen Lippen schien die späte Stunde gelöst
zu haben. Fast weich und wehmutsvoll ruhte der
dünne Mund.

Dann schärften sich seine Augen ein wenig, eine

50

kurze Spannung straffte ihm die Züge, als sähe er in dem Gewirre der Baumkronen irgendein Bild. Seine Lippen öffneten sich kaum. Er trennte langsam eine Hand von dem Wamsausschnitte und berührte das Arzneigefäß. Offenbar hatte er dessen Wärme prüfen wollen, und dieser Wille mochte von den Gesichten überdeckt worden sein, die seine Blicke starrer an das schwarze Geäst der Bäume fesselten.

Er flüsterte: ».. . Moritura ... moritura ...«

Daran erwachte er, steckte den Finger in das Wasserbad, und da es schon fast zu kühl erschien, trug er den Topf mit dem schwimmenden, leicht erklingenden Gefäße zurück neben die Glut, die auch schon verwitterte.

Und doch schien die Krankheit der Lucia Tetzelin gewendet. Ihr Durst ließ nach, der Wundschmerz verebbte, die Nieren mäßigten sich, der Puls wurde stärker. Aber die Wunde blieb offen und langsam griff der Brand weiter. Ihre Haut verlor den bronzenen Ton, wurde scheinend und von so zarter Blässe, als bräche durch sie das Leuchten der stets bewegten Seele.

Um diese Zeit brachte der Drucker Peipus die Prophezeiung des Paracelsus auf Europa für künftige vier Jahre ans Licht und fast gleichzeitig dessen Auslegung der dreißig magischen Papstbilder, die vor zwei Jahren in der Handschriftensammlung der Nürnberger Kartause aufgestöbert worden waren.

Damals schon hatten die dunkelsinnigen Figuren durch den Lorenzer Prediger Osiander im Vereine mit dem Volkspoeten Hans Sachs eine kampfesfreudige Deutung gefunden, die Hohenheim, als er sie zu Gesicht bekam, verdroß, weil er den richtenden Geist der Jahrhunderte alten Figuren, die das weltverbuhlte Papsttum und seine Reinigung durch die Demut des Glaubens in sonderbarer Sprache schilderten, auf die Gasse und in die Tagesbegebenheit geworfen sah. Der Rat war damals noch, seine Unparteilichkeit zu sonnen, gegen die Kampfesart des Lorenzer Predigers eingeschritten, hatte den Drucker Güldenmund strenge beschickt und den Schustermeister Sachs unzweideutig an seine Leisten verwiesen: er sah es auch jetzt nicht ungern, daß ein Mann von Ruf die zweifelhafte Sache, der man so nüchtern nicht mehr beikommen konnte, parteilos auf das weniger heikle Gebiet geistlicher Läuterung zurückführte und den jähen Osiander einer Voreiligkeit bezichtigte. Man gönnte diesem hochgeschätzten, rechthaberischen Manne die kleine Zurechtweisung, zumal sie ein Fremder gab, der unbeschadet des Gemeinwesens jeden Gegenhieb vertragen mußte.

Daß gerade zwei Schriften abseitigen Inhaltes, ein politischer Kalender und eine Figurenauslegung, die ihm nebenher, fast im Auftrage des Druckers, vom Kiele geflossen waren, zuerst eine Offizin verlassen und Aufsehen erregen konnten, während der Satz seines Franzosenbüchleins kaum in die Kästen wollte und seiner Chirurgia wegen noch lange Verhandlungen zwischen Rat und Peipus in Aussicht standen, das bedrängte den Arzt und das rege Gewissen des einsamen Mannes, und er war mehr als sonst zu Rede und Antwort über sein Schriftwerk geneigt. Dabei trat ihm in des Ratsherren Tetzel Hause eine Fragerin entgegen, deren krankhafte Verklärtheit und schrankenlose Verehrung — sie sah in ihm den Retter — je länger, je tiefer auf ihn wirkten. Er war der einzige in diesen üppigen, erwärmenden Räumen, der nicht an das junge Leben glaubte, das sich zu neuer Kraft und einer geheimnisvollen Schönheit zu erheben schien. In ihrem Dunstkreise strebte er fast selbst danach, hoffend befangen zu bleiben, die düsteren Zeichen nicht zu bemerken. Und er wünschte der fromme Magus zu sein, den Lucia Tetzelin in ihm sehen wollte, wenn er auch stets die flehentlich gereichte Schale ihrer Gläubigkeit verschüttete. Seine einbildsame Natur war von der Jungfrau hart versucht. Vor ihr beneidete er die Glücksritter einer Lebenskunst, die sich aller Welt anzuwandeln verstehen und dabei ihres Wandels so selbstgewiß und sicher leben, als warte ihnen die Welt auf.

Und ihm gegenüber ging Lucia Tetzelin ganz aus sich heraus. Er fühlte ihr Seelenwesen leibhaft durch seine Haut eindringen, wie Erdmännlein durch den Berg schreiten, als sei das Erdreich Luft. Er konnte sehen, wenn er mit einer, ihm selber fremd und weich erklingenden Stimme zu ihr sprach, wie sie ein ähnliches Gefühl des Empfangens überkam. Ihre Au-

53

gen verschleierten sich dann, ihre Arme fielen schlaff
nieder, die Handflächen waren ihm zugekehrt, ihr
Oberkörper sank in die Stuhlkissen zurück, oder sie
suchte eine Lehne an der Wand, am Tische. Er
scheute sich mehr und mehr, sie körperlich zu berühren,
und mußte heftiger gegen eine Gesättigtheit ankämp-
fen, die ihn träge belastete, wenn er von dieser Kranken ging.

Was willtu, ein Peregrinus! In die Purgaz also
dein Gemüet! Eins Arzet Aug muß nüchtern sein,
ohnbefangen . . . und ihr ist sigillum mortis einge-
preßt zwischen denen Brauen . . . ei, daß ihr Glauben den Wundermann machen kunnt, du arm Mann
in diesem Element!

»Und warumb saget Ihr dann,« fragte ihn an
einem Abend die Kranke — sie zitierte aus seinen
Schriften fast wörtlich — »warumb saget Ihr: ,der-
weil die geistlichen Ständ in dieser Linien der Bosheit leben, weiß der Magus derselbigen Bosheit und
hat zu prophezeien Gwalt. Wie ein Arzt einen Menschen erkennt, der nit will Gsundheit haben, sundern
die Krankheit bei ihm lassen regiern. — So ist der
Arzt des Ends Weissager, und gibts dem Arzt das
Licht der Natur. Die Erfahrenheit in der Bosheit
und daraus Weissagung aber gibt die Magika . . .‘
— Warumb so stellet ihr die Magika, da sie die
Bosheit decket auf, selbsten in die Bosheit! Ist sie
nit eine Macht und Wunder Gottes, dann sie eröff-

54

net das Zukünftig vor den Augen, als seie es geschehen, und ist ein Fingerzeig Gottes in ihrer Weisung. Seid Ihr nit selbsten ein Magus ohn all Bosheit, dann Ihr saget voraus Europen auf etlich Jahr und mahnet zum Guten wunderlich!«

»Indem Ihr gut seid und rein, Jungfrau, sehet Ihr alls gut und rein. Der die Bosheit siehet, ist ihm selbsten in der Bosheit tief erfahrn, dann es erkennt ein jedlicher nur das Seinig: der Astronomus der Stern Läuf, dieweil in ihm wohnt leiblich das Gstirn und ist sein Firmament dem Firmament des Himmels gleich — der wahrhaft Theologus die Gschrift, das heilig Wort, dann ihm ist teilhaftig Gottes Bild von Adam vor dem Fall. Also der Magus die Tücken und Bosheit der Welt, dann in ihm lebet des Luzifer Begierdfüer, er weiß darnach, wohin die Tücken treibt. Drei Reich und der Weissagung drei Weg aus den dreien Reichen: Gottes, des Gstirns und der elementischen Welt.«

»Dannocht — ist nit als auch der Höllen und Begierd Gericht in denen Figuren der Kartaus und fasset ein an mit Grausen! Kunnt es Bosheit und Tücken sein, so Bosheit und Tücken wird verdammt!«

»Es ist ein andres, so Ihr, Jungfrau Tetzelin, die Bosheit der papstischen Welt in denen Figuren verdammt sehet — das ist eine Würkung in Euch und Kraft des Zeichens, der Figur durch Euch — und ist ein andres, so Ihr von dem Magus sprechet, der die Figur und Zeichen hat erfunden. Abertausend hand

zu des Magi Zeit des Papſts Gewalt verehret und
rein gſehen, trotz aller menſchlichen Fehle des, der
die dreifach Kron hat getragen. Dann ſie ſahen nit
elementiſch Menſch und Kron, ſundern die Kirch
Gottes. Der Magus aber ſahe den Menſchen und
die Hoffart der Kron, ſahe das papſtiſch Lotterweſen
und das aus Gleichung der Bosheit ſeines Weſens
und Blicks in die eigen Höllen. Der Magus hat durch
das Höllenfüer gſehen, und iſt ſein Bild und Figur,
ſo er wider des Papſts und der geiſtlichen Ständ
Hoffart, Uebermut und Hurerei aufgezeiget alſo
ſchröcklichen, daß es den Menſchen ſchaudert und
mahnt. – Muß nit der Tüfel durch ſein Teufelei als
auch das Gut würken in Gott? Iſt er nit ausgeſtoßen aus Gott und muß ſein End wider Willen
finden, wo ſein Anfang iſt geweſt? Iſt Gott nit durch
das Bös hindurch der eignen Güte voll? Iſt Gut
und Bös nit einig und göttlich in ihm? – Da habet
Ihr ein Gleichnus veneni oder des Gifts: Was iſt
ein Gift? Das Böſeſt und das Beſt zugleich. So es
ſein richtig Füer findt der Läuterung, wird aus dem
Gift ein Arzenei und Tod der Krankheit. Alſo iſt
Gott das Gift ſeiner ſelbſt worden in der offenbareten
Welt und wandlet die Welt von ſeim Gift in ſein
arcanum.«

Die Jungfrau hatte ſich bei dieſen kühnen Worten
aus den Kiſſen aufgereckt, ſie ſah mit ſchreckensweiten
Augen über den Mann hinaus.

»Hilf Gott, wo ſtehet Ihr dann, Herr Doktor?
Mir ſchwindlet vor den Augen und mir iſt, als ſeie

ein Feuermantel wehend umb mich tan, davon ich bin entrafft!«

Da fiel Paracelsus heftig, fast zitternd ein und er streckte ihr die Hände entgegen.

»Darus sollet Ihr erkennen, als klein und ring ist die Kunst Magika, als groß und gwaltig ist Theologia. Was ist ein Weissagung und Prognosticatio aus dem Gstirn? Zeichen und Zahl, so da sprechen ihr Sprach zu uns nach ihrer Sprach Gsatz, das glichermaßen ist ein Gsatz im Astronomo. Was ist ein Prophezeiung aus der Magik? Zeichen und Wort, darin der Geist aus eigner Bosheit Bau und Gsatz vorausdeut, was aus der Bosheit der Welt soll werden — nichts dann die irdischest, die teufelischest Klugheit redt da aus ihr selbsten und bedeut die Welt. Darumb so sprechend uns die Zeichen an Astronomiae, Magiae, und wir fühlen ein wundersams Wehen aus ihnen: dann in uns seind sie all gemein und eins. Sie sind die Sprach der großen Welt und würkend in die klein Welt, in den Menschen, daß der Mensch den Menschen kunnt verstehn und der Mensch die groß Welt kunnt verstehn, all eins werden. Das ist der Füermantel, der uns alle decket, darunter wir schauderen: teilhaftig werden aus unserer Bschlossenheit, eins werden in unserer Teilhaftigkeit — und überfließen aus unserer Stund in das, was längest ist gewest, und gehen über aus unserer Stund in das, was sein wird, wenn unser Corpus nützit meh ist dann ein Handvoll Aschen.«

Lucia Tetzelin war abgewandt zurückgesunken, sie

hielt den Kopf auf beide Ellbogen gestützt, das Gesicht mit beiden Handflächen bedeckt, leise bebte ihr Körper und leise zitterte es aus ihr:

»Haltet ein, Meister! O schweigt, schweiget! Wie soll ich hindurch . . . da Ihr umfahet die Welt . . . da Ihr gießet die Welt in diesen gringen Leib . . . wie soll ichs tragen!«

Theophrast von Hohenheim kniff die Augen zusammen wie einer, der plötzlich in eine grelle Flamme blickt. Seine Oberlippe war hochgezogen und ließ die schadhaften, aufeinandergebissenen Zähne sehen. Er hob langsam die geballte Linke und preßte sie gegen die Zähne. Er sah alt und grämlich aus. Die leichte Glatze war gespannt und glänzte. Und er sah so fremd und fern aus, wie einer, der sich ganz vergessen hat und ungern wieder findet. Dann fuhr ein kurzes Frösteln durch ihn. Sein Gesicht wurde glatt und freundlich. Und Lucia Tetzelin erhob sich zugleich, wie wenn er sie gerufen hätte. Sie ging langsam auf ihn zu und fragte:

»Wenn kummt Ihr wieder, Würdig, Herr Doktor?«

»Das wird sich wohl finden, Jungfrau Tetzelin.«

Er verbeugte sich, winkte nicht ungewandt mit dem Barett und ging, als hätte er ihr nur den Puls gefühlt und die Zunge besehen.

＊

Und wenn dann über ihn die Satansstunde kam, in der das selbsteigene Wesen zu Gericht steht, dann

58

mangelten die gläubigen, heischenden Augen der Lucia Tetzelin bitter. Sie lockerte seine Rinde, ließ das Wort entquellen, das Frieden gab — je tiefer sie selbst darunter kämpfte, desto tieferen Frieden für ihn. Vor ihr war er nicht einsam mehr, durfte sich entäußern. Wieder allein nach seines Tages Umtrieb, überkam den Müden das Gericht. Die beiden Schriften lauerten ihm auf wie zwei besudelte Weglagerer in Lumpen und fauchten ihn aus stinkenden Mäulern an. In beiden schien kein Hauch mehr von jenem Willen zu leben, der weich wie Fittich getragen hatte, als er das raunende Papier mit seinen Schriftzeichen überzog: da noch sein Eigen, sein Selbst — nunmehr gescharte Lettern, deren Gleichmaß das Antlitz des Schöpfers verloren hatte, die seine Züge entbehrten, kalt, fremd, von begierigen, erzürnten, höhnischen Blicken überglitten, wehrlos in ihrer Schwäche vor jedem anderen und frech, drohend vor ihm, denn er war preisgegeben mit ihnen. Und sie kläfften ihn an: dienstbar, unfrei bist du geworden, nicht deiner Kunst, nicht deinem Göttlichen, du bist es deinem Drucker geworden und dem Unverstand dessen, der dich umblättert: denn du hast dein Letztes nicht auf die Form gebracht, darein die Leser alle fließen müßten dir nach. Deine Monarchei ist verzettelt. So du sie alle zu Zorn und Haß aufpeitschest durch dein lebendiges Wort und Antlitz, durch deine lebende Tat, du bleibst in dir und bleibst dein eigen und dein Gestirn leuchtet. Nun aber hast du dich an das Element verloren und, was dein Stern war, liegt auf der Gassen. Ihr Hohn wird deine Ernte sein, denn sie können sich sammeln über dem ohnmächtigen Elemente und dir in das Maul greifen, deine stammelnde Zunge anfassen und halten, über jedem Worte ihre Hoffart blähen. Du stehst nicht mehr vor ihnen, dein Auge brennt sie nicht mehr.

So mußte Paracelsus in seinen Teufelsstunden Gottes Fall durch Luzifer peinvoll erleben, jene urböse Stunde Gottes, da er aus sich heraustrat und schuf – schuf und sein Wesen begrenzte, so daß aus Morgen und Abend sieben Tage wurden, die ihn freuten, da er sie wachsen sah, die ihn gereuten, da er sie geschaffen hatte, die ihn alle, alle gereuten.

Und auch ihm blieb nur eine Rettung mehr: das neue Opfer, der Sohn, der Element werden mußte, um das Element zu entteufeln. Das neue und nächste Werk, das in die Hölle der Wortesenge fährt, um sie durch den Geist zu erlösen und die Fesseln des Wortes zu brechen an allen denen, die darunter liegen: erlösen, reinigen, helfen. Wie dürstete er nach seinem Franzosenbüchlein, nach seiner Chirurgia! Dort war das Wort nicht mehr Wort und Zeichen allein. Dort wuchs es zur Tat. Menschenleiber sollten aus ihren Krankheitsgrüften auferstehen, lebendige Leiber aus der Tortur der Kuren. Dann war das Element entsühnt, das Wort geheiligt, vom Zeichenhaften erlöst, dann schuf es Leben.

Sie hatten ihn aus dem Lehrstuhle getrieben, dem Meister die Schüler verweigert. Der lose Haufe, der

da und dort seinen Sohlen anhing, war keine Trö=
stung dafür, was ihm Basel verweigerte. Zwei Jahre
waren es her seit seiner Flucht. Er hatte im Elsaß,
in Schwaben heimlich geharrt: etwan riefen sie ihn
wieder. Kampf überall, wohin er kam, ein Aufsehen
unter den Leuten und nirgends der Friede, seines Le=
bens Mühsal und Erfahrung fruchtbar in keimen=
den Boden gesenkt zu wissen. So war nur eines
noch geblieben: das Papier, die Letter, der Schwärze=
topf. Seines Lebens äußerste Kraft und letztes Ge=
sicht mußte eingesargt sein und des erweckenden Au=
ges harren, des Auges derer, die er nicht kannte: der
wenigen, die ihn begriffen, der vielen, die nur seinen
toten Buchstaben lasen und ihr Mütlein daran kühl=
ten. Und alle weit von ihm und seinem dienstwilligen
Leben, denn: ihn wollten sie nicht, vielleicht vertru=
gen sie ihn nicht — so machten sie ihn zum Magus.
Auch diese eine, die zwischen Tod und Leben hing,
sein Wesen ergriff und daran eine letzte Imagination
aufbaute. Auch diese eine.

*

Und deren Stunde kam, er wartete ihrer längst.
Der Ratsherr hatte ihn aus dem kurzen, schweren
Schlafe aufgepoltert. Garaus der Vorfrühlingsnacht
läutete durch die Gassen, ein lenziges Schaudern
über dem schlummernden Leben. Er war etliche
Stunden in seinen Kleidern gelegen und stand, unter
der Schaube fröstelnd, seine Tasche umgetan, in we=
nigen Augenblicken vor dem Vater. Der Meister

Entner war von der Tür zurückgefahren. Er hatte nur dreimal gepocht und gerufen, keine Antwort erhalten. Da stand der Paracelsus, selbst die leibhaftige Antwort. Der Fingerhuter bekreuzigte sich und starrte den beiden Männern nach.

Seit Mitternacht ränge sie nach Atem und kämpfe gegen alle Teufel. Paracelsus antwortete nicht, während der Vater hastigen Schrittes vorandrängte und auf ihn zurücksprach. Paracelsus sah ruhevoll, fast verschlafen drein, ließ seine Augen schweifen.

Aus der hohen Mauer von Sankt Sebald witterte noch die Steinkälte der Nacht und der winterliche Rasen war schimmerndgrau vom Reife. An den Häusern entriegelten die Leute da und dort die Läden ihrer Gademfenster, sie hielten ein, sahen den beiden Männern nach, vergaßen dem Ratsherrn die Tageszeit zu bieten vor trägem Besinnen – ungewohnt, unerwartet, diese beiden eiligen Männer, und halb noch im Schlafe stand man auch, der Kopf wollte nicht recht, der Magen war nüchtern.

Schon an der Schwelle des Tetzelhauses fast blieb Paracelsus stehen. Der Ratsherr verstummte, sah ihn bangenden Blicks an und berührte fragend den unter der Schaube verhüllten Arm des Arztes. Der aber sah über die Schulter des starken, großen Mannes weg.

»Ihr müget Euch ihres Ends versehen, Ehrsam,« bröckelte es von seinen Lippen. »Mein Kunst ist vertan, keiner vermöcht mehr an ihr. Wöllet diese kurzen Wochen vor ein Gnad Gottes nehmen an und

ihm danken. Dann ich hab sie angetroffen, und des
Tods Zeichen stunden auf ihr geschrieben.«

Er ging nun selbst voran, sechs Stufen, dann
pochte er. Und der Ratsherr folgte ihm, seine Rechte
war vorgestreckt, als suche er eine Stütze, sein Ge=
sicht war weiß, die Wangen eingesogen.

Lucia Tetzelin lag auf dem Rücken, ihre Brust
hob und senkte sich hoch und tief unter dem dünnen
Kolter, die Augen waren in einem unergründlichen
Schlafe geschlossen. Ihr ganzes Leben schien in der
ringenden Brust gesammelt. Die Nüstern standen ge=
bläht, der Mund klaffte.

Ihre Mutter flüsterte, daß sie vor wenigen Augen=
blicken erst von den peinlichen Gesichten verlassen
worden sei, und dann sei sie in diesen Schlaf ver=
sunken.

Paracelsus setzte die Tasche langsam auf den Tisch
und trat an das Bett. Ihr Puls war klein und schlaff,
aber er jagte. Ihre Hand war kalt und trocken. Er
deckte die Füße ab. Als seien sie von Elfenbein, so
zart und schon so wesenlos lagen die beiden Füße
aufgerichtet nebeneinander. Er nahm einen zwischen
die Hände, die Kälte fror ihm ans Herz, einen schwin=
delnden Augenblick lang hätte er sich niederbeugen
und ihren Fuß mit seinem Hauche wärmen wollen.
Sie stöhnte. Er richtete sich auf, deckte den Kolter
über sie. Und er stand wieder zu Häupten des Bet=
tes. Ihr Mund öffnete sich weiter. Die Zunge, ein
schwerer Fleischklumpen, schob sich mehrmals gegen
die Lippen vor. Er hob den Kopf, benetzte ihren

63

Mund mit Wein, aber sie ließ die roten Tropfen wieder aus dem Munde rinnen. Er trocknete ihr Kinn und bettete sie so, daß ihr der große Atem leichter würde.

Dann riß er sich mit einer kurzen, fast heftigen Bewegung los und sah die anderen, die ihn mit begierigen, bettelnden Blicken umstanden. Der Mann, die Frau, Schwestern und ein Bruder, der noch jung war, kaum über die Kindheit hinaus, er hatte gewiß noch keinen Menschen sterben gesehen — auch etliches Gesinde stand dabei. Paracelsus brauchte nicht zu sprechen. Er hob die rechte Hand, eine leichte, auslöschende Bewegung, bei der sich Daumen, Zeige- und Mittelfinger etwas spreizten, und doch brachen die Frauen alle in ein Schluchzen aus. Er ging langsam auf den Knaben zu, der zwischen ihm und dem Tische stand. Der Knabe regte sich nicht weg. Zu ihm sagte er, und seine Stimme war sehr gehalten:

»Dein Schwester Luzi wird schlafen. Soll keiner sich dessen unterstehn, sie zu wecken. Dein Schwester Luzi wird ihres Leibs entbunden in diesem Schlaf, und ihr Licht wird zu dem andern . . . dem andern finden, darauf wir all harrend unser Weil . . .«

Seine beiden Hände ruhten noch eine Zeitlang auf der Arzneitasche und er sah in die Butzenscheiben, deren unterer Rand vom Morgenrote glühte. Die grübelnde Stirn, sein schmerzlicher Mund ließen alle schweigen. Er schien noch zu suchen, schien sich nicht trennen zu können. Dann zog er die Tasche am

Riemen von der Tischplatte, daß sie klirrend ins Gewicht fiel. Vor dem Ratsherrn stockte er.

»Ich will umb die fünft Stund kummen, do die Sunn ab ihrer Höchen hangt gen Abend zu. Do wird sich dieser Schlaf verlieren, aus dem sie nit mehr zuruck will.«

Er sah kurz hinüber auf den blassen, bewußtlosen Körper und dann ging er. Niemand folgte ihm.

*

Er ging durch die Gasse hinunter, zunächst wohl seiner Behausung zu. Vor Sankt Sebald zog es ihn weiter abwärts. Er ging über die Brücke und weiter. Seine Arzneitasche trug er noch am Riemen in der Hand, so wie er sie vom Tische gezogen hatte. Eine fremde, fast wohltätige Ruhe erfüllte ihn. Als wäre die Hast, die ihn seine Nacht und seinen Tag durchhetzte und nie noch, soweit er denken konnte, gewichen war, mit einem Mal zugedeckt, ausgelöscht. Er dachte kaum an die Sterbende, er wußte nur von ihr so verschleiert, wie er von sich selber wußte. Und während er sonst den Harnisch seines Wesens eng und undurchdringlich wider alle Menschenwelt getragen hatte, in seinem Eigensein und Keines-andern-sein, nun fühlte er sich gelöst und kaum bei sich. Ein Teil, ihr Teil seiner selbst, ging nicht mit ihm, mochte bei ihr geblieben sein. Das war, als sei er mit ihr allein in dem braungetäfelten Zimmer, das da und dort an Decken und Polstern auch dunkelrote Farben zeigte. Ganz klein, eigentlich ohne Maß

und nur mehr ein umschließendes Gewände, wußte
er das Sterbezimmer jetzt, und alle die andern, die
Fremden, waren nicht mehr zugegen. Die Jungfrau
lag und atmete tief im Kampfe, und er blieb irgend=
wie bei ihr, hilflos für sie und für sich selber. Er
konnte nur noch den raschen, fast untastbaren Puls
fühlen, ihre Füße mit seinem Hauche wärmen . . .
doch nicht einmal das, er konnte nur mit ihr nach
Atem ringen, daß es ihr leichter werde, wie ein steiler
Weg leichter wird, wenn ihn ein Weggenosse teilt.

Da sah er, daß er vor dem Spitlertore stand. Der
Torturm warnte nach außen und nach innen. Er war
die letzte gesteigerte Kraft und Gewähr für den, der
aus den Mauern in das offene Land trat. Er war
das gipfelnde Zeichen wohltätiger Unbesorgtheit für
den, der freundlich gewillt in den Ring der Stadt
kam; eine harte Drohung aber für jeden Feind. Der
Gang durch den schattenden Torbogen war ein Ent=
schluß. Und Paracelsus, der Teilgewordene, in dem
etwas starb, wofür er selbst nicht Rat noch Namen
wußte, breitete in langsamen Bewegungen die Rie=
men seiner Arzneitasche und hing sie um, machte
kehrt, ging nach Hause. Niemand redete ihn an, kei=
ner grüßte ihn, unangehalten kam er vor seine Bett=
statt. Und darauf streckte er sich hin. Seine Lippen
zitterten und aus den festgeschlossenen Augen sickerte
es; doch er wußte kaum, daß er weinte.

Gegen die Tagesmitte sprang eine Pforte in ihm
auf: Sie gab ihm sein Teil wieder. Er war die blei=
schweren Stunden regungslos gelegen. Er hatte den

Famulus mehrmals durchs Zimmer schleichen und es leise wieder verlassen gehört. Es war vor der Tür flüsternd verhandelt worden. Das Klopfen aus dem Werkgadem des Fingerhuters war herübergedrungen. Doch waren diese Zeichen des Lebens alle in dem dumpfen Brausen ertrunken, darin er wie unter einem strömenden Wasserspiegel gebettet lag. Nun aber kam er zu sich. Er gürtete das Schwert um, von den Arzneien wählte er ein kleines Kölbchen und steckte es unter sein Wams in die Tasche. Er legte die neue Schaube an und setzte den neuen Hut auf, der eine dunkelrote Feder an goldener Agraffe trug. Im letzten Augenblicke vertauschte er noch sein besudeltes Wams mit einem feiertäglichen aus dunkelgrauem Damast.

Vor dem Tetzelhause angesammelte Leute: Veit Dietrich, der Prediger, und zwei Diakone von Sankt Sebald waren gerufen worden, und man wollte von der Sterbestunde an teilnehmen. Es mußte eine Acht-Herrenleiche werden, bei der acht Diakone mitgingen; des reichen Tetzel Tochter! In und aus dem Hause ein bedächtiges Kommen und Gehen.

Der Arzt wurde erkannt. Sie machten ihm Platz. Oben, vor Lucias Zimmer, standen sie dicht im rötlichen Kerzenscheine, der aus der Tür auf den dunklen Söller drang: meist Hochansehnliche und Ehrsame, Männer und Frauen, nur wenig Leute aus dem Volke, deren Neugier die Scheu übertroffen hatte, die man, unberufen, der armen Seele wegen duldete. Aus dem Zimmer schollen die drei Stimmen der Geistlichen; Sterbegebete, in die von Zeit zu Zeit die Versammlung halblaut einfiel.

Und auch hier erkannten sie ihn und ließen ihn hindurch.

Zunächst am Bette kniete die Familie neben den Geistlichen. Der Vater erhob sich, als er den Arzt sah, und beide traten zu ihr. Still lag die Jungfrau. Ihre Augenlider waren um einen schmalen Spalt von einander gewichen, die Augäpfel schimmerten von der Kerzenflamme, die der Arzt hielt. Er schob das Lid eines Auges auf und sah in den großen dunklen Stern. Dann gab er dem Vater das Licht zurück. Mit beiden Händen, langsam, behutsam, drückte er ihr die Augen zu und ließ für etliche jähe Herzschläge die Finger auf ihnen ruhen. Er sah sich um. Die Leute hatten aufgehört zu beten. An der Wand neben dem Bette hing der kleine Metallspiegel; mit einem hastigen Griffe holte er ihn. Führte die Hand des Vaters, in der die Flammenzunge flakkerte, auf die richtige Höhe nieder und hielt, neben dem Bette kniend, das Polster, auf dem ihr Kopf lag, mit der Wange berührend, das blanke Metall nahe an ihren Mund. Kein Hauch trübte den Spiegel. Und er schob den Kolter zurück. Auf ihrem Leibe lag ein vergilbtes Sterbehemd mit einem roten Seidenkreuz, dort wo das Herz gekämpft hatte. Das Hemd stammte vom Bruder der Mutter. Zwölfmal war es von dem in das Wasser des heiligen Jordan getaucht worden. Paracelsus kannte es, er wußte von dieser Jerusalemfahrt. Lucia hatte davon gesprochen

68

und das Hemd gezeigt. Noch hing ein Hauch von Lebenswärme in dem Gewebe. Er preßte das Ohr gegen das rote Kreuz, hielt den Atem an und lauschte, hob den Kopf, atmete tief, lauschte noch einmal vergebens. Und er richtete sich auf, blaß wie die Tote, zog die Decke an ihr Kinn und schob den Mund zu.

Eine Weile stand er, schloß die Augen vor den Kerzen, vor den reglosen Menschen, und strich sich träge über Stirn und Augen hin. Und faßte sich; griff nach der Hand des Ratsherren.

»Euch ist ein Kind gestorben umb die fünft Stund.«

Die Bewegung der Leute, das Schluchzen, Flüstern, vernahm er nicht. Er raffte seinen Hut auf, hob den Schwertgriff zur Brust, ging durch die Menschen hindurch mit kurzen, steifen Schritten. Als er die kühle, lenzige Luft fühlte, auf den Torstufen, blieb er stehen, wischte sein schütteres Haar über die feuchte Glatze zurück und bedeckte den Kopf. Die Leute auf der Gasse raunten ihm nach, deuteten, etliche lachten. Ein ansehnlicher Herr holte ihn ein.

»Verlaub, Herr Doktor, Euer Hut, er sitzet verkehrt auf.«

Paracelsus starrte in das etwas verlegen lächelnde Gesicht.

»Der Hut . . . wollet . . .«

Paracelsus nahm den Hut ab und sah ihn an. Eine schnelle Röte überflog seine Stirn. Er drehte den Hut langsam in beiden Händen, als wäre er aus

Erz und schwer. Und er stülpte ihn auf, daß freundliche Leute ihre Ruhe hätten. Inzwischen war der
Mann zurückgetreten. Er konnte ihn nicht einmal
grüßen.

Aus Sankt Sebald klang die Orgel. Die Trivial-
schüler übten eine Vigilie. Er trat ein und lehnte sich
an eine der schlanken Bündelsäulen, die in zarte
Rippen aufgespalten, hoch, himmelhochoben das
hangende Gewölbe trugen. Der Ostchor war vom
Lichte durchflutet, fast aufgelöst in Sonne und Hel-
ligkeit. Zierlich: das Schnitzwerk des Holztürmchens
über dem Schalldeckel der Kanzel zeichnete seinen
Schattenriß in den Glanz. Der Kantor droben
mochte seine Not haben, er brach immer wieder ab
und schimpfte, daß das Gewölbe schallte, doch immer neu und klarer setzten die jungen Stimmen ein.
Und ein Hündlein lief in die Kirche, witterte die
Säulensockel ab, kam auch zu dem unbeweglich
lehnenden Manne, beschnüffelte dessen Beine und
sah eine Weile fragend zu ihm auf. Paracelsus
neigte den Kopf nieder, und das Tier hob eine
Pfote, stemmte sie gegen die Wade des Mannes,
richtete sich empor, die feuchte, schwarze Nase eifrig
belebt. Paracelsus wollte seine Hand nach dem glatt-
felligen Kopf niederstrecken, und der Hund kniff aus.
Da wußte er, weshalb es ihn von der Toten weg in
die Kirche getrieben hatte. Im Chore stand die Jungfrau mit dem Kinde, ein Flammenkranz umloderte
sie. Sie hatte das Lächeln, sie hatte die schmale, zart-
genüsterte Nase, die runden Brauenbogen, nur nicht

das schwarze Haar. Er ging langsam hin zu der Jungfrau mit dem Kinde. Er betete nicht vor dem Bildwerk. Grübelnd betrachtete er dessen hohe, klare Stirne. Die Stirne der Jungfrau Tetzelin war niedriger gewesen und ihr Kinn stärker — doch ihr Lächeln so frauenhaft wie hier: ein letztes Geheimnis, das über alle Gedankenschwere, über jede Tiefe, vor der ein Mann mit quälendem Gewissen ringt, hinwegfindet — ein letztes, weibisches, heimliches Eingeschlossensein in das Geheimnis der Natur lag in dem Lächeln, alles Wissen demütigend, unverantwortlich, übermännisch, aber auch ungöttlich, an das Element gebannt. Das war verweht an ihr, die nicht mehr lebte, und blühte doch aus dem toten Holze da für alle Zeit.

Paracelsus taumelte. Eine leichte Schwäche. Er stützte sich mit dem ausgestreckten linken Arm gegen die Säule, die das Holzbildnis trug. Und dann ging er, so gut er konnte. Richtete seinen Hut, ehe er sich bedeckte, um nicht gemahnt zu werden. Er mußte schnell einen Bissen suchen und einen Schluck Wein. Er hatte an diesem Tage noch nichts hinter die Zähne gebracht.

*

Gegen Abend — ihr Leichnam mochte aufgebahrt liegen, geschmückt, köstlich gekleidet, und mochte denen, die einen letzten Frieden an ihm suchten, das Bild geben — gegen den Abend stieg er in die Dachkammer am Weinmarkte und fand den Ei=

genbrötler Frank, die Wiege seines Knäbleins wiegend, das noch ein wenig in den Schlaf hinein greinte. Die junge, schmächtige Frau wärmte ein vorgekochtes Essen auf dem Dreifuße über einer Lampe. Die Wiege stand neben dem Tische, auf dessen Pult ein zur Hälfte beschriebenes Blatt lag. Sebastian Frank rückte von seinem Sitze, ohne die Wiege zu lassen, und Paracelsus winkte ihm, zu bleiben. Er sah, daß eine erkämpfte Ruhe, die sich nun einstellen wollte, nicht gestört werden dürfe. Auch die Frau nickte ihm zu, indem sie warnend den Finger an die Lippen hob.

Paracelsus zog behutsam einen Schemel heran, und sah auf das kleine, eingelullte Wesen nieder, das manchmal noch aus seinem Schlafe aufbebte und dann eifriger an dem Leinenzummel sog, sein Leiden überwand und wieder in eine satte Tiefe versank.

Sebastian Frank rührte die Wiege, sanft und ein wenig schamhaft lächelnd, immer leiser. Seine Hand war zart, fast die einer Frau. Und endlich konnte er versuchen, sie von dem Korbrande abzuheben. Gespannt belauschte er den Schlaf seines Kindes einen Augenblick, dann schob er es vorsichtig vom Tische fort.

»Euer Büchlein von der französischen Kränk ist vollends gedruckt, Herr Dokter,« flüsterte Frank, als er zurückkam. »Also ist auch Eur Prognostikation zum andern Mal vergriffen, und der Peipus setzet sie neu.«

Paracelsus sah eine kurze Weile lauschend nieder

»Der Peipus wellet gern mit Euch reden. Ist ver=
wundert fast, daß Ihr Euch nimmer blicken laßt auf
der Druckerei.«

Paracelsus wich aus, indem er murrte:

»Mir grauet vor denen Lettern, Setzkästen, vor
dem Gequetsch der Preß.«

Frank lächelte und half dem Weibe die gehäuften
Bücher, etliche Sexter Papier, Pult und Schreib=
zeug auf das andere Ende der Tischplatte schie=
ben. Die Frau breitete ein schmales Tüchlein schräg
über das geräumte Eck, setzte einen hölzernen Pfan=
nenraster darauf und dann die Pfanne mit dem
Brei, darin zwei Zinnlöffel steckten. Drei Becher
füllte sie halb voll Wein und legte zu jedem ein
Stück Brot. Sie schlüpfte geschmeidig hinter den
Tisch und lud mit einer freundlichen Handbewegung
den Gast zu dem Weine.

Paracelsus brach einen Bissen von seinem Brote
und tauchte ihn in das Salzfaß, wollte ihn schon
zum Munde führen, da erhob sich Bastian Frank und
faltete die Hände, sodaß auch Paracelsus aufstand.

»Du gibst uns, indes ander Leut hungren, als
auch verhungern. Wir essen und haben ein Aufent=
halt. Gott mach ein End der Not, daß all mügend
satt werden. Amen!«

Und Amen sagten die beiden andern nach. Die
Eheleute aßen. Paracelsus sah, wie Frank seinem
jungen Weibe das wenige Fett zustrich, das gold=
gelb auf dem Breie schwamm. Das Weib nahm die
Sorglichkeit, denn sie nährte das Kind.

»Nu will der Labenwolf zwanzig schwarz Pfennig vor sein Schmalz. Ich geh nimmer zu ihm.«

Frank nickte.

»Und vor ein Metzen Salz heischen sie drei Pfund.«

»Laß gut sein, Otti, in Schwaben und Ulm ist noch ein größer Not dann hie ze Nürmberg. Dort ist vergangen Jahr der Sümer Kern von zwölf Pfund gähling gestiegen aufs dreifach und weiter auf neunzig Pfund, und ist ein Schreck ins Volk kommen, daß die Leut bei habenden Dingen wollten verzagen. Sein tausend — Mann, Weib und Kind — außer Landes gloffen, gen Straßburg, sein nach Straßburg kummen schon halb Hungers tot. Als ich hab wohl erfahren und in diese Chronika gsetzt.«

Er wies auf einen hohen Stoß beschriebener Bogen, die sorgfältig geheftet und bündelweis verschnürt waren.

»Dies Jahr lässet ihn wohl an,« vertröstete Paracelsus, »der Winter scheint allbereits gebrochen. Es möcht ein guter Herbest werden.«

Frank nickte ihm zu und meinte:

»So sie das Korn nit abermalen vor dem Schnitt, kaum recht verblühet und schier noch Milch im Gras, abschneiden und in Backöfen dürr machen, damit sie sich des Hungers erwehren.«

»Ist ein Herrgottszeit,« seufzte die Frau, »all lugen auf ihr Schanz und ein jeder auf sein Genieß, sunderlich Bauren und Kramer und die, so du Gottes Heuschrecken heißt, Wastl,« sie sah ihren Mann lächelnd an.

»Die Fürkaufer,« ergänzte Frank, halb an den Gast gewandt. »Ich halt davor, daß uns ein gut Jahr und seiner Summer nichts bringt, sundern all Ding schlagt weiter auf. Wann ein Teuerung soll sein, so hilft nichts, wann gleich alle Berg Mehl wären. Von der Bauren Aufruhr an im fünfundzwenzigsten Jahr ist der arm Mann nirgend recht satt worden.«

Paracelsus saß, die Ellbogen auf seine Knie gestützt, und lauschte dem Gespräch der beiden, die ihr geringes Mol zur Himmelsgnade erhoben. Sein ermüdetes Herz schlug friedsamer unter diesen Stimmen. Sebastian Frank sprach so ruhevoll wie einer, der seine Sache auf nichts außer dem selbsteigenen Schaffen gestellt hat; wie einer, der gewohnt ist, über Zeiten zu blicken.

Als die Pfanne leer war und das junge Weib abräumte, rückte Frank seinen Stuhl schräg vom Tische, dem Gaste zugewandt zu sein, faltete die Hände auf dem Knie seines überschlagenen Beines, er meinte:

»Vielleicht, so müssen auch wir wanderen wie das Hungervolk. Ihr habet mir einsmals von Straßburg gesagt und seiner Freiheit. Der Peipus trägt ein groß Bedenken vor dieser meiner Chronika und will so stark Volumina nit wagen.«

»Das gleich forcht ich umb mein ander Schriften, Chirurgika. Da ist längest ein Her und Hin und der Rat wellt nit und die Stadt, desgleichen die Doktores zuckend die Stirn kraus und man müsset ein Fakultät hörn.« Paracelsus lachte trocken. »Ein Fakultät vor ein chirurgisch Gschrift! Do keiner sich getrauet ein Laßmesser zu schauen an und nit alsbald nach dem Bader schreiet, daß er solich ein sorglich Ding kundigen Griffs räum aus den Augen! — Ist gut, daß mein fürderst Franzosenbüchlein ist gedruckt. Das will ich dem Lazaro Spengler reichen und ihn sprechen an, daß er mein anders förder.«

»Ihr habet Feind, Herr Doktor, und der Spengler hat ein Kopf dick voll. Der muß den Osiander gleichermaßen hörn, und der Osiander würget an Eurer Auslegung der Kartausfigurn beschwerlich. Der Spengler muß als auch die Stadtarzt hörn, die seind Euch mehr als gram, und so die Euer Franzosenbüchlein erst mit Händen greifen, werden sie zahlen und das nit gering. Dem Osiander ist ein stark Partei zugetan, so in der Gmein, so im Rat. Die Arzet hand viel Anhang unter den Leuten. Wo die Euch nur leiblich in den Gassen sehn, stößet es ihnen auf und ist Euer Widerwärtigkeit gemehrt mit jedem Schritt, den Ihr hie ze Nürmberg tuet.«

Und mit jedem Satze, den Frank in seiner ruhigen Art sprach, war Paracelsus straffer geworden. Bei dem letzten war er aufgestanden und sah unter einem fernen Lächeln in das blaue Abendlicht. .

»Hör ich also ein Vogelin singen, das von der Fern weiß! Ich wills ihm danken und seinem Lied. — Mir ist darumb nit meh, daß ich an dem und jenem hab ein Kampf und Sieg, ich bin sachfällig worden, und mein Sach stehet über dem Hader. Die Landsknechtsjahr seind umb, die Eschenspieß sein ge-

76

splitteret, ich habs tan von Mann zu Mann, steh nimmer im Sold. So will ichs dem Vogelin danken, daß es hat zur Zeit wohl gepfiffen.«

Frank hörte ihn hellen Augs, und auch sein junges Weib stand lauschend neben dem Schaffe, in dem sie Windeln wusch. Da sie ihres Mannes Freude sah, füllten sich ihre Augen vor Heimweh, denn sie war in Nürnberg geboren und eine Behaim, wenn auch nicht des ratsbürtigen Stamms.

Paracelsus ging langsam auf und nieder.

»Ihr, lieber Meister Frank, wollet wandern umb Eurer Chronika willen, daß Ihr sie ze Straßburg in die Wiegen künntet legen, ich soll reisen umb meiner Chirurgia willen, daß mein Element denen ze Nürmberg nit die Gall ufreget und der Peipus sige unbehindert. So seind wir beid untertan mit Leib und Leben denen Leuten, dann wir wellend sie binden mit unserem gedruckten Wort, und ein Zwang fordert den andern. Uns ist kein Skrupel Freiheit geschenkt, und wir müssend unsres Lebens Mühsal zahlen obendrein.«

Frank wollte beruhigen, aber er erglühte mehr und mehr, indem er sprach:

»Es hat ein jedlichs Ding sein Gsatz, und beides, zu wirken und zu leiden, ist die von Gott eingepflanzt Kraft in uns, und ist die Natur selbsten. Gott braucht ein jeden mit seinem Willen, nach seinem Willen, zu seinem Willen. Des seind wir mächtig und unterworfen – nit aber denen Leuten! Gott wird erst in uns zum Willen und in summa ein Mensch.«

77

Paracelſus war ſtehengeblieben, er lauſchte, ſeine Augen blitzten.

»Fromm ſeid Jhr, Meiſter Baſtian, und nimmer müd. An meinen Ferſen aber hanget Staub von mannigerlei Straßen. Gott müge Euch davor bewahrn, daß Jhr des Wanderns werdet gewohnt, dann Jhr ſeid kein Arzet und habet des nit not, Euer Kunſt zu erfahrn auf allen Wegen. Es tut dem Herzen ein Dach wohl, und eins Nachbarn fründlichs Wort vermag etlich Ding etwan zu einer müden Stund.«

Auch Frank war aufgeſtanden. Wie eine dunkle, heiße Flamme brannte es aus ihm:

»Wo ich ſei, in ſeinem Willen bin ich allerwegen, und er iſt mein Dach. Man höret Gott ſchreien in allen Gaſſen, man ſiehet den Herrn in allen Kreaturen, man weiß den lieblichen Geſchmack des Geiſtes an allen Orten, und ein jeder fühlt und greift Gott am beſten in ihm ſelbſt.«

Paracelſus nahm raſch ſeine Hand.

»Davor will ich Euch danken, lieber Meiſter Baſtian — dann ich bin müd in Euer Kammer geſtiegen auf dieſen Abend. Schlafet wohl.«

Er ging, ohne ein letztes Wort abzuwarten, ein Vergewaltiger, der eine Seele austrinkt, weil ſeine Seele am Verdürſten war, ein Erpreſſer, der den tiefſten Hauch aus des andern Bruſt reißt, um vor ſich ſelber zu beſtehen, ein Bettler, der ſein Almoſen mit zitternden Händen birgt und davonrennt, daß es ihm die Hofhunde nicht wieder abjagen.

Und in des Tetzel Haus mochte sie aufgebahrt lie=
gen, lichtstrahlumsponnen, geschmückt, in köstlichem
Gewande, und ihnen allen den Frieden geben, die
an ihr Frieden wollten. Er — wollte er Frieden? Er
war nur eines Tages matt geworden in einer frem=
den Stadt.

*

Paracelsus schlug sein Franzosenbüchlein — er
hatte dieses eine in Pergament binden lassen — in
ein Stück karmesinroter Seide. Seine beste Kleidung
hatte er an und schritt nicht ohne Gravität dem
Rathause zu, wohin er auf Schlag zehn vom Laza=
rus Spengler geladen war. Es zwang den Leuten
die Hände an Hut und Mütze, wie der kleine Doktor,
von dem man redete, so würdig einherging. Der trug
etwas, in Seide war es gewickelt, rot, schimmernd=
rot, und stach wichtig von der dunklen Schaube ab
— und er dankte kaum. Das mußte etwas sein, was
der Parzels in rote Seide gewickelt trug!

Allein auf der Ratsstiege polterte ihm der Lazarus
Spengler entgegen, er wurde von zwei Dienern un=
terstützt und hielt in jeder Faust einen Krückstock. Als
er den Arzt sah, errötete er und rief ihn an, daß es
schallte:

»Wellet verzeihen, Würdig, Hochgelahrt . . . eine
ungeschlafen Nacht voller Schmerzen, ein Tag vol=
ler Müh . . . ich muß ruhn! Doch verstattet, Wür=
dig, daß ich Euch will in zwo Stunden zu mir ge=
beten han . . . vor ein Schluck und Bissen auf diesen

79

Abend. Dann hie unter der Steigen sollet Jhr nit empfangen sein. Wellet freundlich eim armen, geplagten Manne . . .«

»Da sei Gott vor, Ehrbar und Achtbar, mein günstig Herr, daß ich Euch zu allem Uebel lästig falle auf diesen Abend!«

»Nit also, mit nichten, Wohledel, erbarmt Euch mein und kummet also!«

Er spreizte ihm drei Finger seiner Rechten entgegen. Paracelsus verbeugte sich höflich und berührte die drei Finger. Er folgte langsam dem ächzenden Manne, der unterm Torwege in eine Sänfte gehoben wurde.

Noch einmal winkte der Ratsschreiber zurück. Paracelsus war stehengeblieben, um nicht vorzulaufen.

»Jhr kummt, Herr Doktor, des will ich mich auf das gewissest zu Euch versehen!«

Paracelsus verneigte sich abermals, und Spengler grub Brust und Arme in den Pelz. Sein Gesicht war gelb und kümmerlich gefaltet, seine müden Augen schauten schon wieder voraus; der fremde Arzt war einstweilen abgetan, andere Dinge, die ein erquicktes Gehirn erforderten, quälten den Kranken.

Und Paracelsus konnte sich besinnen, wie er zwei Stunden hinbrächte. Ein dichtes Unbehagen beklemmte ihn, da er, unter dem Torbogen stehend, dem Ratsschreiber nachsah. Er preßte das Buch in die Kleidfalten, um es zu fühlen, als fürchte er, es fortzuwerfen. — Er wollte etwas von dem Ratsschreiber, diesem hochmöglichen Herren, er hatte eine Elle roter Seide gekauft, den Buchbinder Pergament zerschneiden lassen, hatte sich schön gemacht, vornehm, stattlich – ein Butzi, denn er wollte etwas von dem Schreiber! Daß er den Leuten ein unerbittliches Wissen, unlustige Erfahrung und all seine noternste Kunst bot – wem mochte das genügen! Er mußte betteln, daß sie eines Lebens Summa nahmen, von ihrem Tode bewahrt blieben, den zunftmeisterischen Possen entrännen, unter denen sie verdarben. Betteln, und daß es obendrein eine Art hatte: Barettlein, Handschuch, Ketten, ein pergamenten Einband, ein karmesinrotes Seidentüchl und nicht zu seichte Reverenzen.

Er stolperte über das Katzenkopfpflaster seiner Wohnung zu.

Und hast du nit an den Beginn gsatzt in dein Spittelbuch, was der höchst Grund seie der Arzenei? Ist die Liebe. Was schreibst du von der Liebe und läßt dir den Weg saur werden! Ist die Liebe ein Rosengarten und Honigseim oder ist sie nit ehender eine Not! Die Not, die da wissen macht, Not, die eine Kunst lehrt. Außerhalb der Lieb ist kein Arzet geborn. Laß auf dein Barettlein oder nimm dein Federhut, ein damasten Wammes, ein Ellen Karmesinseiden, pergamenten Einband und mach dein artlich Reverenz vor dem Herren Ratschreiber!

Zwei Stunden verteidigte er sich dagegen, daß er um zwei Stunden länger in seinem feiertäglichen Gewande ausharren mußte und nicht frei am Werke sein konnte. Er war so einsam geworden, daß er ruhig nur mehr am Werke wurde und ihm jeder abwendige Schritt auf die Seele fiel, den er um des getanen Werkes willen tat. Denn das getane Werk war ihm des Teufels, sein Frieden mußte im neuen erkämpft sein.

Doch er wurde edelmännisch empfangen. Die Frau des Spengler trat ihm auf dem Söller entgegen.

»Der Spengler hat ein Stund gschlafen, ist wohlauf und erwart' Euer Edel.«

Und durch die Tür schon sah er den Ratsschreiber winken. Ein gutbesetzter Tisch stand neben dessen Stuhl, und es brannten die Kerzen. Paracelsus fühlte, daß ihm freundlich genug getan werde, er schritt freier auf den Ratsschreiber zu und überreichte sein Buch.

»Wellet hierin mein geneigten Willen sechen, sunderlich günstiger Herr, und mein Fleiß und Experienz auf das sorglichst fürtragen, denen armen Kranken ein Schirm und Euer Ehrbar, Fürsorglich und Wohlgeacht ein gebührend Devotion, mit Supplik: Mein gerings menschlichs Vermügen, wiewohl aufs eifrigest und unerschrocken in Euren Dienst gstellt, nit gar zu verachten, sundern mit Gunst nehmen an.«

Lazarus Spengler hörte vornehm und ernst die sorgfältigen Worte, die einen Mann von Erfahrenheit kennzeichneten, denn Paracelsus war bis an die Grenze dessen gegangen, was einem bürgerlichen Ratsgliede gebührte, und hatte keineswegs das Maß liebedienerisch überschritten. So dankte Spengler ihm nicht wie einem beliebigen Schriftsteller, der nun das geförderte Büchlein bringt, sondern wie einem Edelmanne, der — gleichsam der Gesandte eines wohlgeschätzten Machtbereiches — das Ehrengeschenk überantwortet, und er zeichnete ihn mit allen gebührlichen Titeln aus. Bedächtig enthüllte er das Buch, wog die Elle Seide, prüfte sie zwischen den Fingerspitzen und langte sie befriedigt seiner Hausfrau über den Tisch hinüber.

»Da nimm, Ursel, und schau zu, was vor ein gut Stück Seiden!«

Ebenso kennerisch und genau untersuchte er den Einband des Büchleins und bemerkte, daß es Silberbeschläge trug. Dann las er die Widmung zweimal. Paracelsus verharrte achtungsvoll. Je länger der Ratsschreiber las, je eingehender er zu prüfen schien, desto höher mußte sich Paracelsus ausgezeichnet fühlen.

Und nun traf ihn ein Blick aus ehrlichen Augen.

»Haltet zu gut, Euer Edel und Hochgelahrt, wenn ich mich nicht auf mein podagrisch Bein stell nach Gebühr, dann ich will Euch danken. Hie diesen geringen Becher! Wellet allerwegen in Gsundheit aus ihm trinken!«

Er hielt dem Gaste einen mäßig großen, doch schöngetriebenen Silberbecher entgegen, und Paracelsus nahm ihn zu Dank.

Während eine Magd den gekühlten Wein schenkte, scherzte Lazarus Spengler über die bissige Schreibart seines Gastes; er zeigte sich in dem Franzosenbüchlein durchaus bewandert. Ueber die anderen chirurgischen Schriften, von denen der Ratsschreiber wohl wußte, daß sie die eigentliche Therapie des Franzosenübels erbrachten und das chirurgische Spitalwesen reformierten, schwieg er beharrlich. Paracelsus hielt für einen besseren Augenblick an sich.

Ein neuer Reichstag war auf den Sommer ausgeschrieben, und Spengler äußerte Sorge, da er sich seines Leidens wegen nicht aus der Stadt wagen konnte. Er sei anno einundzwenzig zu Worms gewesen und wisse, wie not es einem Reichstag an aufrechten Leuten tue. Zudem wolle Doktor Martinus dem Kaiser nicht wieder von Angesicht zu Angesicht begegnen, und Doktor Philippus, hoch in Ehren um seiner Gelehrtheit und seines evangelischen Gemütes willen, sei zu subtil, lasse sich treiben, und die hohen Herren alle müßten getrieben sein.

»Da kunnt ich Euch sagen, Herr Doktor, was ein Reichstag seie, daran doch hanget eins Teils der Christenheit Wohl und Wehe! Ein Bankett folget dem andern, darinnen zu jedlicher Mahlzeit über vierzig Gericht, zum köstlichsten bereitet. Sei's mitten in denen Fasten, das ist gleich. Darzu ein groß Spiel durch die Nächt hin. Ich hab einen hohen Stands gekennt, der vordersten Häupter eins, der hat auf ein Sitzen bei sechzig tausend Gulden verspielt, und der solche Summen gewonnen, hat die selb eim andern in ein Schanz wiederum geschlagen. — Da sein einsmals etlich Herren von Adel zusammen ge-

84

feffen, deren zween und fiebenzig geweſt, die auf ein
Nacht in einem gehaltnen Bankett tauſend zween-
hundert fränkiſch Maß Weines verſoffen.« Lazarus
Spengler fuhr ſich ärgerlich durchs Haar und ließ
die Hand auf den Stuhlarm fallen. »Wie man denen
Bürgeren und Bauren Birett und anders zu tragen
verbiete, desgleichen wie man die Federn zu Roß und
zu Fuß führen und tragen ſolle und anders dergleichen, darumb iſt kein Fleiß geſparet worden — umb
Gotts Wort, eins deutſchen Menſchen Freiheit und
Reiches Wohl, die Sorge war gring. Ich hab geſehen deutſch Fürſten, Adelig und Herren denen ro-
maniſchen und papſtiſchen Heuchlern hofieren und
ſchmeichlen, anſtatt daß ſie mügend ſchamrot werden, daß denen ſollet Schlüſſel und Gwalt behalten
ſein, die Deutſchen zu ihrem Gefallen zu löſen, zu
binden, alſo zu ſeligen oder zu verdammen, ſo aller
Vernunft iſt offen entgegen. Für Augsburg auf dieſen
Summer, da werden Männer not und Leut, die ein
Herz haben . . .«

Und Paracelſus ging das Herz auf, ſeine Stimme
überſchlug ſich beinahe, da er dem aufrechten Manne
zuſtimmte:

»Das iſt all unſer Not, darvor hab ich mein
Leben geworfen in die Schanz. Dann der deutſch
Menſch hat als ein kindlichs Gemüt und ohnerfah-
ren an ihm ſelbſt, daß er nur glaubet, was ihm frembt
ſcheinet und das aus der Fern kummt. Da ziehet die
Rott Galeni einher als die weiſeſt, dann ſie hats
glernt vom Griechen, und ſtolzierend des Avicennae

Bacchanten, dann ihr Meister ist ein Arabs gwest, da prahlend die Erasmischen Gugelleut und Poeten, sagends auf latein, griechisch, hebraisch und bleibt dannocht eitel Lug, Hoffart und ein Bscheißerei derer Kranken. Ich bin als auch in dem Garten erzogen, da man die Bäum abstümmlet und war der Hochschul nit ein klein Zierd, hab erfahren die hochen Schulen Italiae, Hispaniae, Frankrich und hab erst müssen neu treiben aus mein abgestümmleten Aesten in Germania und mein Fruchtbarkeit nindert gewonnen dann auf deutschem Boden. Das ist ein Groß' in dem Luther, nit daß er des Papsts und der geistlichen Ständ wucherisch Handel, Gwalt und Hurerei hat geschlagen, sundern daß er den abgestümmleten deutschen Baum hat ausgraben aus der frembten Erd und gsatzt in sein Grund, daß er kunnt treiben und sein Frucht bringen.«

Von der diskanten Stimme seines Gastes und fast noch mehr von dessen heißem Blick erschreckt, lauschte Lazarus Spengler hoch auf. Seine Brauen zogen sich zusammen. Es beschlich ihn, als habe er sich diesem wunderlichen Manne gegenüber zu weit gehen lassen und einen Ausbruch veranlaßt, der gehemmt werden müsse. Die peinliche Stimme forderte Abwehr. Die Gedanken, denen sie gleichsam vorausjagte, mochten gut und tief sein, sie würden nachgellen und dann zur Ordnung gelangen – zunächst aber mußte diese Stimme erstickt sein. Und auch Lazarus Spengler fühlte es: wie fremd, wie einsam solch ein Mann unter den Menschen!

Paracelfus hatte sich mit einer ungezügelten Bewegung über ein Stück Fleisch hergemacht und führte mehrere Biſſen an seinem Meſſer in den Mund. Er ſah den Gaſtgeber nicht an, ſeine erregten Augen hafteten am Glanze eines Leuchterfußes, während er mit vollen Backen kaute. Er ſchien ſeine Umgebung vergeſſen zu haben. So ſah ihm der Ratsſchreiber eine Weile zu und fühlte ſich ſonderbar ergriffen: Widerſpruch kämpfte mit Mitleid, und beides beunruhigte das Gewiſſen, denn dieſer Mann vertrug weder Widerſpruch noch Mitleid und mußte ein Perſönlichkeitsrecht haben, beides zu verbieten.

Aus dem leiſen Grauen einer ſchlichten Bürgerſeele dämmerte dem Ratsſchreiber ein Ausſpruch ſeines Gaſtes auf. Er wußte jetzt nicht, habe er ihn geleſen oder gehört. Paracelfus hielt ſein Wiſſen und ſeine Praktik für gottgewollt und eine Kunſt. Und Spengler erinnerte ſich des Malers Albrecht Dürer, der im vergangenen Jahre geſtorben war. Er dachte an die Vorſicht, zu der er ſich ſtets gedrungen gefühlt hatte, wenn er den Augen dieſes Mannes gegenübergeſtanden war, dieſen entkleidenden, dieſen durchſetzenden Augen. Nur Pirkheimer hatte es verſtanden, unbefangen vor Dürer zu ſtehen, doch auch Pirkheimer war ſolch ein unwägbarer Mann.

»Ihr ſeht alls in eim Spiegel, lieber Doktor, das iſt Euer Kunſt,« ſo kam es dann gehalten herüber. Und Paracelfus hob den Blick, ahnte die Abwehr, ſah einen kranken Mann, der wieder zu ermüden ſchien.

»Ich hab kein beſſer Geſicht erfahren, Ehrbar, als

weit ich bin umbkommen in dieser Welt, und meiner
Weg waren nit gering. Es ist das Licht der Kunst
und tuet das Verborgen auf bis an den Urgrund. Da
ist keine Kunst als abgewandt und seltsam, sie muß
auf ein Zeit an die Pforten in der Tiefe und find't den
Schlüssel, öffnet die Pfort aller Ding. Und ist kein
schärfer Gsicht, dann das der Kunst, also kein klarer
speculum. Nur muß die Kunst lebendig Kunst sein
und nit ein Speiwerk Gottes und ein Affentanz. —
Allein ich seh, Euer Augen dürsten nach Schlaf, so
gebt mir ein Urlaub.«

Er stand auf. Lazarus Spengler nötigte ihn nicht
zu bleiben. Er fragte ebenso unvermittelt, wie sein
Gast redete:

»Wie ist Euer Plan, Herr Doktor? So wöllt Ihr
noch ein Zeit hie ze Nürmberg verweilen?«

»Ich bin allbereits gemahnet, Ehrbar, daß mein
Zeit hie ist umb. Euch das Buch zu reichen mit Bitt,
daß Ihr müget ein fründlichs Aug han auf meine
Skripta, so noch des Drucks harren, dasselb ist mein
letzt Begehr in dieser guten Stadt. Umb des Evangeli willen und seines Geists der Wahrheit, so als
auch liegt in meiner Art, will ich Euch bitten, daß
dem Verderb der Kranken sei ein Ziel gsatzt.«

Der Ratsschreiber sah vor sich nieder.

»Mein Ambt ist nit also frei, und ich muß viel hörn.
Doch ich will Euer gedenken. Wohin wellt Ihr?«

»Es seind nit mehr all Städt und Land offen meiner Art, doch kunnt ich glauben, daß mir ze Regensburg eine Weil vergünnt sei.«

88

Paracelsus sagte das ohne Bitterkeit, kühl wie ein Kriegsmann, der seinen Feind sucht und faßt, wo er noch angreifbar ist. Lazarus Spengler maß ihn voll Staunen und dann senkte er bedächtig die Stirn.

»Wohlan. Ihr seid des Wegs gewohnt. Ich hab ein und den andern Freund zu Regensburg. Kummt morgenden Tags auf mein Stub. Ich will Euch also ein Zollbrief schaffen, daß man Euch läßt frei fahrn, als weit unser Stadt und Land reicht gen Regens-burg. Es soll Euch gern gedienet sein.«

Paracelsus dankte, kleidete sich an, und sie schieden beide unter den besten Wünschen für die Nacht und unter höflichsten Gebärden.

*

Er hatte die Eheleute in der Dachstube, die auf den Weinmarkt niedersah, falsch vertröstet. War auch aller Welt im Jänner der Glaube an ein Wunder-jahr gekommen, das Hunger und Not durch früh-sommerliche Ernten und dreifach bedankte Nach-ernten stillen werde, man wußte nun wieder, daß eine geduldige Weile auf die ersten gelben Blümlein zu warten war. Dicht fiel der Schnee, hoch blieb er liegen.

Und Paracelsus stapfte durch den Schnee, dick eingemummt, Wams, Koller, Schaube, ein Mantel drüber, zwei Paar Hosen, weite Stulpenstiefel, aus denen Wolle hing, eine Decke auf der Schulter. Er glich einem Warenballen, aus dem das feuerrote Ge-sicht glänzte. Hinter ihm trug ein Knecht die Taschen

und ein großes, sorgfältig in Wachstuch verschnür=
tes Bündel nach. Sie wollten vor das neue Korn=
haus, wo der Rollwagen nach Regensburg wartete.

An der Fleischbrücke wurden sie aufgehalten. Se=
baldwärts bis zum Ohrenstocke, der seine blutbraune
Farbe davon hatte, daß man auf ihm Hände abhackte
und Zungen pfählte und den Dieben die Ohren ab=
hieb, standen die Menschen, schrien laut und lachten.
Sie reckten die Hälse auf die Brücke zu. Dort trieb
der Löbe, des Scharfrichters Knecht, auf einem Wa=
gen seine Possen. Der Wagen war mit Fässern be=
laden: gepanschter Wein des Hirschenwirts, eines
fetten, blassen Mannes, der, eine Narrengugel über
den runden Schädel gestülpt, mit gebundenen Füßen
und Händen auf dem höchsten Fasse saß, ein un=
froher Bacchus. Der Löbe schwang einen schweren
Schmiedhammer zuweilen so knapp an dem begu=
gelten Schädel vorüber, daß der Wirt duckte und
zuckte, und der Löbe ihn begütigen mußte, zärtlich,
wie eine Mutter ihr Kindlein lullt. Er streichelte die
dicke, blaurote Nase, küßte sie und gab ihr einen Stü=
ber, fragte glaubensdürstig, weshalb der Hirschenwirt
des Herren Christi Hochzeitswunder so übel abgeluchst
hätte, und paukte auf den schönen, gesunden Fässern
seinen Spott aus, daß es dem Wirte durch die Seele
fuhr und er ängstlich nach dem verwirkten Eigentume
schielte. Die Leute gröhlten. Endlich aber schwang
der Löbe den Hammer mächtig hoch mit beiden
Armen und schlug Hieb auf Hieb, seine Kraft und
Gewandtheit zu zeigen, den Fässern die Böden ein.

Der Rotwein schoß in den Schnee und floß in die Pegnitz, und die Leute hatten ihr Vergnügen.

Paracelsus mußte zurück und versuchen, über die Barfüßerbrücke zu kommen. Auch dort ein Gedränge, man sah hinüber; aber es gelang dem Knechte durchzustoßen, und Paracelsus hielt sich dicht hinter ihm.

In dem Wagen fand er noch einen Winkelplatz. Seine Taschen wurden unter dem Sitze verstaut, die Füße ins Stroh eingebaut und der ganze Mann in zwei ungrische Decken mit langen Zottelhaaren. Dann brachten sie noch die heißen, in Tücher gewickelten Steine unter die Füße. Auch die anderen Fahrgäste versorgten sich. Im Beiwagen lag das Reisegut verdeckt und verkettet. Das Geleit klepperte an, das Sattelpferd sammelte sich unter seinem Reiter, und: Hüo! — polternd und rasselnd im Zotteltrab, vorbei am Sankt Klarenkloster und durchs Frauentor und über die frostkrachende Zugbrücke. Der Viehmarkt mit seinen Halfterschranken, die Schindhütten, daneben hing einer durchs Rad geflochten, und die schwarzen Vögel flogen auf, widerspenstiges Fittichgewölk. Dann teilte sich die Straße nach drei Richtungen. Der Wagen rumpelte gegen das Sankt Peterkirchlein weiter und am Siechkobel vorüber, wo die Unheilbaren ihr Restlein Leben abwarteten. Und jetzt nur mehr Baum und Strauch und weitaus die weiße, morgenschimmernde Decke, über der ein sanfter Dunst stand, so daß die Ferne wie ein Hauch im blassen Himmel verwitterte.

Noch hatte der und jener – alle waren sie Kauf=
leute, wer sonst sollte zu dieser Zeit eine Reise tun –
an sich zu rücken und einzurichten. Bald aber wurden
die Namen ihrer Ziele laut: Paſſau, Linz und Wien,
Kuffstein, Innsbruck, Venedig. Einer reiste für die be=
rühmten Buchverleger Hans und Antoni Koburger
bis nach Buda. Auch zwei Italiener fuhren mit. Sie
sprachen, mehr und mehr erwarmend, von ihren
mannigfaltigen Geschäften, tauschten Erfahrungen,
gaben Ratschläge und warnten. Paracelsus konnte,
kaum beachtet und ungefragt, seinen Gedanken nach=
hängen.

In den beiden letzten Wochen und als man wußte,
er werde weiterziehen, hatten sich drei Aerzte an ihn
herangemacht. Vielleicht wollten sie ihm, ehe die gute
Gelegenheit wich, etliche Heimlichkeit absehen. Sebald
Buſch, Hans Magenbuch und einer, der sich Sagit=
tarius hieß. Sie und die vier Gesellen, die er in Nürn=
berg zurückgelaſſen hatte, seinen Famulus darunter,
waren kaum von seinem Ofen gewichen und waren
ihm auch zu den Kranken gefolgt. Er hatte ihnen ge=
geben, was er mochte, und keine allzu hohen Hoffnun=
gen in diesen eiligbereiten Menschenboden gesetzt. Der
einzige Magenbuch schien ihm tiefer empfänglich, so
daß er ihn ungern zurückließ. Nur bei dem selbstent=
ſchloſſenen, sanften Baſtian Frank war ihm das letzte
Wort schwerer gefallen und in den letzten Gruß und
Wunsch ein warmer Herzenslaut eingeschlichen. Aber
der hatte sein junges Weib und sein Knäblein.

So war ein Strich geführt, die Summe gezogen,

gleichwohl fühlte er es, wenn seine Brust sich auch vogelfrei der neuen Ferne entgegenhob, wenn ihn auch jene oft genossene, immer neue Lust der Fahrt anwandelte, er fühlte es, daß etliches zurückgeblieben war, was Teil behielt an ihm. Nicht nur in der Offizin des Peipus.

Er ahnte, daß der selbststeigenste Mensch nur wächst, wenn er über sich hinauswächst und in die andern. Sein Landfahren bekam ein fremdes Gesicht: war es Erfahrung gewesen und Lehre, nun wollte es Saat werden. Wie der Ackermann zurückläßt, ließ er zurück: Wort, Schrift, Wille – und mußte auf das Erdreich bauen.

Er schloß die Augen, daß durch den schmalen Spalt kaum ein Schimmer des Schneelichtes drang. Und dachte an das Lächeln der Gottesmutter, die – von goldenem Flammenkranz umzüngelt – zu Sankt Sebald an der Säule stand. Er dachte ihrer hohen, klaren Stirn und des zarteren Kinnes. Wie anders jenes starre Puppenbild, das zu Einsiedeln über seine Kindheit hinweggesehen hatte! Und doch – dort in der Gnadenkapelle wars die Göttin gewesen, bildnisstarr, unter heidnischem Geschmeide: das Weib Gottes, das die Imagination des Vaters empfangen und den Sohn aus der göttlichen Einbildung geboren hatte, wie ein Menschenweib aus der Imagination des Mannes empfängt. Dort in der Gnadenkapelle war es die menschenferne Matrix gewesen, die vergöttlichte. Und darum schauderten die Pilger; darum der Glaube an das tote, elende, verlogene Holz. Und hier

bei Sankt Sebald lächelte ein Erdenweib, wunsch=
glühende Pilger drängten sich nicht vor dieser schönen
Mutter . . .

Da roch es plötzlich, scharf und belebend: Brannt=
wein. Sein Nachbar hielt ihm lachend eine Flasche
unter die Nase, die irgendwer kreisen ließ. Und er
lachte mit, langte zu, tat einen guten Schluck.

Der erstickte Laut

Er klepperte auf der Landstraße von dem Flek-
ken Laber nach Beratzhausen, Reichsfreiherr
Bernhardin Stauf zu Ehrnfels.

Ueber dem lenzgrünen Flachlande trillerten noch
morgenfroh die Lerchen einen sanftblauen, durch-
sonnten Himmel an. Der Staufer hörte sie nicht, er
sah auch das junge Grün nicht, hatte keinen Blick für
die sanften Hügel, die nebelzart dem Ritt ein welliges
Geleite gaben. Er merkte nur, daß die Straße dem
schroffen Rande des Labertales zubog. Der Gaul
tänzelte ungeduldig stallwärts, und auch den Reiter umwitterte beklemmend die Nähe seines festen
Hauses. Er war verdrossen, übernächtig, hatte Regensburg hinter sich und fühlte, nicht ohne Stachel,
seinen Mann wieder einmal entladen von allem, was
ihm dicht und dämmend sechs Wintermonate bis in
den Hals hinauf gequollen war. Gott welle einem
ohnmächtigen Gewürm den Erdendreck nit ansehen
aus Gnaden durch den Sohn, Amen! Allein die
Natur mußte jeweils einen Ausweg finden, seine
Natur hatte er nicht selber geschaffen; er war kaum
vierzig, sonst einer freudigen Art. Und ritt nun in
die Poen.

Hinter ihm hielt sein Vetter Hanns Ruprecht mit
dem jungen Grafen Schlick, der – seit Weihnachten
zu Beratzhausen eingetan – adeliges Wesen und die
Kunst des Aufwartens vom Grund aus zu erfahren

95

hatte, ehe er an Hof kam. Der Reichsfreiherr hörte die beiden leise lachen und schwatzen, sie nahmen, da er zur Rede unlustig schien, gemessenen Abstand von ihm und auch von den fünf wohlbewaffneten Knechten, die klirrend hinterdreinzeppelten. So war dem Trüpplein ein Ansehen gegeben, und er konnte des Schlick wegen beruhigt sein. Auch sonst hatte der Junge in diesen Tagen mancherlei gelernt: wie man dem feistesten, knickerischesten Bürgerwanste von Regensburg einen Schuldbrief abfordert, den Gläubiger vor Zorn und Angst blaß werden läßt und endlich doch noch zu einer schnaubenden Reverenz bis auf das Estrich niederzwingt; sodann wie Edelleute zu gütlichem Vertrag gebracht werden können. Zwischen dem Vetter Hanns Ruprecht, der dem Schwäher sechshundert Gulden Mitgift aus Stauferschem Gute tapfer vorenthielt, und dem Jörgen von Parsberg zu Lupperg, Gemahl der Base Sidonia, war es zu merklichen Worten gekommen. Doch er hatte schließlich die Hände der beiden zusammengebracht und den Staufern gegen mäßigen Zins das Stück Geld erhalten. Nach diesen glück- und ehrenhaft geführten Geschäften war die vorletzte und die letzte Nacht scharf übergangen, ein ehrsamer Rat und tugendliche Klerisei üppig gekitzelt worden. Nachtmusik, besonders das Trommeln, ging der geistlichen und weltlichen Obrigkeit nahe, denn das gemeine Volk schien mehr denn je der Gasse geneigt, Nachtmusik war bei Strafe des Narrenkobens und sonstiger Buße untersagt. Allein der Reichsfreiherr hegte noch

von anno vier und fünf her, des verzettelten Aechter:
gutes wegen, das ihm von seiner Majeſtät zugeſpro:
chen und von der Stadt ſchlau hinterzogen worden
war, einen ungetilgten Groll gegen den Rat. Und
gegen den Biſchof um ſeines treuen Doktor Hanſen
willen. Der hatte als ſein Hausprediger zu Beratz:
hauſen unter Zulauf der ganzen Gegend ein Evangeli
wider die römiſche Lotterei getragen und war, aller
reichsfreiherrlichen Gerechtſame zu Hohn, bei einem
Ritte durch Laber, alſo vom Nachbarboden, aufge:
hoben und verſtrickt in den biſchöflichen Hof zu Re:
gensburg eingebracht worden, ſeither – ſechs Jahre
liefen ins Land – trotz dringlichen Proteſtes verſchol:
len. An ihm, dem unmittelbaren Herren, konnten ſich
Biſchof und Rat kaum vergreifen. Wars nicht natür:
lich, daß er ihnen eine Lenznacht lang mit Lauten,
Flöten und Trommeln durch alle Gaſſen aufſpielte,
die Muſikanten in etliche Nahrung und die verſchla:
fenen Bürger in Unruh zu ſetzen! Zudem war der
Kaſpar von Weſterſtätten, den jenes verzettelte Aech:
tergut gleichermaßen kränkte, mit bei der Kompanie,
und alle hatten eine Erfriſchung ihrer Herzen nötig
gehabt. Daß ſie die beiden Nächte nicht nur laut
gaſſiert, ſondern auch, dichtverhangen von Wein:
nebel und angeſtauter Wintervölle, in den Häuſern
gelegen waren, wo warmblütiges, jugendpralles
Fleiſch ungeſchrotet zu Kauf ſtand, darüber glaubte
der übernächtige Herr mit einem leiſen, etwas gewalt:
ſamen Gedankenruck einſtweilen hinwegſetzen zu kön:
nen, obwohl die Straße ſchon am ſchroffen Talrande

der Laber entlang führte und der Kirchturm von Beratzhausen bald gesehen sein mußte.

Und noch vor Tags war er in seinem Stauferhofe hinter dem Obermünster, wohin sich die Gesellschaft auf einen kurzen Schlaf zurückgezogen hatte, durch den Verweser geweckt worden: der Stauferhof ist umstellt! Herr Bernhardin glaubt zu träumen, muß sich aber selber überzeugt fühlen, da er den jäh ernüchterten Kopf aus dem Fenster steckt. Das Haus wird geweckt. In Kürze steht alles gewappnet und ein Dutzend beritten unter den engen Hofwänden und der Einfahrt. Vier brennende Fackeln. Der Reichsfreiherr an der Spitze, das nackte Schwert in der Faust. Die Torflügel auf, und das Häuflein lauernder Stadtknechte prellt in den Schatten des Obermünsters zurück. Eine kurze Verhandlung. Man wolle beileibe nicht zu nahe treten! Nötigenfalls nur die Spielleute heben – Rumors halber. Er versorgt sein Schwert, er heißt den dienernden Viertelmeister, der anwesend ist, um Mißgriffe zu verhüten, zwischen seinen und des Vetters Gaul gehen. Sie klirren und klappern über das Pflaster hinunter vor das Brückentor, ein stattlicher Trupp, aber die Stadtknechte paarweis angeschlossen. Der Viertelmeister, heimlich erfreut, die edlen Gäste bei günstigen Mienen aus den Ringmauern zu bringen, gibt einigen Bedenklichkeiten in wohlgesetzten Worten Raum. Jedennoch, da der Morgen ohnehin graue, werde er – unter Vorbehalt künftiger Geschehnisse wegen – die Schlüssel holen lassen. Und die Staufersche Gesellschaft trabt schließ-

98

lich auf die Brücke. Bernhardin überhört es stolz, trotzdem seine Leute rufen, daß hinter ihnen das Fallgatter niederrasselt. Sie werden nicht . . . nein, sie wollen doch nicht! Ein peinlicher Augenblick. Allein das Tor jenseits am Brückenkopf wird aufgetan, er kann ungekränkt ins Freie. Es wäre unfroh geworden: im Nebelwinde auf der Steinbruck, vorn und hinten höhnische Büchsen aus den Scharten der Türme und sein fröstelndes Häuflein, darunter fünf vom besten Adel, inmitten über der Donau, schmählich verlauernd, bis es den Regensburger Glocken gefiele der Nacht Garaus zu läuten, und man sonst die Gnade hätte. Aber die Regensburger mochten schlapper und müder geworden sein; er hatte all die Jahre her das Seine dazu getan.

So war er ohne Blöße aus der Stadt gekommen und hatte sich, angenüchtert und erschlafft, heimwärts tragen lassen. Erst vor Laber, wo immer noch jener Ammann, der seinen Doktor Hans gegriffen hatte, auf dem bischöflichen Gerichte saß, waren die Lebensgeister wieder straff geworden. Man mied solche Orte und umritt sie in schärferer Gangart.

Reichsfreiherr Bernhardin von Stauf zu Ehrenfels sah seine Kirchturmspitze und seufzte. Dieser Tage mußte der neue Prediger einstehen. Frau Argula, seine Schwester, hatte ihn verheißen, bedrohlich hatte sie ihn verheißen. Der Argula Grumbachin — er gestand es dem übernächtigen Morgen mannhaft zu — war das Stauferblut feuriger aufgeloht als ihnen allen weitum in der Sippe; einzig ausgenommen der Ohm

Hieronymus, der alte Löweler, der weiland Hofmeister, ein Großhans wie keiner in Bayerland, den die jungen Herzöge zu Ingolstadt auf der Bühn durch Henkershand um seinen einzigen Kopf gekürzt hatten. Frau Argula führte ihre Fehden in wohlgesetzter Schrift, ja Druckwerk. Sie rannte die Ingolstädter hohe Schul so kräftig an, daß kein Hochgelahrt gegegen sie aufzukommen wagte, nicht einmal der Professor Eck, denn sie saß fest im Sattel der Geschrift; Doktor Martinus selber fand sein Staunen daran. Und sie versorgte Beratzhausen von Lenting her mit Predigern. Seit Hans wars nun der zweite. Die Sippschaft zeterte über das schreibselige Weibsbild, sonderlich die papistische: ein angestammtes Grauen vor Schriftwerk und Disputaz. Allein Argula hielt sich, so wie sie die angefressenen Herrschaften zu Lenting, Zeilitzheim und dem fränkischen Grumbach hielt, indes der Schwager Grumbach mählich verläpperte und einging. Ein Lächeln kräuselte die Lippen des Freiherren: wen wird sie ihm zusetzen!

Und Beratzhausen lag nun zu seinen Füßen, ein Nest, das immerhin gelten konnte, angeduckt an den Abendhang des Talbogens, durch den die Laber ihr friedsames Wässerlein schlängelte. Es hatte, so klein es war, Mauern, allein die kurzen, spitzgehelmten Türme seines festen Hauses stachen über den Talrand kaum in die Ebene hinaus. In drangvollen Zeiten saß der Wächter auf dem festen Turm des Kirchleins, die Straße von Nürnberg nach Regensburg im Auge.

Weiß Gott, er klebte in der Enge wie sein Nest,

und Argula hatte die Weite gewonnen! Kein Wunder, daß sie eine geistige Hand über der Familie hielt.

Die verquollenen Augen auf und durch die unbewehrte Mauerpforte hindurch, durch Lachen und Sumpf der Straße, daß es spritzte, an den Misthaufen vorbei. Sein Schlößchen hatte nicht Wall noch Graben, aber das Wappen ober dem Bogen, die beiden dicken Torpfeiler, die Pechnase, die wie ein Erkerlein über dem Wappen hing, vergaben nichts.

Man half ihm aus den Stiefeln, dem Lederwams, ahnte das ungewisse Wetter, das jeweils aus Regensburg mitzog, und verduftete. Der Freiherr warf sich auf die Söllerbank am Fenster, stützte den schweren Schädel in die Handfläche und sah stumpf auf die zerschnitzelte Tischplatte nieder. Eine Weile brütete er, dann wuchs der Groll: er hungerte und der Hals brannte ihm, die andern wurden längst satt! Von der Freiin nicht eines Rocksaumes Falte, nicht einmal das ferne, spitze Hüsteln, für das er durch Wände hindurch Ohren hatte. Er donnerte sich Schuhe, Essen und Trinken herbei. Dann suchte er sie in Gottes Namen auf.

Und sie mußte kurzsichtig sein, wie sie in der breiten Fensternische des Kaminzimmers über dem Flickwerk saß. Freifrau Ottilia zuckte wohl, als die Tür unsanft ins Schloß fiel, aber wie eine suchende Biene flog ihr die Hand nur eifriger mit Nadel und langem Faden von Stich zu Stich; der hagere, schmale Rücken bog sich tiefer. Bernhardin Stauf stand inmitten des Raumes. Trotz versteifte seinen Körper, aber sein

Herz schlug den gemeinen Zorn nieder. Er hielt rück= wärts die geballte Rechte am Gelenke umklammert, als müsse er sich selber fesseln, und nagte am Barte. Wie sie hingekrümmt saß und diente, diente, ein end= los pflichtender, verstockter Vorwurf das ganze Weibswesen. Sie schmückte sich nicht mehr, er wußte, daß ihr Gewand besudelt war. Sie ließ ihn stehen, tat sich Gewalt an, sich und ihm. Und doch sah er, daß den straffgespannten Haaren Löcklein, kurz und kraus, entschlüpft waren und, über der runden Stirn verschimmernd, blaßgolden glänzten. Er faßte Geduld, wartete den Faden ab. Der Faden riß vor der Zeit.

Während sie den Knoten knüpfte, warf sie den Kopf in die Höhe. Und er zerrieb ein Wort zwischen Zunge und Gaumen, verfinsterte die Stirn, lugte ver= kniffen auf das scharfe Profil hinüber, dessen Lippen zitterten und widerwillig gegen den eigenen Laut an= zukämpfen schienen.

»Der Pfaff ist hie gewest, hat ein Zettel von der Grumbachin, ist auf Regensburg ein, dann er soll vor die Grumbachin eine Sach bestelln, und wellet sich alsogleich dem neuen Herren erweisen.«

»Derselb ist mir nit fürs Gsicht kummen.«

»Der Pfaff ist heint nach Mittennacht hinwieder aus der Stadt gewichen und mit Taglicht hie ge= west.«

»Nach Mittennacht von Regensburg und mit Taglicht hie? So des neuen Pfaffen Maul läuft als seine Bein, hat mich die Grumbachin wohl versehen.«

Nadel und Faden glitten durch den Zwilch, und die Freifrau saß tief gebeugt. Ihre schmalen Lippen zuckten, härter auf einander gepreßt. Bernhardin Stauf wußte, daß er kein Wort mehr zu hören bekam. Ihr Kopf war gegen die blinden Butzenscheiben abgewandt gewesen, während sie sprach. Ein verhaltenes Beben in der Stimme, erbitterte Unzugänglichkeit, dieses gequälte Selbstverlieren, das keiner Natur achtete und überall nur ein Schicksal litt! Er zitterte am ganzen Leibe. Da sah er, wie sich eine stille, helle Perle von ihren Wimpern löste und auf den gefältelten Zwilch niederfiel. Und die Nadel glitt unaufhörlich weiter!

Das Blut schoß ihm in den Schädel. Der Pfaff, der Pfaff hats Maul gerührt, der Pfaff war um Mitternacht aus der Stadt gewichen, hat ihn, den Herren, nicht weiter gesucht!

Er stampfte hinaus und sah im ersten Blicke den jungen Schlick auf der Söllerbank schlafen. Bernhardin Stauf erfing noch die Tür. Und sammelte sich. Er rüttelte den Jungen, knurrte ihm seinen scharfen Sermon: einer, zweier, auch dreier Nächte Müdigkeit darf keiner nachgeben, und wenn die Knie weich werden, wenn der Kopf wirbelt.

»... du wart auf! Du dien! Wo dein Herr geht ein und aus oder die Frau, hast du nit zu lümmlen, noch zu schnarchen! Dachs junger, brauch deinen Sinn, halt dich!«

Er hieb ihm hinters Ohr, daß die blonden Strähne flogen. Dann wußte er sich vollends in seiner Gewalt.

Langsam ging er die ausgetretene Holzstiege hinunter, als seien Marmorstufen unter seinen Füßen, ging über den Hof dem Pfaffenstüblein zu, hinauf unter das Dach.

Der neue Mann hatte den Tisch vor das Fenster gerückt und saß mit dem Rücken gegen die Tür, halb abgedreht vom Schreibpulte. Er schnitt eine Feder und ließ die Kielspäne auf den Boden fallen. Sorgsam in das Geschäft vertieft, sah er zunächst nicht auf. Und dann trafen den Freiherren zwei wasserblaue Augen aus einem Gesichte, dem es noch wie Milch= bart sproßte. Die Augen bekamen ein schärferes Licht, die hochgewölbte Stirn spannte sich, die Brauen rück= ten zusammen. Der junge Mann legte die Feder und das Messer nieder, langsam stemmte er den Körper an der Tischplatte empor, wuchs, wuchs zu einer Höhe und Breite, daß das Fensterlein verdeckt war. Dem konnte ein jeder Nachtmarsch zugetraut werden, von dem begriff man, daß er zuweilen bedächtig tat und Zeit brauchte. Da er aber stand, spreizbeinig, mit ge= senkter Stirn, als müsse er einen Zwergen aus dem Estrich klauben, wußte der Freiherr auch, daß dieser Mensch so leicht nicht zu werfen war.

»Wie heißt er?«

»Leupold Moser, der Theologie Magister, Euer Gnaden Hauspfaff zu Beretzhausen.«

Eine träge, tiefe Stimme, und unter den Worten hin ein angespanntes Wühlen im Wesen dessen, der da unbehindert als Herr eintrat, über den Unerfragtes zu hören gewesen war, den Regensburg, so glatzig=

kahl sein Schädel glänzte, wie einen grünen Bacchan=
ten gassatim bubelieren gesehen hatte. – Ueber des
Freiherren verfinstertes Gesicht zuckten Erinnerungen
aus dem Nebel der letzten Nächte. Er kannte den
Kerl irgendwie.

»Magister – Wohlgelahrt also. Ihr seid mir et=
wan über den Weg geloffen in der Nacht!«

Der Mund des Reichsfreiherren war breit, er re=
dete gequetscht und voll Galle. Der Magister ließ sei=
nen Körper einmal hin und her pendeln, als mache
es ihm Mühe, die Antwort herauszuholen, allein sein
Gesicht zeigte nichts als ein unbeirrbares Gewissen.

»Nit über Euer Gnaden Weg – über den laufen
Hund und Katz, auch die Säu. Auf Abweg und Lot=
terweg, auf Schlemmer= und Buhlweg durch die zwo
Nächt hin so bin ich Euch nachgefolget. Ich han ge=
wart vor denen Wirtshäuseren und Tabernen, ich ver=
harret vor dem Freihaus an der Tür, da der Teufel
den Gotteshauch mit Venus aus dem Menschen pur=
giert, ich bin Euch nachgegangen und Euren lockeren
Pfeifen und Trummeln – da hab ich mein künftigen
Herrn gesuchet und seine Seel belauert, als nur ein
Strauchklepperer und Schnapphahn in dem Busch.
Allein seiner Seel Fenster waren dicht und verhangen,
ist ihnen ein ohnwirscher Bacchus, ein verzweiflet
Buhlbengel, sampt einer melancholischen Ueppigkeit
und Lärmen erbärmlich und ohnlustig fürgelegen. Da
ich bei Fackel und Luzern, im Morgengrauen und
Taglicht Euer Menschengesicht gesehen, jammert mich
sein. – Derweilen in dieser andern Nacht bei sechster

Stunden Schlag die Stadtknecht umb den Staufer=
hof warn aufzogen, und ich wohl sahe, daß Gott ein
natürlichs Ziel gesetzet dem Elend Eurer Kreatur, also
bin ich aus der Stadt gewichen, dann mir ist einer
wohlbekennt von den Wachtmeistern, und bin auf
Beretzhausen. Da wellt ich harren bis auf diesen Mit=
tag, und so Ihr nit heraußer künntet, gen Regensburg
zurücke eilen mit rechter Hilf, auf daß die in der Stadt
Euch nit wider Recht behalten und mehreten den
Schimpf, da sie Euch getastet an.«

Der Reichsfreiherr hatte die Fäuste in die Hüften
gestemmt, seine Augen standen ihm kugelrund.

»Potz Kreuz, Teufel und Marter, was seind Euer
Jahr, wes Alters!«

Doch des Magisters Gesicht verlor seine Sorgfalt
nicht.

»Mein Jahr, Euer Gnaden, seind in das Ambt
geben und in das Gewissen eintan. Ihr und ich, beid
ohnmächtig in Gott. Unser Handvoll Lebenszeit nit
eines Augenzwinkers Nu vor des Herren Angesicht
und dannocht einer jedlichen Minuten Lebensweil,
so in Sünden, so in Gnaden, ein ohnermeßlich Teil
der Ewigkeit nach dem Gericht.«

Der Freiherr senkte den Scheitel und trommelte
mit einer Fußspitze auf dem Estrich, das sich der
Mensch frisch mit Blumen und Gras bestreut hatte.
Dawider war nicht aufzukommen. Aber den Pre=
diger, der einer Regensburger Pfaffheit bis in den
Gallengrund zusetzen mochte, konnte das geben, und
vor der Freiin geschwätzt hatte der nicht. Nur eines

quälte noch, aber es stillte zugleich auch: der Kerl
bezweifelte seinen Randal und all die Lustbarkeit.
War das Erkenntnis oder wars nur ein abgrundtie-
fer, wasserblauer Glaube, in alles Menschenaas gesetzt, das seinen Mist ausstößt? Und zwischen Aerger
und Ungeduld beschlich es den übernächtigen Herren
wie ein lösender Hauch, so daß ihm einen Herzens-
schlag lang matt und weich wurde. Seine Augen
zuckten nach des Pfaffen Bett hinüber und blinzelten
dann verwirrt und mißtrauisch auf. Doch der Magister stand immer noch todernst mit Grüblermienen,
demütig – wie es schien – um Gottes willen und
jenseits von Menschenfurcht. So mochte der Witten-
berger Augustiner bestanden haben, dessen die Schwester Argula nie gedachte ohne ein Beben der Begeisterung. Einer andern Art! Der Kerl gefiel ihm.

»Warumb so habet Ihr Euch nit auf meinem Hof
gestellt!«

»Der edlen Frauen zu Lenting han ich ein Sach
ausgericht. Bin demnach umb Vesperzeit des vor-
vergangnen Tags auf den Stauferhof, da waret Ihr
allbereits aus; und Euch gefolget. Dessengleichen am
Tage Euch zu dickerem Mal gesucht, daß ich Euer
Gnaden kumm an; mich gleichwohl getröst, dann
was kunnt Euer Gnaden bedeuten, ob ich an Wuchs
seie grad oder krumm, schwarz oder hell von Haar.
Dannoch Euch gefolget nach, daß ich Euch kenn und
je ehender dest baß seh in Herzensgrund. Gott wird
mein Teil an Euch forderen, des will ich getreulich
hüten.«

Diese ruhevolle, unerschütterliche Stimme legte sich wie ein Wollmantel um die Ohren. Vor ihr zerfloß die lärmende Gewaltsamkeit der letzten Nächte einem Gewölk gleich am Tagesgewölb der Sinne, die eng und enger wurden, und sich zuletzt in eine dicke Schläfrigkeit verdichteten. Der Reichsfreiherr wankte auf das Lager des Hauspfaffen zu, setzte sich und gähnte.

»Ihr habet ein Zettel . . . von der . . . Grumbachin . . .«

Magister Leupold Moser griff in den Busen und reichte den versiegelten Brief.

Reichsfreiherr Bernhardin Stauf stierte das Siegel an, hob die Hand, ließ sie wieder fallen. Der Pfaffe rührte sich nicht. Durch das Fenster hörte man nur die Vögel, und auch die immer schwächer und ferner. Der Glatzkopf fiel auf die Brust, der Brief entglitt der Hand, und wie ein rünstiger Sack sank der getroste Mann zusammen. Magister Leupold hob ihm die Beine auf das Bett nach und legte den entfallenen Brief auf die Tischkante. Eine Weile sah er nieder. So lechzend tief war dieser Schlaf! Wie ein verdürstendes Tier am ersten Brunnentrog sog der Staufer seine Erquickung; kein Leibesschlaf allein, das übernommene Herz und das umgetrieben Gemüt lag seines Joches ledig und sättigte sich aus Gottes Gnadenhand. — Auch der Magister spürte die beiden ersten Nächte seiner Beratzhauser Seelsorge; die inbrünstigen Atemzüge seines neuen Herren waren Versuchung, doch der Lentinger Knecht wartete, und Frau Argula brauchte ihren Knecht.

Er setzte sich also wieder, spaltete die Feder und schrieb, daß die Regensburger Angelegenheit bestellt sei. Er schloß:

»... als bin ich kaum ein Tag hie gewest, und was Euer Gnaden Bruder der Reichsfreiherr, mein gegenwärtig günstiger Herr, allbereits auf Regensburg hinne. Demnach wellet ich mich nit viel umbtun. Hab gleichwohl mit dem Kolmar Grasser redt, den Schaffner ze Ehrnfels, ein frumm Mann, so E. G. sein dienstwilligen Gruß entbeut. Derselb hat Kundschaft mit eim Arzet, welicher ist vor etlich Wochen ze Beretzhausen ankummen und verweilet hie contemplationis causa, als es scheint, dann dies ist ein stiller Ort, und hat ein Libell unter der Feder. Derselb ist von Nürmberg ankummen, und der Kolmar Grasser hat zween ander Libell bei ihm gsehn, so zu Nürmberg seind ausgangen von seiner Hand in des Peipus Druckerei. Da soll etlichs mehr im Satz stehn. Heißt Theophrastus ab Hohenheim aus der Eidgenossenschaft, nennet sich Paracelsum, so E. G. dieser Nam ist etwan bekannt. Er ist dessengleichen ein Mann, des lieben Evangeli wohl erfahren, und auf dem Schloß zuweilen bei der Bibel-Kollekt gewest in der Zeit, da kein Prediger hie ist gesein. Denselbigen will ich, so es E. G. nach Wunsch und Willen gestund, E. G. Gemahl, des edlen Herren Friedrichen, Sichtäg berichten und heißen sein Consilium schreiben, etwan daß der Herr Friedrich damit bedienet sei in dieser seiner Leibesnot.

So beschleuß ich den Brief, grüßend mir auch den

edlen Herren und Euere Junker. Der gütig Gott welle uns all bewahrn und erhalten bei seinem Wort. Amen.

Datum in Eil am Mittwoch nach Peregrini ze Beretzhausen im 1530. Jahr.

Der edlen und tugendhaften Frauen, Frau Argula von Grumbach auf Lenting, meiner gnädigen Frauen zu Handen.«

Er falzte den Bogen, steckte ihn zusammen und schlich auf den Zehenspitzen hinaus, um sich ein Siegelwachs zu verschaffen und den Knecht zu entlassen.

*

Kein Wächter saß auf dem Turm zu Beratzhausen und paßte ein Zeigerwerk ab, um in die Menschen den Stundendrang einzuhämmern. Hier hielt noch die leuchtende Sonne Schritt, und die Leute trugen die Zeitglocke im Leibe. Ihre Kräfte, durch Element und Gestirn nachtschlafender Weile erneut, schufen ihnen den treibenden Morgen, und waren sie der Kräfte durch Hand und Fuß entladen, sank der Abend in ihr Blut. Das Fleisch vergor ihnen nicht subtil, ihre Lebensgeister hatten noch Boden, hausten in Gliedern, die der Erdkrume dienten, und waren kein Volatile geworden, das den Schädel mit Gedanken füllt, die Ziel und Maß des Tages übergleiten, die eines Körpers Physik überholen und an den Stundenschlag geheftet werden müssen, daß der Mensch seiner Kreatur gewahr bleibe. Ist einmal die Scholle verlassen und aus dem Tagwerk Denkwerk geworden, dann hat der Mensch auch seine Tageszeit verloren. Er tritt heraus

aus seines Leibes Stundengang. Das Werk ist über Hand und Fuß gewachsen, es bedarf der andern, um erfüllt zu werden, der Stunden der andern, deren Pulsschlag fremd und fremder wird, deren Kräfte über Mittel und weite Wege hin gesucht werden müssen. Dann tut der knöcherne Türmer not, der ein Zeigerwerk abpaßt, die Stunden unerbittlich in das Herz einhämmert, das an die Gemeinschaft verlorengegangen ist und nur mehr in wildem Trotze sein Selbst behaupten kann.

Auf der Rollwagenfahrt durch den fränkischen Nachwinter hatte Paracelsus etliches über das evangelische Wesen des kleinen Beratzhausen gehört. Ein regensburger Faktor, der Luther anhing, fuhr damals mit. Und je näher der großen Pfaffenstadt an der Donau, desto unlustiger zu ihr war der Vielerfahrene geworden. Es war ihm entgegengequollen, dumpf, ein Vorgefühl: die ewiggleiche, leckende Neugier, die schnüffelnde Wundersucht, die jedes natürliche Geheimnis entweiht, etliche Heilungen, ein beargwöhnter Zulauf, Versucher und Neider, und endlich der Mutwille derer, die seine Kunst wie eine Pfründe genossen und mit frechen Fersen gegen seines innersten Eigentumes Pforte trommelten, als müsse sie ihnen offen stehen wie ein Hurenwinkel, der Rest — Haß, wie sonst und überall, vielleicht ein Freund, der in Treue zurückblieb. Es mochte auch gewesen sein, daß ihn ein leises Fieberrütteln, wovon er gegen den Abend hin befallen worden war, unmutig gemacht hatte. Ihm war das Wirtshaus in Beratzhausen, wo die Pferde gewechselt wurden, einladender erschienen als sonstige Gelegenheiten dieser Art. Matt, hatte er einem Verlangen nach Erholung nachgegeben und ein Gastzimmer gefunden, das frisch gescheuert und mit neuem Sande bestreut schien, dessen Wände sich weniger bespien zeigten, als Wirtshauswände sonst, und das mit einem reinlichen Bette bestellt war. So hatte er den Fuhrmann abgelohnt und war geblieben.

Und die Wirtsleute waren zwei Fieberwochen hindurch redlich und treu um seine Wartung bemüht gewesen. Von heftigen Imaginationen gequält, die Kämpfe um das Nürnberger Druckwerk betrafen und ältere Bitternisse preisgaben, war den Pflegern sein Mensch in aller Lebensmühsal nahe und offenkundig geworden, und doch hatte er sie immer wieder in Ehrfurcht und Staunen zurückgebannt, wenn seine schöpferische Gedankenwelt vor ihnen in dunklen Redebahnen kreiste, aus denen Worte, fremd gleich geheimnisvollen Sternen, aufleuchteten. Sie hatten ihren sonderbarsten Gast unter dem Dache. Allein auch eine edle Frömmigkeit war jeweils aus den Fieberwirren vorgeklungen und hatte die beiden Alten mit menschlicher Zuversicht erfüllt. Von der Reisegesellschaft her wußten sie, daß der Kranke ein Edelmann und eines weitläufigen Rufes sei, das Gepäck und ein goldener Pitschierring an seinem Daumen ergänzten einiges. Der Schäfer und später auch der Pfleger Kolmar Grasser hatte sie beruhigt, daß keine gefährliche Kontagion zu fürchten wäre. – Kolmar Grasser war aus dem Schlosse gesandt worden, als

man erfuhr, daß einer von Adel im Wirtshause dar-
niederläge. — Und so hatten die beiden Ehehalten
nicht unterlassen, ein bedeutsames Gerede um den
Fremden zu breiten.

Da nun Paracelsus sich vom Lager erhob, stand
nicht nur die rückgestaute Lenzenslust dieses Jahres
mit einer frühen, befeuernden Wärme voll am Werke,
sondern auch er fand sich bei neuen Kräften inmitten
eines neuen Kreises lebhafter Erwartungen um seine
Person, die nach allem, was über sie geredet wurde,
nun weiteste Aufschlüsse in Tat und Worten schul-
dete. Er war also seinem regensburger Schicksale nur
halb entgangen und darum desto weniger, weil die
regensburger Evangelischen, von Beratzhausen stärker
angezogen, — die letzten Predigten des scheidenden
Geistlichen zu hören — an Sonntagen das breite
Wirtshaus summend erfüllten. Und sie trugen dem
Paracelsus, sowie sie nur seiner recht gewahr wurden,
auch ihre Siechtage zu.

Nindert wirst du ihm entrinnen, nindert kunntest
du ihm entfliehn, dann es steht über dir dein Leben
und ist das Wort deiner Kreatur, von Adam her
Gott entschlüpfet in der Stund deiner Geburt. Dies
Wort wehet mit dir, und du bist es überall, wo du
auch seiest. Leg hin dein Haupt und sprich, hie will
ich ruhn: das Wort deiner Kreatur ist wach ober
dem Schlaf und Traum deines Willens. Dann du
bist eingetan. Wahrlich du bist des Gottes nur ein
Teil, des Gottes, der allein sagt: ich will, weil er allein vermag zu sagen: ich kann. Er ist in dir verhan-

gen, iſt Creatum in dir, und das iſt dein Leben. Was willſt du dawider, du Staub in einem Sunnenſtrahle!

Nirgends war ihm die Gottesverſtricktheit ſeines raſtloſen Weſens ſo lebendig geworden als in der Stille dieſer beratzhauſer Werkeltage. Er glaubte zu wiſſen, weshalb er habe da, in dem abgeſchiedenen Neſte, erkranken und geneſen müſſen, wohin Menſchen ihr Gottesverlangen aus der Gemeinſchaft einer großen Stadt retteten, die bis an ihrer Ringmauern Zinnen voll von Religion ſtand. Und hier, wo er ſich angeweht fand, wie ein Samenkorn aus der Sturmeshand Gottes, fühlte er auch den tiefſten Grund deſſen, was ihn all ſein Leben ſo bitter und heiß gemacht hatte: eben das Kornweſen, gerade das Staubweſen, das granulum, das ſich in der Gemeinſchaft an den andern Körnern rieb und an dem andern Staube ſtieß. Und waren alle ſeine Werke bisher nicht granula geweſen! Den andern, ſeinem Gegenteil, wohl zu viel, ihm aber nur zu wenig: ihm Splitterwerk! Gegen die Impoſtur und Quackſalberei der Franzoſenarzenei hatte er geſchrieben, über den Tartarus, die Puſteln, Aderlaß, Urin, über Spitalsnot und die Not der Chirurgie; allda konnten ſie Broſamen aufleſen und brauchten nicht zur Schüſſel zu greifen. Nun, fern von ihnen allen, die ihn aus jedem verderbten Kranken anwiderten, die ſeinen Zorn mit jeder Handbewegung, mit jeder Falte ihres Geſichtes und Gewandes entzündeten, wollte er, der Ketzer der Fakultät, der Verführer der Discipeln, des Körnleinzornes und der Körnleinhitze ledig werden, den Pelz erwäſchen und ihn dabei bis auf die Haut durchnäſſen: nicht über dies und das verlauten vor den andern, ſondern aus innerſtem Grunde und tiefſter Kreatur aufſtellen die Eckſtein und Säulen aller Arznei insgemein: der Natur Philoſophia, des Himmels- und Erdenmenſchen Aſtronomia, des Elements Alchimia und die Heiligkeit des Dienſtes am Werke. Wie eines Lebens Schuld und Reinigung brach es aus ihm; die ſündloſe Schuld und Verantwortung des ungewollten eigenen Daſeins, die Reinigung in ſchöpferiſcher Demut. Er warf ſein Korn von ſich, zertrat die Schale ſeines Kernes, entwuchs den Splittern. So hieß er das Buch auch, das wie ein heißer Sprudel aus ihm floß: Paragranum, das iſt Ueber dem Kornweſen, Jenſeits von Staub und Scherben.

*

Da er den erſten großen Riß um ſeine Kunſt und all ſein Menſchentum gezogen hatte, dem Tageszorne entrückt, fern vom Stümperwerk der andern, wuchs ſeine Liebe zu den Menſchen neu. In Salzburg ſchon war dem Wegmüden die Einſamkeit zu bitter geworden, er hatte dort die Gottesfreunde geſucht, in Nürnberg hatte es ihn aus der magiſchen Wolke, die ſie an ſeine Perſon dichteten, in eines Herzens Nähe getrieben. Was dazwiſchen lag: Baſel, das hatte der Brücke nicht bedurft, dort war ſeines Weſens Turm zerbröckelt, er hatte ſich ergießen können, nur war ihnen ſein Strom zu voll, zu reißend geworden — hierher nach Beratzhauſen aber kamen die

Heilverlanger auf staubiger Straße, hier wuchs die Sehnsucht selber aus der Enge und brauchte kein Widerspiel. Die junge evangelische Gemeinschaft inmitten eines papistischen Landes gab den Leuten eine läßliche Billigkeit, sie beargwöhnten und belauerten ihn nicht, das Herz war ihnen aufgetan und darum der Sinn. So keimte dem werkgeheiligten Manne die neue Hoffnung auf Menschennähe.

Ein leises Klopfen an seiner Tür. Der Abend lag in den Fenstern, und der Sonnabend trat ein, vorsichtig und bedächtig, ein fragendes Lächeln in dem guten Gesichte: Kolmar Grasser, der Pfleger zu Ehrnfels, dem Stauferschen Hofgute. Er dienerte umständlich, und sie sprachen vorerst vom Wetter, denn auf dem Himmel stand, dick und grau, der lang erwartete Regen. Dann klopfte es stärker, das war der Sonntag, der seine Predigt wußte. Und er schritt so groß und weitgliedrig durch die Tür, daß er sich unter dem Riegelbalken bücken mußte: Magister Leupold Moser. Er langte hinunter, da er dem Doktor die Finger reichte.

»Drunt in der Stub harrend die Leut, als wie die Werkeltäg auf den Sunnabend, und wellend mit uns, Herr Doktor.«

»Heunt hanget der Himmel tief, lieber Magister, da möcht viel Wasser in unser Disputaz fallen, und Wassers ist sunst gnug. Ich mein, wir bleiben hie in dieser Stuben.«

»Davor hat unser Kirch ein weits Dach, das hält den Regen und einet mannigerlei Leut.« Er räusperte sich etwas befangen. »Seine Gnaden, der Stauf, hat zu unserm Colloquium auf diesen Tag nit ein gring Glust, dessengleichen die Freiin. Allein mit uns und denen andern auf der Straßen schweifen oder etwan sunst, dasselb kunnt er nit Standes halb.«

Paracelsus zuckte die Achseln. Der Magister ergänzte etwas leiser: »Ist als auch ein Brief kummen von der edlen Frauen auf Lenting, die hat Euer Libell gelesen von denen magischen Kartausfiguren, so Ihr habet ans Licht geben nit ohn Schärf gegen den Osiander, und ist voll Begierd nach Eurer Theorik. Wär längest hie nach Beretzhausen kummen, doch sie will ehender auf den Tag zu Augsburg, so sie der Sach unsres Evangeli kunnt dienstlich sein, dann der Frauen Argula seind etlich edel Herren wohl bekennt; will etwan noch auf Koburg reisen zum Doktor Martinus.«

Paracelsus war unter den Worten des Magisters vorausgegangen, er wollte zu den andern. Unmutig fühlte er die Erregtheit der sonst so ruhigen Stimme. Ihm waren die stillen Gespräche, die sie im Kreise schlichter Leute führten, um durch den Gottesdrang der Zeit zu Gott zu finden, so wert geworden, daß er für sie zu fürchten begann.

Unruhe zitterte durch die Menschen von Augsburg her. Der Kampf um die Herzen stieß seine Wellenringe weithin, und sie nannten ihn den Kampf um Gott. Paracelsus mußte an die Sorge des Ratschreibers und Weltmannes zu Nürnberg denken. Was war für Gott zu hoffen von all den vielen, die macht- und prunkvoll zu Augsburg saßen!

Doch als er unter das Häuflein Landvolk trat, das

seiner und des Predigers Moser harrte, faßte er neue
Hoffnung, und sie gingen also in die Kirche.

Der Reichsfreiherr und die Freiin saßen schon in
den Stühlen vor der Kanzel, ein Gast aus Franken,
der junge Schlick und etliches Gesind war mitge=
kommen. Paracelsus wurde zu den Herren geladen
und nahm nur zögernd Platz. Auch setzte der Magi=
ster unverweilt zu einer runden Rede an, als seien sie
unter den Glocken versammelt. Er sprach von dem
Kampfe in Augsburg, stand vor den Herren und für
die Herren, pries die neue Gemeinschaft und eine in
Christ erstandene Kirche über den Trümmern der al=
ten, die der Antchrist in Rom zu Gottes endlichem
Zorne verschachert habe. — Vielleicht wollte der
Staufer seinem Gaste etwas merkwürdiges bieten.

Die Bauern harrten ernüchtert, blinzelten auf den
ansehnlichen Gast, der breit und selbstgefällig neben
der Freiin saß, schielten zu dem kleinen Doktor hin=
über, der immer saurer dreinsah. Indes rauschte
der Regen um die Kirche. Und sie dachten, daß ihr
reifendes Korn gründlich satt werde, daß Rüben,
Kraut und Gras eine tüchtige Erquickung fänden.

Dann schwieg die volle Stimme, sie lauschten auf.

Paracelsus blieb sitzen, als er nach einer Weile un=
lustigen Kampfes gegen den Seelenpferch der Stunde
mit trockenen Worten vor sich hinzureden begann. Er
sah nicht recht auf.

»... das alt Lied, lieber Magister, die eitel Hoffens=
weis! Wann je und je Menschen entwachsen gesein
der Konstellaz ihrer alten Kreatur und erwachsen in

die neu Konstellaz, die neu Kreatur, mit Unruh und
Bangen, so tretend sie hin in die Gmein und muten
auf neu Gsatz, als die ze Augsburg tun. Bauen also
den neuen Altar, Opfer, Kirchen, Gebot. Geht ein
Gerede umb Alt und Neu. Wo aber bist du, Mensch,
oder du, Kaiser und Reich, der da müget die neu
Kreatur gründen und bauen vor all Zeit künftig?«

Magister Moser griff zu, denn er sah, daß alle
Augen aufflackerten wie Lämpchen, die frisches Oel
bekommen haben.

»Ein Mensch allein kunnts wohl nit, Hochgelahrt,
auch nit Doktor Martinus, der Mann Gottes, kunnts
alleinig. Darumb so tretend sie in die Gmein, darumb
ist der Tag vor Kaiser und Reich bstellt. Dann es steht
geschrieben: so ihr euch versamblet in meinem Na=
men, so will ich sein mitten unter euch. – Also wäch=
set der Mensch über ihn selbsten hinaus in der Gmein
und vermöcht die erneuet Kirch und Gsatz aufrichten
aus der neuen Kreatur.«

»Dagegen will ich ein Gleichnus stellen,« meinte
Paracelsus ruhiger, denn er hoffte nun, daß diese
Stunde nicht unwert bleiben werde. »Es seie ein
Mensch krank, so ist ein feindlichs Wesen wider ihn
in seinem Leibe, da muß der Arzt beistehn. Was schaffet
der Arzet? Etwan ein neuen Menschen oder ein neu
Gsatz des Leibes? Ein neuen korporalischen Adam?
Mit nichten. So der Arzt redlich ist und seiner Kunst
wohlerfahren, siehet er an den elementischen Menschen
in seinem Siechtag, erkennt den Kranken, wo es ihm
gebricht an Kraft des Elements und Sterns, hilft am

119

Orte. Und der redlich Arzt tritt an sein Feur, greift in die Apotheken, von Gott dem Menschen geschaffen in Kraut, Metallis, Marcasit, Salibus, Gemmis, ziehet auf ein Elixir, Magisterium, Quintum Esse mit der Feuer hilf, schaffet ein Konstellaz aus Kraft des apothekerischen Elements in Subtilität und stößet sein Arcanum der Kraft des Elements im kranken Menschen zu, daß beid, Natur und Mensch, wider die Krankheit künnten aufkummen und bstehn. Was schaffet demnach der elementisch Arzet? Nit ein neuen Adam, noch ein neu Kreatur. Er hilft dem alten Adam auferstehn, das ist gewest der leibkräftig Mensch in seinem Element und Stern. Und ist ein Groß', will eins schaffenden Manns ganzen Mut, daß er zu sollich eim Helfer erwachs. Allein es ist das Größist nit und bleibet in der unteren Welt verhangen. — Aber die Zeit ist reif worden, daß aus der alten Kreatur erwachs die neu! Höret ihr nit die Orgel Gottes über allem Wesen? Da fallend die Mauern der Tempel und berstend die Altär. Die alt Kreatur ist gegründt im Element und Planeten, und darin stehn Tempel, Altar, Opfer, Lehr, Sacerdot, Kirchengsatz. Was wächset aus denen Konzilien, Reichstägen und gehäufeter Macht und Willen? Wiederum Tempel, Altar, Opfer, Sacerdot und Kirchengsatz. Dann all, so da ankummen und wellend heilen den kranken Leichnam, die verderbet Kirch, müssend dem Arzt gleich bleiben und ein alten elementarischen Adam gsund machen. Die seind da aus dem Gestern geborn und die aus dem Gestern reden wohl. Seind Ethnici, vermeinend es liege alls im Maul. Und so ihr Mut und Herz noch so lauter stünd, ihr Mittel bleibet im Alten, ihr Mittel hanget im Element, nit in der neuen Kreatur, das ist im Reich, fern von dieser Welt, nit zu greifen und zu schauen, noch zu reden. Sie stehnd wider einander, und brenne ihr Herz hoch und heilig, sie müssen elementisch verlauten und elementischen Laut annehmen vom andern und gefangen bleiben in Ketten des Mittels, das ist in der alten Kreatur. — Nun aber tönet die Orgel Gottes von der neuen Kreatur, jetzt seind vor diesem Spiel die Planeten tot, und die Element haben kein Kraft mehr in dem.« Er loderte auf, seine klemme Stimme füllte die Kirche. »Siehst du, neue Kreatur: wie streng und gewaltig David, Salomo, Asaph, Moises, Israel haben auf das Gsatz müssen achthaben, gehorsam sein, willig und behend — und war alles ihnen kein Nutz! Ward ihnen alls Regul, äußerlich, ein Schalen, ein Kleid. Und aber siehst du, neu Kreatur, als gleich: Kaiser und Reich mit Tag, Disputaz und Rat! — Du mußt zu dir kummen, neu Kreatur, und alleine. Als Christus saget: Gang in din Kämmerlin und bschleuß die Tür hinter dir. Do bist allein. Do bist innerlich. Zwo Geburt seind im Menschen, so mußt du die alt von dir tun und in der neuen sein. Zwo Influenz: Die alt Kreatur, die da ist in die Welt geschaffen, hinwider die neu Kreatur nun aber im Menschen innerlich und stehet in der Influenz des heiligen Geists. Also soll der Mensch fechten mit zwo Ritterschaft, wider den alten Himmel, Firmament und Element und wider die alt Ordnung der templiſchen Gſatz und ſich der zweien im ſeligen Leben entſchlahen und da den neuen Himmel laſſen influieren, imprimieren, konſtellieren und ein neuen Schöpfer der neuen Kreatur annehmen in ſeines Herzens Tiefe und Heimeligkeit.«

Das Gewölb gellte ſeiner Stimme nach. Befremdet ſtutzten die vom Schloſſe, und die anderen erſchraken über die Heftigkeit des ſonſt bedachtſamen Doktors. Alle fühlten ſich von einem Wirbel zweiflerischer Gedanken fortgeriſſen. Er ſelber blickte erſtaunt auf: ſah Steinmauern, Kanzel, Altar; ſchlichte Menſchen mit fragenden Augen ſtreifte ſein Blick, andere mit den geſenkten Stirnen, die ſich nun falteten – und dann lächelte er ſelbſterſchloſſen und merkte, daß auch er dem Gemäuer mit den hohen, bunten Fenſtern im Chörlein, der Kanzel, dem Altare erlegen war. Er hatte gepredigt. Nun ſchloß er die Lider und fuhr langſam über Stirn und Glatze.

Der Gaſt flüſterte dem Reichsfreiherren zu; Bernhardin Stauf wehrte mit einer leichten Handbewegung dem Magiſter Moſer und ſagte unter einem halben Lächeln:

»Als Ihr ſaget, Edel und Hochgelahrt, der Tempel fällt und der Altar gehet in Trümmer. Des iſt wohl Zeit, und wellends unſer evangeliſchen Leut auf dem Tag zu Augsburg machen perfekt. Allein wie ſollt es einer alleinig tun in dem Schlafkämmerlein? Iſt ein Bau gewaltiglich, der Tempel und Altar römſcher Kleriſei, da brauchets viel beherzt Werkleut.«

Der Gaſt nickte lebhaft, er hatte eine kollernde,

behagliche Stimme und strich den Bart, während er sprach:

»So ist, als der Staufer meinet! Kirch wider Kirch, Stein wider Stein, Gsatz wider Gsatz! Wo kunnten die Leut sunst hin? Des Christenmenschen Freiheit muß geschaffet sein, und hat er sie, ist not, daß er wiß wohin, dann das Gewissen will sein Ort han.«

»Hat sein Ort,« fuhr Paracelsus dagegen, »hilf Gott, daß die zu Augsburg den Ort nit vermauren: Gsatz wider Gsatz und Stein wider Stein!«

Es begann ihn zu gereuen. Er hatte sich aufgetan und die Stunde der Gemeinsamkeit war doch verloren. Er blinzelte zu dem jungen Magister hinüber, dessen wasserblaue Augen ihm aus einem verlegenen Gesichte begegneten. Und das versöhnte ihn sogleich. Feinfühlig empfing Leupold Moser die freundliche Lebenswelle, die in Paracelsus allen Unmut löschte, und er sprang ein.

»Zwiefach ist der Mensch, als Ihr ihn selber erwiesen in Eurem Gleichnus, Edel und Hochgelahrt, da Ihr habet den ein Teil in das Element und Gstirn gsatzt. Der Teil ist der elend Teil, das irden Kloß und schreiet nach der Gemein, der Gemein aber tut Kirch und Gsatz not, sie ist des Gewands dürftig, dann sie erkennet ihr Blößen, brauchet die Schalen, muß schöpfen und vermag ohn Mittel nit aus Gott zu saugen. Als der Heiland saget: Ich bin nit ankummen Gsatz und Propheten zu lösen auf, sundern erfüllen.«

Paracelsus sah nieder, es war still geworden in ihm. Er meinte: »Nun ist die groß und unvernommen

123

Stimm der Zeit laut, die neu ist und reif ist, die über die Schwellen tritt – allein des Menschen Ohr hanget beim Alten, hört die Stimm nit, und des Menschen Fuß wurzlet im Gewohnten und stocket für der Schwellen. Do wird sein Herz der Unruh voll, und er redet das Alt der neuen Zeit zu mit klugen und gewohnten Reden. Sollichs fährt dem Ohr glatt ein und lullt das kindlich Herz. – Was saget Christus? Er spricht: Ich bin ankummen zu erfüllen, das ist vollbringen. Also spalten sich zwo Kirchen, und nit die ein römisch, die ander lutherisch, zwinglisch, sektisch, sundern die ein ist die Kirch zur Lehr, die ander zur Vollbringung. Die zur Lehr ist äußerlich, die zur Vollbringung innerlich. Die innerlich in Christo stehet und braucht nit zu losen auf Gsatz und Propheten, dann sie ist Gott in uns ohnvermittlet. Do wird keiner Herr der Seelen von außen her sein, do lieget die Einfalt, und werden stumm Decreta, Decretales, Pfaffenwandel, Sitten. Menschgott all einig und Gottmensch all einig und ein Schlafkämmerlein.«

Der Reichsfreiherr und sein Gast – vielleicht hätten sie an anderem Orte und fern von dieser Stimme über die Rede gelacht oder sie belustigt abgewehrt – sahen suchend in die Gesichter der Leute, die am Munde des fremden Doktors hingen, und sie gewahrten den Zweifel nicht, den sie suchten. Auch des Pflegers rundes Gesicht war sanft erhellt, und das des Magisters von einem tiefen Ernst erfüllt. Die Freiin aber hatte die Hände auf dem Pulte gefaltet und lauschte fromm. Da wurde den beiden weltläufigen Herren zag zu Mut.

Der Magister hob nur fragend seine Stimme: »Ihr ſinket wie ein Lot und achtet des Waſſers nit, noch der Fiſch im Waſſer; die wellen auch leben. Da bleibt die Frag allein und iſt die letzt Frag: Warumb hat Gott die alt Kreatur erſchaffen und nit die neu vom Anbeginn, daß ihn gereuet die Schöpfung Adae und ſeines Geſchlechts!«

»Das iſt wohl ein Frag, lieber Magiſter — und ihr Antwort gehet in zween Weg. Der ein iſt auf den Creator gericht, den will ich hie bleiben lan und laſ= ſen ſtahn bei denen großen Meiſteren, als ich nenn Eckartum und Taulerum; der ander iſt auf den Men= ſchen gericht, und weiſet Gott in ſeiner ſunderen Gü= ten. Er hat den Menſchen nit gemacht vom Himmel, noch aus ſeiner Subſtanz, gleichwohl ihn gſatzt ins Paradeis; und der Menſch war nit vom Paradeis. Wollt ſich nit zuſammenreimen: Leimklotzen und Manna. Aber darumb iſt Adam ins Paradeis kum= men, damit er aus ſeiner und des Gartens Wider= wärtigkeit lernet. Und ward ausgeſtoßen aus Gnaden in den Jammer und das Elend, darinnen Gott ſein Wohlgefallen hat, dieweil er ſagt: ſelig ſeind die Ar= men, ſelig ſeind die Verfolgung leiden, ſelig ſeind die Dürftigen. Unſelig wär Adam blieben im Garten, dort lernet er kein Elend und Armut. Darumb ſo mußt er hinaus in die Welt. Dann was wir ſelbs von uns abtun, das muß mit Herzleid und Jammer beſchechen. Wir müſſend verlaſſen. Das tut unſerm Herzen weh, und das unſerm Herzen ein Leid iſt. Es muß ſein. Und muß aber ſein. Elend und Laſter treiben die Frumb=

heit herfür. Der Unruh hat, lieget in täglicher Uebung. Not tut das Uebel. Darumb bei dem Unruhigen ist Erfahrenheit, Kunst, Geschicklichkeit deren Dingen, darein er sich unruhig begibet. — So ermesset Gott mit Gottes Maßen und wäget ihn nicht mit Menschengewicht, dann Gott lässet seiner nit spotten. Gott muß deines Herzens Unruh, Elend und Armut von dir wellen, nit aber Gold, Gstein, Lehr, Sacerdot, Sammlung, Kirch, Altar. Der aus dem Elend schreit und seiner Not, gibt Gott, was Gottes ist.«

Nun hatten sie die Stimme nicht mehr vernommen und nur das vielgeprüfte Herz. Auch er hatte nicht mehr für Stunde und Menschen gebangt.

So kam es, daß Frau Ottilia unter Tränen aufsah und ihrem Gatten ins Ohr flüsterte:

»Die Woch künftig ist unser Tag, Staufer . . . da will ich die Sau stechen lan und der von Hohenheim soll auch kummen . . .«

Und Bernhardin Stauf raunte ihr zurück: »Das mußt tun . . . der selb . . .« aber er konnte nicht recht weiter und räusperte sich gewaltig.

Der Gast brummte nachdenklich in seinen Bart, er hatte etwas von dem Saustich gehört und die Tränen der Freifrau gesehen, das reimte sich auch nicht, wie des Doktors Leimklotzen und Manna, aber er sah wohl ein, daß er unter merklichen Leuten saß, hier zu Beratzhausen. Es ging auch sonst nicht nach der Regel. Denn nicht der Reichsfreiherr oder die Freiin erhoben sich und gaben Urlaub, sondern etliche, die in schlechten Kitteln hinter den andern gestanden waren, gingen nach einem tiefen Schweigen, das sie alle erfüllte, langsam aus der Kirche, und die anderen folgten denen. Gleichermaßen benahm sich der beratzhaufer Pfaff sonderbar genug. Er saß am längsten, hielt die Stirn in seine Hand gestützt, endlich schien er am Geräusche der Schritte zu erwachen und trat zögernd auf den Doktor zu, der offenbar erfreut war, daß ihn einer aus all der Benommenheit erlöste, die er angerichtet hatte.

»Nu ist der Regen gar,« meinte Paracelsus beweglich, »wir wellend noch ein Weil auf die Straß gen Nürmberg!«

Der Magister nickte nur, und draußen erwarteten ihn die andern. Die erquickende Kühle, das satte Grün ließ sie aufatmen, und jeder wußte, daß sie alle froh und leicht geworden waren. Es ging einer unter ihnen, dessen Herz eines Felsens Last vermochte. Sie konnten ihre Schollen und Steine auf ihn legen.

*

Sie waren ihm nachgefolgt, und er war ihr Führer auf einem Wege gewesen, der weitab vom Weltlauf zweigte. Solange er unter ihnen gegangen war, hatte er ihrer Herzen Gläubigkeit wie eine Kraft gefühlt, von der sein Herz weit offen und überfließend geworden war.

Dann kam die Nacht, die tiefe Nacht, und hob den Stein vom Brunnen seines Wesens, und das Gestirn spiegelte sich im Spiegel seines Gewissens.

Schlaflos lag er auf dem Bette, durch das offene Fenster flimmerte das Firmament. Und ihm war, als habe er seine Gotteinsamkeit verraten und sei an ihr schuldig geworden. Mit mörderischer Klarheit fühlte er jetzt, daß seiner Stimme Gewölbhall in ihnen das meiste vermocht hatte, und daß er selbst nur hingerissen worden war. Er fand den Gottesteil in sich und den andern nicht mehr, den Gottesteil, den mit Worten zu rühren, er sich vermessen hatte.

Und blieb auch da das Wort allein, so blieb Verführung und Makel des Wortes, dagegen er sein Leben lang kampfmutig gestanden war. Mittelbar war er geworden, wo alles Mittel fehlt, niedriger also als das Element der Erdenwelt, niedriger als die Magie des Firmamentes, denen beiden der Mensch durch sein Gottesteil überweitet ist.

Er hatte gepredigt. Nun in seiner Stille bekümmerte ihn die Unlauterkeit des Schalles. Wo hing die Schlange in seinem Laube, und woher tropfte das Gift in seinem Baume?

Und sie waren ihm nachgefolgt, fromm wie Kinder!

Theophrastus wälzte sich auf dem knisternden Stroh. Er wünschte Ausflucht. Still sein und starr sein, dann mußte der Schlaf kommen. Kein Glied rühren und langsam, tief atmen.

Da hörte er den Gesang einer Nachtigall. Vor seinem Fenster nicht allzu weit schlug sie längst, die unschuldsvolle Stimme sanft erschlossen und fern vom hadernden Willen, nur Laut ihrer selbst.

Es brannte in ihm auf, als sei ein lodernder Stern in seine Brust gefallen: War er so gottbegeben und weit von Wille und Hader gewesen, da er vom Weg

zu Gott erschallte! Es hatte in ihm gekämpft — auch
da! Widerwille und Hader: gegen den templischen
Ort mit Wänden, Altar, Kanzel, gegen die Men=
schen aus dem Schloße und ihren elementischen Ge=
setzeswillen, gegen die Meinung des jungen Pfaffen,
der eine weltläufige Straße wies.

Sein widerwärtiges Herz! Das am Streite heiß
wird und dann zum Maule herausschlägt. Nicht
zum Maule allein, aus den Fingerspitzen auch, die
Feder und Kalamus führen. Herz, fern vom Liede
der Nachtsängerin, Herz in des Zorns Blöße! Vom
Gottesreich verlauten aus Widerwärtigkeit! Wider=
wärtigkeit hier wie überall und gegen alle! Er ver=
grub seine Stirn in das Kissen.

Und hörte die Vogelstimme: die Nacht sang zu
ihm. Und fühlte das sanfte Gleiten und Tasten aus
den Sternen in seinen Leib, aus dem Erdboden an
seinen Leib. Ihm war, als würde er durchsponnen
und getragen inmitten.

Eine Flammenzunge Reinheit war auch in der
hallenden Kirche durch ihn geweht. Sie ist von dem
Pfleger hergekommen und von dem Haufen Men=
schen im Baurenzwilch. Heilig und gemeinsam ist sie
gewesen. Die konnten das Teufelselement des Wor=
tes nicht geschmeckt, den Widerstreit, der Worte ent=
zündet, nicht erlebt haben. Vielleicht war ihnen Theo=
phrastus Laut geworden, wie die Vogelstimme der
Nacht Laut ist der Nacht . . .

Er breitete die Arme. Sein altes Blut, aus dem die
Sehnsucht vieler staubgewordener Generationen nach

Erlösung schlug, glühte im Verlangen nach ihnen, die noch nicht die Last des Blutes trugen. Hatte nicht Christus ein Kind von der Straße gegriffen und mitten unter die Jünger gestellt, da sie ihn fragten: Wer ist der Größeste im Himmelreich? — Es sei denn, daß ihr euch umkehrt und werdet wie Kinder . . . umkehren, nach vieler Geschlechter Mannesdrang und -schicksal! Das andere Kind werden, der ausgelernte Adam, dem das Paradies nicht mehr mangelt, denn er ist unmittelbar vor Gott! Umkehren und wieder zur Kindheit kommen!

Wo lag also der Stachel, der seinen Zorn auftrieb? Bei den Ständischen, die Kirchenpfeiler, Schulwand und Adelsmauer brauchten, nicht um Gott zu leben, sondern um in weltsicherem Schirm und Halt einer Welt zu ersterben. Gesetz wird Stütze, Gesetz wird Mittel, Gesetz muß Hader werden, denn es gibt kein Gesetz aller Kreatur. Gott ruht gesetzlos in sich. Da Mose vom Berge stieg, sahe er das Volk, da wurde er an dem Schmerze seines Schauens Prophet, zerwarf die Tafeln des alten Bundes, und aus seinen Schläfen brach der Schein des Gottgerührten. Umkehren, gesetzlos werden, Kind unter Kindern!

Er lag auf dem Rücken, die Arme noch gebreitet, spreizbeinig. Sein Herz schlug. Die Nacht sang nicht mehr aus der Vogelkehle zu ihm, er sah das Firmament.

Da wuchs sein Wesen ungemessen. Jedes Glied, jede Fiber, jedes Haar verschwamm mit seinem Bruderteil in der Sternenwelt, und die Substanzen seines Leibes sanken in den Schoß der Elemente. Der Himmelsmensch und Erdenmensch flossen zusammen in unsäglicher Einheit. Ober ihnen schwebte, gleich einer Wolkenröte, der reine Hauch, in dem Gott der Creator zu Gott dem Creatum geworden war. Er bebte, durchpulst vom großen Puls des Firmamentes, und das Gestirn wallte, von seinem Herzen durchflutet. So strömte es in unermeßlichen Läufen von ihm und zu ihm, er selbst war nichts als aufgelöste, allverbundene Kraft. Er wäre in diesem großen Erleben gestorben, hätte er nicht den magischen Fluß gefühlt. So aber ballte sich der reine Glorienhauch über der kosmischen Paarung: Theophrast; und Paracelsus sank, ein Mensch, in seinen Menschenschlaf.

Aber auch andre kämpften in dieser Nacht, die ein Vogel mit seiner süßen Stimme füllte, wider ihn. Nur wenige, die ihm nachgefolgt waren, und nun nicht den kühleren Griff am Herzen fühlten. Je weiter der Fistellaut seiner Stimme, der Bann seines Blickes, das Geistfeuer seines Gesichtes aus ihrem Erleben schwand, desto kälter faßte sie sein Wort an und preßte ihre Herzen.

Hatte er nicht die römische Kirche und das Werk des Doktor Martinus zugleich mit dem Zwinglischen Gegenspiele und allem Sektenwesen wider den neuerstandenen Heiland gestellt? Hatte er nicht alles verworfen? Konnte dieser Mann Heiligeres wollen als Doktor Martinus? Wollte er nur anders?

Wenige nur hielten auch in der Stille der Nacht bei ihm aus, und sein Wort belastete sie nicht. Das Feuer hatten die gefühlt und blieben durchwärmt wie ein Keim nach der Sonne. Die meisten aber, auch solche in Zwilch, lauerten nach, erschauerten wie Schafe unter der Schur, sahen sich um, ob die Stalltür offen stand. Und die des Wortes gewohnter waren, warfen heimlichen Spott und Zweifel gegen ihn.

*

Als er am anderen Morgen den Schlußsatz des Paragranumwerkes fand, wartete der lange junge Leupold Moser unter der Tür. Paracelsus hatte ihm leise zugewinkt und schrieb die letzten Zeilen:

»... will euch also mein Grund fürgehalten haben und guter Hoffnung sein, ihr werden euer Augen dermaßen auftun, wissen und erkennen, was euer Kunst der Arzenei sei, doch am wenigsten die Auditores ...«

Noch etliche Worte fehlten, er fand sie nicht mehr: hinter seinem Rücken rief ihn ein suchender Wille an, er fühlte den Strom des anderen Menschenwesens, und es zwang ihm die Feder aus der Hand. Mit einem kurzen, fast unmutigen Rucke wandte er sich um.

»Ihr habet ein Herz voll, Magister – und ich nur eine Feder. So mag es billig sein, daß Euer Herz ehender fleuß und leicht werd, dann meine Feder.«

Der Magister ließ sich auf den angebotenen Schemel nieder. Er stützte die Ellbogen auf sein Knie, faltete die Hände und sah zu Boden.

132

»Diefe Nacht ift fchwer und umbtrieben gfein als ein Mühlftein, und ich bin unter ihr gelegen. Nu ift der Tag und ift ein Sunntag. Es werdend die Leut ankommen aus der Stadt, von dem Land und wellend hie dem Worte nach. Ich foll das Wort finden. Da muß ich fürderft durch Euch hindurch fein. Ihr habet mich übermannt. Euer Wort ift ein langfam Feuer, das zu der Scheun fchleicht und langet ein zur tiefen Stund, da alles fchläft; fchlägt aus in böfen Flammen. Da muß ich hindurch, von Angeficht zu Angeficht hindurch, eh dann ich das lauter Wort Gottes kann denen verkünden. Ihr habet ein Brandfamen ausgeftreut; da ich Euch gehört, war es eine Wärme als vom Weine, da ich allein bin geweft, ift es zehrend auferftanden. Seid Ihr des allmächtigen Gottes oder feid Ihr des Teufels? Ich muß hindurch durch Euch und noch in diefer Stund!«

Er blickte brennenden Auges auf, und feine Hände preßten einander blaß. Da fank der kühle Hauch in des Heilmeifters Bruft; er fah den Menfchen, der am Zweifel darniederlag und fuchte das Heilmittel.

»Gottes oder des Tüfels? Wiffet Ihr kein gringeren Biffen vor diefes nüchternen Morgens Weil! So ich des Tüfels wär, wie kunnt mein Antwort anders lauten dann: Gang heim, arm Seel, ich bin des Gotts! – Schreiet nit alle Welt: ich bin des Gotts, und ift des Tüfels ein Dreck? Hat Euch diefe Nacht umbtrieben, Magifter? Was wiffet Ihr von Nächten, vom Trieb, vom Mühlftein? Wohl Euch, fo Euer Scheuer brennt lichterloh zur Aefchen! Wer hats

Korn eingefahrn und etwan das ausgedroschen Stroh! Ist alls nit Euer. Eines Menschen Ernt lässet sich in einer Hand bergen, tuet der Scheun nit not.«

Der Magister sah ihn fassungslos an. So kannte er den Paracelsus noch nicht. Das war der Mann nicht, aus dem es gestern noch und an geheiligtem Orte wie Herzenslaut gebrochen war.

»Ich kumm nit in Streit und Hader ... ich will rein werden ... rein!« Ihm bebte die Brust. Aber des Paracelsus Lippen blieben schmal.

»Die Matrix muß durchs Feuer, daraus wächset die Lauterkeit. Lieget alleinig an ihr, daß sie ihr fürig Wesen an dem Feur entzündt und ihr selbsten klar seud. Soll ich ein groß Pfaffenkreuz über Euch schla= gen und: absolvo te, gang hin, schlaf weiter! Mein Ambt ist dem Nachtwächter entgegen und ich blas: wach auf und brenn! Und ist mein Ambt des Tüfels, so ist es des Tüfels, den Gott hat erschaffen und Lu= cifer benennt in der Stund seiner Geburt.«

»Das ist kein Seelsorg nit, also spricht der Ver= sucher.«

»Wohlan, so will ich versuchen, als Gott den Abraham hätt, der sein Messer ober des eignen Suhns Kehl geschwungen, und ich werd Euch Euren Ham= mel nit weisen an des Suhns Statt.«

Da richtete sich der junge Prediger taumelnd auf, er preßte die beiden Fäuste gegen die Stirn.

»Gelobt sei der Herr, dann es höret Euch keiner ... es möchtend ihnen allen Stein wachsen in den Händen, daß sie Euch damit würfen!«

Paracelſus hielt an ſich; er wußte, daß hier nicht Balſam, noch Diät, allein das Meſſer not tat. Er höhnte beinahe:

»Steiniget! Steiniget!«

Der Magiſter ſtutzte, ſein Geſicht gewann Röte, die Hände öffneten ſich und ſanken nieder, die Augen glänzten auf, aller Schmerz ſchwand aus ſeinen Zügen.

»Sie ſtehn am Werk und bauen Zion neu. Gott hat ſeine Baumeiſter erwecket, das Schwert des Wortes in der ein Hand, die Kellen in der andern. Sie ſtehnd am Werk. Wir all nehmens hin als wie die Sunn und den Mond, als wie das täglich Brot und den gewohneten Schlaf, loben wohl mit mattem Wort und zeigen ein ſorglos Gefallen. Indem geſchicht Gottes Wunder vor unſerm blöden Geſicht, als kunnts nit anderſt ſein und ſeie uns nur nach Verdienſt getan. Da weiſet Gott ſein neu Erbarmen, daß wir ſein Gnaden erkennen in der Tiefe: und er läſſet den Zweifler auferſtehen und ſein Samen ſäen. Gelobt ſei Gott vor dieſe Zweifelsnacht unde Gewiſſenspein, vor dieſes Morgens Bitterkeit, dann nun bin ich hindurch.«

Er ſah auf den Heilmeiſter nieder, der leiſe lächelnd vor dem Schriftwerk ſaß und tat, als ob er läſe.

»Ich kunnt Euer Feind nit werden, Herr Doktor. Nun aber geh ich in Frieden. Müge Gott Euch gnädig ſein, daß Ihr das Euer verantworten künntet.«

Paracelſus blinzelte auf.

»Sie hand mich den Lutherus genennt, ich bin

135

Theophraſtus. Ich ſoll der Lutherus ſein! Ich werd ihm und Euch zu arbeiten geben und werd dem Luther ſein Ding laſſen verantworten und das Mein eben machen.«

Eine Weile noch zauderte der Magiſter unter dieſem Froſthauche, aber es ſchien ſeine Sanftmut zu ſiegen. Er neigte den langen Leib und ging. Paracelſus wollte ſeinen Geiſt an das Schriftwerk zwingen, aber noch lebte die tapfere Leidenſchaft des jungen Predigers in dem ſtillen Raume zu ſtark.

Der große Heilmeiſter lehnte ſich im Stuhle zurück. Er ſah durch das Fenſter in den leichtbewegten Himmel. Die Schwalben ſchwangen edlen Fluges durch die Luft, kühn, als würfen ſie ihre weiße Bruſt in den Weltraum, und doch — ſie kehrten, neſtgebunden, immer wieder zurück.

*

So reifte auch das kleine entlegene Beratzhauſen um ihn wie rings die Saaten. Er ſah es an den verhaltenen Mienen und an den Blicken.

Wo waren Ort und Menſchen einſam genug, um offen zu bleiben, wenn er ſich auftat! Und es tat ihn auf, immer wieder. Sie lauerten vor ſeinen Toren eröffnungsgierig, Natur und Menſch, ſein Schickſal: nie Mann, Weib, Kind, niemals Haus, Werkſtatt, Acker — immer Menſch, Natur in einer gierigen Unerſchöpflichkeit, drängend und treibend.

Das Paragranumwerk lag für die Offizin des Peipus bereit. Er war daran rein geworden von den

Splittern und mehr noch, sein Mensch hatte wieder in die Werkeinsamkeit zurückgefunden. Er hatte die andern gesucht, und die andern verloren sich wieder. So war er neu auf sich gestellt, wie der reife Acker, den kein Unkraut mehr ersticken kann, den Sonne und Regen nicht mehr wandeln können, dessen Hoffnung erfüllt ist, wohl oder übel, an den der Bauer kein Gebet mehr wendet.

Da brach aus ihm das andere, größere Werk, wie ein neuer Adam und einem Gesichte gleich: der Berg der Menschenkrankheit aus seines Urgrunds Tiefe geschaut, das Wesen alles Siechtums selbst, ein Ungeheuer mit drohenden Klüften und Gipfeln.

Was war von den andern allen getan vor seiner, des Paracelsus, Monarchei! Auch sie hatten aus der Heilerfahrung eine Gesetzeskirche gemauert. Väter, Kanonisten, Kommentatoren starrten von den Kragsteinen an ihren Säulen, und eine Liturgie war ihre beste Kunst. Das Wesen der Krankheit war in Namen zerflossen, das Wesen der Arzenei in das scholastische Spiel spitzfindiger Wortwörtlichkeiten. Breit saß der Baal der Medizin auf dem Tempelthrone, und die ihm dienten, kümmerten sich um Kleid und Gestus, während sie ihre Zitate aus den dicken Köpfen schüttelten. Nicht lebendige Kranke fieberten vor ihren Augen auf dem Stroh und krümmten sich in Angst und Schmerzen, kanonisierte und kommentierte Begriffe lagen da, gegen die man Antithese und Respons setzte.

Da türmte sich vor seinem Blicke der Berg der

Krankheit, wie er aus der Weltmatrix erstanden war, als Gott sein Auge von der Schöpfung wandte, da ihn der Mensch gereute. Fünfgipfelig zürnte der Berg: Verderben aus üblem Fluß des Gestirns; Selbstvergiftung in leiblicher Däuung; Siechtag aus Feindseligkeit des Erdenelements; das Leiden, vom bösen Willen der eigenen und fremden Brust her; und endlich die Krankheit nach Gottes rächendem Ratschluß. Aus vier dunklen Schlünden gähnte der Berg des Leidens zwischen diesen Gipfeln: Kluft des Urstoffkampfes, der Eifersucht des Sulphur, Mercurius und Sal um den Besitz des Leibes; Schlucht des verstockenden Tartarus, der das lebende Organ in Sand und Stein erstickt; der Abgrund der brünstigen Matrix, aus der mit dem Leibesleben der Tod wächst; und die Kluft der gärenden Imagination, des Seelennetzes und -verhängnisses.

Er fühlte sich mächtig, dem Krankheitswunder aus Gottes Rachestunde die Schleier des Mirakels zu entreißen, geschaffene Natur zu enthüllen, wo bisher ein scheuer Buchstabendienst und hehlendes Wortgezänke das Licht der Natur verdeckt hatten. Ernüchterung, angesichts der exaltierten Lebensnot, Entschleierung, Reinheit! Dafür warf er seines Lebens Elend federleicht hinter sich und wurde neubürtig an dem ungeheueren Entschlusse. Und Paramirum wollte er dies größere Werk nennen, das nicht mehr ihn befreien sollte und sein kämpfendes Arzttum, sondern die Arzenei der Welt. Paramirum, das ist: Ueber allem Staunen, Jenseits von Glaube und Wunder. — Was ist jenseits! Sie selbst, die Natur in ihrer Gottestiefe. Sie sollte an seinem Gesichte enthüllt sein.

So schrieb er an einem Nachmittage vom Wesen des Mikrokosmus: »Sei euch das ein Introductorium unseres Anfangs, daß in gleicher Gestalt, wie ihr das Firmament in Himmeln erkennt, ein gleichförmige Constellation, Firmament ist im Menschen. Wir wollen uns durch euer Lehr nit beschämen, daß ihr heißet den Menschen Microcosmum. Der Name ist gerecht: aber ihr habt ihn nie in keinem Verstand gehabt und euer Auslegung sind dunkel. Also sollet ihr uns verstehen: Wie der Himmel ist an sich selbst in allem seinem Firmament — also ist auch der Mensch konstelliert in sich, für sich selbst gewaltiglich. Wie das Firmament im Himmel für sich selbst ist, und von keinem Geschöpf geregiert wird, also wenig wird das Firmament im Menschen, das in ihm ist, von anderen Geschöpfen gewaltiget. Sondern es ist allein ein gewaltiges, ein freies Firmament, ohn alle Bindung. Zweierlei Geschöpf: Himmel und Erden für eins — der Mensch für das ander...«

Er sprang auf. Die Stube wurde ihm zu eng. Der ganze Körper fieberte im Silbenfall dieser letzten Sätze. Und während die Tinte auf dem Papier verdunstete, gab er den wortgebannten Gedanken seinen Segen. Mit großen Schritten stürmte er auf und nieder, seine geballten Hände zuckten durch die Luft, und sein Antlitz war bewegt, wie ein Bergsee unter einem Gewitter. — Ein Nichts, ein Bettel war ihnen der lebendige Leib geworden unter dem Bettel ihrer Kunst, so hatten sie den Menschenkörper, die letzte, äußerste Tat des schöpferischen Gottes, dem Gestirn und der Erde unterworfen und tiefer noch: ihrem eigenen stumpfen Sinn. Was sie nicht fassen konnten, es brauchte nur vor ihrem prahlenden Gewissen in diese gemeine Nichtigkeit herabgewürdigt sein, und sie konnten Hoffart darüber treiben, sich erfühlen. O letzte Kunst der Impostoren, der Narren und der Schwachen! Sie sollten ahnen, welch unendliche Welt im lebenden Leibe aus Gottes Hand hervorgegangen war, daß Himmel und Erde ihm nur wie ein geringer Bruder glichen. Und in die Knie, in den Staub vor Gottes sechstem Werkeltag! Dienen in des Herzens ganzer Demut und Inbrunst, dienen in der sehnsuchtsvollen Armut der Tagesvernunft vor solchem gottewigen Geschehen über Geschlechter hin! Von dem Schöpfer berufen zur Hilfe an seinem Werke! Selbst nur Werkzeug im höchsten Willen! Sie sollten wieder beten lernen, beten, indem sie dienten!

Er preßte die gefalteten Hände an seine Brust, stand hochgereckt vor dem Fenster, sah trunken in das späte Sonnengold, und seine Augen netzten ihm die hageren, eingesogenen Wangen.

Er hörte das leise Pochen lange nicht. Vielleicht hatte er allzu laut mit sich gesprochen, daß der Wirt nur schüchtern immer wieder den Einlaß versuchte. Endlich schreckte er auf, fuhr sich über Stirn und Wangen und rief.

Der alte Wirt. Ein unsicheres Lächeln.

»Verlaub ... verlaub, Herr Doktor, Herr ...« und

140

er fächelte beruhigend hinter sich her, denn ein Bote, der an seinen Mann wollte, war mit eingetreten. »Aus Nürmberg der Ordinari, als Ihr sehet, Hochgelahrt, Herr Doktor... und ein Ratsbrief... und wilt sein Lohn.«

Der Bote schob die Hand des Wirtes beiseite und reichte den Brief.

»Vierzehen Schilling, Euer Edel... sollt sechzehen heißen mehr vier Heller, allein Euer Edel seind auf dem Wege gelegen, und ich hab noch ander Brief auf Regensburg, da ist ein Schanz bei, zween Schilling und vier Pfennig Euer Edel zu gut.«

Paracelsus prüfte das Siegel, zahlte. Er hieß dem Boten einen Trunk geben.

Als die beiden verschwunden waren, lag der Brief neben seinem Blatte, und eine fremde Hand gab tinten= braune Zeichen neben seiner Schrift, die ihm nicht Zeichen war, sondern Leben. Er hätte die beiden zu= rückrufen mögen, um blutwarme Wesen bei sich zu haben vor diesem toten Ding, das ihn anrief. Allzu jäh ernüchtert, graute ihm vor dem Papiere, das seinen Namen im seelenlosen Gleichmaße einer Kanzelisten= feder trug. Contrarius — Widersacher! Er streckte die Hand aus, sie war blaß und die Nägel waren bläulich. Die Hand zitterte. Er hob sie noch einmal und vergrub sie im Wams über dem schlagenden Herzen.

Es überflammte sein Gesicht, er griff zu, brach das Ratssiegel, las.

Und er lachte. Warf den Bogen hin, der in seinen Falz zurückfiel wie eine Fledermaus, die ihre Flügel

einfaltet. Paracelfus lachte leife, trocken, bitter, bos=
haft. Nürnberg! Peipus! Und an Nürnberg und die
Druckerei hatte er kaum mehr gedacht! Das war ein
Befitz, eine Sicherheit, darüber hinaus einer weiter
kann!

Mit dem Handrücken schlug er das Blatt wieder
auseinander, bückte sich, nochmals zu lesen. Sein Ge=
ficht war schmerzverzogen. Die Nüftern stießen den
Atem aus. Geblendet blinzelte er eine Zeitlang durch
das Fenster. Dann spie er den Brief an, sah das be=
fudelte Papier, wischte es vom Tisch und fank über
der Holzplatte nieder, grub seine Stirn in die ver=
schränkten Arme und stöhnte seinen Ingrimm aus.

Der Rat der Reichsstadt Nürnberg unterfagte jeden
weiteren Druck seiner Schriften, man hatte ein Gut=
achten der medizinischen Fakultät in Leipzig eingeholt.

Als er den Kopf wieder hob, war es Abend gewor=
den, lichter Sommerabend, der die Nacht nicht scheut
und sich Zeit läßt, der vor den Türen sitzt, als könnte
er auf den Morgen warten, mag auch ein unwahr=
scheinlicher Stern schon scheinen. Und die Kühle
tat wohl.

Paracelfus sah die Ratsherren vor sich: ehrbar,
forglich, geneigt, wohlgeneigt allem, was die breite
Stimme führte. Aerzte und Bader, ansässig, bestallt,
der Lorenzer Prediger Osiander und sein Anhang —
war das nicht breit genug wider einen Fremden! Sorg=
lich alle! Sie hatten ein übriges getan, an die Universi=
tät Leipzig geschrieben, etwan sein Manuskript ver=
schickt, das einem Rat durch des Peipus Diener vor=

gelegt worden war, und hatten ein Urteil in Händen, das Siegel der Ärztenfakultät zu Leipzig darauf. Ehrbar, aller Ehren wert. – Er lobte sich sein eidgenössisches Basel. Dort waren es pulsende, gallenheiße Menschen gewesen, die ihm das Maul gestopft, die ihn vom Lehrstuhl gestoßen hatten, seinem Werk den lebenden Atem und den Blick vom Menschen zum Menschen zu nehmen. Dort war er noch gestanden Mann gegen Mann, Rede gegen Rede, und hatte ihnen zuletzt ein Manifest ans Rathaus genagelt. Aber die Zunge war ihm doch nicht aus dem Schlunde gerissen, und seine Hand nicht auf den Stock gelegt worden.

Ein Tor war ihm noch frei geblieben: schwärzeschmierig drehte es sich quarrend in den Angeln. In Straßburg hatte er vergeblich daran geklopft, dann – nach Basel – auch in Kolmar war es verschlossen geblieben. Und er mußte endlich klug werden, hatte gebeten, vor Ratsschreibern Reverenzen geschlagen, alle Weisheit säuberlich unter dem Arme, die Papiersextern reinlich geheftet, einer vornehm gesträubten Hand zu Diensten, einem geneigten Blicke zu Gefallen . . . in Nürnberg war es geglückt. Die Tür knarrte, der Peipus druckte, und er hatte seinen Laut wieder, und er konnte die harte Ernte schütten . . . geben . . . geben, was ihn in Uebermaß erdrückte, ihnen geben, die darnach verlangten aus bitterer Leibesnot.

»... hinfüro untersaget und ein Druck auf solich Fürhalten einer hochlöblichen, würdigen Fakultät obgenannt jedlich eim, wer sich des unterfinge, bei Straf gänzlich gestellt und verboten ...«

Er schluchzte: »Da ... da ... faß an, fatz in din Instrument ... da ... min lebendig Zung!«

Er schloß die Augen, bleckte die zitternde Zunge weit aus dem Munde, als müsse er eines Henkers Eisen fühlen.

Der kühle Abendhauch vom Fenster her brachte ihn zur Besinnung. Seine Finger tasteten über die Stirn. Er erschrak vor dem eigenen Unband.

»Bis still ... still ... was treibt dich vor ein narricht Ohngestümb unde wohin ... was ist dann funderlichs ... die wehrend sich und hütend ihr Gsatz ... bis still ... hast du ihnen nit geschrieben in Paragrano auf die Letzt ...«

Er hob den Kopf, besann sich, stand auf, holte mit tastenden Griffen das Manuskript aus dem Koffer und blätterte ... hastete mit dem Finger über seine Zeilen und las murmelnd:

»... die da nichts andres wissen, dann auf das Papier zu zeigen, das im nächsten Wasser zerschwimbt und aus alten Hadern gemacht wird ...«

Er lauschte nach.

»Aus alten Hadern gemacht wird.«

Und suchte weiter.

»Das Papier ist der Acker, in den der Giftraden Saat gesäet wird, und ihr seid die Giftraden im Korn ...«

Und er! Was tat er! Was bekümmerte ihn! Was ließ ihn fast zum Narren werden! Sie weigerten ihm nur das Papier, das im nächsten Wasser zerschwimmt, aus alten Hadern gemacht wird ...

Er wankte vom Fenster zurück. Legte behutsam Blatt an Blatt, strich leise mit der Hand darüber und barg seine Schrift wieder.

Sie sollte stumm liegen, eingesargt. Mit ihm ziehen. Wohin! Er wußte nicht wohin. Und wenn er stürbe, wenn er über Nacht stürbe! Eine Qual packte ihn, er preßte die Handfläche an beide Seiten seiner Brust.

Doch er hatte wohl da und dort einen Freund, und es lagen hin und wieder auf den weiten Wegen Skripta seiner Hand in guter Leute Truhen. Man wußte um ihn. Es mochte auch sein, daß man dann suchte, was übrig war. Vielleicht auch, daß irgendeine andre Stadt ... Offizinen genug in aller deutschen Welt!

Aber überall lagen seine Widersacher dicht. Nur durfte er nicht an sie denken, nicht jetzt, jetzt nicht, eine Weile nur, bis wieder alles ein Maß fand in ihm, bis er des eigenen Herzens wieder mächtig wurde. Still sein und heilsam wider das eigene Herz! Er nahm es in seine bebenden Hände, hauchte darüber hin:

»Was willtu fürder mir noch tuen an, Herr, und was mußt du wellen mit mir! Siehe Herr, siehe, mein Gott ...«

Aus seiner Demut hob sich die Lebenswelle wieder, die in dieser Stunde hoch bis an das Firmament geschlagen hatte und auf den tiefsten Grund niedergebrochen war.

Er wußte einen Kranken in dem Flecken Laber. Es blieb noch lange Licht, und kam auch die Nacht, Beratzhausen stand offen. Er nahm zu sich, was der

Kranke brauchen konnte, schnallte sein Schwert um.
Er lief zu dem Kranken.

*

Da ihm am andern Tage doch die Feder zwischen
die Finger kam und denen von Nürnberg entgegen=
drängte, fühlte er grausam genug, daß er auf verlore=
nem Posten stand. Doch war ers gewohnt, immer noch
einmal auszuschwingen, ehe er wich, und wußte, daß
er immer noch traf, dicht genug umstellt.

Das Urteil schmerzte nicht; das getretene Recht
quälte. Was die Leipziger Fakultät wider ihn führte,
gehörte vor die Freiheit der Universität, nicht in das
Verdikt eines Rates. Die Fakultät hätte ihn zur Dis=
putaz fordern müssen, ehe sie ächtete. Und er hätte die
üble Suppe gegessen, hätte sich gestellt, denn nun stand
Satz bei Satz, schwarz auf weiß, aus strenger Not
geformt, und sie hätten nicht mehr Dunst schnappen
und hohle Blasen treiben können. Die Fakultät hätte
sich an Schwarz auf Weiß halten müssen.

Er schrieb: »... nun steht euch der Druck nit zu
verbieten vor angesetzter und beschechener Disputation
– ihr habend nichts auf den Druck zu urteilen – war=
umb urteilend ihr dann meine Arbeit! Habt des kein
Verstand nit!«

Aber sie mochten selbst fühlen, daß sie Unrecht taten,
denn auch sie warfen ihm Lästerung vor. O der subti=
len Nasen, die im andern den Teufelsbraten schmecken,
wenn es aus dem eigenen Gewissen nach Höllen stinkt!
Weil er die Impostur und ein Verderbnis der Arzenei,

davon die Kranken schrien und die Friedhöfe quollen, beim Namen rief, warfen sie sich gegen ihn auf: Lästerer! Weil er das Evangelium bekannte, darnach die Kranken lechzten, legte ihn Rat und Stadt, der evangelischen Freiheit Schutz und Schirm, ins Loch der Stummheit und des Verschweigens!

Da er aber seinen Brief überlas, in den alle Bitternis gefallen war, saßen sie wieder vor ihm: Ehrbar bei Sorglich und Wohlgeneigt. Und ihn jammerte der edle Zorn wie ein vertanes Blut. Er warf den Brief zu seinen anderen beschriebenen Blättern, raffte sein kummerweites Herz, das ihm zerfließen wollte, hartmütig zusammen: ein Kind lag in Nürnberg beim Peipus, ein Kind, das sie ihm aus der Wiege geworfen hatten, sein Kind! Er beschrieb einen neuen Bogen an die fürsichtig, weis und günstiglieben Herren und sein willig beflissen Dienst zuvor. Er blieb modest wider all sein heiliges Recht und wußte doch, daß die Supplik vergeblich war. Vielleicht suchte er nur einen Frieden vor sich selber.

So konnte dieser andere Bogen mit dem Hohenheimer Wappen gesiegelt und dem Ordinari gegeben werden, der nach Nürnberg ritt, den neugefüllten Briefsack am Sattelknopfe.

Seine Schläfen waren gelb und eingesunken, er fraß den Gram und schwieg, denn er hatte keinen Beichtiger in Beratzhausen, sahen sie ihn auch um des Ratschreibens willen begehrlich an. Er wartete die Tage wie eine Krankheit ab; er kannte sich und wußte sein Arzttum an sich zu wenden. Den böseren Mächten half er mit einem guten Pfälzer, den der Wirt vom Zapfen schenkte.

Und als ihn erst sein Paramirumwerk neu zu bedrängen begann, gewann er das volle Maß dafür, was ihm an Freiheit genommen war.

Wem zu Nutz und Frommen, wenn seines Lebens reifste Frucht und innerlichstes Schauen, ein stummes Bündel beschriebener Blätter, mit ihm durch das Elend zog! Und doch ließ es nicht von ihm, spürte er auch die beißende Geißel, wo er vordem im Glauben, des Zieles mächtig geworden zu sein, entfaltete Geistesschwingen wehend gefühlt hatte. Das Werk mußte sein. Der Menschentraum von Freiheit, Laut und Legstatt mußte nicht sein. Ein inneres Gesicht forderte Gestalt, die er, nur er, ihm geben konnte. Alles andre war Sättigung, Friede, Ruhe – ein Glück. Glück mußte nicht sein. Wie seine Wahrheiten alle an ihm lebendig wurden, die er je geschrieben und gesprochen, von denen auch das beratzhauser Kirchlein geschallt hatte! Gott winkte jedes der trotzigen Worte heim. Was ist das Leben eines, der unter Gottes Zeigefinger steht? Zeichen selber, Kreuz und der Gekreuzigte daran. An einem solchen wird das Werk, darin die andern plätschern, zum Schicksal, das er mit dem Leben büßt.

Sein Laut nur war ihm genommen und nur seine Zunge und Feder gebannt worden. Gott wollte den Laut nicht. Und Gott forderte den letzten Trost zurück: das Werk für eine Zeit geborgen zu wissen, in der Theophrastus, der Knecht, nicht mehr die quarrende

148

Feder über das Papier führen konnte und der Kampf aus war. Ins Nichts hinein, auf nichts gestellt, mußte es geschehen, und so war es naturgleich, in Wahrheit gottwürdig — nur so.

War des Kreators Werk nicht aus dem Nichts getan, ins Nichts gestellt? Und wer könnte Gott an Zweckgesichten ermessen? Mikrokosmus sein, Bruder der Erde und des Firmamentes! Welt für sich! Was ist der Welt ein Ziel, was ein Zweck, ein ohrenfälliger Laut, was ein Glück! Nichts. — Nur seinen elementarischen Menschen hatten die zu Nürnberg in Fesseln geschlagen.

Aber der Friedensbecher des kleinen beratzhauser Lebens war schal geworden. Die auflauschenden Augenblicke kehrten ihm wieder, in denen er die treibenden Wolken um Weg und Schicksal ansah. Und dann kam noch die federtüchtige, streitbare Frau Argula, die Grumbachin. Sie war an des Magisters Briefen um ihre evangelische Pflanzstätte im Labertale besorgt geworden. Und sie kam mit vollen Segeln: er selber, Doktor Martinus, hatte die tapfere Frau auf der Feste Koburg mit Ehren empfangen, sie war über Nürnberg zurückgereist, dem Freunde Osiander willkommene Grüße zuzutragen und manchen Wink zu erhalten. Sie wußte es so einzurichten, daß sie an einem Sonntage nach der Predigt in Beratzhausen eintraf. Noch einmal riefen die Glocken, das Wirtshaus wurde leer, auch von den Kranken des Paracelsus; er selber folgte, denn er wußte manches von der Grumbachin. Weit hinten stand er, fast an der Türe, als sie, von dem strahlenden Magister begleitet, den Herren und dem Gesinde des Schlößleins gefolgt, durch das Kirchenschiff wehte. Rasch ging sie, männlichen Schrittes, ihr Schleier bauschte sich. Hastig raffte sie das weite Gewand, nahm die Altarstufen und wandte sich mit gebreiteten Armen zu der Gemeinde, feurig durchdrungen und ganz die glückliche Botin.

»Sehet, ich bring euch große Freud . . .«

Doktor Martinus, Gottes Held und Streiter, grüßte seine Beratzhauser durch sie. Sie erzählte von ihrer Reise, wie sie empfangen worden war, stellte ihn vor Augen, wie er leibte und lebte, seinen Mut, seine Besonnenheit, den Ernst und die Güte, Selbstzucht und Enthaltsamkeit seines Wesens, die unerschöpfliche Glaubensstärke wider alle Welt und seine Zuversicht. Sie war hoch beseelt, und ihre Worte flossen so lebensstark, daß das Kirchlein mit jeder Brust Feuer atmete, und alle, so dicht sie konnten, zu ihr vordrängten. Der kleine Heilmeister stand bald ganz hinten, er konnte die Botin nicht mehr sehen.

Und sie sprach von dem Augsburger Tage. Die evangelische Konfession sei dem Kaiser überreicht, achtundzwanzig Artikel, von sieben der größten Herren des Reichs und zwei Reichsstädten gezeichnet, ein Eid und unerschütterlicher Wille. Sie erzählte, daß der greise Georg von Brandenburg dem Kaiser seinen Kopf geboten habe, eh dann er Gott und das Evangeli verleugne. Da ging es wie ein fruchtender Windstoß durch Aehrenblühen, die lauschend vorgeneigten Köpfe hoben sich, die Gestalten reckten sich. Auch das Herz des

Paracelſus ſchwoll vor Freude über eine Bekennertat. Die begeiſterte Frau fühlte, daß ſie in allen mächtig geworden war, und ſo konnte ſie mit raſchen Griffen das Unkraut jäten.

»Da ſollet ihr keiner ein Zweifel han noch ein Wank, dann es geſchicht ein Groß' von denen Streiteren Chriſti zu Augsburg auf dem Tag. Die ſeind wohl unſer lieben Werkmeiſter und bauen feſt ihr Kirch in Felſengrund, der iſt das Wort unſres Herrn Jeſus Chriſt, aufgericht hinwieder durch unſern Doktor Martinus, den Mann Gottes. Und habend ein Gſatz und Richtſchnur an unſer ſtark Burgmauren gewandt, da ſie Stein auf Stein geleget, das iſt unſer Konfeſſion. Dann uns iſt not ein Regul, die nit römiſch ſeie, ſundern des freien Gewiſſens, und gleichermaßen not ein Altar, der nit heidniſch ſeie und römiſch, ſundern unſres gemeingläubigen Herzens. Indem wir all Menſchen ſeind, ſchwach und ſündig, bedürfen des frummen Muts eines des andern, auf daß wir nit ſtrauchlen und fallen gar in die Gruben des Teufels und Antchriſts. Uns tuet not Gemein, Kirch, Altar, auf daß wir uns ſammlen und ſtark werden, der ein an dem andern. Dann wer möcht fürtreten und ſprechen: Ich ſteh wider Teufel und Welt alleinig, ich vermags vor mich alleine, ich bins ſtark gnug! Wehe dann dem armen Praller, ſo ſeine Stund des Gefechts und der Verſuchung kummt an.

Ihr lieben Leut, alſo gehet heim, herzlich beſtärket, in euer Häuſer und auf Regensburg und werdet dem Sämann gleich in Haus- und Stadtweſen. Streuet

151

aus den fröhlichen Samen, so ich euch hab bracht von der Feste Koburg und von dem Tag zu Augsburg. Und seid gewiß: der Herr wirds wohl machen!«

Sie winkte freudigen Angesichtes mit beiden Händen und wandte sich lebhaft an den Magister, trat mit ihm zu ihrem Bruder und der Schwieger, während die Leute, durchwärmt und beglückt, sich langsam von ihr trennten, nicht ohne immer wieder die Augen auf die beherzte Frau zurückzuwenden.

Und einer ging unter ihnen, dem sie in dieser Stunde nicht gefolgt wären. Er merkte, daß die Beratzhauser Abstand nahmen, und sah nur mehr die Sonntagsleute von Regensburg um sich. Da lächelte er still. Sollte es ihn nicht freuen, wo er das Spiel der Feuer sah und den großen Chimista vor den Oefen wußte? Er wäre ein trostloser Empirikus gewesen und ein unlauterer Bacchant, hätte die leise Bitterkeit, die sein Herz drückte, auch das Licht der Natur in ihm erstickt. Das Menschenmagma lag zur Stund im wilden Stadium, die Elemente kämpften in der Matrix. Feuer mancherlei Art und Grades waren not. Agens und Patiens, Solvens und Coagulans standen noch für sich und setzten Glut gegen Glut, Hitze gegen Hitze. In der Grumbachin brannte das Feuer des Moises, darüber war ihr Element nicht hinausgereift. Und Moises hat sich keiner Physika unterstanden, er ist partikulariter theologisch auf den Glauben für die Einfältigen geblieben. Ist Gott nicht selbst wie ein unsichtig Feuer in einer düsteren Flamme? Wie sollte das Menschenmagma dieser Stunde schon unter dem dichten

152

Feuer erblühen, dem Liquor Alkahest! Sie mußten hindurch, sie mußten alle erst hindurch – lange Kunst, bittere Geduld!

Er ging schon nahe dem Wirtshause, da fühlte er eine Hand an seinem Wamszipfel und sah verwundert in die weiten, grauen Augen eines alten Bauern, der sich sonst immer still und nahe bei ihm gehalten hatte, wenn er mit dem Magister meditierte.

»Wes ist der Rat, Euer Edel? Wem nacher!«

»Du fragest, Baur! Die edel Frau hat ein beherzhaftigs Gemüt und hohen Sinn, die kunnt euch allen baß helfen.«

»Hand Ihr nit von Salomon, Moises und Israel geredt: war denen allen das Gsatz kein Nutz!«

»Es habend müssen sein Salomon, Moises und Israel, wär Christus sunst nimmer Mensch worden.«

»Nu aber ist Christ . . .«

»Dann freu dich seiner, wo du ihn finden magst.«

Der Bauer blieb stehen, und Paracelsus ging in das Haus, die Kranken aus der Stadt warteten auf ihn.

Am Nachmittage ließ der Reichsfreiherr zu einem Vespertrunk durch den Pfleger Kolmar Grasser bitten, aber Paracelsus hatte noch etliche Leute vor, die zurück mußten, ehe das Tor zufiel, unter ihnen einen chirurgischen Kranken. Und er lehnte gelassen ab. Kolmar Grasser war befangen gewesen.

Als er dann ermüdet bei einem Stücke gesottenen Fleisches und dem erquicklichen Pfälzer in seiner Stube saß, fingen Koffer, Satteltaschen und sonstiges Rüstzeug eines Leichtbewegten von selber zu deuten an.

Sie wußten ihre Wunderweise vom Ueberall, Nir=
gends und Anderswo, die keiner so gut versteht als der,
dessen Auge in Stein, Kraut, Tier und auch im Men=
schen die Natur sieht, darüber vor allem Schauen
seine Heimat nicht findet und endlich auch nicht mehr
sucht.

Nachdem er eine Weile geruht hatte, ging er un=
bedenklich daran, das zu sammeln und fahrtmäßig
zu bergen, was er bei dieser stillen Gelegenheit, mehr
dem Zufalle als einem Plane folgend, in einem freund=
lichen Zimmer um sich her ausgestreut hatte. Und alles
fand hurtig den längstgewohnten Platz.

Silberblick aus den Schlacken

Der Stundenschlag zitterte wieder über seinem Leben hin. Er bewohnte ein schmales, düsteres Zimmer im zweiten Stockwerke eines Hauses, das auf die Gerüstbalken der Kirche „zur schönen Maria" hinaussah. Es war noch das Judenhaus, eng, hochgeklemmt. Es roch noch fremd nach fast einem Dutzend Jahren.

Hauswesen, Gasse und der Kirchenbau, der hinter den wettergrauen Masten und Pfosten stillag und aus seinem unbedachten Mittelschiffe gegen den Himmel klaffte, trugen ihre Leidenschaft, und es schien, als hielten sie nur den Atem an, müde, verstummt. Die Geister aber lauerten.

Der Hauswirt, er hatte schon über Beratzhausen her von Paracelsus gehört, ging manchmal von Erinnerungen über, ein Mensch, der sich vor seinen eigenen Wänden fürchtete. Er hat es mitgetan, damals noch in seinen besten Jahren. Er ist dort auf dem Dache der Judenschule gestanden, hoch oben, wo jetzt das erste Turmgeschoß der schönen Maria aufhört. In zwei Tagen ist alles ein Schutthaufen gewesen, aller Hände waren daran. Vom Dachfirste hat er in das Haus gesehen, ahnungslos, daß es einmal sein Haus sein werde. Und der heulende alte Jude, der sein Haar gerauft hat, daß ihm das Blut über die Stirne gelaufen ist — zuweilen ist er an das Fenster getreten, auch die alte schreiende Vettel, die ihren Kittel zerriſſen hatte, daß man das bleiche Bruſtfleiſch ſehen konnte. Hier in ſeinem Hauſe iſt das jüdiſche Heiltum – das Haus hat dem Schulklopfer gehört – etliche Tage in einer Kiſte geborgen gelegen, die war mit grünem Samt ausgeſchlagen. Silberne Nägel, ſilberne Angeln, Schlöſſer, Griffe . . .

Paracelſus war noch nie der Seelenſpannung ſo bewußt geworden, die über einer Menſchenſtätte lagern kann wie ein verhaltenes Gewitter. Sein Ruf war ihm vorausgeritten. Aber nicht nur den heilmächtigen Arzt, auch den ſonderbaren Mann, der in Beratzhauſen gelehrt hatte, wollten die Leute von ihm. Und es ſchien ihnen natürlich, daß er an einem Orte geſucht werden mußte, der durch Geſchlechter hin inmitten der Stadt abgemauert und zu den chriſtheiligen Zeiten von einem ſchweren Tore geſperrt geweſen war. Dort, wo das Fremdvolk geniſtet hatte – gezeichnet, verrufen, widerwärtig ertragen, nur um dicken Zins an Kaiſer und Rat für Leib und Leben geſchützt – das gewitzte, immer wieder zurückgeſcheuchte Volk, das ſeine goldbeſchwerten Fänge ins Gemeinweſen geſtreckt hatte, bis endlich die halbe Stadt verbrieft und ſchuldzinſend auf den Papieren der regensburger Jüdiſchheit geſtanden war: Zins um Zinſeszins, Klage um Aberklage, ein würgender Haß, ein ſtickendes Aergernis. Es konnte nicht vergeſſen ſein, auch wenn ein Volksſturm, wie der vor einem Dutzend Jahren, die Fremdlinge nicht aus den Ringmauern gefegt hätte, und wenn die Wunder der ſchönen Maria nicht geſchehen wären. Dort, wo noch die Wolke über der Brandſtatt einer Gewalttat und eines taumelnden Glaubensopfers stand, mußte man den sonderbaren kleinen Heilmeister suchen, dessen faltiges, frühgealtertes Gesicht unerschlossen blieb, dessen rätselvolle Blicke durch Mann und Weib in den heimlichen Menschen tauchten, darin es irgendwie litt und quälte. Paracelsus war nirgends scheueren Leuten begegnet und Augen, die seine Kunst diebischer an ein magisches Bedürfnis verrieten. Er wurde überlaufen, und das Paramirumwerk lag in ihm darnieder. Aber von Zeit zu Zeit brach es durch den Schutt der Alltagsstunden, wie eine exaltierte Matrix durch den Schaum. Dann diente er, bis ihn die Erschöpfung hinwarf.

Es hätte dessen nicht bedurft, daß die Drucker in Regensburg von dem nürnberger Ratsverbote erfuhren. Sie standen unter der bischöflichen Kanzlei, und er, ein evangelischer Mann, war verdächtig genug. Bald wagte er keinen Versuch mehr an sie, um sich selber zu schonen. Und ächzte hinter dem Pfluge seines Helfertums und hatte nie noch die runden Silberlinge, die seine Katze füllten, verächtlicher angesehen.

Eine Unrast, von der er wußte, daß sie nicht gestillt sei, wenn er weiterzöge, verzehrte ihn. Ihm war, als habe er sich selber eingebüßt. Haus, Gasse und Menschenblick griffen ihn an, und er war früher allda hindurchgegangen, des selbsteigenen Gemütes mächtig. Suchte er Hilfe, brauchte er Hilfe, konnte er nicht mehr allein und selber sein! — Er wurde der Angst nicht los: sie konnten Hilfe bringen, Haus, Gasse, Mensch, Gemeinwesen, Hilfe auch dort, wo sie nur still umfriedeten, aber ihr Wesen nicht verriegelten, auch dann, wenn sie nur empfingen, Legstatt waren. Er pflügte Felsgrund, er warf das Herz gegen Mauern!

War ihm das kleine Beratzhausen Versuchung geworden, da er Menschennähe geschmeckt hatte! Mußte die Hoffnung, darein ihn Nürnberg gewiegt, nun, weil sie verloren war, Fallstrick geworden sein! War er so matt, daß er nicht mehr um Gottes willen dienen konnte! — Und trieb ihn auch das wachsende Werk, und schrie ihn auch das Siechtum der Menschen unausweichlich an, es füllte die Tage, durchjagte die Nächte, und er blieb hungrig und leer. War es so endlos schwer, gotteinsam das eigene Wesen ins Nichts zu stellen! Gotteinsam, gottgleich und nur ein versuchter Mensch! Heilen, heilen, ertötete Körper heilen, dafür Gemünztes sacken — und dann, wenn die Geißel hageldicht fiel, Papier auf Papier mit Zeichen füllen, die eine Welt verlauteten und erstickt bleiben sollten! Er, immer nur er zwischen lebendigen Leichen und todgezeichnetem Leben! War ihm das Nest an der Laber wirklich nichts denn Versuchung gewesen, oder ein Wegmal! Er hatte lebenslang den Leibern geholfen — ringsum schrien Seelen in die Zeit! Er hatte all seine Tage der Körper Siechtum suchen müssen — wo war ein Land in Europa, das er nicht kannte — sollte er nicht, mußte er nicht nun die schreienden Seelen finden! In Beratzhausen waren sie vor ihm offen geworden. Wars Blendwerk! Nicht auch Zeichen! Ruf!

»... diese Zeit meines Schreibens ist zeitig worden,«

so schrieb er sich selber zu Trost in seinen bangen Ta=
gen, »die Werk zeigen an, daß die Arbeit aus ist und
gar. Als so ein ganz Haus da stehet und gemacht ist, so
ist es ein Zeichen, daß es zeitig gesein ist in seim Mei=
ster. Also auch hie. Die Zeit des Messens und Wägens
ist zum End gangen, die Zeit der Philosophei ist zum
End gangen, der Schnee meines Elends geht zum
End. Der im Wachsen war, ist reif. Die Zeit des Sum=
mers ist hie. Von wannen er kommt, das weiß ich nit,
wohin er geht, das weiß ich nit: es ist da. So nun die
Zeit deren Dingen da ist, die sich lange Jahre aufent=
halten hat und verzogen, so ist auch hie die Zeit zu
schreiben vom seligen Leben und von dem Ewigen.«

Aber nur selten kühlte der besänftigende Hauch eines
Selbsterfühlens seine Stirn.

Haus, Gasse und Menschenblick quälten ihn; die
Stimme des Wirtes klang heftig und heiser, wenn er
erzählte, und in der Nacht schlug der heisere Laut zu
Gesichten um, die durch den Halbschlaf des Paracel=
sus jagten: hebt und bricht das Judentor! Die Mauer
daneben bröckelt, baucht sich, fällt stäubend . . . sie
springen, stürzen darüber, hohle Mäuler, klaffende
Augen, ringende Arme, zottelnde Beine, Menschen=
wirbel, schiebende Rudel schleppender Menschen!
Leitern wachsen, wippen, liegen an, biegen sich; einer
stößt den andern hinauf. Sie hauen Tritte in das Dach,
die ganze Breite klebt voll Menschen. Blitzende Beile,
beißende Krampen, entblößte, zitternde Sparren=
bäume. Durch das Gedränge tragen sie die Getroffe=
nen fort. Sie sägen die Sparren an, rutschen auf den

Pfetten, von den Spannriegeln fliegen die Späne... Unten, innen zersplittert Schrank und Gerät, spreißelt das Getäfel von den Wänden. Inmitten der Judenschul rasen die Beile: vom Almemor, dem Lehrpulte, darf kein Daumbreit bleiben, dort sind die unschuldigen Kindlein ausgeblutet: der Anschel, der Josbel, der Hirz, der Schmul haben unter Pein gestanden ...

Die Namen. Im Dunkel der Nacht sah Paracelsus die grauen, umränderten Augen seines Wirtes hängen, der Namen für Zeugen führte. Auch er hatte diese Namen behalten, sie kreisten durch sein Gehirn, waren immer dieselben, in Ferrara, Neapel, Paris, in Niederlanden, Danzig, Wilna, in deutschen Landen — immer dieselben Namen und dieselben Menschen, um ein geringes angebiedert, für die andern mundfälliger gemacht. Ein Volk, das der natürlichen Magie des Landes trotzte, ein harter Same! Sie gingen nicht unter, mußten ausgetrieben sein: in Regensburg gab es kein Judentor mehr. Nur drei alte Juden sollten noch im Turme liegen, weil sie dem Kaiser das Lösegeld nicht zahlten. Und doch lebte das fremde Wesen noch in den Mauern. Die Wunder der schönen Maria hatten es nicht ausgelöscht ...

Es schlug fünf in die Nacht. Paracelsus lauschte mit verhaltenem Atem, das Nachtgebälk des Hauses knisterte.

... in die Wände der schönen Maria waren die Leichensteine des Judenfriedhofes eingemauert. Davor hätten sie ein Bedenken tragen sollen! Unwillig

dienten die fremden Seelen der schönen Maria. Und
der Bau stand still, ein stockender Wille.

Da tauchten die ruhelosen Gedanken des Paracelsus
wieder unter den Spiegel. Er sah die Türme der ein=
siedeler Gnadenkirche, dahinter die steilen Myten. Die
Myten neigten ihre Felsenhäupter gegen einander, ein
riesiger Schwibbogen; durch ihn hindurch fluteten
die Unzähligen mit Fahnen, Kreuzen auch sie: ächzend
offene Mäuler, weite brennende Augen. Die Pilger=
stäbe wuchsen ihnen aus den Händen, höher, schwerer
– rings um die Kirche ein stummes, starres Gerüste,
und die Menschen verliefen wie Regenwasser . . .

Dann sah er die Ströme, ein Geäder über das Land
hin, und er hörte die heisere Stimme wieder:

». . . ist ruchbar worden weitumb – ein Wunder!
Ein Wunder! – Da seind sie geloffen ohn Halt und
keins andren Sinnes meh, dann der schönen Maria
zu . . . aus den Betten, barfuß, in Lacken kaum gehüllt
. . . von den Aeckern, die Sichel in der Hand, aus dem
Werkgadem, verrußet und verdreckt, das Werkzeug
mit; hinter dem Viehe her, habens der schönen Maria
zutrieben . . . reisig, auf Wägen und Wäglein, mit
Stückgut und Frucht beladen, ohn Zehrung, ohnge=
rüst, ohnversehen – als ob es sein müßt. Wie ein jed=
lichs in seim Tagwerk ist gesein. Habend ihrs Tagwerks
nimmer gedacht, habend nicht mehr von Haus und
Hof, noch Kind, noch Viehe gewußt. Summerszeit
seind sie auf dem Wege verschmacht, Winterszeit in
Schnee gesunken und gar erfrorn, der Kindlein, so
mitgeloffen, gestorben viel neben den Straßen . . .«

Paracelsus starrte in die Nacht. Die heisere Stimme klang müde wie die eines Menschen, der von Heimsuchung erzählt, von Pest, Krieg, Teuerung, gemeiner Not – nichts Göttliches lebte in ihr. Daran erwachte er vollends.

Gab es also ein Menschentum, das neben dem Mikrokosmus lebt, der allein ist und beschlossen, die Welt für sich! Gab es ein Menschentum, dem Leben und Sterben, Kraft und Krankheit aus der Gemeind erwächst! Das Menschenwesen über dem Ich und Du, Ich und Du in einem! Dann war der Mikrokosmus gesprengt und seine Mauer. Volk bei Volk, Stamm bei Stamm ein Korpus, je und je eine Zwischenwelt, ein Parakosmus inmitten der großen und kleinen Welt! Und die hatten einen gerechten Willen, die Kirchen bauten und Gsatz, denn Kirch und Gsatz mußten Laut und Zeichen des Parakosmus sein.

Er saß im Bette auf. Er hatte das Gesicht in beide Hände gehüllt. Zweifel jagten sein Blut. Es rauschte um ihn, als sei die Nacht von unentwirrbaren Stimmen erfüllt.

Daß der Tag käme und sein Licht! Daß der Tag käme mit den hellen Zeichen, die Lebensstunde an Lebensstunde knüpfen und zur Einung kränzen! Die Nacht zerriß den Menschen Theophrast in einer teuflischen Anatomei.

*

In der Probierküche der regensburger Münzoffizin war ihm der Münzmeister Bernhard nach solch einer

162

durchkämpften Nacht wieder mit der Krankheit des Bastian Kastner gekommen.

Paracelsus hatte den Sohn des Münzmeisters von einer Bleivergiftung geheilt, er durfte an die Probieröfen und an den chimischen Herd nach freiem Belieben zu jeder Stunde. Und er floh zuweilen vor seinem Werke, vor den Kranken, vor sich selber zu den Kunstfeuern. War er allein oder unbeachtet, konnte er in die blauen Flammen greifen, die aus den Hälsen der Probieröfen züngelten, und mit den heißbehauchten Handflächen Stirn und Gesicht reiben, als müsse er sein loderndes Wesen am Element erquicken.

Die Münzoffizin zog ihren Vorteil aus dem Erfahrenen, auch sonst fanden sich begierige Augen und Ohren um ihn, und er gab willens und widerwillig, weil er vor den Feuern überfloß, als stünde er selbst unter ihrem Triebe.

Auch der Bastian Kastner zu Amberg, ein Bürgermeister, und dessen Bruder Hans, Doktor der Kunst, seien hocherfahren, Chimisten, nur liege der Bastian Kastner seit Monaten, der reiche Bastian Kastner.

»Alle Kranken habends wohl und klimperen mit den Gülden, eh dann sie den Arzt gsehn und eine gute Hand verspürt. Je heiler, dest dürftiger.«

Allein es mochte noch ein Rest seiner nächtigen Drangsale an der Morgensonne dieses Tages nicht heil geworden sein – er nahm die acht Meilen, auf Amberg zu, unter die Hufe eines guten Gaules und kam nach einem heißen Ritte, den er nur einmal des Pferdes

wegen unterbrochen hatte, am frühen Nachmittage
in das oberpfälzer Erzſtädtchen.

Das Haus des Baſtian Kaſtner lag ſtarr unter der
Sommerſonne wie ein vom Lichte gebanntes Tier:
blätternde Tünche, verſchoſſene Fenſterläden und ein
ungewöhnlich breites Tor, deſſen üppiges Schnitzwerk unter ſchlechten Farbſchichten verſchwamm. Paracelſus ſaß nicht ab. Er beugte ſich aus dem Sattel
und ließ den kupfernen Klopfer donnern. Ein lang-
gezogenes, heulendes Bellen war die Antwort. Die
Nachbarhäuſer wurden ſchneller rege, aus den Fenſtern da und dort neugierig gereckte Köpfe. Paracelſus
mußte das Pferd beruhigen und an das Haus zwingen, um den Klopfer noch einmal zu rühren.

Eine alte Magd tat endlich das Torpförtchen auf,
hinter ihr grinſte ein halbwüchſiger Knecht und wak-
kelte mit dem Melonenſchädel. Der Knecht hielt den
Hund. Die Magd blinzelte, ihre Lippen zitterten, ſie
verkniffen unter den ungeduldigen Blicken des Reiters
eine Grobheit. Paracelſus fragte nach dem Herren.
Auf ein Nicken der Magd hin nannte er ſeinen Namen und befahl ihr, den Hund zu halten, daß der
Knecht das Pferd in den Stall führe. Die Alte faßte
auch den fletſchenden Köter an der Kette, die ihm
vom Halſe hing, wies den Knecht mit einem Stoß
auf die Gaſſe hinaus, aber ſie ſchloß die Pforte, und
Paracelſus hörte nur, daß ſie das heulende Tier fort-
zog. Das Tor blieb geſchloſſen. Aergerlich ſprang Paracelſus ab und drückte dem ſtruppigen Kerl die Zügel
in die Hand. Er reckte die ſteifgerittenen Beine und

stampfte in kurzen, ungeduldigen Schritten vor dem
Hause hin und her. Als die Magd wiederkam, duckte
und dienerte sie, und der edle Herr welle dort in den
Schwanen, man habe ein krankes Pferd im Haus-
stalle, man wisse nicht, was ihm fehle, etwan Rotz.
Paracelsus deutete mit einer hastigen Handbewegung
gegen das Wirtshaus und ging schnell voraus. Unter
dem Torbogen handelte er mit dem Wirte ab und
schnallte sein Instrument vom Sattel. Er wollte zum
Ende kommen und ging, ohne geruht zu haben, zurück.

Das Haus war nicht verschlossen. Die fassungslose
Wut des Hundes, der an seiner Kette riß, als wolle
er sich erdrosseln, füllte den Gadem mit einem so wi-
derlich dröhnenden Lärm, daß der vom Ritte noch Er-
hitzte und durch den unwirschen Empfang Verärgerte
hellauf erzürnte, das versorgte Schwert aus dem Ge-
hänge riß und die Bestie anging. Da verstummte sie
plötzlich, kroch auf dem Boden elend in sich zusammen, stäubte bäuchlings zurück, als werde sie an Zucht-
riemen gewürgt, den scheelen Blick voll Ohnmacht an
das Auge des Menschen verloren.

»Heulender Clamant, ist deine Kunst dahin? Hat
deine Disputaz ein gählings End? Ist dein Galenus
gar? Du Ohrenfüller, Luftzerstößer, Zähnefletscher,
Zungenblecker, Lefzentriefer . . .«

Der Hund winselte und trommelte mit der Rute den
Staub. Paracelsus lachte über den eigenen Zorn und
wandte sich ab.

Hinter ihm auf der Steige standen zwei Gestalten,
beider Hände auf dem Geländer, die blassen Gesichter

verdutzt an die sonderliche Unterredung gewandt: ein Mann in dunklem Habit und die Magd. Der Hund heulte noch einmal kläglich nach und verkroch sich in seinen Winkel. Die Alte schlug ein Kreuz und hastete in das Stockwerk, während der lange, hagere Mann eilfertig herunterkam und noch auf der Stiege in schleppenden Sätzen, die sich gegen ihr langes Ende hin fast flüsternd verloren, eine lateinische Entschuldigung des üblen Empfanges begann.

Paracelsus war inmitten des Gadems stehen geblieben und ließ den Redenden herankommen, dessen huschende Augen hinter den Brauenbüscheln immer wieder in den Blick des Paracelsus aufzuckten und dann für eine kurze Weile, begierig und stutzig zugleich, feststanden. Der Heilmeister hörte den Sermon nur mit halbem Ohr. Ober ihm auf dem Söller ein Hin und Wider und leises Türengehen. Er witterte jetzt erst den erkalteten Kohlendunst, gemengt mit jenem feinen Duft der Chemie, der den Kunsterfahrenen leicht erregt.

»Ihr seid der Bruder, Doktor artium, Johannes Kastner!«

Das Redegeriesel stockte, der hagere Mann verneigte sich ein wenig. Paracelsus schnupperte.

»Ihr habet ein Kunstofen, nit gar weit!«

Seine Augen wandten sich langsam in die Tiefe des Gadems, der in einen finsteren Hausgang auslief. Als er zurücksah, waren die Blicke des Artisten auf den Goldknauf seines Schwertes geheftet und versuchten das eingeritzte Wort zu lesen. Paracelsus hob ihm den Knauf unter die Nase.

»A—zot . . .« buchstabierte der andre.

»Azot. Allein wo ist der Krank?«

Paracelsus stieg, ohne eine Antwort abzuwarten, die Holztreppe hinauf, und der andre folgte lautlos den sporenklirrenden Tritten.

Durch die Risse und kreuzförmigen Ausschnitte der beiden Schiebläden stachen die Sonnengarben in das Staubgeflimmer. Im Söller lag und stand Hausgeräte unordentlich durcheinander. Paracelsus blieb auf der obersten Stufe stehen. Der dumpfe Moder mengte sich mit dem Geruch der Krankheit.

»Sint welicher Zeit, Doktor?«

»Bald hinter Martini im vergangen neunundzwanzigsten Jahr.«

Nun ging der Artist voraus und öffnete langsam die Tür. Noch während Paracelsus eintrat, warf die Magd ein Tuch über ein Wirrsal von Flaschen, Schalen, Büchern, das den Tisch überhäufte.

Bastian Kastner, ein Mann von ungewöhnlicher Größe, fett, schwammig und blaß, lag auf dem breiten, von einem grünen Laken überdeckten Bette. Die Luft des Raumes erstickte in Dunst und Fäulnis. Der Arzt wies auf das Fenster, die Magd schob die Läden handbreit zurück und sah sich fragend um.

»Tu auf, auf! Laß Licht und Luft ein!«

Dann hingen die drei Augenpaare an ihm, rund, feindlichscheu, wie die geblendeter Nachtvögel. Aber er achtete ihrer nicht mehr, schlug die Bettgardinen auf den niedrigen Himmel zurück, daß eine Staubwolke sich gegen das Fenster ergoß.

167

»Ehrbar,« stieß er hervor, »was Eur Uebel und die Arzt anher noch nit vollbracht, Dreck, Moder, Gstank wirds tun.«

Ein fast tierisches Stöhnen war die Antwort.

Paracelsus entfernte die Lappen von den Beinen und den Armen. Zwischen Knien und Füßen war kaum eine Handfläche Fleisches heil. Rings um die Schienbeine fraß die Fäulnis: ein Loch am andern, stinkend, von einem gelben Wasser fließend, daneben kreidige Stellen, blasig aufgetrieben, oder solche, die unter einer schmerzenden Röte brannten. Und auch an den Armen ein Wechsel von Bleich und Rot, da und dort das fühllos stumpfe Gewebe, geschwellt, gärend und auch schon offener Brand.

Paracelsus blinzelte dem Doktor artium zu.

»Als Ihr saget, Herr Doktor: sint Martini im vergangen Jahr! Da führet ein andrer Weg her und weiter. Ihr seid vor Jahren siebener oder zehen,« damit wandte er sich zu dem Kranken, »an denen Franzosen gelegen. Etwan nit!«

Bastian Kastner rollte die vorquellenden Augäpfel zu dem Bruder hinüber und dann sah er den Arzt verzweifelt an.

»Es ist ... es ist ... es möcht geweßt sein ... dem nacher heil worden. Dies seind nit Franzosen!«

»Wohl dies hat ander Namen, mannigerlei.«

»Lasset hörn, Herr Doktor,« drängte der Bruder.

»So Ihr damit bedienet seid, dasselb ist schnell beschechen, kost ein Maulauftun: Herysipela, als auch Oelschenkel vel Sant Quirins Buß und, so das nit gnug ist, Sant Johanns Buß, Eures Namens Patron – alls ein Gschlecht der Krankheit.«

»Mein Gott, halt ein, Herr Doktor,« wimmerte der Kranke.

Der lange Artist half weiter.

»Ihr seid ein Mann von Theorik und Empirie, als uns ist wohl bekannt, und eins hohen Rufes weitumb. Bitten Euch also: wellet uns Euer Meinung gunnen, ob dieser meines Bruders Herysipela. Etwan wisset Ihr ein Hilf vor seins Lebens Marter, und aus welichem Grund ihm kunnt ein Fürderung werden. Dann wir hand Euch berufen, das möcht Euer Schaden nit sein. Uns manglet das Irdisch nit, Gott welle das Himmlisch mehren und Gsundheit!« Er verdrehte die Augen gleich dem Kranken.

»So ich den Kranken annehm, will ich ihm also auch helfen. Mein Theorik von seiner Krankheit Grund und Fürderung seins Leibs will ich Euch wohl gunnen, Herr Doktor.« Er wies auf die brandigen Beine. »Sein Sal ist verzehrt, demnach mit corrosivischer Zeit in ein Necration gangen. Sollichs in loco mercuriali. Illud sal, cum se consumpsit a suis humoribus, fit colcothar, macht Röte, rot Plätzle. Wird ein Fluß mit dem resolvierten, vitriolischen Salz. Resolviert demnach die anderen salia des Leibs. Da ist kein Halt mehr inne. Das sulphurisch Corpus ist angezündt und Regent. Dann der Brand ist ein exaltiert Oleität des Sulphur. Raffet als auch den Mercurium mit ihm. Alsdann geht es in die Berinnung und verzehret das Glied hinweg, gleichwie ein Kalk einen Kadaver. –

169

Allein Gangrän kombt nit, es sei dann ein mitlaufend Genus: hie die französisch Materia.«

Die beiden Brüder Kastner lauschten gespannt. Er sprach aus einer Begriffswelt, die ihnen von der Chemie her geläufig war, sie ahnten wohl, was er meine, und witterten, daß aus dem Manne mehr geholt werden könne als Heilung. Ihre Gesichter erstarrten, aber Paracelsus merkte das begehrliche Glimmen in ihren Augen. Er verstummte. Das widerliche Gefühlschaos des Lauerns und Belauertseins senkte sich zwischen die drei Männer. Ein überladenes Schweigen, das erst gelöst wurde, als die alte Magd unruhig im Zimmer hin und wider zu huschen begann.

»Wir unterwerfen uns Euerem Urteil. Werdet Ihr meinen Bruder behandeln?« fragte der Doktor artium flüsternd.

»Dasselb wird sich weisen,« meinte Paracelsus trocken.

Die beiden Brüder sahen einander an, der kranke Bastian Kastner nickte leise, und Johannes Kastner langte unter die grüne Bettdecke. Er zog einen ziemlichen Beutel aus Sämischleder hervor und ließ dessen Inhalt klirren. Als aber diese zeichenhafte Handlung wenig Eindruck auf den Welterfahrenen machte, knüpfte der Artist die Seidenschnur auf, griff hinein und ließ eine Handvoll Goldmünzen im Sonnenlichte funkeln.

Paracelsus lächelte, er beugte sich nochmals prüfend zu den Armen des Kranken nieder, der regungslos und schlaff lag und in den Betthimmel starrte. Er sagte:

»Daß Ihrs wohl habet, dasselb ist mir vom Meister Bernhard ze Regensburg dick eingeblasen; daß Ihr ein guten Lidlohn darzu müsset wenden, ist ein redlich Ding.« Er richtete sich auf. »Dies brauchet etlich Wochen und ist über Nacht nit tan. So ich den Kranken annehm, muß ich auf Amberg. Das müget Ihr bedenken. Zu Regensburg liegend mir etlich unfertig Leut. Morgenden Tags muß ich zuruck sin. Eur Schuldigkeit ist mein Ritt hin und wieder und was mir bei dem Wirt an Zehrung gnüget. Dort mügt Ihr mich suchen.«

Er ging, und die drei Menschen regten sich nicht. Vor dem Hause blieb er eine Weile stehen. Die heiße Sonne tat ihm wohl und die Luft schien ihm doppelt lauter. Sein Lebenlang war ihm manch sonderlicher Kauz begegnet, doch selten ähnliche wie diese beiden Kastner.

Er war des Tages an sieben Stunden geritten. Ermüdet und hungrig ließ er sich im Schwanen nieder und hatte auf das Gerede des Wirtes, der ihm eine einsame Mahlzeit zu beleben meinte, kaum acht. Dann besuchte er die Apotheke, um sich von dem amberger Fumo trogisco zu kaufen, einem Räucherpulver, das weitum berühmt war. Und der Apotheker, ein zierliches Männchen, geriet in nicht geringe Aufregung, als er den Namen seines Kunden erfuhr. Er bestürmte den großen Arzt voll Begeisterung mit hundert Fragen und Bekenntnissen. Paracelsus brauchte nicht einmal zu antworten. Er hörte belustigt zu, wie man einem sprudelnden Wasser lauscht. Endlich aber

warnte er den Leichtbewegten: es sei keiner ein Apo=
thekerfresser und Gesudelsieder so grimmig wie er.
Aber der Apotheker rannte in die Küche, kam trium=
phierend, ein zerlesenes Imposturenbüchlein in der
Hand schwingend, zurück.

»Da habet Ihr wohl den Sud geschäumet, Herr
Doktor, wohl destilliert, filtriert, klarifiziert, und ist
eine delectatio animae. Hochgelahrt, Ihr seind ein La=
xantium, Katharticum, Purgantium in obstipationem
artis medicae, alldarein wir all seind mitverstöpflet,
verstocket und verstauet fast in sollich gewaltiger In=
digestion der Arzenei!«

Drei Bauern hörten schon eine Weile mit offenen
Mäulern zu, und Paracelsus, überwältigt von all
der Bildhaftigkeit, schüttelte dem Apotheker hellauf=
lachend die Hand, indem er ihn an die harrende
Kundschaft wies. Doch der Apotheker meinte, daß
dem Volke zu warten und zu lauschen gebühre, wenn
Männer von Dignität, Grad und Gemüt einander
begegneten. Er rief noch einige ermunternde Worte
nach, auf dem so kühn betretenen Wege der Kunst=
erneuerung weiter zu fahren, und der Erquickte be=
schloß, dem Rate seines Wirtes zu folgen, den Am=
berg bis zur Warte emporzusteigen, um sich von Ritt,
Hitze und Menschheit in einem Eichwalde vollends
zu erholen. —

Die beiden Kastner hatten nichts hören lassen. Er
wollte den kühlen Morgen nützen und schickte in das
Haus des Bürgermeisters. Die Zeche sei gemacht, der
Ritt fordere Entgelt, man möge eine Schuldigkeit

lösen. Er empfing aber nur einen Zettel, auf dem stand, man könne sich zu keiner Schuldigkeit verstehen, da auch noch keine Kur begonnen sei. Man habe mit großer Befriedigung einen berühmten Besucher empfangen und diesem wohl einen reichlichen Lohn für Kur und Heilung in Aussicht gestellt, aber nur dafür. Der Arzt sei einem Kaufmanne gleich, müsse sich seine Ware besehen, ehe er den Handel eingehe, und ein Kaufmann sei genötigt, oft tageweit zu reisen. Nach beendeter Kur werde man sich des Rittes und der Zehrung gerne erinnern.

Die Kastnersche Magd stand neben dem Wirtsknechte und hatte auf jede Miene des Arztes acht. Eine Zornwolke flog wohl über dessen Stirn, aber die Magd verkörperte die Sonderheit ihres Hauses so deutlich, daß er an sich hielt; auch war das Latein des Zettels vorzüglich.

Paracelsus zerriß den Zettel langsam mit spitzen Fingern dicht unter der Nase der Magd und ließ die Papierflocken fallen. Dann wies er der Alten mit einer leichten Handbewegung die Tür. Sie bückte sich vorerst, las das Brieflein zusammen und ging, ohne ein Wort gesagt zu haben.

So zahlte er und ritt. Der Morgen war taufrisch und sonnenherrlich, Paracelsus freute sich seiner Gelassenheit. Das verhaltene Ungewitter ging erst über das Haupt des regensburger Münzmeisters nieder, als er heiß und müde in der Pfaffenstadt eingelangt war. Es entlud sich gleich vom Gaule herab unter dem Tore der Münzoffizin und zog wie alle seine

Wetter kurz und heftig vorüber, eines inneren Friedens wegen.

Allzu einsam, um nicht von jeder menschlichen Spielart wesentlich ergriffen zu werden, vermochte er die Eindrücke des Kastnerschen Hauses so leicht nicht abzuschütteln, es hätte des Eifers kaum bedurft, den der regensburger Münzmeister immer neu an die Krankheit des Bastian Kastner wandte. Wem alle Menschlichkeit in tiefster Leibesnot so offen vor Augen liegt und doch für ein suchendes Gefühl gleich verwehrt bleibt wie die unerschütterliche Natur, der entgeht einer Magie abgebrochener, ungelöster Begegnungen schwer. Dessen Frieden ist mehr als der eines anderen auf innere Beschlossenheit und wissentliche Klärung gestellt, weil ihm die Lebenshilfen mangeln, die dem Gewöhnlichen stärkend und ergänzend aus aller Menschenwelt erfließen. Wer eigen ist und einsam, muß rein und fertig werden können mit Groß und Klein. Keiner ist leichter zu binden, keiner schwerer zu halten. Wohl und wehe den Menschen und Dingen vor eines wahrhaft Einsamen Gewissen. Es gleicht der göttlichen Natur, die schlichtet, aber nicht vergeben und vergessen kann.

Durch den Münzmeister bot man ihm ein Reugeld für den Ritt, man verhieß ihm Wohnung und Kost im Kastnerschen Hause und zwanzig Gulden Lidlohn. Paracelsus ließ sich mehrmals bitten, inzwischen beendete er die Kuren. Dann nahm er an und fuhr nach Amberg, mehr einem menschlichen Abenteuer als dem

Berufe nach, der in dieser Zeit innersten Unfriedens sein Herz nicht stillte.

Er wurde mit jener dienenden Freundlichkeit empfangen, die sich jedes Lächeln gutzählt. Seine Kammer lag im Obergeschosse. Sie war auf das dürftigste bestellt, der Flurgang stand leer bis auf Truhen, die zwei weitere Türen verrammelten. Doch schien der Gang nicht immer geräumt gewesen zu sein.

Die Brüder führten eine üppige Küche und tranken Weine, die ihre Zölle wert waren. Schon am andern Tage hatte Paracelsus um die Diät des Kranken einen Kampf zu bestehen, der an jedem Löffel Gemüse, jeder Art Fleisch und Gewürz mit solch bohrender Beharrlichkeit hingehalten wurde, daß der mißbrauchten Langmut alle Abenteuerlust zu gereuen begann.

Sie standen bei der Muskatnuß, und Bastian Kastner glaubte, ihrer für eingemachtes Brieslein nicht entbehren zu können. Sein Bruder unterstützte ihn eifrig, er schwärmte von dem heilkräftigen Boden der Insul Bandan in India, aus dem die Würzfrucht wie kaum ein andres Gewächs herzstärkenden Geschmack ziehe.

»Und sie hitzet nit fast,« schlürfte der Doktor artium.

»Hitzet oder nit, ist ein astringens. Gnug. Ihr werdet das Brieslein ohn Muskatnuß kochen.«

Eine schleudernde Handbewegung ließ die alte Magd beinahe zusammenfahren; die spannte begierig auf jedes Wort des Küchengespräches. Sofort verstummten auch die Brüder, schluckten ihre Entgegnung hinunter, wechselten einen Blick, wurden steif.

Die Magd wisperte von anderen Lieblingsspeisen in das Schweigen hinein.

Das Gespräch dauerte Stunden. Ein Kolleg über die säfteverdünnende Diät des Galen wäre weniger anstrengend gewesen. Endlich riß dem Heilmeister die Geduld. Er sprang auf, stampfte das staubige Estrich mit kurzen Schritten und warf der Magd — sie folgte jedem Schritte, jedem Worte mit vorgestrecktem Kopfe und zuckenden Händen — die Namen der Gerichte zu, die er dem Kranken noch bewilligte. Er achtete der höhnischen Befriedigung nicht, mit der sich die beiden Kastner an dem Spiele des aufgebrachten Arztes und der fast traumhaft beflissenen Alten weideten. Als wünschten sie den kleinen Mann in Unbefangenheit zu erhalten, begleiteten sie seine Aeußerungen abwechselnd mit einem bedauernden Grunzen.

Aufatmend schloß Paracelsus die Tür, und da er anhielt, um das Gesicht an den finstern Söller zu gewöhnen, glaubte er ein hüstelndes Gekicher zu vernehmen. Seitwärts unter einen Tisch, über den zwei Stühle gestülpt waren, zwischen deren Beinen alte Kleider herabhingen, verkroch sich etwas. Er sprang zu, schob einen staubigen Mantel zurück. Der struppige Wasserschädel des Knechtes reckte sich zu ihm auf, nun wieder von schrägem Lichte getroffen: dünne, verschwimmende Schlitzaugen, kläglich erhoben, mühselig aufgetan wie die eines Uebermüdeten, und die wulstige Oberlippe hochgezogen, das nasse Gelb eines langzahnigen Gebisses.

Paracelsus spreizte angewidert die Finger, und der

Kopf verschwand im Schatten. Der armselige Teufel konnte nicht gelacht haben. In der Krankenstube? Auch die Magd kaum: also die Brüder. Er kniff die Lider zusammen, senkte nachdenklich den Kopf. Da wurde die Tür unhörbar geöffnet, der lächelnde Doktor Hans stand unter ihr, buckelnd wie ein Kater.

»Hochgelahrt! . . . Edel!« Er sang beinahe.

»Burtzli, Burtzli, Dottor Burtzli,« winselte es unter dem Tische.

Die Augen des Artisten flackerten. Seine erblaßten Mienen zwangen sich mühsam in heitere Falten. Mit kaum beherrschter Hast glitt er an den Tisch. Und der Knecht rutschte ihm entgegen, tappte an einem Beine des Herren empor, rieb seine schwere Melone an dessen spitzem Knie.

»Dottor Burtzli!«

Beruhigt zog Doktor Kastner die Brauen hoch, er grauelte mit seinen Spinnenfingern nervös im roten Zottelhaare des Knechtes.

»Idiota . . . anima candidissima . . .« schmunzelte er, als zerflösse ihm ein Leckerbissen hinter den Lippen.

Um dieses Anblickes willen vergaß Paracelsus die ermüdende Unterredung über die Diät des Bastian Kastner.

»Weist mir Euer chimisch Kuchel: vor den Kranken, die Arzenei.«

»Es ist seit gestern mein Wunsch, hocherfahrener Meister.«

Mit Paracelsus allein, bediente sich der Artist der lateinischen Sprache.

»Unsere armselige Offizin wird unter Ruß und Staub erbeben, wenn Ihr sie betretet.«

Er stieß den Wasserkopf leicht ab und der Knecht schielte grinsend hinauf.

»Bibulus Bipes, kumm! In die Kuchl!«

Der halbwüchsige Kerl schaukelte seinen Schädel in die Höhe und stolperte treppab voraus.

Paracelsus hatte nicht erwartet, daß die chemische Küche des Kastnerschen Hauses so kundig und reich bestellt sein werde. Ihm war die wichtigtuerische Liebhaberei der Brüder, die Kenntnisse haufenweis angelesen hatten, ohne Erkenntnis zu offenbaren, übel genug aufgestoßen. Nun stand er inmitten des weiten, halbdunklen Gelasses, alle seine Sinne lebhaft erregt. In einer Offizin lag für den Meister das Wesen eines Kunstliebhabers bloß, wie das Wesen eines Kranken in den Zeichen, die der Kampf der Krankheit aus dessen Leib prägt.

Der Ofen unter dem Essentrichter schien mit Geschick gebaut. Ein fauler Hans fehlte nicht, und dessen Säule – für eine Seigerei dick und groß genug – war von drei Oefchen umstellt. Aus den Plattenlöchern eines Fornax sahen etliche Alludel, nach Weisung des großen Geberus angeordnet. Ueberdies zwei Probier- und zwei Windöfen – also Feuerstätten nach Lust. Und eine Fülle von Kacheln, Scherben, lang- und kurzhalsigen Kolben, Retorten, Vorlagen und Glashelmen, etliche Alembike, Wannen und zwei Deszensorien. Dazu alles erdenkliche Metallgerät. – Nur nach Stechapfelkraut ein leiser Ruch, in den sich noch ein anderer Duft mengte, machte Paracelsus stutzig. Er fand im Augenblicke die Art des andern Duftes nicht, so daß er seine verläßliche Nase blähte. Aber an der Wölbung hing ausgestopftes Raubzeug, sogar ein Krokodil. Auch lagen hier und dort etliche Roß-, ein Menschenschädel und anderes Knochenwerk, das alles nicht zur Kalzination bestimmt schien, um etwa aus dem geglühten Knochenpulver Kapellennäpfchen zu bereiten. In Paracelsus keimte schon ein Lächeln auf, da bemerkte er zu seinen Füßen den Kreiderest eines magischen Sigels, das liederlich von dem Estrich ge-wischt war. Er setzte den Fuß darauf und nun fiel ihm auch das andere Rauchwerk ein: Mandragora, Al-raun. — Er erinnerte sich, wie begierig der Artist das Wort Azot, in dem die Zeichen der drei Urstoffe ver-borgen liegen, von seinem Schwertknopf buchstabiert hatte, und er nahm die gleichgültigste Miene an.

»Euer Culina, Herr Doktor, lässet kaum ein' Wunsch übrig.«

Paracelsus sah auf. Der Lange schloß befriedigt die Augen. Er war erregt, die dürren Hände zitterten ihm.

»Zu gütig, zu gütig . . . ein Lob aus dem Munde eines solchen Kenners!«

». . . nur müget Ihr mir verstatten, als lang ich hie mein Arzenei bereit, zu jeder Stund Tages und der Nacht ohnbehindert ein und aus . . .«

»Ich will Euch selbst zu Dienst stehen, jede Hand-reichung, sooft Ihr meiner bedürft,« fiel der Artist ein.

»Ich bins gewohnt, die eignen Finger zu schwär-zen, Doktor — allein ich bins dessengleichen, daß mir die Leut auf die Finger fehen. So Ihr etwan damit bedienet feid, tuet nach Wohlgefallen. Die Kunft ift lang, der Weg ift weit, an etlichen Griffen kaum zu ermeffen. Die Kunft ift ein gut verrieglet Sach, als Ihr wiffet, hinter eim Marmelfchloß, ohnfichtbar, hundert Rieglen und Fallen!«

Er fagte das freundlich und leife, mit warnend fchwingender Stimme, während fein Blick den Bewegungen des Knechtes folgte, der unruhig in dem Geräte kramte, feine dicke Nafe in Napf und Flafchen fteckte, eifrig fchnuppernd. Und als er unvermittelt zu dem Artiften aufblickte, erfchrak er beinahe vor diefes Mannes fratzenhafter Begehrlichkeit.

Und Doktor Burtzli ftand am Werk, wann immer der Heilmeifter die Offizin betrat. Paracelfus bemerkte die eifrig gefchürten Feuer und das wichtig gehütete Getröpfel nicht. Kam er, war ftets irgendein Grad erreicht, irgendeine Schwierigkeit überwunden, man konnte getroft an der Bereitung des Heilmittels teilnehmen. Jeden andern Tag wurde die Arznei erneuert. Und fehlte Doktor Hans wirklich einmal am Orte, kroch Bibulus Bipes aus einem Winkel und tummelte taumelnden Ganges über die Steige, feinen Herren zu holen. Eine Wolke Branntweindunft wehte ihm nach, er rechtfertigte feinen Rofenamen.

Schon nach den erften Tagen der Kur fchwanden die Röten an den Armen des Bürgermeifter Baftian, und auch die Bläffen begannen narbig abzufchuppen, die Empfindlichkeit kehrte diefen hochgefährdeten Stellen wieder. Doktor Hans glühte. Es fei ein Mer=

curialarcanum, deſſen Bereitung geheim bleibe, um Mißbrauch zu verhüten — mehr konnte er nicht erfahren. Die Fragen wurden immer zudringlicher, weder Schmeichelei, noch ein verzweifelter Spott, auch nicht die ſchamloſe Beharrlichkeit, die ihr Almoſen erpreßt, vermochte den Arzt völlig aufzuſchließen. Paracelſus, der es gewohnt war, ausgeholt zu werden, gewann ſchon eine verſucheriſche Teilnahme an der Leidenſchaftlichkeit dieſes Mannes. Und Doktor Hans verlor auch — es war gegen Ende der zweiten Woche — ſeine Selbſtbeherrſchung.

Bald nach Beginn und inmitten des Prozeſſes wurde je ein anderes Präparat beigemengt, doch wußte der Arzt den Vorgang ſpielend zu ändern, und der Artiſt geriet in wachſende Verwirrung. Da Paracelſus nun um jene Zeit wieder einmal etliche Tropfen aus dem grünen Glaskölbchen zugeſetzt hatte und zurückgetreten war, um den Dampf verziehen zu laſſen, der aus der glühenden Materie ziſchte, fühlte er die Hand mit dem Fläſchchen unverſehens von froſtigen Fingern umklammert.

»... weiſt her, Meiſter, tuet her! Laſſet ſehen ... einzig ein Mal! Ihr red't nur halb! Es iſt, es iſt ... verzeiht, verzeihet mir ... mein Verlangen ... Euer Kunſt!«

Er ſchüttelte die Hand ſo heftig, daß der Arzt das Fläſchchen mit dem Daumen ſchließen mußte. Leidenſchaft dieſer Art, er kannte ſie zu gut, wenn er auch ſelten häßlicher ihre Blöße geſehen hatte, ließ ihn völlig erkalten. Er ſah die Erbärmlichkeit eines Menschen nicht mehr, seine Augen betrachteten hinter einem fast müden Schleier das Tier, das sich preisgab, sein Mund wurde breit und schmal – ein Lächeln. Und die zitternden Krallenfinger lösten sich, der Doktor artium wich einen Schritt.

»Verzeiht . . . es ist umb die Kunst allein . . . mein Eifer . . . heilig . . .«

Paracelsus drehte den Glasstöpsel in das Kölblein, steckte es in die Tasche, hob mit einer Zange die Schale vom Feuer und setzte sie in das Aschenbad ab. Mit einem Stäbchen rührte er das langsam verglühende Pulver. Der Artist stand abseits, sein Gesicht war schlaff geworden, der Blick stumpf, und doch lag in seiner Haltung die Entschlossenheit, die über jede Demütigung hinausfindet.

»Ein gerings, lieber Doktor Hans, und wir hättend von vorn beginnen müssen, und das Sal möcht ein Schlacken sein, härter dann ein Kiesling.«

Er lachte trocken.

»Es geht hie umb die feinsten Spiritus, und die seind gar leicht dahin, maxime volatile! Das Sal ist der Korpus allein und möcht in Wahrheit heißen caput mortuum, so es nit dieselbigen Spiritus in ihm behält. Davor muß sein Liquor Alkahest wohl beacht werden, dann nur darinne lockernd sich die Spiritus, von denen das Arcanum virtus erlanget, all Tugend.«

Er faßte die Schale wieder und schüttete den Inhalt in eine bereitstehende Flasche, die zur Hälfte angefüllt war. Leise schüttelnd beobachtete er das Gemenge durchs Tageslicht, bis die Lösung eine rosige

Farbe angenommen hatte. Dann setzte er den Kolben in ein warmes Marienbad, stülpte den Glashelm über und legte die Vorlage an, lutierte alles sorgfältig.

»Lasset fein stehn, lieber Doktor Hans, und gelinde übergehn in diese Vorlag. Müget Euch nicht lassen gelüsten, davon auch nur ein Tröpflein zu genießen, so Euch das Leben lieb ist.«

Das Gesicht des Artisten, aschgrau und in hundert mühselige Fältchen verzogen, glättete sich, als er merkte, daß der Meister die Verwirrung nicht weiter ernst zu nehmen schien.

»Wie Ihr wollt, ganz so wie Ihr wollt . . .« stammelte er und blieb zurück.

*

War es die Gewißheit, auf Schritt und Tritt belauert zu werden, mochte es der Abscheu vor dem Geiste eines Hauses sein, das er unrein, bis in die Lüfte der schwarzen Magie verstrickt sah, oder war es das Bewußtsein, nie noch so völlig einsam gewesen zu sein — er fühlte sich seinem Paramirumwerke ganz aufgetan, kaum jemals war ihm Gedanke und Form so stark und leicht geflossen. Die Blätter des Manuskriptes barg er am Leibe. Sein Weggut hatte er in Regensburg gelassen und war dessen froh, nur mit dem Rüstzeug der Kunst versehen, dem amberger Rufe gefolgt zu sein.

Die Brüder Kastner verstockten mehr und mehr, je weiter die Heilung fortschritt. Doktor Hans legte alle Geschmeidigkeit ab. An der fast sinnlos gewordenen

Emsigkeit der Magd und der immer tierischeren Unter=
würfigkeit des Knechtes konnte Paracelsus deutlicher
als an ihnen selbst den Seelenzustand der Brüder er=
messen.

Eines Morgens zwang ihm ersticktes Klagegeheul,
das von der Krankenstube heraufquoll, die Feder aus
der Hand. Er nahm kaum Zeit, das Schriftwerk zu=
sammenzuraffen, eilte hinunter und trat ungefordert
ein. Auf dem Estrich wälzte sich Bibulus Bipes, von
dem Artisten an einem Stück Tuch hochgezerrt, das
den Mund und den unförmlichen Schädel umspannte.
Mit der Rechten hieb der Artist auf die Mißgeburt
ein. Die Hetzpeitsche schlug Staubwolken aus den
verrenkten Gliedern. Bastian Kastner saß im Bette,
den feuchten Mund grinsend gesperrt, die Augen ver=
glast. Das schweißnasse Gesicht des Artisten brannte,
die Stirnadern drohten zu bersten, er keuchte, an seine
Roheit verloren.

Paracelsus fiel ihm in den Arm.

»Samer Potz Blut halt ein! Beim Eid! Uech reit
der Tüfel!«

Er riß dem Erstarrten die Peitsche aus der Hand
und schleuderte sie in einen Winkel. Zornig stampfte
er an das Bett. Bastian Kastner war zurückgesunken
und hielt die Augen geschlossen.

»Ihr gebt ein Ruh! Ihr halt' ein Ruh! Ich laß
Euch liegen sunst und Ihr mügen langsam erfaulen
als ein stinkend Aas bei lebendem Leib!«

Bibulus Bipes kroch auf allen Vieren, so schnell
er konnte, davon. Bastian Kastner blähte die Backen,

zog die Brauen hoch und blies vor sich hin. Inzwischen hatte auch der Artist die Besinnung wiedergefunden. Er wischte das nasse Gesicht, buckelte, kam, indem er sich mit dem Knebeltuche Kühlung zufächelte, grinsend näher.

»Mein Bruder wird mir vergeben,« begann er noch etwas beengt, »wenn ich mich des erfrischenden Latein bediene. Und Ihr, verehrter Meister — gewiß, Euer Amt ist es auch, die Seele des Kranken zu hüten, denn die Seele auferbauet den Leib ... und vortrefflich seid Ihr bedacht! Durch Wände und Türen weiß Eure Sorgfalt zu lauschen. Das ganze Haus fühlt den edlen Eifer bis auf den letzten Küchennapf. Mit Recht! Das Haus ist gleichsam die äußerste Haut des Kranken. Und Ihr habet hier vornehmlich um des Kranken Haut bekümmert zu sein ...«

Er glitt mit kleinen Schritten näher, seine Augen stachen.

»... Bibulus Bipes gehörte von Rechts wegen an den Galgen, aber es wäre schade um dieses Exemplar. Ihr habt ein allzumildes Gericht aufgehalten. Natürlich nur um die Seele des Kranken vor schädlichen Erregungen zu schützen. Vortrefflich, Verehrtester. Wir wären Euch verpflichtet, Ihr habt Eure Kunst erwiesen. Doch meinet nicht — es wäre ein Irrtum, der Euch Enttäuschungen brächte — meinet nicht, daß Ihr noch allzu nötig seid. Euere Sanftmut hat dem Kranken verheißen, ihn faulen zu lassen »als ein stinkend Aas bei lebendem Leibe«, das ist vorbei, durch Gottes gnädige Hilfe und Eure Kunst; vorbei. Euer

Arcanum, Euer Geheimnis ist uns offen…« er fiel ins
Deutsch »… wir hand Eur Arcana und Heimeligkei-
ten empfahn, Ihr pochet und bellet umbsunst, ich habs
längst kennt, mein Bruder kennts und jedlicher Baur
kanns! Platz' vor Gallen! Ich will dir dein Heimeligkeit in die Ohren spein: Praecipitat ists! Euer ganz
Kunst, Edel, Hochgelahrt, Quecksilber-praecipitat!«

Ein feistes Gelächter des Bastian Kastner hatte die
letzten Worte begleitet.

Paracelsus war vor dem Hauche des Artisten
schrittweis gewichen. Als er nun das vermeintliche
Mittel hörte, blieb er stehen, verschränkte die Arme
vor der Brust, blinzelte in die giftigen Augen und sein
Lächeln verdünnte ihm die Lippen, daß der Artist verstummte und stutzte.

»Dasselb habet Ihr fein heraus,« meinte er trocken.
»Marter und Schweiß, was vor ein Tölpel und
Bacchant ist Paracelsus gewest in Eurer düftigen
chimischen Kuchl. Nu ist all sein Kunst auftan. Ihr
wisset, Eur Bruder weiß und jedlicher Baur kanns,
dann nu ist offenbar die ganz Heimelichkeit Paracelsi,
sein berühmt Arcanum, dasselb Magnale Mercurii,
und der Doktor Paracelsus tauget fürder nützit meh.
Die Arm sein geheilt, etwan die Oelschenkel gebessert
– macht alls Praecipitat, und ein jeder kunnts. –
Meinend etwan Herr Doktor und Ehrbar, Herr Bur-
gemeister, dem Paracelsus steig der Schmack von
Stechapfel und Alraun also lieblich in die Nas und
ein Versuchung, daß er von ihm nit kunnt lan, als
ander mühselig Leut in diesem Hus!«

Der Artift reckte fich langfam auf, Baftian Kaftner ftierte, beider Geficht war fahl.

»Ich hab Euch die Arm geheilt. Ihr bedürfet meiner fürder nit, als Ihr faget. Ihr follt mein Lidlohn in den Schwanen fchicken bis auf Mittag, funft will ich mein Gebühr finden auf ander Weis.«

Damit ging er. Seine Kammer ftand noch offen, eilig wollte er eintreten, fein Zeug zu fammeln — da kauerte Bibulus Bipes im Schatten der Tür.

Paracelfus neigte fich nieder, und der Knecht begann wie ein Hündlein zu winfeln. Paracelfus fchloß die Tür, um beffer fehen zu können, doch fchneller, als er fich deffen verfah, war der Mißhandelte aufgefprungen und über die Treppe entwichen. Nichts fchien verftändlicher als das verftörte Wefen diefer Kreatur.

In wenigen Minuten war er bereit und ftieg klirrend und polternd herab. Er mußte an dem Krankenzimmer vorbei. Man hatte es geöffnet. Am Türpfoften lehnte der Doktor artium, Hans Kaftner, ihm zu Füßen hockte Bibulus Bipes, und die Finger des Artiften fpielten in dem ftruppigen Pelze des Wafferkopfes, Baftian Kaftner faß aufgeftützt im Bette und lauerte heraus. Für einen Augenblick ftockte Paracelfus und taftete nach feinem Schwerte. Vielleicht war es gut, daß er den Goldknauf nicht mit der Hand bedeckte, denn der Artift bildete haftig eine Feige mit der Rechten und zückte fie gegen den Knauf. — Unter dem Tore glaubte Paracelfus ein Gelächter zu hören, aber das konnte auch der Lärm der Gaffe fein. Fünf fchwere Wagen mit Eifenerz rüttelten vorbei.

Und man ließ ihn im Schwanen nicht lange warten. Bibulus Bipes taumelte hinüber, pfiff durchs Fenster und warf einen Zettel auf den Gasttisch. Drei Schillinge waren darein gewickelt, und das Papier verlautete: Klaget nach Glust! Die drei Worte waren schräg übereinander geschrieben. Paracelsus saß beim Fenster, er warf den Zettel und das Geld über die linke Schulter auf die Gasse zurück. Nichts sollten sie ihm anhaben.

Es war noch früh am Tage. Langsam schlürfte er den säuerlichen Wein, der nach den Tropfen des Kastnerschen Hauses ein wenig leer schmeckte. Inzwischen briet ihm der Wirt Speck zu einem Mehlmüslein. – Klagen! Schon löste es sich in seiner Brust. Der amberger Bürgermeister wußte, wie es um solch ein Recht stand, und auch er hatte Erfahrung. Die Schöppen messen nach Heller und Pfennig, und nach Heller und Pfennig ließ sich die Kunst nicht messen.

Präcipitat! Sie hatten gemerkt, daß er Quecksilber nahm, und dem Arcanum die rote Farbe abgesehen: also Präcipitat. Narren, die das Gottesgeschenk des Mercurius nicht ahnen und sein Gift nicht ermessen. Noch fünf oder acht Jahre, dann wird die Rechnung quitt sein, Zins auf Zins. Nur der Schreiner wird den Lidlohn zählen.

Eine Spinne ließ sich an ihrem unsichtbaren Faden gegen den Tisch herab. Paracelsus betrachtete die zierlich geregten Füße eine Weile, dann fuhr er leise, mit ausgestrecktem Finger über der Spinne hin, und das

Tierlein haspelte sich eiliger von dem Finger ab. Er führte es über den Tisch hinaus. Die Spinne glitt vollends zu Boden.

Seind Alchimistae und Doctores der Kunst! Wissend nit, daß an der Bereitung alls lieget! Ein Spinn in ein Mannam verkehrn, ein Mannam in ein Giftkröt – das ists! Ei, so bescheißet euch selber!

Und doch – wer war da berufen zu warnen und zu führen, wenn nicht er! Sollte den Ehrlichen irgendwo, irgendwann aus diesen beiden Narren nicht ein Exempel erwachsen, daß sie sähen, was Gift sei am Mercurio und wie er hinwieder ein Magnale sei, köstlich und heilsam, desgleichen die Welt nicht vermag!

Er holte ein Blatt aus der Tasche und den Rötel. Fliegender Hand notierte er seine Gedanken. Aus dem letzten Zanke im Kastnerschen Hause flossen etliche Sätze ein, dann Hinweise auf den Heilungsfortgang. Doktor Burtzli! Reine Scheidung: Arcana – Simplicia . . .

Da stellte der Wirt den Imbiß auf den Tisch, und der Speck duftete dem Eifervollen in die Nase. Er setzte ab. »Narratio vom Kastner«, schrieb er noch, es sollte alles aus dem Leben gegriffen sein. Und das Datum dazu. Auch der Tag war wert, daß er ihn merkte: »Geben zu Amberg« . . . Amberg! Noch einmal hielt er an. Ein Ort mehr, ein Undank, eine Bitternis, ein Eselstritt mehr. Selbst der kleine Apotheker hatte seine Begeisterung bald gelöscht, sich überdünkelt, gespreizt, geputzt – Fumo Trogisco –

und offenbar gefunden, nicht ernst genug genommen zu sein. Also: »Geben zu Amberg in meiner Einöde, am Zinstag vor Mariae Himmelfahrt im dreißigsten.«

Und wie er das Blatt und den Rötel einsteckte, fand er die Tasche leer, in die er jenes grüne Glaskölbchen zu stecken pflegte. Er durchmusterte die Tasche. Nie, daß er ein Mittel oder Instrument nicht gewissenhaft versorgte! Er sann nach. Bibulus Bipes hatte die Fäuste vor die Brust gedrückt, als er ihn aus dem Schatten der Tür aufgestöbert hatte.

Lächelnd führte er seine Hand an die Lippen. Die Bilder des Kastnerschen Hauses huschten an ihm vorüber, und jetzt fand er den Schluß: Gugelvolk, diebisches! Er fächelte mit einer leichten Handbewegung durch die Luft und machte sich über den duftenden Speck und das Müslein her.

Dieses Tages fuhr kein Rollwagen durch Amberg, und auch eines Gaules wegen wußte der Wirt wenig Rat.

»So Euch nit eilig wär, edler Herr, heint führend die Eisenschiff auf Regensburg ein, daß Ihr etwan mit wollet vor etlich Pfennig. Moring in der Früh seind sie drunt.«

Drei Schiffe fuhren schon, als er hinunter an die Lände kam, und das vierte stieß ab. Auf dem letzten wurde er mitgenommen. Fünf Fahrzeuge glitten voraus wie dunkle, treibende Inseln. Sie waren flach und breit gebaut, der geringen Wassertiefe wegen, und ihr Rand ragte kaum aus den Wellen. Etliche

hundert Zentner Eisen und Erz trugen sie in die
Donaustadt und sollten Getreide, Salz und andere
Notdurft wieder heimbringen. Die Schiffsleute hat=
ten schwarze Wollhosen an und schwarze Hüte auf
den sonnenverbrannten Köpfen, sie waren stille Men=
schen mit gelassenen Bewegungen. Auch wenn sie die
braunen Arme hängen und die Lenkstange mitgleiten
ließen, verlor ihr Blick die geruhige Achtsamkeit nicht.
Sie hatten ihm etliche ungrische Kotzen gegeben, die
zottelhaarig und weich waren.

Langsam glitten die Uferländer vorüber, und zö=
gernder noch die bewaldeten Hügelzüge. Alles war in
ein sanftes Maß gesetzt, daß dem Heilmeister, was er
in Regensburg und Amberg erlebt hatte, wie ein Wir=
bel drängender Traumgestalten entschwand. Einge=
halten sein in den Wellengang der Natur! Nichts
beschleunigen können! Nichts wollen können! – Als
es dann dunkel war, und sie für die kurzen Sommer=
nachtstunden angelegt hatten, war alles rein in ihm.

Verhaltenen Lautes schlugen die Wellen an das
Schiffsholz. Er dachte an Wilhelm Bombast. Weiß
mußten ihm die Haare im Nacken liegen, und wei=
cher noch mochte der zahnlose Mund über dem run=
den Kinne ruhen. Jahre hatte er seines Vaters nicht
mehr gedacht, Jahre nicht nach Kärnten geschrieben
– und Wilhelm Bombast war doch in und mit ihm
gewesen. Er und Villach und weiterhin das Jugend=
land.

Der Staub seines Elends, der Kampf, die Last
seiner Kunst, der unendliche Strom der fremden

Menschen mit ihren Leiden, Begierden, ihrem Haß und der geringen Liebe – sie alle in ihrer Blöße, sie und alles, war es nicht ein Wolkentreiben nur über dem Lande seiner Jugend, das mit ihm durch das Elend zog?

Er schloß die Augen. Weißgekrönte Berge und eine härtere Luft glaubte er zu spüren. Paracelsus wußte, wohin ihn die klingenden Wellen tragen würden. Erneuen, erjüngen auf jenem heiligen Boden! Satt und zeitig war er. Die Lehrjahre verweht. Der Schnee des Elends naß und fließend. Wie Silberblick schimmerte es in ihm durch die fließenden Schlacken.

Und noch war er des Weges und der Wahl mächtig.

Parakosmus

Etliche Schritte unter der »Weinburg« an der Neuengaß, wo die Fluri ihre Badstube aufhielten, hatte der Meister Toman Jmboden seine Blaufärberei. Jm Werkgadem arbeitete er mit seinem Knechte an dem großen Färbbottiche. Sie hielten ihre langen, starken Rührscheiter mit beiden Armen steil in die Höhe wie Bannerstangen und ließen sie gleichmäßig, vorsichtig an den Dauben des weiten Gefäßes niedertauchen, um die Leinwand zu unterfahren, und dann hoben sie das Zeug aus dem Farbsud. Die Dampfwolke stieg weiß und dicht zwischen ihnen auf, sie drückten die Rührbengel so lange nieder, bis sie einander wieder deutlich erkennen konnten, denn sie standen einer dem andern gegenüber. Dann ließen sie das schwere Zeug wieder in die Farbe gleiten, hoben die Hölzer und rückten einen Schritt am Bottich weiter.

»... und solltu sechen, Heini, die gaht uf diesen Abend hinwieder us dem Hus die Nacht über, dann es wird der Mond voll uf diese Nacht, und es hanget an dem Gstirn. Das solltu wissen.«

Der Knecht, ein langer, hagerer Mensch, fühlte wohl die prüfenden Augen des Meisters, aber er sah nicht auf. Fast leise meinte er dagegen:

»Es ist nit us dem Gstirn, noch us dem Mond, es ist von Gott. Was hat das infältig Mensch us Abbazell mit dem Gstirn ze ton, Meister? Es ist von Gott, dann us ihr bricht ein Gwalt und Zucken herfür, gaht über die Menschen, so bi ihr stehnd.«

Und sie ließen wieder, gegen die belasteten Hölzer gestemmt, den Qualm verziehen.

»Du bist darbi gsein dasselbig Mol ze Sant Lorenzen in der Kilch, da hat der Dominice Zili von dem Meister Huldrichen us Zürch das Buch fürglesen, und sein in dem Buch die wiedertouften Lehrer gänzlich gewaltiget und übermannet us der Gschrift. Kunnt deren keiner ein treffentlich Antwort geben, so viel ihrer gstundend uf der Borkirchen ze Sant Lorenzen.«

»Meister Toman, es ist des Schreibens und Lesens viel und des Herzens lützel.« Während er das Rühr= holz niederdrückte, hob der Knecht die Stimme, als müsse er das Dampfgewirbel durchbrechen. »Der Zwingli und der Doktor Watter und der Zili, die führend all hurtig Finger uf deme Papier und über der Gschrift, und wisend do und do, habend ein frü= dig Reden. Darvor ist die Zung schwer dem gringen Mann. Die Hochgelahrt redend gar licht, dann sie redend allweg tapfer ab der Höchen und Glahrtheit darnieder und hand licht ketzeren. Dem gringen Mann brennt das Gmüet und drucket fast das Gwissen.«

Toman Imboden brummte etwas vor sich hin. Sie arbeiteten eine Zeitlang schweigend weiter. Dann brach es wieder aus dem Meister:

»Dies ist min Hus, und ich leid das nüt. Die Frena ist min Magd. Der will ich wehrn. Da hastu eh be= vor gsechn: den Löffel us dem Mul, seind sie allbe=

reits do gfein, die Magdalena Müllerin und dem Mürgl fin Bärbeli. Das feind unfrer Stadt zwo Bürgerinne und züchtig Jungfrouen beid. Und die Frena fpricht zu der Mürglin und nennet fie Petrum, und heißet glichermaßen die Müllerin als ihr Maria von Bethania willkummen. Dasfelb ift ein Docken= werk und ein Gugelfuhr. Ich will mich des nit meh ghulden noch es fürder liden. Die Frena Bumännin ift ein guete Magd, allein fo dies Wefen willt führ= fahrn und kein Wandel han, fo will ich die Frena ehender uspuzen us minem Hus. Das folltu wiffen!«

Toman Imboden hatte mit der Arbeit eingehalten. So zornig auch feine Stimme klang, aus feinen Augen flackerte Unficherheit. Er wollte eine laute Zuftimmung von dem Knechte. Der aber fah feitwärts zu Boden und hielt den eingetauchten Rührbengel wie ein Lands= knecht, der mit einer Partifane Schildwacht fteht.

»Es ift wohl din Hus, Meifter Toman, und du bift der Magd ein Husvater. Allein das ift nüt an der Frena gelegen, die ift ein gfchlicht Frouenbild als ander meh. Willft fie uspuzen? Künnteft ichts dar= mit wandlen? Es ift ein Gwalt bi der und ift us Gott, ftaht ober dem glahrten Tant unde ober dem Gftirn und Mond. Das lieget in jed eim felblich, fo einer die Frena hört und fiehet an. Ift us Gott, Meifter.«

Toman Imboden hatte es längft gefühlt wie eine Gewiffensnot, daß er von dem gelahrten Deuten und Reden der Predikanten und Lehrmeifter, auch des Meifter Huldrich Zwingli und felbft ihres ehrbaren

Joachim von Watt, leer geblieben war. Vielleicht hatte ihn nur der überlegene Geist und die Gewandtheit der Zungen an diesen Männern irre gemacht. Allein, solange er ihre Worte hörte, war alles hell und klar, und dem Evangeli schien das Herz und Gemüt aufgetan, war Toman Imboden aber wieder für sich, dann focht es ihn an, als müßten diese Männer mit gleichem Geschick das Widerteil rechtfertigen können. Und Heini, sein Knecht, fühlte offenbar dasselbe. Ja, Heini, der Knecht, stand weiter als er, denn er hatte es ausgesprochen. Ihm, dem Meister, der an Jahren des Knechtes Vater hätte sein können, war der innerste Grund seiner Gewissensnot erst jetzt an diesen Reden deutlich geworden. — Warum ist alles Volk von Sankt Gallen, hoch und gering, dasselbige Mal zu Ostern durch das Schibinertor an den Berlisberg hinaus, um den Polt, den hinkenden Schiffer aus der March, zu hören! Solch eines Zulaufes ist auch der Uolimann nie mächtig gewesen und nicht einmal der Kunrad Grebel, der Geld und Stand um der Tauf willen verlassen hatte und ausländig geworden war. Warum sind sie alle dem hinkenden Schiffer nachgelaufen, der acht Tage darauf zu Schwyz den Marterertod hat sterben müssen! Marterertod! Toman Imboden fuhr mit einer Hand über die Stirn, ein Spruch der Schrift lebte in ihm auf, und er hielt kaum so weit an sich, ihn nicht auszusprechen: »Das Wort ist Fleisch geworden und wohnete bei ihnen ...« Fleischwerden und nicht Wort bleiben! Wort zu Fleisch und Blut werden und nicht Fleisch und

196

Blut zu Wort, wie bei den Gelahrten allen! Das war es.

Er blinzelte hinüber. Der Heini stand immer noch wie einer auf der Schildwacht.

»Tu zu,« rief der Meister.

Sie arbeiteten weiter und schwiegen. Allmählich wurde der Dampf dünner, und sie vermochten einander deutlich zu sehen, wenn sie die Leinwand aus dem Bottich hoben. Da lehnten sie die Rührbengel an die Wand und trugen einen leeren Kessel herbei, schöpften ihn von dem erkalteten Farbsud voll, deckten die Blache über den Bottich und hoben den Kessel mit einer Eisenstange auf die Schultern.

Im Hause hing ein anderer Kupferkessel über einem hellen Holzfeuer. Obgleich es noch stundenlang Tag blieb, saßen die Frauen mit ihren Runkeln bei den warmen, lichten Flammen. Die Gasse war eng, von den Häusern überhangen, der Gadem war tief, und das Fenster nicht sehr groß, und es war außerdem noch winterlich, so daß man den Hausbrand liebte.

Als die Männer gleichen Schrittes eintraten und näher kamen, rückten die Jungfrauen Magdalena und Barbara hastig zur Seite, und auch die Meisterin schob die Runkel aus dem Wege. Nur die Magd spann weiter und merkte die Männer nicht. Mit Willen setzte der Meister den Kessel dicht neben der Magd ab und ließ die Kette rasselnd niederschlagen. Frena schrie leise auf, die Spindel entfiel ihr, sie breitete die Arme. An ihren samtigdunklen Augen funkelte der Widerschein des Feuers, vor dem die Männer hantierten. Die Augen waren unbewegt und weit offen. Auch ihr fast blutleeres Gesicht, dessen große Züge — Hakennase und starkes Kinn — in einer jünglingshaften Schönheit ruhten, war so restlos aufgetan und von einem blassen Schimmer übergossen, der nicht leibhaft, sondern gleichsam angehaucht schien. Die drei Frauen konnten ihre Blicke nicht von ihr wenden und vergaßen auf die beiden Männer, die geräuschvoll und trotzig beflissen, sich nicht in den Bann dieses Weibes zu geben, ihre Arbeit taten, den siedenden Kessel abnahmen, den andern über das Feuer brachten und dann mit dem dampfenden, leise versummenden Sud den Gadem verließen.

Frena blieb in ihrer Versunkenheit, doch nahm ihr Gesicht den Ausdruck demütigsten Leidens an, und ruckweis, wie von böser Macht gezwungen, näherten sich ihre beiden Arme, bis die Hände, an den Knöcheln gekreuzt, übereinander lagen. Leicht neigte sie den Kopf gegen das Feuer hin. Wie einer Krone Last lag ihr dunkles Haargeflecht auf ihren Schläfen, und den nun fast geschlossenen, schweren Lidern entsickerten langsam die Tränen. Die beiden Jungfrauen waren auf den Zehen näher gekommen; ihre Hände leicht vorgestreckt, halb wehrend, halb verehrend, wie einem Heiltume nahten sie ihr, und auch die Meisterin, ein kräftiges, großes Weib, hielt befangen die Hände vor der Brust.

»... ihr sollet nüt hörn die Kettin, darmit sie mine Händ gebunden an diese Stoupsäul, dann ich will nüt zitteren noch zacken in minem Schmerz ... streichet, streicht min nackten Leib, fließe min Blut für üch geben dar … fließe min Blut und röt min nackten Leib … o weh, o weh … ihr Buben! O weh, min fließend Blut!«

Sie schluchzte tief auf und daran schien sie zu erwachen. Sie löste ihre Hände, sah die beiden Gespielinnen ernst und forschend an.

Barbara Mürglin fragte in tiefer Scheu: »Was willtu, Herr, das wir sollend tun?«

»Du, min Petrus,« hauchte Frena Bumännin, und ihr Gesicht verklärte sich, »und du, Maria, ganget ihr, min Lieben beid, ganget an die Türen, da die Brüder wohnend und klopfet an und sprecht: ‚Der Herr hat mich zu dir gesandt, daß du dich rüstest von Stund an und ihm nachfolgest!‘ Und sprecht: ‚Der Imbiß ist gessen, der Gürtel ist geschnürt, ganget all hinus gen Buch in des Abts Gerichten, dann allda ist Christus, der lebendig Suhn Gotts!‘ – Ich will vor üch gahn, den Lazarum uferwecken us dem Grabe, und will üer warten ze Buch.«

Sie stand auf, schritt tiefgesenkten Hauptes langsam hinaus. Die beiden Jungfrauen folgten ihr wie im Traume.

Und das Weib des Blaufärbers kämpfte einen stillen, beklemmenden Kampf. Sie sah den Heiland noch an die Staupsäule gekettet, als blicke er in das Feuer der Kriegsknechte. Dann taumelte ihr Blick an den Wänden hin: Bank, Tisch, Rachelbord, Holzbeuge und wieder Feuer und Kessel. Sie hob die Hand schirmend gegen den Schemel, auf dem die

Magd gesessen war. Die Hand fand auf ihre Brust zurück: drei mühsame Kreuzeszeichen – Vater, Sohn und Geist. Aber der Heiland wich nicht vom Feuer. Und das Feuer wurde ärmer und ärmer. Der Kessel sollte sieden. Wie gelähmt schleppte sich die Meisterin zur Holzbeuge hinüber und trug Knüppel auf Knüppel in die Glut. Und als der Brand bis an den Kesselboden hinauf genährt war, seufzte die Frau tief auf: »In Gottes und aller Heiligen Nam, lieber Herr Jesus Christ in dinem Rich!« Dann ging auch sie.

Das Holz fing Feuer und loderte um den Kessel. Der Farbsud sprudelte in den sprühenden Brand über, füllte die Esse mit einem verdüsternden Dunst, aber die Flammen siegten immer wieder und warfen ihre roten Fähnlein mannshoch. Die astigen Knüppel knackten, knisterten, ließen ihre hellen Funken weithin springen. Und der Kessel tobte, die Kette zitterte.

Die beiden Männer kamen zurecht. Sie rissen das Feuer auseinander, stießen eine Runkel nieder und traten den glimmenden Flachswickel aus.

»Sumer Potz Schweiß, Marter unde Pein . . .«

Der Meister Toman Imboden sah sich verstört um, er keuchte vor Zorn. Dann stampfte er aus dem Gadem, schrie nach dem Weibe, nach der Magd, polterte über die Steige hinauf. Die Türen krachten; die Pfosten zitterten unter seinem schweren Tritt. Indes rückte der Knecht mit der Eisenstange den Brand auf ein gerechtes Maß zusammen und wartete. Und er sah gelassen in die Glut, als der Hausvater in seinem Zorne wiederkam.

»Nienan von denen Frouensmenschern ouch nüt ein Juppenzipfli!«

»Sie seind mit ihr,« meinte der Knecht, als handle es sich um die natürlichste Sache.

Dieser Gleichmut erschütterte den Meister fast heftiger als die Gefahr, in der sein Haus gestanden hatte. Er packte den Knecht an der Schulter und rüttelte ihn.

»Heini, bis wach! Etwan schlafest du bi hellichtem Tag! Min Hus wär schier zu Aeschen verbrennt!«

»Wie sollet din Hus zu Aeschen verbrennen, Meister! So din Hus nüt stünd in Gottes Hand, wellich eins sunst zu Sant Gallen!«

Toman Imboden ließ seinen Arm sinken und trat einen Schritt zurück.

»Wir sein hie zu dem Füer kummen,« sagte der Knecht weiter, »und es war Zit. Wir hand den Brand gricht und tretend den flächsin Wickel us, und es war Zit. Die Frouen seind us dem Hus und ihr nachgefolget, und es ist aber Zit, Meister Toman.«

»Min Ehfrouen, Gretta Rüttmannin, ist getrü,« zitterte es aus der Brust des Meisters, »und hält ihr Sach wohl . . . Was ists, das uns wird antan! Gottes oder des Tüfels!«

»Wer Ohren hat, der höre,« meinte der Knecht.

Aber der Meister lag hart in seinen Zweifeln, er schüttelte den Kopf. Er faßte die Eisenstange.

»Wir wellend noch diesen Kessel intun, dann solltu nit meh gehalten sin vor diesen Tag, Heini; dann ein grings, und min Hus wär verbrennt.«

201

So ließen sie den andern Keſſel bei dem Herde ſtehen und trugen den kochenden an den Bottich. Dort leerten ſie ihn durch die ausgeſpannte Seichblache in die Farbe. Als die Leinwand genug gerührt ſchien, legten ſie die Bengel über den Bottich und breiteten die Blache für die Nacht darüber.

Toman Imboden rückte noch das und jenes zurecht, endlich verriegelte er die Werkſtatt. Dann blieb er in ſeinem Höfchen ſtehen, ſah das Haus an, als wäre es ihm geſchenkt, und blickte lange in den immer noch taghellen Himmel.

Im Gadem wartete der täuferiſche Knecht. Er trug den ſchlichten Zwilchkittel, ſeinen Kopf bedeckte der breite Schlapphut, und am Gürtel hing ihm ſtatt des Schwertes das kurze, ſtumpfe Brotmeſſer. Die Täufer verdammten den wölfiſchen Kleiderprunk. Er hoffte auf den Meiſter und ſah ihn an.

Allein Toman Imboden winkte nur.

»Gang, Heini, gang und lug, daß den Frouen beiden nit mag ein Ungebühr zuſtoßen.«

Der Knecht lobte Gott und ging. Der Meiſter ſtand eine Weile, den Rücken gegen die Tür gekehrt. Aechzend ſtrich er mit beiden Händen über Stirn und das ergraute Haar, über die Wangen und den breiten Bart. Dann ging er in den Bankwinkel, griff das Teſtament vom Bord, trug es zum Feuer, ſchürte die Glut auf, zog den Schemel nahe und begann zu leſen. Seine gebläuten Finger rückten unter den Zeilen hin, er hielt das Buch mit der Linken, deren Ellenbogen auf ſein Knie geſtützt war, weit ab. Und wenn er einen Satz bewältigt hatte, schaute er auf und grübelte lange, las wieder und versenkte sich mehr und mehr in die gefährlichen Tiefen der Schrift.

*

Frena Bumännin war schon von einer frommen Schar umgeben, als sie nach Buch kam, das bei Tablat liegt und ehedem zum Gottshus gehörte. Dort sollte unlängst der Täufer Lienhard Wirt aus dem Doggenburgischen zugezogen sein, um Leinwand weben zu lernen, was im Oberdeutschen nirgends besser gelernt sein konnte, als in und um Sankt Gallen.

Frena Bumännin trat in das fremde Haus ein und ging zur Falluke, von der die Steige zum Webkeller niederführt. Sie rief hinab:

»Lazarum, Lazarum, ich bschwör dich bi der höchsten Kraft Gotts, daß du heruf kummst und folgest mir nach!«

Da hielt das Klappen der Trittbretter an, und eine Stimme bebte aus der Tiefe:

»Was willtu, Herr, daß ich soll tuen?«

»Steig heruf us dinem Totenbom des irdschen Handwerks, fahr uf us dinem Weltgrab und folge mir.«

Die Hausleute waren von Stall und Holzblock herbeigelaufen, ein Mann und ein Weib, beide schon weißhaarig. Sie drängten durch den Kreis der Täufer, aber sie wagten nichts, denn die Täufer umstanden das prophetische Weib mit inbrünstigen Gebärden und heilsbegierigen Mienen, daß es wie eine unsichtbar strömende Flut von ihnen ausging und allen Widerstand zurückdämmte. Zudem waren die beiden alten Leute an dem bedeutsamen Wesen des Lehrlings Lienhard Wirt schon stutzig geworden.

Ein blasses, bewegtes Gesicht tauchte aus der Luke.

»Bist du es, Herr!«

Da schrie Barbara Mürglin, die von Frena Petrus benannt worden war, hell auf und wies mit beiden Händen gegen Frena Bumännin:

»Wahrlich, dieselb ist der Suhn Gotts, des will ich zügen . . .«

Und sie stürzte unter einem wilden Zucken hin, als wäre sie von der fallenden Sucht geworfen. Ihr Gesicht wurde blaurot, Hals, Brust und Leib schwollen ihr; die Arme verrenkt, die Hände verkrampft, bäumte und wand sich das Mädchen über dem Estrich.

Durch dieses Zeugnis erhöht, leuchtenden Blicks, taumelte der Gerufene die letzten Stufen hinauf. Er kniete neben dem durchschütterten Körper nieder. Und auch die anderen Täufer umdrängten die von Gott in das Sterben Geworfene. Sie nannten es Sterben. Die rauhen Antlitze waren freudig durchglüht, und sie zitterten alle, die Arbeitshände, die ausgestreckt über der qualvoll Verzückten hingen. Nur Frena Bumännin stand wie ein Steinbild zu Häupten der Zeugenden und nahm das Glaubensopfer an.

Der Krampf wuchs schnell. Das Gesicht der Mürglin glänzte von fließendem Schweiß, vor ihrem Munde stand Schaum, an ihren Augen sah man nur das Weiße.

Die Hausleute hatten wohl schon vom täuferischen Sterben gehört, das da und dort im Lande die Herzen erschütterte und bezwang, allein der grauenvolle Anblick erschreckte sie dermaßen, daß sie vor dem gläubigen Rausche der anderen bewahrt blieben und nur mehr den Trieb zu helfen fühlten. Sie zwängten sich zwischen die Befallene und deren Genossen, lösten mit hurtigen Fingern den Gürtel, die Schnüre. Wie die Flanken eines gehetzten Tieres schlug die befreite Brust unter ihren Händen.

Und sie mochten zur rechten Zeit geholfen haben. Der Kopf der Barbara Mürglin sank schlaff zur Seite, der Krampf schien in schwache und schwächere Wellen zu verlaufen. Aber die Täufer hielten noch immer die Hände gestreckt, ihre Augen brannten noch dürstend, und eine Begierde lag auf den Erregten, mehr grausam als fromm. Allein der Zustand steigerte sich nicht mehr, er löste sich hinter den Händen der Helferin, die mit dem Zwilchschurz das übernäßte Gesicht trocknete. Barbara Mürglin sank in einen ohnmachtstiefen Schlaf.

Man trug sie aufs Bett. Die beiden Alten mußten sich darein finden, daß die ganze Schar bei der Erschöpften blieb, und es mochten während des Sterbens noch etliche hinzugewachsen sein, die sich von Haus zu Haus durchgefragt hatten.

Die Stube war voll Menschen, und alle schwiegen feierlich. Wo immer sie lehnten, hockten oder auf dem Boden lagerten, ihre Blicke hingen an der Prophetin, die ihnen für diese Stunde der inbrünstig erlebte Heiland war. Eingeschüchtert hatten sich die Hausleute in den Herdwinkel zurückgezogen. So mächtig aber wirkte die gespannte Stille dieser aller, die schlichte Leute ihres Schlages waren, doch auf sie, daß die Frau ein Paternoster aus dem Busen zog und leise zu beten begann.

Es war inzwischen Nacht geworden. Das Herdfeuer leuchtete ihnen. Es wurde von einem Manne bedient, der mitgekommen war, den aber keiner kannte. Er war kleiner als sie alle, nicht eben täuferisch angetan, auch trug er ein Schwert mit goldenem Knauf.

Niemand wagte ein erstes Wort. Das Schweigen in dem menschenerfüllten Raume wuchs und wurde schwer. Frena Bumännin saß, in sich verloren, am Fußende des Bettes. Sie war es, wovon das Schweigen ausging, sie war die drückende Stille körperhaft: als strecke sie jedem eine Hand in die aufgebrochene Brust, als taste sie von dem Herzen weiter und droßle die Kehlen. Ein schluchzendes Seufzen regte sich wohl, da und dort auch ein Stöhnen, und das löste die Stille nicht, es mehrte sie nur, verdichtete sie. Einzelne wanden sich leise unter kaum verhaltener Gewissensnot, sie preßten ihre gefalteten Hände gegen Brust und Stirn.

Und war es nun, daß dieses einen Täufers verhaltene Klage — er stand aufgereckt an einer Längswand — den besonderen Laut gefunden hatte, oder war allen aus der richtungslosen, kaum mehr ertragbaren Benommenheit durch einen reif und fällig gewordenen Willenstrieb irgendwoher der Seelenstoß gegeben,

ihre Augen, ihre Herzen, ihrer Wesen äußerste Selbst=
behauptung kehrten sich dem einen zu, der an der
Längswand hoch aufgereckt stand, der seinen Kopf
zurückgeworfen und die Arme hinter dem Rücken ge=
kreuzt hatte, als sei er mit Hals und Händen ange=
schmiedet. Er mußte Stimme werden, aus tiefster
Herzensnot die Stummheit brechen. Und er sah die
andern nicht, starrte in die niedrige, verräucherte
Decke, wußte nichts davon, daß sich ihm alle zukehr=
ten und das erste Opfer forderten. Er wußte nur, daß
er, von Sünden mürb, von Schuld zerfressen, jetzt
oder nie heil und rein werden konnte.

So schlug es in ungelenken, klagenden Worten aus
ihm hervor. Er beichtete, wie er – jung noch an Jah=
ren – zu Trier mit seines Meisters Weib schandbar
gebuhlt und so die Ehe gebrochen habe. Niemand
als er und jenes Weib, wenn es noch lebe, wüßte
von der Sünde. Er habe sie im Innersten seiner Brust
begraben, habe heidnisch seine Schuld dem lieben
Gott und Sant Antoni mit Wachskerzen abzuhan=
deln gesucht und noch vor Jahren sechs eine Wall=
fahrt zu dem Einsiedeler Holzgötzen getan, ohne der
eigenen Ehefrau zu bekennen weshalb, vielmehr
schändlich und ehrlos geringe Sündenschuld vorge=
geben. Er schlug, als er bekannt hatte, schluchzend
die Hände vors Gesicht und fragte laut, ob ihm ver=
geben sei.

Aus der Andacht hob sich ein Gemurmel unter
ihnen, die ihn so wohl kannten und nun sahen, daß
sie ihn nie erkannt hatten. Sie waren tief ergriffen

von seiner Reue. Es kam ihnen aus dem Herzen, da
sie ihm sagten:

»Wohl dir! Wohl ist dir vergeben, Bruder! Durch
den Touf und Buß ist dir vergeben, durch den Touf.
Da du glaubest und getouft bist.«

Einer war da, der hieß Thomas Schugger, und
er war von Mühlegg ober den Mühlen, die hinter
dem Buch liegen, gegen Abend herabgestiegen, um in
Sankt Gallen bei einer Hochzeit aufzuspielen, ein
Lautenist. Als er aber der Frena Bumännin und ihrer
Schar begegnete, ließ er sein Gewerbe und folgte ihr.
Thomas Schugger war unter den Täufern weitum
bekannt, denn er verstand zu predigen, wenn es ihn
überkam. Von der Selbstaufopferung dieser Beichte
und der innigen Bewegtheit aller begeistert, griff er
nun in sein Instrument und spielte feierliche Akkorde
zu dem Gemurmel der Brüder, so daß sie vor Heili-
gung schauderten. Als seien sie mit dem einen, der zuerst gesprochen hatte, zugleich erlöst, fast freudig trat
einer nach dem andern in die Mitte, Mann und
Weib, und bekannte des Lebens Schuld. Sie wußten sich alle bloß. Eine neue Gemeinschaft setzte sie
über jede andere hinweg. Wie waren sie ehrlich und
wohlgelitten gewesen in ihrem Weltleben, darin ein
jeder vor dem nächsten in Schafskleidern einhergeht,
innen aber ist er ein reißendes Tier! Nun traten sie
heraus aus dieser Welt und schüttelten die wölfischen
Kleider von sich. Und sie beichteten vor ihren Brüdern Sünden und hörten aus dem Munde der Brüder Sünden, die ihrer keiner vor der Welt bekannt

hätte, und hätte man ihn mit feurigen Zangen ge-
pfetzt. Kaum daß sie ein Ende fanden.

Als viele so zur Gemeinde gesprochen hatten, und
manche Absolution erteilt war, traten sie noch einzeln
zueinander und flüsterten von dem teuflischen Elend
ihrer Kreatur. Auch solche waren unter ihnen, die ein
Zeichen der Buße suchten und sich vor dem Aermsten
niederwarfen, auch vor dem, der eine größere Sünde
trug als sie, und ihn baten, er möge seinen Fuß auf
ihren Nacken setzen, oder ihnen einen Backenstreich
geben und sie bespeien. Ueber all dem aber zitterten
die feierlichen, tiefen Akkorde des Lautenisten Thomas
Schugger, der zu Füßen der Frena Bumännin saß.

Sie hatte seither unbewegt von den Gefühlswogen,
die sie umdrängten, geschwiegen, und doch wußten
alle, daß sie allein es sei, woraus sich das Ueber-
wältigende in die Herzen und durch die Herzen hindurch ergoß.

Während der Beichte war Barbara Mürglin erwacht. Da nun die Stimmen der einzelnen im allgemeinen Bußgeflüster verlorengingen, und nur mehr
die Lautenklänge über dem Gemurmel schwebten, wie
der Geist Gottes über den Wassern, begann die
Mürglin mit einer singenden Stimme von den Himmeln zu zeugen, darin sie entrückt gewesen war. Allmählich gewannen die Bußbegeisterten Gehör für sie
und verstummten gleich dem Rauschen eines Waldes,
wenn ein leiser Wind sich legt, als wiche er dem Liede
einer Amsel. Die Mürglin redete lange in einer sanften
Verzückung, ihr Lächeln teilte sich den andern mit.

So schien das tiefgerührte Gemeingefühl der Täufer in eine unschuldsvolle Kindlichkeit aufgelöst, da verriet Frena Bumännin — zuerst wohl nur durch die Unruhe ihres Blickes und das Zucken ihres Mundes, dann aber mit immer heftigeren Bewegungen des Kopfes und der Hände — wachsenden Unwillen. Endlich fuhr sie auf.

»Bis still, Peter, was willtu im Himmel gewest sin, da des Menschen Suhn uf Erden wandlet und muß zur Höllen fahrn! Du sollt mir in minen Himmel nüt inschlaufen, eh dann ich in der Höllen bin gewest!«

Barbara Mürglin sprang erschrocken von dem Bette, und die Täufer, aus den lieblichen Gesichten gerissen, starrten die Prophetin an.

»Was stehnd ihr all und habet üer tusam Lugenmäntli umbtan, meinend nu sige die Buß beschechen und gar! Ihr heimlichen Huren und Buben! Seid ihr nüt spidelnackend gesein vor minem Aug in ürer Sünden Blöße! Ziehet us üer artlich Lugenkleid! Seind nackend! Des Menschen Suhn willt grausam zur Höllen fahrn! Ich muß den Antchrist gebärn!«

Sie winkte der Barbara Mürglin.

»Petrum, du sollt mich nackend usziehn!«

Das Weib des Toman Imboden war den täuferischen Ereignissen bisher in einem Gefühlsnebel gefolgt, der sie des eigenen Wesens vergessen ließ. Die letzten schreienden Worte der Frena hatten sie wachgerüttelt. Und als sie sah, daß ihrer Magd Juppe und Kittel gelöst wurden, überkam sie brennende

Scham. Sie war ihres redlichen Toman Imboden Hausehre, und auch die Magd gehörte zum Hause. Verwirrt sah sie ringsum die Sonderbaren und gewahrte erst jetzt den Knecht Heini. Hastig wandte sie sich an ihn und rüttelte ihn; auch er schien zu kämpfen. Da sie seinen angstvollen Blick erkannte, wurde sie ihrer selbst völlig mächtig. Sie hielt den Knecht mit der Linken und winkte Frena zu.

»Frena! Frena! Laß gan! Laß din Jüppli an! Bis sittig, ein Jungfrouen! Tu dir nüt selblich ein Schmach!«

Und sie drängte den Knecht: »Heini, kumm! Heini, los mir zu! Kumm, kumm! Es muß spat sin ... kumm, wir gangend, Heini, wir bringend sie nach Hus, dann sie ist nüt bi ihr!«

Aber Frena rief: »Hört ihr! Hört! Also wiederbellet das Höllentor und will des Menschen Suhn nüt lassen infahrn, dann sin Blöße sprenget die Höllen gar. Also krischet das Höllentor in sinen tüflischen Anglen!«

Heini, der Knecht, stieß die Meisterin mit einer taumelnden Bewegung von sich. Er sah, trunkener als die andern, auf den weißen Leib, der aus dem groben Unterkleide zu steigen schien, wie der Mond aus einer Wolke. Die Bangigkeit der Meisterin mehrte sich mit jedem Atemzuge, ihr war, als fiele sie aus einem Traume in den andern. In ihrer Not lief sie zu den Hausleuten und flüsterte auf beide ein. Doch es stand ein alter Täufer daneben, der nannte sie eine Heidin und mahnte, auch der Kunrad Grebel habe gesagt: »Willtu mit mir handlen, so kumm zu mir nackend.«

»Der Grebel hat die Tauf gemeint, die Tauf,« gab der kleine Mann dawider, der das Feuer wach hielt. Er blickte dabei so ruhig und strich gelassen den runden Bart, daß der Greis aufloderte.

»Touf ald nüt Touf, ist glich. Der Heiland willt in Höllen infahrn, was tuet ihme darbi ein Jüppli not! Du sollt also auch nackend in die Höll fahrn!«

Da blieben die Hausleute still, denn der Zornige war ein ehrlicher Mann und sonst als gerecht bekannt in seinem Wort und Tun. Also fühlte des Toman Imboden Ehweib bitter, daß sie allein aus der Gemeinde gefallen war. Sie schlich bekümmert in die Nacht hinaus.

Frena Bumännin saß hochgereckt auf dem Bettrande, ihre Augen hielten die Täufer. Wie zwei Falken, die über einem blühenden Lande kreisen und das Hühnervolk unter Busch und Dickicht ducken, so schweiften ihre Augen ober ihrem nackten Leibe und duckten die Gedanken, daß keiner sich schändlich an sie wage.

»Sehet umb mich als einer Sunnen fürig Flammen – glitzernder dann die Sunn des Tags! Sehet ihr nüt! Ihr sollt sehen und üer Augen sollend zwinzerlen vor dem glanzigen Glast, sunst müsset ich üer toub und verdomlet Gesicht verderben!«

Sie rief es laut und drohte ihnen mit beiden Armen. Die meisten erschraken sehr und blinzelten, sie sahen den hellen Schein, und hätte man sie des ande=

ren Tags auch darüber verhört, sie hätten den Flammenschein bezeugt und auf ihr Zeugnis sterben wollen.

»Weh, mine Füeß, brennend vor Kälti. Stahnd uf des Monds Schneefüer beid. Der Mond ist ein Füer und glich einem Frost, der ist ein Glanz und dem Glanz des Schnees glich. O weh, als frierend min Füeß!«

Es jagte ein Schauder über ihren Leib. Doch sie schwang sich aus dieser Erniedrigung himmeltrunkenen Blickes empor, ihr Gesicht leuchtete wieder, die Stimme wurde sanfter.

». . . und staht ein Himmelskron ob minem Houpt, zwölf Stern, so spielend lustig im Louf, die will ich ob minem Houpte liden. Und werfend ein sanften Glanz von ihn'n, darein ich ganz inwachsen bin . . . O min Lib, was willtu so schwer, so schwer!«

Sie schrie gellend, sie wand sich in Schmerzen.

»Ich muß ihn gebärn, ich muß den Suhn gebärn!«

Den roten Drachen der Offenbarung Johannis sah sie vor sich, den Drachen mit sieben Häuptern und zehn Hörnern, der den dritten Teil der Sterne mit seinem Schwanz ergreift und auf die Erde wirft. Und der Drache sperrte den Höllenrachen, daß er das Kind fräße. Ihre Qual war so groß, ihr ganzer Leib so bildhaft in allen seinen Regungen, daß die Täufer vor Entsetzen zitterten.

Da brach sie plötzlich ab. Eine neue Verklärung.

»Nu ist der Suhn geborn! Heilig, heilig! Ich bin us Gott geborn, und das Weib Gottes ist in die Wüsten entschlouft vor dem Drachen. Ich bin, der úch soll weiden mit der isern Ruten. Dann ich bin der Weg und die Wahrheit!«

Die Posaunen der sieben Engel schmetterten über ihnen. Das nackte Weib fuhr in die Hölle. Der Donner des Jüngsten Gerichtes umtoste die Ohren, und die Augen waren ihnen voll von den furchtbaren Gesichten. Die Verzückung hatte sich aller so tief bemächtigt, daß die Prophetin nur mehr Einzelworte, zusammenhanglos und oft nach langem, lautlosem Kampfe, auszustoßen brauchte, um die entselbsteten Menschen von einem Entsetzen in das andere zu reißen. Der Stoß der fünften Posaune wurde in ihnen Leib und Leben: Menschen werden den Tod suchen und nicht finden.

Aber das Uebermaß mußte die gejagten Seelen erschöpfen. Es gab etliche Täufer, die mit gespreizten Beinen auf dem Boden saßen, gegen die Wand gelehnt, die Arme auf den Estrich gestemmt und, aus halbgeöffneten Mündern schwer atmend, den Blick in tödlicher Ermattung an das Weib verloren. Andere knieten, saßen, oder sie lagen bäuchlings mit aufgestütztem Kopfe und weinten leise, murrten matt und leise vor sich hin, ächzten unter dem Banne, der über sie das erstickende Gewölk hinwegwälzte.

Nur zwei schienen noch ihrer selbst mächtig: der kleine Mann mit dem Schwerte, der das Feuer wach hielt und gespannt einer jeden Bewegung folgte, und der andere: Thomas Schugger, der Lautenist.

Eine widerliche Unersättlichkeit zitterte aus dem jugendlichen Menschen, doch schien seine Erregung, so leidenschaftlich sie war – er griff zuweilen Akkorde in der Luft, ohne die Saiten zu berühren – zu sein, um noch von den übermannten Brüdern aufgenommen zu werden. Und dieser Thomas Schugger brach ein Schweigen, währenddem Frena Bumännin nach ihrem nächsten Schrei rang. Mit einer gepreßten, fistelnden Stimme sagte er, nicht zu laut, aber jagend:

»Soll einer des Todes sterben, sin lebend Blut ausgießen und versprützen.« Und er lächelte dabei aus einem erblaßten Gesichte.

Das weckte, ließ den Atem stocken, die Haut erstarren. Auch der Mann am Feuer trat einen Schritt in die Stube.

Frena Bumännin richtete sich langsam auf, suchte von einem zum andern, las den tiefen Schrecken aus ihren Augen. Sie spürte, wie allen das übermannte, aufgejagte Herz in die Kehlen schlug, und wuchs über Menschenmaß hinaus.

Die Gemeinde wartete aufgereckt.

Dann sah die Prophetin über alle hinweg, als blicke sie durch Hauswand und Bergeslehne hindurch. Sie öffnete kaum die Lippen, sagte leise: »Judas, du mußt dich henken!«

Einen jeden hatte sie angesehen. Nun standen ihre Augen weit und fern und bezeichneten keinen. Jeder wußte: einer muß es sein. In jedem quälte es: Muß ... muß sein! Die Blicke irrten in den steifen Köpfen und, wenn sie einander streiften, zuckten sie voreinander zurück. Nicht um ihr Leben rangen sie, denn sie wußten: einer muß es sein. Das letzte Erlebnis eines eigenen Willens wollten sie finden. Vor dem Tode bangten sie nicht, den fühlten sie alle als ein Kleines. Sie litten unter ihrer Selbstverlorenheit. Sie lebten selbst nicht mehr, andere lebten aus ihnen. Einer aber mußte es sein! Und jeder war nur mehr Wesen aller andern.

Als diese entsetzliche Spannung an die Grenze gewachsen war, wo sie in Ohnmacht oder hellen Wahnsinn zerreißt, tastete sich einer an der Wand in die Höhe. Dieser also! – Es war ein großer, kräftiger Mann mit einer wettergebräunten, breiten Stirn, die von stumpfen Querfalten gekerbt war. Seine buschigen Brauen standen hochgezogen, die Augen blieben fast geschlossen. Er tappte durch die Brüder hindurch in die Mitte. Dort stand er, als wolle er sich besinnen, tastete an seinen Hals unter den gekrausten, dichten Bart, tastete um seinen Leib, löste den dünnen Riemen, mit dem der täuferische Zwilch gegürtet war, zog dann langsam, wie im Traume, den Riemen durch die Schnalle und lief zur Tür.

Die Tür war schmal und ihr Sturzbalken so niedrig, daß sich jeder mäßiggroße Mann unter ihm bücken mußte. Auch war die Türschwelle hochgekantet. Freund und Feind sollten sich versehen, wenn sie eintraten. Und diese wehrhafte Bauart wurde dem Manne Rettung. Da er es taumeleilig hatte, um an den Weidenbaum zu kommen, daran sich Judas erhenkt, rannte er den Schädel gegen den Türsturz, daß es schellte, und sein ganzer Mensch mit einem dumpfen Schrei aus dem Dämmern erwachte.

Er war zu Boden gesunken, ließ seine aufgerissenen Augen über die Leute hingehen, die ihn begierigen Blickes umlauerten. Dann wischte er mit dem Handrücken über die Stirn und bestaunte die Hand, sie war naß vom Blute. Zu ihm niedergebeugt, stand der kleine Mann, der das Feuer gehütet hatte, und besah die Schramme. Doch war dafür nicht lange Zeit gelassen. Ein Wetterleuchten, zuckte es dem Geprellten über das Gesicht, er hatte den Gürtel in seiner blutigen Faust erkannt.

»Sumer Potz und uf min Seel!«

Er sprang auf, gürtete sich hurtig und lief davon, diesmal wohlbedacht und ohne Schaden.

Die Brüder nahmen seine Flucht vor dem äußersten Glaubensopfer mit schwachmütigem Bedauern hin, es war ihnen bange vor der Sünde, daß Judas mit einem Fluche entwichen sei. Erst als sie sahen, daß die Prophetin sich hastig ankleidete und dabei lautlos in geheimem Rasen die Lippen bewegte, sammelten sich die erschöpften Seelen wieder. Wehenden Gewandes, gelösten Haares, stürzte Frena Bumännin durch sie hindurch.

Die Tür war offen geblieben, einen Augenblick hatte man in der schwarzen Nacht draußen ihre Kleidung flattern gesehen, so matt auch der Lichtschein war. Und dies ungewisse, durch den Pfostenrahmen begrenzte Bild blieb ihnen wie eine Erscheinung haften, die sich stürmenden Flugs von der Erde hebt. Und eine dumpfe Ratlosigkeit blieb zugleich. Sie suchten einander mit stummer Frage. Dann hörte man den Lautenisten Thomas Schugger, und es klang wie von ferne:

»O ihr blinden Herzen, was stehnd ihr und schauet! Was sin muß, muß beschechen! Sie ist durch den Tod hindurch. Lufend hinus, Brüder! Suchet ihren Tod!«

Angst überfiel sie. Sie rißen Kienscheiter aus dem Brande und liefen nach allen Seiten in die Finsternis hinaus, um die Prophetin zu suchen.

Nur die Hausleute waren geblieben, und jener untäuferische Mann, der ein Schwert trug.

Er bat die beiden Alten um einen Bißen Brot. Sie brachten es dienstwillig, denn er schien eines ehrbaren Standes. Ein Pfennig wurde ihnen auf den Tisch gelegt. Es war auch hier die Teuerung groß, und das Viertel Korn koftete zweiunddreißig Kreuzer. Doch brachte der Hauswirt, um keine Ueberzahlung zu nehmen, noch einen kleinen Hafen Milch. Die beiden fetzten sich zu dem Fremden, sie wagten nicht laut zu werden, während er aß.

»Es gaht über die Menschen hin als ein Glenz mit Sturm und Schaudern,« meinte der Fremde, »und ist anderst nit, dann ein überredter Glauben. Liegend in der Krankheit zu gleicher Weis, wie die mit Sant Veits Tanz, wann sie ihr Phantasei ankummt, do muß die Imagination für sich gehen. Dann Guts und Bös muß herfür.«

Verdutzt hörten die beiden Alten den Gaft, der mehr für sich hinsprach als zu ihnen. Aber sie merkten doch, daß er den täuferischen Handel irgendwie in Ordnung brachte.

»Die Frena Bumännin ist ein Magd us Abbazell, glichwohl zur Stund bi dem Toman Jmboden ze Sant Gallen,« wagte sich der Hauswirt nach einem Schweigen heran. »Es wär mir recht, sie wärend dussen blieben und nüt in min Hus kummen. So das gäch Mensch sin Tod nimbt, möchtind sie uns beschicken, dann wir seind dermalen des Rats zu Sant Gallen Lüt, und das Gottshus staht nimmeh zu des Abts Gerichten.«

»Da solltu sin beruhigt, Mann. Es ist ein Phantasei, darvon soll die Magd nit sterben. — Willtu mir ein End von dinem Wachsstock vor ein andern Pfennig lassen? Damit ich min Weg find.«

Der Alte brachte seinen Leuchter und zog den guten Rest eines Wachsstockes heraus. Er meinte, daß der Fremde werde das Licht nicht brennend halten können. Aber der zog ein Blatt Papier aus der Tasche und wand einen Trichter um die Flamme.

Er hatte seinen Mantel hoch geschlossen und den Hut tief in Stirn und Nacken gezogen. Das Schwert, ins Wehrgehänge gedrückt, spreizte den Mantel. Wie er mit seiner durchleuchteten Tüte langsam und gravitätisch ging, wurde es den beiden Hausleuten wunderlich zumute; sie sahen ihm schweigend nach, bis das Lichtlein in der Tiefe verschwand.

Des morgenden Tags wurde Sankt Gallen von den Meistern Jmboden, Mürgel und Müller aufgerührt, daß die Herren fast ein Lärmen fürchteten und eilig ein halbes Dutzend Knechte in den Buch sandten.

Die Täufer hatten ihre Prophetin in der Stock=
finsternis nicht gefunden und sich, als ihr Kien ver=
brannt war, wieder gesammelt. Doch war Frena
Bumännin nach einer Zeit gekommen: bis an den
Gürtel triefend naß, frostschaudernd, daß sich ihr
Körper fast zu Boden krümmte, war sie zurückge=
krochen. Sie mußte im Mühlbache gewesen sein.
Man hatte ihr das durchnäßte Zeug abgestreift, sie
gerieben und hatte sie in das Bett gelegt. Erst mit
Tagesgrauen war sie rege geworden und hatte wild
zu predigen begonnen.

Dann kamen die sanktgaller Stadtknechte, von
einem Ehrbarn geführt, und viel Leute kamen mit
ihnen, so daß das kleine Anwesen dicht umstellt war.
Die Leute hingen an den Fenstern und der Tür wie
Schwärme.

Und die beiden Hausleute redeten auf den Rats=
herren ein, sie vergaßen alle Scheu, er brauchte nichts
zu fragen. Indes bekleideten die Täufer ihre Prophetin.

Als sie abzogen, warfen die Täufer ihre Geldbeutel
den Hauswirten vor die Füße.

»Das soll sin zum Zügnus über üch, daß ihr den
Herren usgetrieben habend!« So sagten sie kummer=
voll.

Die drei Jungfrauen wurden in der Mitte geführt,
und die Täufer drängten ihnen nach. Vor dem Mul=
tertore wartete eine Menge Volks, aber es war still
unter ihnen. Wenn nicht die Kinder lärmend ent=
gegen und mitgelaufen wären, so daß auch den Großen
da und dort eine billigende Aeußerung entschlüpfte,

der Rat hätte bedenklich werden müssen. Denn gerade in den Schranken unter den Linden, dicht vorm Multertore, und in der Schießstätte, die etliche hundert Schritte weiter draußen lag, war man gewohnt, die Täufer predigen zu hören. So konnten die sorglichen Herren zufrieden sein, als der Zug ohne weitere Fährnis hinter die Mauern gelangt war. Aber auch in der Stadt schallten die Stimmen der drei Jungfrauen vernehmlich über allen: »Würkend Buß, würkend Buß! Des Herren Tag ist do! Die Axt ist dem Bom an die Wurzel gsetz!«

Vor dem Rathause wandte sich Frena Bumännin zu dem Volk und zerriß ihre Jacke über der Brust, schrie gellend über den Markt hin:

»Dis ist Zügnus! Ihr habend unschuldig Blut gefangen!«

Man warf die Prophetin eine Zeitlang in den Turm und hätte gern gesehen, wenn sie entwichen wäre. Aber sie widersetzte sich starrsinnig jeder Freiheit. Endlich wurde sie vor die Stadt in das Seelhus, worin die fremden Siechen Aufnahme fanden, gebracht und in einem besonderen Stüblein an die Narrenkette gelegt. In Stille und Raserei blieb sie bei ihrem Wahne, daß der Heiland durch sie Mensch geworden sei. Und es gab manche Frommbedachte, die am Seelhus vorüberkamen und leise zueinander sagten:

»Hie mueß der liebe Heiland Rettin liden us Gwalt der weltlichen Oberkeit.«

Aus tiefem Born bist du geborn.
Von Urwelt her lebt deine Welt.
Erstirb, an keinen Tod verlorn,
Brücke du, Weg du und Feld!
Ueber dich hin, durch dich muß gehn,
Was Frucht vom Baum wird fallen sehn,
Selber nur Fleisch und Kern,
Gesät auf den rollenden Stern.

*

Schon einmal war Theophrastus Paracelsus dem Ochsnerhüsli an der Tüfelsbruck nahe gewesen, aber er hatte sein Rößlein herumgerissen, um talwärts den sprudelnden Wellen der Sihl nachzureiten, von denen einst — oben im Hochtale — seine tote Mutter gewiegt worden war. Er ist damals seiner Kindheit ausgewichen. Auch jetzt war ein Kinderland von ihm nicht gesucht, da er dem Rufe des todkranken Bürgermeisters Christian Studer gefolgt war. Sanktgaller Kaufleute, die nach Regensburg Leinwand führten, wo man gegen die Türken rüstete, hatten ihm das Schreiben gebracht. Doch in Bamberg, Würzburg und München lagen gleichfalls Kranke, die seiner begehrten und ihn anzurufen gewußt hatten. Sein Name ging mit den Rollwägen und reitenden Boten durch die deutschen Länder, wann immer er irgendwo eine Zeitlang herbergte und heilte.

In Sankt Gallen lebte Vadianus, der Villacher Präceptor, nachmals Professor der wiener Universität und Poëta Laureatus Maximiliani — lebte nicht nur in Sankt Gallen, er leibte Sankt Gallen selber,

Wille und Mund seiner Stadt. Und Joachim von Watt war der erste Mensch von zwingendem Gemüt gewesen, der dem villacher Jüngling — der Klosterschule entlaufen, knapp vor dem ersten Schritt ins eigene Leben — Widerhalt und Anstoß geboten hatte, daß er in jäher Bewunderung und bitterer Enttäuschung seines eigenen Maßes bewußt werden konnte. In jenem kurzen, und von dem jungen wiener Gelehrten kaum sehr beachteten Kampfe sollte einem Paracelsus die Schale der Kindheit zerschellen und er selber zur Jugend erwachen, da seine Kindschaft überreif und alt geworden war. Nicht der sterbende Bischof im Lavandtale, nicht der Vater Wilhelm von Hohenheim hatten ihn zu wecken vermocht, der kurze Zufallskampf gegen eine starke, glänzende Persönlichkeit sollte es gewesen sein.

Es gibt aber keine Zeit, die dem ringenden Manne heiliger wäre als die Geburtsstunde seines selbsteigenen Lebens, seiner Jugend. Und aber keine Zeit, in der er sich mehr nach der seligen Walstatt sehnte, auf der die Kindheit bleibt, als jene Stunde, darin er sprechen kann: »Die Zeit des Messens und Wägens ist zum End gangen, die Zeit der Artisterei ist zum End gangen, das im Wachsen war, ist reif. Der Summer ist hie; von wannen er kommt, das weiß ich nicht, wohin er geht, das weiß ich nicht: es ist da.« Paracelsus war in das Land seiner ersten Geburt gekommen, die Stunde der andern nachzuerleben, und dies unter dem herbstgeneigten Himmel seines Sommers, da sein Wesen gespannt war, das dritte Reich zu durchmessen, durch das der Weg ans Tor im Westen führt. Nicht, daß er in träumender Verhangenheit Wegmale zu bekränzen suchte. Er sah alles Leben, auch eigenes, im Lichte der Natur. Aber ihn, wie jeden Einsamen unter den Menschen, mußte der Trieb überkommen, den Daseinsring zu runden, überholte Schicksale fügsam zu schlichten, das mürbe Fruchtfleisch vom Kerne zu schälen, um eine Weile in sich selber zu ruhen.

Und doch mied er es wochenlang, an die Tür des Doktor Watter zu klopfen. Vadianus wußte längst, daß Hohenheim bei Christian Studer wohnte und heilmeisterte, und es wäre billig gewesen, daß der fremde Arzt sich gleich an ihn gewandt hätte, denn Vadian war Physicus und überdies zur Zeit der Reichsvogt von Sankt Gallen. Dreimal hatte er den kleinen Mann mit dem großen Schwerte auf der Gasse gesehen und seinem Befremden nur dadurch Ausdruck geben können, daß er dem höflichen Gruße kühler dankte und ihn das letzte Mal überging. Dem Paracelsus aber waren von allen Ruhmesglocken über Vadian die Ohren voll geworden: Watt, nunmehr immer einer der Gewaltigen von Sankt Gallen, Bürgermeister, Altbürgermeister oder Reichsvogt, hatte dem Evangeli die Tore der Pfaffenstadt ge=
öffnet, Watt hatte die Götzenbilder und Heiligen=
tafeln in Kirchen und Kapellen stürzen und verbren=
nen lassen, und das heidnische Totengebein aus den Reliquiarien der Erde zurückgegeben, Watt hatte die täuferischen Lehrer bestritten und widerlegt, Watt

war das Haupt der Ratsboten, wenn es Stadt und Staat vor Welt und Kirche zu vertreten galt, und durch die ganze Eidgenoſſenſchaft klang der Name dieſes weiſen und beredten Mannes. Er ordnete und ſchied, wehrte ab und führte, ein Handel war gerecht, dem er die Hand lieh.

Paracelſus hatte ſich leidlich angetan, ein damaſte= nes, rauchverbrämtes Wams und eine füchſen aus= geſchlagene Schaube aus ſchwerem Tuche, dazu das doppelte Barett und hochgeſtülpte Handſchuhe, als er an einem Sonntagmorgen der Dienſtmagd des Doktors Namen und Stand anſagte. Und es wurde ſeinem erinnerungsbefangenen Herzen gute Weile zur Sammlung gelaſſen. Ein ſtattlicher Söller ſchwieg ihn an; der Söller ſchien es gewohnt, daß Leute von Rang und Namen warteten, bis der vielberufene Herr des Hauſes Zeit fand.

Theophraſt von Hohenheim las die Inſchrift eines Zinnpokales, als hinter ihm die Tür geöffnet wurde. Vadianus füllte die Tür. Sein herkuliſcher Leib war mächtig in die Breite gegangen. Das wattierte Taffet= wams ſpannte ſich über dem Bruſt= und Bauch= gewölbe, und die grauen Lederhoſen prallten an Schenkel und Wade. Ein ungewöhnlich weit vor= geſchobenes Kinn veredelte die volle Wampe und die hängenden Wangen. Nur ein dünnes Bärtchen ſchmiegte ſich über den aufgeworfenen Mund. Seine Hakennaſe ſchien gewachſen, und unter den hochgeſchweiften Brauen ruhten die Augen in einem Feuer, das ihre Kleinheit vergeſſen ließ.

Die verblassende Erinnerung beunruhigte Paracelsus: er begrüßte den Reichsvogt lateinisch und
wußte seine Worte äußerst höflich zu setzen. Aber es
mochte an der sanktgaller Gegenwart in Person immer noch genug des freundlicheren Bildes haften,
das Hohenheim aus jenen bedeutsamen Tagen seiner
Entwicklung mit sich trug. Er bemerkte während
des Wechselspieles von Vorstellung und Eindruck
das fast verletzend lange Zögern nicht, in dem Vadian
mit einer Antwort hinhielt.

Watt ging es nicht anders: vor drei Jahren hatte
er die berner Disputation präsidiert und dort den jungen Begleiter Zwinglis, Heinrich Bullinger, freund-
schaftlich herangezogen. Damals redete man von dem
unbändigen baseler Medizinprofessor, und Bullinger
hatte den Mann zu Zürich bei schwärmendem Umtriebe mit dem Stadtarzte Klauser beobachten können. Dem Vadianus war das Urteil des jungen Hu-
manisten über den Neuerer, der sich Paracelsus
nannte, trefflich erschienen, denn in seiner Welt lebte
die kurze villacher Präceptorenzeit, und mit ihr die
Erinnerung an jene beiden Bombaste von Hohenheim, als eine unerfreuliche Daseinstiefe nach, über
die sich sein Stern glänzend erhoben hatte. Und das
Urteil Bullingers war gewesen: er läuft wie ein Fuhr-
knecht daher und bellt wie ein Baur. Als dann von
dem schmählichen Ende der baseler Professur gehört
wurde, vermochte eine trübe Vorstellung nur noch
häßlich zu werden. Nun war der Uebelbeleumdete
von Studer berufen worden, von Studer, den man

seines Anhangs wegen hatte wählen müssen, obwohl er eigentlich ein gewesener Mann war, Studer, der des Stadtphysikus Kunst entbehren zu können glaubte und sich — ihn zu tratzen — nach dieser marktschreierischen Medizin umtat.

Allein Paracelsus stand da, glich keineswegs einem Fuhrknechte und hatte in durchaus klangvoller Wendung seiner Hochachtung, ja, Verehrung Ausdruck gegeben. Dabei sprach aus den fast kindlich offenen Augen so freudige Unmittelbarkeit des Erlebens, daß man sich vor ihnen des tückischen Geschwätzes schuldig fühlte, auch wenn man es nur willig gehört und nicht selbst gefördert hatte.

Mit einem tiefen Atemzuge reichte Vadian seine Rechte.

»Ich habe am Tische Eueres Vaters gegessen, Doktor und Kollega, es ist billig, wenn auch schon längst nicht mehr nötig, daß ich Euch hier in meiner Stadt willkommen heiße.«

Er führte den Besuch an der Hand in die Stube, berührte sogar mit der Linken vertraulich dessen Ellenbogen und bot ihm einen Schragenschemel an, während er sich selbst in einen hochlehnigen Armstuhl sinken ließ.

Paracelsus erzählte von seinen Fahrten, seinen Niederlagen und den vergällten Siegen. Vadian blieb still, zunächst um in Gelassenheit und Würde eine Zeit an die Sache zu wenden, die nicht mehr übergangen werden konnte. Und dem Gaste war es, als stünde Wilhelm Bombast neben dem Reichsvogte von Sankt Gallen und höre in väterlicher Milde zu. Er fiel nach etlichen Sätzen in sein Deutsch und fand manch bitterkühnes Wort. Doch klagte er nicht. Mit heiterem Freimute breitete er das ungewöhnliche Schicksal eines Kampfes für die Kunst vor dem gespannter Lauschenden aus.

Vadianus war unbefangen genug, daß er lebhaft fühlte, hier sei der sonderbarste Mann geworden, der über die eigene Person und die seines Zuhörers hinweg, an irgendeine Vorstellung gewandt, verlautete. So kam es, daß der Galeniker die ungemischte Schärfe eines höchst gefährlichen und suspekten Gegners nicht auf sich bezog und erst nach langem Lauschen an irgendeinem Worte, dessen er sich kaum besann, aufschreckte und in einer Gefühlswallung zwischen Erstaunen und ärgerlichem Selbstbesinnen mit der Hand ausfuhr.

»Halt inn, von Hohenheim, Herr Doktor, da tunt Ihr mir ein spöttlich und Schmutzred in minen Wänden, sam ich nüt mannigs Jahr des Galen Fähndli hoch tragen hätt und auf der Schul ze Wien ihm nach die Studiosen gelernt und promoviert!«

Paracelsus lauschte auf, lächelte. Er strich leicht mit den Fingerspitzen über seine Glatze, gewahrte den Handschuh, zog ihn und den andern aus, ballte und spreizte die befreiten Hände, indem er auf sie niedersah.

»Wir seind dasselbig Mal in die Fuggerau geritten,« meinte er leise, »dort habet Ihr die Kunstfüer gsechn, Herr Doktor. Die brennend hell durch min Leben hin. Und ich kann anderst nit, muß als

228

auch das Fähndli werfen auf. — Was in matrice ist
verborgen gesein, dasselb ist offenbar worden. Es
reifet mir dieser Tag ein Opus unter den Händen,
das soll Ueer Ehrwürdig und Hochgelahrt nit zum
ringsten Teil dediciert werden, auf daß der Zeit, da
unser beider Weg noch fürgeschienen, dortselbst ze
Villach, bleib ein Gedächtnus gsatzt. Dann auch ich
geflissen bin Tag und Nacht mit Arbeiten, die auditores rei medicae zu unterrichten, so längest der hohen
Schul entwachsen. Seltsam, neu, wunderbarlich, unerhört mügen sie sagen, sei meine Physica, meine Me-
teorica, meine Theorica, meine Practica. Wohl! Wie
kann ich nicht seltsam sein dem, der nie im Lichte der
Natur ist gewandlet! Jedannoch mich erschrecket
nit der Hauf Aristotelis, noch der Ptolemei, noch
Avicennae. Lasset Uech deßgleichen nit schrecken meine
Seltsamkeit. Und sehet an die Ungunst, die mir zu
viel in die Weg gelegt wird. Rauh und räß gehn die
Wind umb des Paracelsi Ohrn, sollt seine Stimm
davor ein lieblichs Säuslen als im Lenz sein! Darumb so wäget die Seel des Manns, der ist in das
Werk intan und muß die Stimm rühren, die ihm
Gott hat geben. Glauben wir die Werk, so glauben
wir auch den Meister.«

Als Vadianus so unversehens aus dem Busche von
einer Dedikation überrannt wurde, zuckte er wieder
die Hand, als wolle er sich erwehren. Paracelsus aber
hatte den Blick noch nicht gehoben, die Bewegung
nicht gesehen, er hatte weiter gesprochen. Und die
wenigen Worte, die noch gefallen waren, ließen den

Reichsvogt vor dieses Mannes Einsamkeit erschaudern. Jetzt erinnerte er sich auch deutlicher jenes Rittes von der Fuggerau nach Villach und wußte, daß er schon damals von diesem ringenden Menschen ergriffen und abgestoßen worden war. Er hatte recht: alles ruht in der Matrix, alles, was wird, liegt nur mehr an dem Spiele der Feuer. Hier aber schlugen Flammen über den Mann hinaus, die den Atem beklemmten.

Vadianus schwieg, er wollte weder ermuntern noch verletzen. Da erhob sich Paracelsus von ungefähr. Sein Gesicht war freundlich aufgetan, sein Blick ohne irgendeine Frage. Er schien weder Zustimmung noch Entgegnung zu erwarten. Entspannt, als lausche er dem eigenen Wesen nach, das den Laut verklingen läßt, sah er in die Augen Vadians, wie man in den Himmel eines Wasserspiegels oder durch ein Geäst in die weite Landschaft schaut. Und der Reichsvogt, beide Hände schon auf die Stuhlarme gestützt um aufzustehen, zögerte eine Weile. Dann lächelte auch er und reckte sich mit einem Ruck empor.

Vor der Tür legte Watt noch einmal seine Hand leicht auf den Arm Hohenheims, als wolle er ihn halten.

»Als man spricht . . . Ihr sollet bi denen Tüferen im Busch gewest sin!«

Paracelsus kräuselte die Stirn, blinzelte schief auf und nickte mehrmals kurz.

»Von Hohenheim, Herr Doktor, das willt mir letz und wundarlich ankummen.«

»Wunderlich! Ich bin ein Arzet als Ihr — sollt ich nit sein, wo Krankheit zu sehen ist und zu erfahrn?«

»Was meinet Ihr? Es ist ein Sach Gotts und des Glaubens!«

»Die Krankheit der unsichtbaren Ding ist als auch ein Sach Gottes. Soll fürder dem Glauben entrissen sein und gsatzt in Erkanntnus.«

»Das willt mich unerschießlich bedunken, Herr Doktor. Tüferi ist des Tüfels ein Fallstrick wider das uferstanden Wort und muß mit dem Evangeli gericht sin.«

»Tuet Ihr darnach?«

»Es ist beschechen, zum Dickermal beschechen.«

»Was leget Ihr die arm verhangen Lüt an isern Kettin?«

»Die hörend nüt, als sollend sie fühlen.«

»Es ist ein Gras und heißet Lolium, so einer des Samen neußt, fällt er in Taubheit und taumelnd ihm die Sinn, als Uech ist wohl bekennt. Allein da ist der Sam des Grases und erscheinet sichtig den Augen, begreiflich den Händen zu tasten. Fleußt alls den vermeinten Humores zu, bleibt hübsch grob, tannzapfisch, ein jeder Bacchant kunnts fassen. — So aber Gott seine Magnalia nit auf Blick und Händ stellet, so eine Krankheit einfiel aus eim unsichtigen Lolium, als ein Bildsäul, die vor eim Blinden stehet? Was dann, Herr Doktor? — Also ist die Schul des Lichts der Natur, daß wir nit allein uns Gsicht, Gehör, Empfindlichkeit und gustum sollen lassen ersättigen,

sondern uns verwundern und nachforschen den natürlichen Dingen, so der Augen Gesicht nit begreift. Das
unsichtbar Ding sichtbar sehen in seim Grund! Nit
Blut und Fleisch allein ist der Mensch — der andre,
halbe, unsichtige Mensch ist auch da. Und kunnt der
nit in Krankheit fallen!«

Vadian war einen Schritt zurückgetreten. Seltsam,
unerhört — hatte der Mann nicht selbst vor wenigen
Augenblicken dies Urteil über sich gefällt? Eine erste
Frage an ihn gerichtet, und er bewies es. Die Täu-
serei — Narrheit! Die Narrheit eine Krankheit! Dann
waren sie alle Narren, die ihr arte dialectica begegneten: Zwingli, Luther, Capito und er selber, Vadianus!
Ein Strauchritter des Geistes, ein Gaukler, der mit
Theologie und Medizin Feuerball spielt! Und doch
von einer Kühnheit des Gedankens, kaum zu fassen!
,Soll ich nit seltsam sein dem, der nicht wandlet im
Lichte der Natur?' Erst jetzt erkannte Vadian die unerhörte Freiheit, ja Bedrohung, die sich der Uebelbeleumdete ihm gegenüber erlaubt hatte. Und nun
wußte er auch, weshalb dieser Geist gehaßt sein
mußte, wo immer er auffiel.

Die Stimme grollte aus Vadians Brust: »Seind
Fundamenta ufgericht, von Hohenheim, Herr Doktor, in Glaubens und Wissens Sach. Dies unser
ufrottlet Zit ist nüt antan, sollich Fundamenta ze ver-
wieren und ungeferd tasten an. Wir seind genötigt
und müssend zuruck uf Schlicht und Infältig in
Glaubens und Wissens Weg. Gott hat Aug und
Ohr und Händ geben und geben, was zu greifen ist,

232

und zugemeſſen dem Menſchen, uf daß uns nût des
Tûfels Aberwitz verfûhr.«

Paracelſus lauſchte mit ſchräggeneigtem Kopfe.
Er hob auch ſeinen Blick nicht, als Watt ſchnau⸗
bend geendet hatte. Nur ſeine Stimme klang gepreß⸗
ter durch die faſt geſchloſſenen Lippen.

»Unſer Zeit, Ehrwûrdig, Hochgelahrt, läſſet die
Mûhlſtein kreiſen, und ſeind friſch Kern ufgeſchûtt.
Als rinnet Mehl, Kleien, Schrott und Gries in die
Beutlen ungeſcheiden. Das willt gerädlet ſin. In
ſollich eim Ufruhr und Stäuben wird dem Herzen
angſt, do greifend die Händ umb ſich und wellend
faſſen, halten, do wird eim der Atem eng. Aug und
Ohr ſeind hungrig ufton, gehrend des Ziels. Als trei⸗
bend hoch die verhangnen Geiſt, iſt der ungeſtellten
Imagination ein lauter Schwarm mit Predigt, Be⸗
kanntnus, Zeugen — iſt keiner Phantaſei nit ein
Schranken gſatzt. Der größiſt Narr und der größiſt
Prophet gebrauchend nur Menſchenzung. Das aber
iſt der Narrheit Kontagion, ſie greift durch des Her⸗
zens Angſt und Bangen hindurch, faſſet an, wo ein
Wirrung, Taumel, unzeitig Drängnis liegt in denen
unſichtigen corporibus. Daraus entſtehet Aberglaub,
Abgötterei, ſektiſch Weſen. Iſt anders nit, dann Sant
Veits Tanz, den hat ein einzig Weib ufbracht. Iſt
anders nit, dann die Franzoſenblateren und ihr Kon⸗
tagion. So iſt des Arzet Befelch, zu ſehen und zu hei⸗
len, wo ſich die Krankheit weiſt. Und mir gebûhrt
die natûrlichen Ding zu beſchreiben. — Ein Funda⸗
mentum iſt ein Monarchei, das iſt ein Anfang, dar⸗

aus fleußt das ander all. Sehe ein jedlicher, woraus er beginne, auf daß seim Fundamento und Monarchei des Urgrunds Fuer nit mangle.«

Auch in Vadian gingen diese Gedanken ungeschieden wie zwischen kreisenden Steinen, es bedrängte ihn, daß er nicht aus noch ein fand. Aber er war ein Mann, der manche Disputation geleitet hatte, so fand er auch den Flicken im Mantel der kühnsten Rede und wußte mit einer breiten Geste darnach zu haschen.

»Als ich aus Ueerm Wort abnehm, vermeinend Herr Doktor, es sollet jedlich einer sin Fundamentum vel Monarchiam selber erkiesen. So möcht ein toll Apostußleri und Fatzspiel Gotts darus erwachsen. Darvor Ueer Gegenteil ich bin. Wir hand ein hablich Fundamentum und Monarchiam, ist numen Suchens not. Und staht trü und unverwiert ufs Dupfli; das ist das Evangeli in Glaubenssach. Tüfersekt ist Glaubenssach und soll darnach gericht sin.«

»Das Evangeli«, meinte Paracelsus ruhig, »ist in elementisch Wort usgossen, und Wort gehend ein durch das elementisch Ohr. So das Ohr taumlet, taumlet als auch das Wort. Müsset nit sunst ein Hirt sein und ein Herden! Das Reich ist noch nit kummen an. Als Ihr sehet: ein Wort und Testament, hinwider papstisch Wesen, lutherisch, zwinglisch, tüferisch, sektisch mannigerlei. Das kunnt aber nit beim Evangeli gelegen sein und nit im Unvermügen Gottes vor des Menschen Ohr. Es muß in limbo Adae liegen, und Adam ist der Irrung und Krankheit untertan. Gott hat den Arzet gsatzt, daß er scheide

Irrung von Krankheit, daß er sehe, wo Krankheit sei, und heile. — Es gehet mir nit umb den Tauf, da seind der Meinungen mannigerlei, als Ihr wohl wisset, Herr Doktor, es geht mir umb den Drang und Trieb in denen verhangnen Lüten, so sich an dem Tauf ihr Imagination entzündt han.«

»Und Ihr glaubet den Tüfel nüt,« donnerte Vadian, »der willt dem Antchrist ein Schanz bieten und unser evangelisch Sach mit denen Tüferen schweinen und schleizen.«

»Des Tüfels Gwalt ist minder — Gottes trefflich. Es muß sin, daß Gott das Menschenmagma noch unzitig erfindt. Als lässet ers reifen an mannig eim Füer. Satzet exempli causa das Wort des Taufs: der Lutherus nimbts vor ein Sakrament glich dem Papst, der Zwingli aber spricht, der Tauf sige ein Zeichen und nit meh: als so einer ein weiß Kreuz an sich nähet, sofer zeichnet er sich, daß er ein Eidgenoß welle sin. Denen Tüferen ist aber der Tauf ein Verzückung und Anstoß vor ihr schweifend Imagination. Darzu stößet des Zwingli Wort als ein Frost, schaudert in der Lüt Herzen und lässet sie fliehen, dann sie künnen nit kaltsinnig sein. Denken gar in ihrem schlichten Sinn: wie soll der Tauf nit meh sin, dann ein ufgenähet Schweizerkreuz, das Kreuz mag einer abtrennen und davonlaufen, ein ander Zeichen nehmen. Mag einer das Wasser von ihm tun! Und wisch ers ab, so ist es schon beschechen, er ist naß gewest vor all Zeit, do muß es bleiben. — Sehend an, Ehrwürdig und Hochgelahrt, das Magma in limbo Adae.

Gott hat noch nit gesprochen, daß der Mensch zeitig sei.«

Vadianus fühlte das schwere, tiefgeschöpfte Bedenken, das aus Paracelsus sprach, und sein Gewissen rührte sich. Er stand hoch aufgereckt, ließ die Worte verstreichen, dann sah er seitlich zu dem Besucher nieder und meinte verhalten:

»Das Wort ist Fleisch worden und wohnet uns bi. Das Wort ist verschätzet worden und usländig in der Christenheit durch Tück des römschen Antchrists. Das Wort hat sin Urständ erfunden in dieser unser Zit. Ihr sehet unser Zit fast kleinfugig an und ist das größest beschechen in ihr. Gott hat wahrlich zun Menschn gesprochen! — So will ich wohl verstehn, daß Ihr nindar ein Statt habet, von Hohenheim, und müsset des Wegs Unbill und ein Elend liden.«

Paracelsus sagte darauf: »Es ist des Wegs und Wanderns Zeichen in mich geleget von Stund miner Geburt. Ich bin geborn in eim Hüsli an der Pilgeristraß. Do gangend viel tusend Pilgeri daran vorbi, singende, und ein groß Verlangen ist mit ihnen. Das möcht mir überkummen sin, weil ich noch jung was, ein Bübli. Als muß ich glichermaßen usländig bleiben, ein Peregrinus. Wohl Uech, Herr Doktor, und denen allen, so ein Statt habend.«

Er verbeugte sich und wollte gehen. Watt aber faßte ihn begütigend.

»Ei, ei, Herr Doktor, lasset Uech nüt verdrüßen, noch leidigen!«

Paracelsus sah auf, er lächelte leicht.

»Kein Sorg nit, Herr Richsvogt. Ich bin des
weiten Wegs gewohnt: es ist der Weg der Kunst.
Ich acht, daß ich min Wandern billig hab ver-
bracht, mir Lob zu sein und kein Schand. Wächset
keinem sein Meister hinterm Ofen im Hus. Daß ich
ein Meister bin, ich hans des Wegs erfahrn.«

So gab Paracelsus dem Doktor Watter das Herz
zurück und schied unbeschenkt.

Vadianus trat in die Stube. Geschärft und steif
sahen seine Augen durch die zusammengezogenen
Lider gradaus, als schritte er durch einen dichten
Nebel. Er legte eine Hand auf das Lederpolster der
Stuhllehne.

Wer war der Mensch, daß er fremde Stuben füllen durfte? Und doch: Joachim Watt fühlte seine
Zunge im Munde quellen, denn heimlich im Herzen
unrecht tun und unrecht behalten ist bitter für einen,
der den eigenen Mann unbenebelt, groß und frei vor
sich zu sehen gewohnt ist und darin seine beste Kraft
empfindet. Heimlich unrecht tun. Weshalb? Der von
Hohenheim mochte seine Meinung verteidigen! Er
tat es, nicht ohne Schärfe, doch auch nicht ungefüge. Aber seine Meinung! Glich sie nicht jenem Elemente, das er wie ein lebendiges Wappenstück führte,
flackernd, zehrend? Das loderte und leckte an dem Gerüst, darauf sie alle sicher standen, fingernd, ein Zweifler! Vadianus ballte die Hand und schlug gegen das
Polster. Doch diese Bewegung genügte, um das auf-
gerührte Gewissen des Glaubensstreiters neu zu er-

schüttern. Wars nur die züngelnde Meinung eines Unruhgeistes? Er, Vadianus, hatte sein Leben lang manch einen Widerpart und Skeptikus sorglos gehört und war gegen ihn ungekränkt bestanden. Was quälte an diesem Paracelsus?

Watt ging grübelnd etliche Schritte gegen das andere Fenster, wo sein Pult stand. Er griff mit einer raschen Bewegung um sein Kinn, sein Kopf war tief geneigt, er atmete gepreßt.

Wie Feuer, wie Flamme . . . unfaßbar war dieser Mensch und brannte doch nackt und scheinend vor aller Augen. Nackend. Sie alle deckten sich zu, hielten an sich; dieser aber brannte, offen, bloß, wie der Mensch vor dem Vieh seine Blöße nicht bedeckt und sich durch seine Blöße vor dem Vieh nicht erniedrigt. Welch eine Verachtung mußte in dem Männlein leben! Papst, Lutherus, Täufer, Meister Huldrich — alles ein und alles unzeitig Magma: bedarf des Feuers, Gott hat das Wort noch nicht darzu gesprochen, noch nicht. Und tausend Leut auf der Pilgerstraß, was gelten die? Einen groß irrenden Glauben, einen gewaltigen Wahn? Nein. Alle mit ihren wunden Füßen, schmerzenden Beinen, staubroten Augen — nichts als ein Lebenszeichen, ihm in die Wiege gelegt, daß er sein Fundamentum, seine Monarchei auf weiten Wegen erfahre!

Und während der Reichsvogt von Sankt Gallen mit dem seltsamen Geiste rang, der in seiner Stube zurückgeblieben war und erst niedergekämpft werden

mußte, ehe ein stattlicher, selbstgewisser Frieden wieder einkehrte, ging Paracelsus über den Markt gegen
die Spisergaß, wo er sein Logiment beim kranken
Bürgermeister Studer hatte. Von einer seltsam wei-
chen Sattheit war seine Brust erfüllt. Er dachte
an den Brunnen vor dem Hause auf dem villacher
Markt. Auch dort sprudelte das Wasser von den na-
hen Bergen her, selbst die Häuser schienen ihm ähn-
lich gereiht. Und Vadianus war immer noch der voll-
stimmige, breitgefestigte Mann, der eines andern einsam, heimatloses Leben rasch begreiflich fand. Nur so
klar umrissen, können Menschen wie schattige Frucht-
bäume werden, deren Gartenzaun ein Peregrinus un-
gebeten durchschreitet, um unter ihnen eine Weile zu
ruhen. Und doch, er hätte in dieser Stunde mit dem
Reichsvogte nicht getauscht. Sein Opus Paramirum
wuchs dem Ende zu.

*

Aber auch ihn suchte der Teil seines Wesens heim,
der draußen vor den Ringmauern und Toren des
Leibes liegt, und der befriedet sein will. Als er am
Abend in der chimischen Kuchel der Brüder Schobinger allein gelassen war, überkams ihn mit Bangen.

Die Schobinger waren dem todkranken Studer
verwandt. Der jüngere hatte Helena, die Tochter
Studers geehlicht. Da Paracelsus wenig Zweifel
darüber ließ, daß er das Leben des Bürgermeisters
nur noch fristen könne, hatten die Brüder ihm nahe
gelegt, ihrer Alchimie auf die Beine zu helfen. Und

so war im Hofe des einen, Hieronymus, der als
Statthalter der Vier-Orte und Ratsverwandter ziemlichen Einfluß auf Sankt Gallen nahm, unter des
Paracelsus Augen eine chemische Küche gebaut worden. Die beiden Brüder, kleine, lebhafte Männlein,
hielten dicht hinter ihm her, und er hatte seine Mühe,
ihren ungeduldigen Augen und Fingern durch Unter-
weisung, und wenn es not tat, mit List und Heimlichkeit zu wehren. Sie dankten ihm in profitlicher
Sorgfalt um seine Person, sie vertrösteten auch den
wassersüchtigen Schwager immer neu auf den Arzt.
– Doch da es Sonntag war, schonten sie Festkleid
und Hände. Paracelsus stand in dem engen, düsteren
Raume allein bei einem matten Feuer, das eine Flüssigkeit unter gleichmäßigem Tropfenfall aus dem Helm-
schnabel in die Vorlage übergehen ließ.

Er hatte es tief erfahren, daß nicht sein Wort,
sein Blick und Mienenspiel das Eigentliche war, das
die Menschen ergriff und überwältigte. Ein anderes
als seine Zeichen und Winke, die durch die sichtbaren
Tore aus- und eingehen, übermannte sie. Heimliche
Fühler waren es, lautlose, unbelauschte – leiblose,
untastbare – farblose, unsichtige: der feindünnste
Feueratem seines ganzen Wesens. Er empfand ihn
fast schmerzlich, wie er von Stirn, Brust und den
Innenseiten seiner Arme ausströmte und das Gefühl
der andern umspannte, das ihm wie eine warme
Welle aus den Körpern entgegendrang. Er durch-
tränkte die Welle mit seines Wesens feindünnstem
Feuer, sog sie an sich und nahm, indem er sein Eigen-

ſtes gab, was er an parakosmiſcher Nahrung von ihnen bedurfte, um in ſolchen Sättigungsſtunden ringender Gemeinſamkeit ſein Selbſt zu erleben. Dann folgte die ſonderbare Stillung, die nur der wahrhaft Einſame kennt, der Friede des entäußerten Menſchtums und die Beruhigung, Mauer und Wall des eigenen Menſchen ſtark zu wiſſen, um unter ihrem Schutze den Kampf für das Gottesteil, das trieb und drängte, weiterführen zu können. Aber Paracelſus wußte auch: kein Selbſtgewinn ohne Selbſtverluſt, keine Gewaltigung ohne Einbuße, keine Erfüllung ohne Opfer. Und die Sättigung nach jedem neuen Menſchen, den er mit ſeinem Weſen durchdrungen hatte, wurde immer bälder ſchal und taub, wie der Gaumen eines ernüchterten Trinkers.

In Joachim von Watt lebte noch ein Teil der villacher Zeit, neuauftreibend, ein Stück Gemeinſamkeit, das Jahre her faſt erſtickt war. Teil ihrer, der beiden Bombaſte, ſelbſt. Es zu trinken, voll an ihm zu werden, hatte er — er empfand es jetzt wie eine laſterhafte Begierde — vor Watt ſein Herz ausgeſchüttet und, uneingedenk des andern Wegs des andern, den bitteren Triumph über die Unbill der eigenen Lebensbahn hingegeben. Und er hatte gefühlt, wie Joachim Watt ſich nach und nach lockerte, löſte, den ſtumpen Hochmut eines geglückten Daſeins verlor, Menſch ohne Mittel und Zaun wurde und den begehrten Teil williger gab. Wie eine Schlackenhaut war es von jener trüb erſtarrten villacher Stunde der Gemeinſamkeit geronnen. Paracelsus hatte sich seines Vaters reiner und ehrfürchstiger erinnert.

Endlich war das Wesen des Joachim von Watt an der Täuferfrage völlig aufgebrochen. Doch er, der satt und friedvoll aus dem Hause des Reichsvogtes hätte gehen können, war von seines Geistes Ungestüm überrannt worden, von Erkenntnissen übergelaufen, die der andere wohl hätte lesen können und sollen — zu seinem Heil oder wenigstens zur Klärung: denn dem Papier gegenüber, das nicht mit heimlichen Fühlern greifen kann, das jenes parakosmische lignis spissus nicht aushaucht, bleibt jeder Geisterfahrene der eigene Herr und vermag auch eine widersetzliche Meinung ungekränkt zu nehmen — er aber war leibhaftig von Gedanken übergelaufen, die Vadianus in der lebendigen Minute nicht hätte fassen können, ohne sich selber zu verlieren. So mußte sich dieser Starkmütige, Festgefügte wieder zurückgeworfen fühlen, und das schon geöffnete Lebenstor war donnernd zugefallen. Was blieb in Vadianus zurück? Ein Aerger, der, einer unreifen Speise gleich, gor und widerliche Blasen trieb. Feind mußte ihm der tüchtige Reichsvogt zu dieser Stunde sein.

So lag sein Teil in jener willensstarken Brust gefangen wie in einem Turme. Und des Turmes Herr konnte seinen Zorn daran kühlen. Zorn ist Krankheit der Seele. Sie vergiftet das Gemüt und die Imagination. Der böse Wunsch erwacht aus ihr und die Verwünschung. Es geht auf in mente, eine Drachensaat, und wächst zur Incantatio. Die magische Kraft der Verwünſchung wird ſtark, weil der gefangene Weſensteil der Hilfe des parakosmiſchen Lebensfeuers entbehrt.

Des Paracelſus Herz ſchlug unruhevoll. Ihm war, als würde es von unſichtbarer Hand umklammert und gepreßt. Sein Geſicht verzog ſich in ſchmerzliche Falten, ſeine Augen, müd verſchleiert, lagen regungslos in den tiefen Höhlen, er ſchien mit ſeinem ganzen Weſen zu lauſchen, als müſſe das Feindliche, das er fühlte, laut um ihn werden.

Und er wollte nach Hauſe. Dort wartete ſein Werk. Hier erloſch das Feuer, der Reſt des Deſtillates konnte allein übergehen. Er wollte nach Hauſe und blieb, als wäre er gebannt.

Zwei Mittel wußte er, contra imaginationes, contra incantationes. Das eine war pietas: Milde und Wohlwollen, in das Widerſpiel geſetzt, konnte deſſen Neid und Schärfe brechen. Doch dieſes Mittel gegen ein Gemüt ſolcher Stärke und eines ſo geübten Willens wie Vadians Gemüt ſchien vergeblich. Er hatte ihn wohl übermannt, aber nur für die flüchtige Stunde, und die Gegenwelle mußte hoch gehen.

Das andre Mittel: homunculus ex cera.

Wachs war vorhanden. Paracelſus ſtieß einen Kienſpan in den Glutreſt, entzündete die Kerze, nahm ein Klümpchen Wachs, wärmte es im Feuerdunſte. Und er formte mit ſchnellen Griffen ein Männlein, hielt es gegen des Vadian Haus.

Sein Kopf lag zurückgeworfen im Nacken, die Lider waren faſt geſchloſſen. Langſam entſpannten und glätteten sich Stirn und Wangen, sein Mund verlor die Härte.

Es tat keine Formel not, noch ein Sigel, nur der Wille, der feste, magische Wille, und alle Schwäche und Not des Wesensteiles, der in Vadianus zurückgehalten war, mußte in den Homunkulus einfließen.

Allmählich fühlte Paracelsus, daß Zorn, feindliche Imagination, eine Incantatio nicht mehr ihn selbst, sondern nur das wächserne Gebilde treffen konnten. Und als er dessen gewiß war, ließ er den Homunkulus auf die Kohlen fallen.

Sie flackerten auf in einer blauen, dampfenden Flamme, die rasch breit wurde und rasch erlosch. Ihr letztes Zucken begleitete Paracelsus mit einer Handbewegung, als wolle er den ersterbenden Schmauch in die Esse fächeln.

Er sah ernüchtert in das Kerzenlicht. Seine Hand legte sich auf das beruhigte Herz. Er lächelte. Spiel oder Ernst — wer kann es an sich selber ergründen! Es stillte, sänftigte und machte wieder frei. Die Welle des Bangens war verschwunden. Spiel oder Ernst — er mußte den Frieden und die Freiheit des Gemütes finden, um klar zu sein, wo das Werk den ganzen, unerschütterten Mann forderte.

So löschte er das Licht und ging an sein Werk.

*

Er hatte das Opus Paramirum noch in den ersten Sommertagen vollendet. Ueberreif und quälend war es ihm geworden. Ein dickes Bündel gehefteter Sexter lag nun auf älterem Schriftwerk. Und das andere Leben hatte ihn erfaßt: nirgends in oberdeutschen Ländern war der Drang nach Gotteswahrheit so triebhaft, so körperlich um ihn gewachsen als hier, da er Menschen gleichen Bluterbes fühlte. Urstand des Wesens, Quelllaut des Blutes. Als sei sein Gemüt von dem Unband des Vorlenzes hingerissen, der den Schnee zu Sturzbach und Lawine treibt.

Und so hatte er, schon ganz im Drange des inneren Wachstums, das über seine Kunst hinaus wollte, das Opus Paramirum ohne eigentlichen Schluß mit einem offenen Laut abgebrochen:

»... damit hüten sich die, die in Sünden schweben, und wollen Apostel darbei sein ... und die ihren Geist für den heiligen Geist setzen, deren Lust und Begehren ist zu brechen ... sehet auf ihre eigenrichtigen Köpf in den Sekten! Die da Artikel erhalten und machen sie groß — so die Apostel haben in der Einfalt bleiben lassen: als ihr Taufischen! Böhmischen! Trinitarier ...«

Der letzte Teil des Werkes war überschrieben: Von Grund und Ursach der unsichtbaren Krankheiten. Und er setzte mit den letzten Sätzen hinüber in den Gottesdrang, der in der Brust seines wegbereiten Manns wie eine schwere Matrix im Treibscherben aufglühte und Läuterung suchte.

Es war gut, daß er unter neuen Feuern stand, er hätte an der Einsamkeit leiden müssen, da das Werk vollendet und also abgefallen war, wie die Frucht vom Baum fällt, die ihr eigenes Leben im Erdreich sucht.

Weitum ins Land, an die Seeufer und in die appenzeller Berge reichten seine Heilmeisterfahrten. Aerzte und Bader hatten Grund, ihre Stirnen zu runzeln und scheel zu sehen, wenn er ihnen begegnete; er lag an der Krippe. Aber die Zurückhaltung des Stadtphysikus und Reichsvogtes ließ auch sie behutsam sein. Paracelsus bekam nur geringen Widerstand zu fühlen.

Und Vadianus war anderer schwerer Sorgen voll: die Eidgenossenschaft tief zerklüftet. Von den katholischen Fünf-Orten im Herzen der Schweiz war der Landfrieden gebrochen. Biederleute wurden um des Evangeli willen an Leib und Gut gestraft, geächtet, ins Elend geworfen. Einrede war fruchtlos geblieben. So hatten am Pfingstsonntage die evangelischen Vororte, Bern und Zürich, den Fünf-Orten von offener Kanzel herab die Proviantzufuhr und den feilen Kauf abgestrickt. Vier Monate waren seither über Land gelaufen. Die Teuerung wuchs, in den Fünf-Orten die Not. Aber die Schiedleute auf den Tagen zu Bremgarten und Aarau sollten umsonst geredet haben: Binnenhader, der die Stirnen versteinert, dem kein Gedanke zu hoch und zu gering ist, um ihn für sich zu mißbrauchen, der keinen Feind gleich zu hassen weiß als den, dessen Adern das stammeseigene Blut durchſtrömt. Schwer lag die Seelenſpannung auf dem Lande.

Doch Leute, denen der große Puls nicht ſchlägt, wiſſen ſich bettelweis zu entladen.

In der Wohnung des Kleinbürgers Kaſpar Tiſchmaycher brodelte es von mißtrauiſcher Entſchloſſenheit, Angſt und dick verhaltenem Groll, der endlich ein Windloch ſpürte. Die drei berufenſten Badermeiſter und Chirurgen, der Fluri von der „Weinburg“, der Lämmlisbrunnbader aus der Spiſervorſtadt und Kuoni Widenhuber, der ſeine Kunſt ohne Badſtube übte, umſtanden nickend und winkend die Hand des kleinen greinenden Hänſi Tiſchmaycher; der geängſtigte Vater zappelte von einem zum andern, ſtupfte jeden, deutete auf die entzündete, ein wenig geſchwollene Hand des Söhnleins und auf den Mittelfinger, der eingezogen war und eingezogen blieb, mochte man auch dem Kleinen im guten und im böſen befehlen, ihn zu ſtrecken. Und jeder der drei erfahrenen Meiſter ſtreifte den Vater nur mit einem Blick aus Augen, die unter hochgezogenen Brauen weit aufgetan, in ſtarrer Beſorgnis zu der kaum vernarbten Wunde zurückfanden, durch die der berühmte Paracelſus dem Knaben einen Knochenſplitter entfernt hatte. Und jeder der drei Ehrſamen wiegte den Scheitel, ſchob den bedenklich geſammelten Mund zur gerümpften Naſe empor und ſpreizte achſelzuckend die Hand.

»Krümmi des Glieds,« entkam es endlich dem Kuoni Widenhuber, und er zeigte den beiden andern grinſend die tüchtigen Zahnreihen.

»Krümmi,« gluckste der Fluri und nickte heftig.

»Krümmi und steckt in denen Gleichen, daß sie starren,« erklärte der Lämmlisbrunnbader, »dieselb wird nüt verlouffen.«

»Dasselb hat der verrühmt, prachtig, hochsträß Parcelsi, Doktor beider Arzneien, gar treffenlich verunschickt,« kollerte Ruoni Widenhuber. Er strich seinen Bart, hob die breite Brust, blies vor sich hin.

Die hagere, kleine Frau des Kaspar Tischmaycher flüsterte heftig auf ihren Mann ein, ihre Augen funkelten, und ihre Hakennase bebte. In sanfter Abwehr suchte sie der Hausvater vergeblich zu stillen.

Er wurde gefragt, was der Parcelsi verordnet habe. Eine Salbe. Kaspar Tischmaycher zeigte die Salbe, und alle drei Chirurgen schnupperten daran. Auch Bäder.

»Als sollend wir sin Händ in ein Kachel ton und Wasser darein ton, als hützig, als ers leidt, und Reckholder darzuo ton und lassen erweichen ein halbe Stund. Dri mal im Tag ton, und dasselb Wasser hützig halten, darnach schmirben und streichen.«

Tischmaycher sah, während er sprach, hilfesuchend von einem zum andern. Doch sie standen alle drei wie die heidnischen Holzbilder aus den Kirchen, die auf dem Brühl verbrannt worden waren.

Nach einem beträchtlichen Schweigen, das die beiden Eheleute tief und tiefer drückte, hob Ruoni Widenhuber die Arme und ließ sie gegen die Schenkel schlagen, und der Fluri und der Lämmlisbrunnbader taten das gleiche. Dann wandte sich der Ruoni

Widenhuber zur Tür. Er verzog den Mund und meinte: »Fahrt fort, fahret allweg fort, lieber Tischmaycher, der Parcelſi, Doktor, Hochgelahrt — der muß wiſſen . . .«

Kaſpar Tiſchmaycher erwiſchte ihn und den Fluri bei den Aermeln.

»Ganget nút alſo!«

Da meinte der Kuoni Widenhuber, weil die Krúmmi des Glieds nun ſchon faſt eine Woche anhalte und weil die Hand verpfuſcht ſei, gehöre die Sache vor den Elferrat, da ſollten die Zunftmeiſter beſchließen, ob der Parcelſi ſtraffällig wäre oder nicht. Käme es aber nicht vor die Elfer, dann múſſe er, der Kaſpar Tiſchmaycher, obendrein dem Hergelaufenen einen Lidlohn zahlen, und der ſei geſchmälzt, als männiglich bekannt.

Die Frau des verdonnerten Bürgers ſchwoll, ſie war vor Eifer feuerrot, und ihre Augen ſtachen. Widenhuber fand ſein Gift auf das wirkſamſte eingegeben. Er ging mit einem mitleidigen Gruße, die beiden andern nickten den Eheleuten bedeutend zu und folgten ihrem Sprecher.

Paracelſus war zwei Tage zu Hundwil im appenzeller Land geweſen. Nicht nur der Kranken wegen ritt er von Zeit zu Zeit bergein. Dort wuchſen hellhörige Menſchen, anders als Städter, deren Ohr vom Weltlauf übertäubt iſt. Dort ſuchten Menſchen mehr in ihm als den Arzt, der ihren Leibern aufhalf: ein anderes Beratzhauſen, ein reineres noch, urſprünglicher, nicht von einer Reichsſtadt bedrängt, an keiner breiten Straße. Und dort brach es aus ihm wie Brunnen, die ihren Widerhalt durchstoßen und das Rinnsal finden.

Seine Kunst hatte er einsam zu erfahren und zu tragen vermocht. War Basel, war Nürnberg auch bitterhart gewesen, da man ihm Lehre und Druck verwehrte, er hatte verwunden, werkgeheiligt einen stillen Mut erzwungen, Zeit und Gelegenheit abzuwarten. Anders das neue Wesen, das längst — in Salzburg schon — in ihm gekeimt hatte, nun aber die dunkle Krume durchdrang. Am Schriftwerk über dem toten Papiere blieb es ungestillt, in Herzen mußte es gegossen sein, die an ihm satt werden konnten. Es erstickte, erstarrte, quälte in ihm, wenn es nicht Aug in Auge stimmhaft werden konnte. Halb war er ohne sie, die ihn willig hörten. Farbloses Chaos blieb sein Trieb und vermochte nicht des Gedankens umfriedende Leiblichkeit zu gewinnen, wenn ihm nicht die Wesenswelle der andern, die an ihm satt werden konnten, entgegenströmte. Und was er dann zu sagen vermochte, so daß sie alle ruhig wurden, das fühlte er nicht mehr als sein Eigentum: auch sie, die andern hatten es gezeugt. Sein Mikrokosmus hatte die heimlichen Pforten aufgetan. Und ein beschwingter Frieden begleitete ihn, wenn er aus dem Berglande niederritt.

So kam Hohenheim auch nach diesen Tagen, ein wenig satt und träge, zudem von der feuchten Wärme des Herbstes ermattet, in sein Quartier und wurde lebhaft mit der Nachricht empfangen, daß ihn der

250

Ratsdiener seit zwei Tagen suche. Paracelsus hatte geübte Witterung für Mitteilungen, die lauernden Blicks zugetragen wurden. Er fragte nicht erst, verzog den Mund und ging gelassen in seine Stube. Was wollte auch an ihn heran!

Und man hatte ihn heimreiten gesehen; das Sonderbare, daß der Parcelsi nicht gefunden wurde, wenn just die Oberkeit nach ihm langte, war aufgeklärt. Der Ratsdiener konnte seinen langen Amtsstecken, dessen Knauf das Wappen von Sankt Gallen trug, aus dem Winkel holen und seiner Botschaft ledig werden.

Paracelsus saß vor seinem Pulte. Er blieb auch sitzen, obwohl der Ratsbote bei jedem Satze mit dem Zeichen seiner Würde aufstieß. Und er ließ den gewichtigen Mann eine Weile stehen, ohne zu antworten, musterte ihn aus heiter gekniffenen Augen und schmunzelte. Der Bote wurde unruhig.

»Für die Undenarios solltu mich laden! Potz Taubenast, die Elfer von der Baderzunft! Die wellend min Kur an des Tischmaychers Hänseli Hand richten! Etwan urteilen und strafen?«

Der Bote nickte und nannte nochmals den Termin. Paracelsus lachte.

»Da solltu denen Baderen Bscheid ton, ich sige ein Doktor beider Arzeneien und ich hätt der Universität gschworn. Die sollend sich nit ufmutzen, dieselm ehrbarn Meister, als künnten sie mich, unter min Eid arzende, richten. Und solltu ihnen wohl bstellen: der Parcelsi wird sin Kunst vor denen fürsichtig, weisen fantgaller Arfchfratzeren nit vertedigen. Die mügend ihrn Badergfellen terminiern.«

Der Ratsbote war fteif geworden. Dann fämpfte er. Schließlich hob er den Stock und rannte ihn in den Eftrich, daß Staub aufpulverte. Er reckte das rote Geficht, aus dem die runden Augen fprangen, weit vor und feuchte zu dem erheiterten fleinen Mann vor dem Pulte hinüber: »Han!«

Paracelfus wiederholte, und da er munter blieb, richtete fich der Bote ruckweife in die Höhe, ftand eine Weile nachlaufchend in gründlichem Befinnen, endlich fchlug er eine tiefe Reverenz und ging.

Den ungeduldigen Eltern wurde aber beftellt, fie mögen auch im fleinften nicht von der verordneten Kur abftehen, es werde jedes Verfäumnis feftzuftellen fein, und dann hülfen ihnen weder Senat, noch die drei Konfuln: baden, fchmieren, maffieren. Paracelfus wußte gut, daß die Komödie zu Ende laufen müffe, aber er brauchte noch etwa drei Wochen für die Heilung der Hand.

Der Statthalter der vier Schutzorte, Hieronymus Schobinger, vermochte die peinliche Lage, darein der Ratsbote in des Bürgermeifters eigenem Haufe geraten war, voll auszugenießen; auch fonft gab es nicht wenige außerhalb der Baderzunft, die nicht an jenem fräftigen Wörtlein ihr heimliches und offenes Wohlgefallen trugen. Und es unterlief den Meiftern der Chirurgie in diefen Tagen, daß ihre Patienten zu lachen begannen, mochte die Spritze noch fo bedacht-fam und funftgerecht eingefetzt werden. Als die Sache

252

des Kleinbürgers Tischmaycher vor den Senat kam, hatte Hieronymus Schobinger ein Wort eingelegt, und der Senat bewilligte dem Arzte einen Heilungs= aufschub von vierzehn Tagen.

Die Zeit lief um, der Finger des kleinen Hänsi Tischmaycher, wiewohl im Gelenke merklich erweicht, konnte nicht als geheilt gelten. Der Parcelsi hatte of= fenbar verloren. Aber die drei Konsuln lehnten es ab, die Lapperei zu richten. So blieb dem gestachelten Vater als letzte Zuflucht nur noch der Volkstribun Andres Müller, und der setzte, von der schwerge= kränkten Baderzunft gehetzt, seinen Termin.

Kaum daß der Vielberufene an den Tisch, da der Meister Andres Müller und seine Beisitzer saßen, vor= dringen konnte: heißgezwängt standen die Sankt= galler, und man hatte die größere Ratsstube inne. Ganz vorn die Baderzunft, Meister und Gesellen, auch etliche Aerzte, selbst Hieronymus Schobinger ließ sichs nicht entgehen. Und der kleine Hänsi Tisch= maycher, bange und doch von einer stolzen Ahnung seines Gewichtes erfüllt, lehnte an dem Tische, und seine Hand lag aufgebunden vor den richterlichen Augen des Andres Müller mitten auf der Platte. Die beiden bebenden Eltern deckten das Kind mit ihren Leibern.

Andres Müller, der Volkstribun, war ein beredter Mann. Als zwei Ratsdiener vor dem Gerichtstische Raum erzwungen und so sein Ansehen befriedigend gemehrt hatten, hielt er eine große Rede über den Fall. Nicht ohne Schärfe betonte er, daß ein Doktor, hochgelahrt und geschworen, der sich über aller Zunft bedünke, auch ein Mittel finden müsse, solch eines Bübli Hand zu heilen, nachdem er sie selber aufgeschnitten und ihr einen Knochen genommen habe. Dies sei die letzte Frist. Entweder weise der geschworen Herr Doktor einen Weg, oder er möge ehrlich bekennen, dem Bübli einen Leibschaden angetan zu haben, und seine Strafe tragen.

Das Volk war gestärkt, die Bader waren befriedigt, die Aerzte angeregt, die beiden Eltern mutig und gehoben, und der kleine Hänsi Tischmaycher greinte. Eine dicke Stille hing in dem Dunst, und Paracelsus ließ die Rede des Andres Müller eine gute Weile verrauchen.

Dann schob er sein Barett ein wenig aus der gekräuselten Stirn, hob die kleine Hand von der Tischplatte, legte sie auf seine flache Linke und untersuchte den Finger. Ein unmerkliches Lächeln huschte um seinen Mund. Der Patient, von all dem Wesen aufs wehleidigste gestimmt, mochte den Finger weit besser rühren können, als es auf der Tischplatte des Volkstribuns den Anschein gehabt hatte. Die Gelenke waren weich und biegsam geworden, vielleicht lag noch eine Schwäche in den Muskeln.

Er ließ die Hand des Bübli fallen. Langsam schweiften seine Augen über die begierigen Blicke hin. Kopf an Kopf gezwängt, regungslos, schwitzend, harrten die Menschen aus, um einen Mann, der ihnen seltsam schien, gedemütigt zu sehen. Gedemütigt – Paracelsus senkte die Lider. Vielleicht auch anders! Volkstribun und alle glaubten, daß die Kinderhand verdorben sei, und doch — sie erwarteten noch einen Weg, einen verheimlichten Weg besonderer Kunst. Salben und Bäder, alltägliche Dinge! Das sonderbare, unerhörte Mittel mußte es sein, und er, er mußte es wissen! Verwundern wollten sie sich, staunen wollten sie — oder dünkelhaft lachen. Aber Paracelsus fühlte, daß es ihnen mehr noch um ein Wunder ging. Sie waren hochgespannt und wollten aufgewogen sein. Hätte er dem Tribun erklärt, daß die Kur gelungen sei, und nach wenigen Tagen der Finger regsam bleiben werde wie die andern, man hätte ihm nicht geglaubt, und das Bübli, schwachmütig und umtan von Eltern, Nachbarn und Badern, hätte sein Leidwesen krumm gehalten. Es mußte etwas an die Hand, das Willen in die Adern trieb, ein Fingerlein zu rühren und zu strecken, das den Eltern eine Torheit sauer werden ließ und auch diesen andern allen das kindliche Verlangen stillte.

Er blickte auf, holte weit aus und strich seinen Bart, spannte die Stirn, streckte den Arm gegen die kleine Hand.

»Ihr müssen zween Täg und Nächt lebendig Regenwürm ufbinden. So der ein Wurm stirbet, ein andern ufton und nit ussetzen. Am dritten Tag, so ist derselb Finger heil.«

Seine Stirne blieb finster, die letzte Kunst war ihm vom Kaspar Tischmaycher abgerungen, sein Mund war fast wild geschlossen, Andres Müller, der Tribun, hatte ihm ein Geheimnis erpreßt, er hob sein Schwert zur Brust und schritt, ohne sich weiter an das Gericht zu kehren, düsteren Blicks durch die Leute, die ihm willig eine Gasse boten.

Die Aerzte diskutierten noch lange. Einer wußte des Dioscorides Materia Medica vorzubringen, und darin wären regenwürmische Mittel. Nachbarn und Verwandte aber gruben an Rinnsal und Pfütze und brachten in lockerfeuchter Erde Topf auf Topf, was dem Bübli des tapferen Kaspar Tischmaycher frommte.

Am dritten Tage war der Finger heil.

Warum hat der Parcelsi nicht gleich einen Wurm aufbunden, eh dann die Gleichen erstarrt und die Krümmi gekommen war! Tückisch, hinterhältig, wie alle, die mehr wissen und vermögen als einem Christenmenschen gebührt. Erst der Andres Müller hat ihm das Gwissen ufgerottlet. Und recht haben alle behalten: des Kaspar Tischmaycher Eheweib, darum, daß sie nicht nachgelassen hatte; die Bader, weil von ihnen die Schmirbkur für letz, unerschieß= lich, ungefällig erklärt worden war; und alle an= dern, denn alle hatten gewußt, daß der Parcelsi seine beste Kunst geheim hielt; am meisten aber er selber: keinem der Bader und Aerzte sind Regenwürm ein= gefallen, ihm aber.

Und es geschah um diese Zeit in Stadt und Land= schaft Sankt Gallen, daß die Angler sich besondere Gedanken machten, wenn sie den Köder an den Ha= ken spießten.

*

256

Zu Kapell in der Schlacht war von den Fünf-Orten der schwere Schlag getan. Meister Huldrich Zwingli, ein Leichnam, dem Henker von Luzern über-antwortet, daß er gevierteilt und verbrannt werde — viel andere, deren Namen gleich seinem hoch geklungen, tot!

Auch Herrn Diebold von Geroldsegg, den einstigen Probst und Prior von Einsiedeln, hörte Paracelsus unter ihnen genannt, die für das Evangeli gefallen waren. Und seiner Kindheit ein kühler Schwermuts-hauch, wie Nebelluft, die über das sumpfige Hochtal zieht, streifte seine Stirn: Er sieht den stämmigen Mann, groß und wuchtig, wie reife Menschen von Kinderaugen gemessen werden, und das irre Weib mit den bebenden, lästernden Lippen, den zornflackern-den, schweifenden Augen — Haarsträhne hängen ihr über dem heißen, zuckenden Gesichte — sie streift die Haare immer wieder hastig zurück und sie flüstert halt-los auf den Prior ein ... Paracelsus stockt noch das Herz vor Angst um seine Mutter: rings drohende Menschen in Pilgermänteln, unter den breiten, mu-schelbesetzten Hüten ... da winkt der Prior Diebold von Geroldsegg dem frommen Narren Baltisar und dessen Sohne ... die Mutter wird auf den Kohlen-karren geladen ... er zottelt nebenher wie ein Hünd-lein, seine Beine noch müd von dem Lauf ... er war der entwichenen Närrin nachgerannt ...

Paracelsus blickte auf. Häuser, die Spisergaß, Sankt Gallen. Vor ihm stand Hieronymus Scho-binger, nicht viel größer als er, stutzend und ein wenig begierig. Die Regenwurmkur hatte es auch diesem weltgefaßten Manne angetan, auch er versah sich fortan der wunderlichsten Dinge.

»Der Prior ... Herr Diebold ...« flüsterte Paracelsus.

»Ist Abt gewest, eh dann er dem Meister Huldrich ist nachgefolget,« berichtigte Hieronymus Schobinger.

»Prior, Pfleger, uf dem Hochgstift zu miner Zit.« Und er setzte erklärend hinzu: »Ein witschweifig Weg führt dohin zuruck, ist sobald nit erloffen.«

Er ging mit einem stummen Gruße weiter, der andere sah ihm eine Weile nach.

In sonderbarer Wehmut kam er auf sein Logiment. Die Imagination war so grell, fast blendend gewesen, als der Name Diebolds von den dünnen Lippen des Hieronymus Schobinger gefallen war, daß sein Herz ihm jetzt noch nachzitterte.

Er ließ seine Blicke schweifen. — Ein fremder Tisch, darauf er seinen Kopf stützte, ein fremder Stuhl, auf dem er saß, und fremd der Estrich, wo seine Sohlen ruhten. Fremd das Bett, das von seiner kurzen Schlummerrast noch zerwühlt war. Nicht einmal der Schlaf war mehr sein. Er hatte ihn, die letzte Heimstatt des Elends, verächtlich zerrüttet; die menschheiligen Gezeiten des Tages und der Nacht, er kannte sie nicht mehr. Und da er auf Bank, Bett oder einem Tische, wann immer ihn die Not der Natur überkam, das kurze Schlafbedürfnis stillte, im Kleid, selbst im Bette zuweilen gestiefelt und gespornt, ließ man sein Lager ungepflegt, auch wenn das Haus, darin er gerade lebte, so gastlich war wie dieses.

Ein leiser Schauder durchrieselte Theophrast von Hohenheim. Bis tief ins Gauchhaar zurück war sein Schädel kahl geworden, und er glaubte die Furchen seiner Stirne zu fühlen. Ueber seine Handrücken schlängelten sich die blauen Adern; er schmeckte die Fäulnis in dem verarmten Munde.

Weshalb hatte ihn sein Archäus nicht nach Villach getrieben und ihm die kurze Rast nicht gegönnt, einmal ein gütiges Menschenauge über sich zu wissen, daheim zu sein in eines Menschen Wesenshauch, ungetrieben und nicht nur gelitten, sondern empfangen, wie ein Weib das Kind trägt!

Er schloß die Lider. Und die braunen, verräucherten Balkenwände eines Wirtshauses zu Hundwil umgaben ihn. Er fühlte Blicke, die an seinen Lippen hingen. Da schlug sein Herz auf. Er strich mit den Handflächen über Stirn und Gesicht. Er rückte an das Schreibpult, griff nach einem neuen Blatte.

»Gratia et pax a deo, ja ja: Gottes Gnad und ein Frieden, Gottesfrieden, Uech lieben Herrn Vater! Us Näh und Weiten sige dies bstellt und ein ehrfürchtig Gruß nach mannig eines Summers und Winters Fahrt! Wohin des Wegs, Theophraste — als ich mich selbsten zum Dickermal gefraget, da ich Salzburg hinter mir gelassen und Friburg, demnacher uf Straßburg zogen und gerufen ward nach Basel in das Land miner Geburt, Physicus der Stadt ze sein und Ordinarius an der hohen Schul. Hinwiederum gefraget: Wohin? Da ich mußt Basel lassen, Kolmar, Nürmberg, Beretzhusen im Fränkischen, Regensburg, Stadt umb Stadt, nindar ein Frieden, als man gemeineglich den Frieden heißt, und allenthalben usländig gesein. Dannocht von Gnaden Gotts, der mir hat mine Kunst geben und geben das Aug des Arzet, zu sehen und zu heilen. Sollet Uech, lieben, getrüen Herren Vater, der Spähn und Tratzwerk, wider mich aller Orten geführt, ein räß und unwirscht Lied fürgesungen sein? Mit nichten, das soll Uech nit beschweren, dann ich han deren je und je bestanden und miner Kunst, so über die Kunst gewachsen ist der andern, kein ringes Lob ufgericht zu Gottes Ehr. Allein des Wegs Unruh hat mine Zit erfüllt, und mehr dann ander Menschen Lebtag ist min Leben worden voll. Das minderet den Mann an Haar und Zahn und pflüget die Glätti jins Angesichtes. Wohin des Wegs, Theophraste — als fraget mich mines Lebens Zit und Prädestinaz. — Do ist mir uf diesen Tag vermelt von dem Herren Diepolden von Gerolzegg, daß er gefallen sige zu Kapell in der Schlacht wider die Fünf-Ort. Und ist mir ein Antwort geben uf die Frag nach des Weges Ziel. Lieber und getrüer Herr, es rucket min Weiser uf Villach zuo, und verlanget mich, min Hopt ze legen in Uer Händ. Dann Ihr habet mich nie verlassen uf allen minen Wegen, do ich nit Ort noch Statt erfunden, noch eines Menschen fründhold Wesen, dieweil ich ihnen allen seltsam bin gewest. Unheimisch

aller Orten, jedannocht in Uech heimisch überall
Als loset in die Fern uf minen Schritt, Herr Vater
min. Und gaht min Weg fürder noch durch mannig
ein Summer und Winter umb — nit daß ich wiß
wohin — dannocht er gaht Uech zuo gen Villach.
Wellet miner gedenken!

Geben zu Sant Gallen an des Gebürges Saum,
und neiget sich das Jahr, so Gott Uech welle be=
schließen in Fried und Gnaden. Amen.«

Lange hielt er auch dies zurück, denn er schämte
sich seines Herzens. Dann hörte er aber, daß der
ulmer Ueberreuter Briefe für Lyon an den Ordinari,
dem regelmäßigen Boten der acht sanktgaller Lyoner=
häuser, gebracht hatte und mit schweizer Post zu=
rückreiten wolle. Dem gab er das Schreiben nach
Villach auf. —

Es lag der Schnee, und die Säumer hatten über
die Berge hin ihre Not und Gefahr, da war der
Kunst des Paracelsus an dem Bürgermeister Studer
ein End gesetzt. Nichts hielt ihn mehr in Sankt
Gallen.

Tiefer landein und höher bergan trieb der Archäus
längst.

Noch mußte er suchen. Nur war es nicht mehr
Menschenkunst. Das Reich Gottes in und an den
Menschen, das lautere, das nicht Artikel und Ge=
walt kennt, noch den trunkenen Wahn, sollte Para=
celsus, der Knecht, aus der eigenen Brust schöpfen
und aus der Brust der andern: das Reich, von Gott

261

mit dem Lebensodem dem limbo Adae eingeblasen, das Erbreich, das gleich einem verschütteten Brunnen fließt.

Und er trank, da er bergein ins Appenzellerland den Spuren des Schlittens folgte, die Schneeluft wie ein Sakrament. Rings um ihn der reine Glanz erfüllte sein Auge und sein Herz.

Aus Tiefen der Schlucht

Das aber seind die stillen Quellen in mir und üch. Eines Pulses Schlag, eines Atems Zug us der Tiefe des gemeinen Wesens. Was bist du ein Mensch diner Augen und Ohrn so voll und achtest nit des limbi Adae, darus din Ich und Du ist geflossen in der Zit! Was bist du ein Mensch in dir und immer nur in dir und merkst nit, daß diner selbs der größist Teil liegt ußenthalben!

Zeuchst du nit ein den Luft, als der Fisch das Wasser, und müßtest sunst vergehn! Trinkst du nit von den Quellen der Erde und issest ihr Brot einer Notdurft nach! Liegt alls ußenthalben. Allein, es wird in dir ein Mensch, und glichermaßen in denen anderen wird es zum Menschen. Us Luft und Wasser unde Brot, so eins wird in allen und dannocht dussen liegt, entbrossen Ich und Du, sollet Ich und Du nit eins sein, do sie wachsen mit dem einen!

Als stecktest du den Mächelring an des Weibes Finger, ist ein Zeichen. Halbet bist du gesein in dinem Ich und mußt us Not des Wesens den Ring schließen, das Du ze binden und ketten an, uf daß Ich und Du eins werdend und ein nües Leben.

Dies aber alls beruhet in elementis und ist der Erden Teil an dir, muß wieder irden werden. Meinest gar in dinem kindlichen Gemüet, du sigest es allein und möchtest die Welt sin in dir selber beschlossen!«

Er hielt an und sah eine Weile über ihre Köpfe hinweg.

»Dannocht ist nur ein Teil dines Teils und uswärtigen Ichs in elementis glegen, der ander Teilesteil in astris, das heißt: in dem Gstirn und Firmament. Es fleußt von ihnen, ist als ein Bruch, Dunst, Schweiß von den Sternen, macht dich krank unde stark, füllt din Gemüt mit Unruh und Frieden. Kunnt aber nit sein, so du nit wäreft aftrisch oder sternhaftig in dinem Wesen, glichermaßen als du elementisch bist im Luft, Wasser unde Brot. Dann auch du kannst dich ergießen in das Firmament, und die Stern sollend zwinzerlen vor dinem Willen.«

Er schwieg wieder, seine Augen glitten über ihre gesammelten Gesichter hin. Er merkte, daß es sie bewege, und konnte noch einen Schritt weiter tun.

»Allein das elementisch und das aftrisch Wesen ist in die minder Kreatur gsatzt. Din Mikrokosmus bleibt halbet so innen, so ußenthalben. Dann in dir liegt der ander Leib, limbo aeterno entwachsen, und ist verborgen dem Aug, das allein den Mikrokosmum kennt im Elementischen und Aftrischen. Und der ander Leib steht über dem Element und Gstirn. Do ist der Leib us Gott und ist der Leib in Gott glichermaßen. Dann Gott ist teilhaftig worden am Tag der Schöpfung in dir und mir. Du bist Teil Gottes.«

Und sie sahen ihn darum an. Er fühlte ihre Not, durch dieses Gedankens Schwere hindurchzukommen, denn sie hüteten sich vor schnellen Fragen, weil er zornig wurde, wenn sie allzu eilig waren.

»Als sige ûch darvor ein Exempel der Suhn Gottes und sin Geburt in des Menschen Suhn.

Do schreiend sie all: Us Gnaden! Us Gnaden! Das ist wohl. Gott hat ihn selbsten in siner Kreatur erbarmet und also den Suhn in den Menschen geborn durch das Weib. Dannocht es wâr nimmer beschechen, so Gott nit ebebevor wâr in der Natur gsein und die Natur in Gott. Der Mensch aber ist in der Natur, also kunnt Gott sinen Suhn in den Menschen gebâren und ist dannocht in ihm blieben. Der Suhn ist die Kraft gesein in dem Menschensuhn.

So wisset endlich! Gott ist in allen Dingen natürlich worden, Gott der Vater in seinen Tugenden. Darumb hand Bomstamm und Kraut, hand Wort und Namen und alls, so du elementisch ansiehest und hôrest und greifst, ein Kraft. Die Krâft die do innen liegen, sollen natürlich geheißen werden, dann Gott ist natürlich worden. Soll keins nit verspott werden.

Us den natürlichen Krâften aber ist not im seligen Leben zu leben, dann ohn sie mag es nit sein.«

Sie hatten an seinem Stimmfall erkannt, daß er nun einhalten werde.

Eine Weile schwiegen sie, aber die Stille drückte sie nicht. Sie waren es gewohnt seinen Reden nachzulauschen und merkten an sich selber, daß sie stets tiefer hineinwuchsen. Er wiederholte oft diesen oder jenen Gedanken, als suche er selber noch das rechte Wort. So glitten sie allmählich in seine Lehre hinein.

Auf dem weißgescheuerten Tische hatten fast alle die Ellbogen ruhn, und ihre faltigen, am Rücken gebräunten Hände lagen flach übereinander oder waren verschränkt. Sie sahen auf den Tisch nieder und sannen. Nur wenige, aufgereckt, ließen ihren Blick an der Stirn des Paracelsus hängen, die immer noch grüblerisch gesammelt war.

Neben ihm saß der Kaplan Matthias Lusi, der von Appenzell herüber gekommen war, und dann folgten die andern, schon einer gewohnten Reihe nach um den Tisch: der alte Enz Lehner, der Toman zur Burg, der Hanns Tanner, der Jöri Nef, der Uli Föns und wie sie alle hießen, aber auch abseits saßen etliche und Frauen darunter.

Gewöhnlich wurde der Enz Lehner zuerst laut; er redete lange, als müsse er sich mit der Zunge in den Gedanken zurechttasten. Paracelsus ließ ihn gerne reden. So merkte er, was den meisten schwer fiel: auch wurden die andern warm an dem Gestammel, und einer fand dann meist das Wort, das wie ein Schlüssel im Schlosse klang.

Er gab dem und jenem Antwort. Sie hatten Geduld aneinander, denn er sowohl als sie kämpften damit, daß sie so schwer zusammenwuchsen und selten eines Verstandes werden konnten. Zuweilen schlug ein gutmütiges Gelächter auf, aber sie fanden sich immer wieder in einem herzenstiefen Ernst.

An diesem Abend aber — der warme Lenz hauchte durch die kleinen, offenen Fenster ein, und wenn ein Schweigen entstand, so fühlten sie die schwellende

266

Unraſt der Natur – ſtellte ihm der Uli Fuſch eine Frage, daran er neu entbrannte.

Uli Fuſch, des Zehentmeiſter Othmar Fuſch Sohn, war noch im Winter aus Gais nach Hundwil ge= kommen, als er von dem Paracelſus hörte, der ihnen Leſinen hielt, wie vordem keiner. So nannten ſie dieſe gottſucheriſchen Stunden. Sein junges Herz war weder am papiſtiſchen noch am evangeliſchen Weſen ſatt geworden und verachtete den Taumel der Täufer. Er ſchwieg meiſt. Aber auch ihn mochte der warme Lenzhauch treiben, ſo daß er fragte:

»Wir hangend ein dick lang Zit dir an, Dokter Parcelſi, und iſt nüt einer, der davon willt laſſen, dann es iſt ein heimlicher Genieß, und ſchmecket jed= licher das Rich Gotts us din Reden. Dannocht man= nig Jntrag und Ohnverſtand, als künnti keiner nüt inwachſen in dich. Was hinterſtellet Gott ſin Weſen, daß wir es nüt ſo ſchinbar ſechen als du!«

Paracelſus anwortete: »Laſſet üch Schritt vor Schritt gnügen, der gäch Verſtand iſt des Tüfels, und zu früh ſchniden, gibt kein Brot ins Hus.«

Allein damit waren ſie nicht zufrieden. Ihre Stir= nen furchten ſich, er fühlte den Hinterhalt ihrer Her= zen. Und ſo fuhr er fort: »Der Geiſt geiſtet, wo er will, nit in allen, nit in vielen, ſundern, do es ihn luſt. Wohl üch, ſo ihr üres Verſtands ein Argwohn tragt unde ihn nit zartelet. Dann viel überreden ſich ſelbs, ſie ſeinend der Geiſt ſelbſt, und aber er iſt nie do geſein.

Es hat Gott allen Dingen ihr Zit geben, ufdaß ſie

wachsen sollen und davor nit zitig sein. Und vor dem
und es zur Frucht kombt, so loufen viel für: am er=
sten die Sproßlen, darnach die Schößling, darnach
die Blust, darnach die Frucht. Sollt nun die Frucht
des Menschen, das ist sin Verstand und Gab, abzu=
schniden sein, do er ein Schößling wär! Gott ist, der
dich fliegen läßt, er läßt dich wähnen, meinen, schätzen,
achten. Und aber so du meinest, du sigest hoch bis
in den dritten Himmel geflogen, so bistu nit über das
Gras uf dem Felde und bist nindar nütz. Bistu be=
ruft ein Buch zu machen, es wird nit versäumbt wer=
den, solls sechzig und siebenzig Jahr anston und
länger. Gahts in dir umb und entpfindests, so schall
nit so bald. Es wird nit dohinten bliben und wird
herus müssen . . .

Ich gedenk, daß ich Blumen sach in der Alchimia,
vermeint das Obs wär auch do. Aber do war nichts.
Do aber die Zit kam, war auch die Frucht do. Viel
fliegend Zit hab ich verlorn in der Geometrie, bis ich
kam in den Aquaeductum. Oft meinet ich, nu ist die
Ernt, morgen war nichts. Wieviel tusend Bogen
werdend mit großer Arbeit verschrieben: so alls us
ist, so ist alls ein Narrerei.

Ist nun ein Licht in uns, so hats Gott mit der
Natur in uns geton, unser irdischer Schulmeister nit.
So Gott das Licht in uns gestellt hat, so wird ers
auch fürhin ton, daß man darbi seche. In welich
eim aber kein Licht ist von Gott und aber nur vom
Schulmeister der Erden und derselb vermeint us siner
tierischen Vernunft, ein Licht seie in ihm, derselbig ver=

ſaumbt ſich, verführt ſich und ander. Viel künnen regiern, nur einer iſt Künig.

Ermeß ein jedlicher, daß er nit weich us dem, darzu er beruft ſei. Laſſet üch Schritt vor Schritt gnügen, der gäch Verſtand iſt des Tüfels.«

✻

In Urnäſch lebte ein Weib, ſie hieß die Rüſchellerin, von ihr hatte Paracelſus gehört, denn die Leute ſagten, die müſſe noch an die Leiter gebunden und auf dem Scheiterhaufen verbrannt werden, wie einer ſolchen Heœe geziemt. Als Paracelſus im Herbſte nach Urnäſch der Mehrzahl ſeiner Kranken nachzog, wohnte er nicht weit von ihrem Hauſe an der Allment. Starkknochig, leibesvoll und hoch gewachſen, ſtand ſie noch in den Jahren, die den Mann ſuchen, allein ſie war längſt Witwe geworden und hatte keine Kinder. Da ſie nur wenig beſaß, und man ihr die Schuld der Unfruchtbarkeit zuſchob, denn ihr Mann war wohlgelitten geweſen, ſie aber aus der Fremde heimgeführt worden, fand ihr ungeſtilltes Blut ſeine Bahn nicht und mußte an den Schranken des eigenen Weſens verſtrömen. Auch war ſie unſchmiegſam, verſchloſſen; wo der Blick der Frauen ſonſt in zärtlicher Inbrunſt ſchmilzt und ſich umſchleiert, ſchlug aus ihren dunklen Sternen ein faſt ſtechendes Feuer, dem Männeraugen ausweichen. Hinzuwerfen vermochte ſie ſich nicht, obwohl ſie vielleicht davon träumte. So war es ſeltſam um ſie geworden. Die Mädchen flohen ſie wie das böſe

269

Gewiſſen, und die Frauen eiferten gegen ſie, als habe ſie ihr Geſchlecht verraten. Männer konnten eine eigene Befangenheit in ihrer Nähe ſpüren. Unfreier, flüſternder Spott und heimliches Gewinke mit Auge und Mund von Mann zu Mann begleitete die Rüſchellerin. Es gab Leute, die ſich vor ihrem Blicke ſcheuten und ihr weder Gruß noch Anrede beantworteten. Keiner wußte den heimlichen Kampf dieſes Weibes, und doch glaubte ſich ein jeder von ihr im heimlichſten Leben berührt. Wer ſtark und geſund war, konnte ihr entgehen, wem aber der Wurm im Kerne fraß, der fühlte ſich mit ihr wider Willen und Verſtand irgendwie verhangen. Die Rüſchellerin war töricht genug, einen eitlen Kitzel an ſolcher Leute ängſtlicher Zutunlichkeit zu ſtillen, ſie umgab ſich mit wunderlichen Worten und trieb eine alberne Magie.

In Urnäſch hatte nun ein Peter Oegſter manches Jahr mit ſeiner Frau Margret gelebt, daß keines am andern eine Klage fand. Das Vieh gedieh ihnen, etliche Kinder wuchſen auf. Dann fiel der ſonderbare Zuſtand an den Mann, und die Rüſchellerin konnte ungerufen in ſeinem Hauſe aus= und eingehen. Man wagte ſie nicht fortzuweiſen, erwartete ſie beinahe, man bewirtete ſie, wie man den letzten Löffel Brei über Nacht in der Schüſſel oder die letzte Garbe auf dem Felde läßt. Es kam vor, daß man ſie ängſtlich oder auch leidenſchaftlich um Gottes und ſeiner lieben Mutter Marien und aller Heiligen willen bat, zu ledigen und zu helfen. Aber die Rüſchellerin hütete ihre Heimlichkeit. Wohl gab ſie der Frau Margret ein kleines Beuglein Holz mit vielen Kerben daran und hieß sie dazu beten, das Holz aber im Schranke verborgen halten; allein der Peter Oegster kam dahinter und verbrannte das Holz, denn es war seither böser um ihn geworden. Auch das Vieh fand in seinem Stalle kein Gedeihen mehr, und er hatte zu klagen, daß ihm Butter und Käse mißrieten. Wer anders konnte dem frommen Manne Kraft und Glück in Ehe und Hausstand genommen haben, als das Weib mit dem stechenden Blick!

Die Allment lag am oberen Ende des Ortes, und dort floß auch ein Brunnen. Paracelsus konnte dem murmelnden Wasser lauschen wie dem Marktbrunnen zu Villach, da er, ein Jüngling noch, bei seinem Vater wohnte. Und er hörte das Vieh, wenn es an den Tränkbaum getrieben wurde, der wie ein Boot der Vorzeit ausgehöhlt war, er hörte auch die Weiber, während ihre Butten und Krüge vollliefen.

Eines Abends fuhr er von dem jähen Geschrei der Weiber auf; die nasse Feder zwischen den Fingern, sprang er ans Fenster. Ihrer acht oder zehn, jung und alt, hatten spreizbeinig in nicht zu engem Halbkreise die Rüschellerin umstellt. Schaff, Krug und Kanne standen im Kot, indes die Arme durch die Luft fochten, wo sie nicht in die festen Hüften gestemmt blieben. Die Rüschellerin lehnte an der Brunnensäule und sie war blaß wie der Tod. Nur ihre Augen brannten. Sie warf hie und da ein Wort in den keifenden Lärm, zückte den Finger auf eine Angreiferin. Die wich dann einen Schritt, um zögernd nur zu ihrem Schaff oder Krug zurückzufinden, wenn sich die Rüschellerin gegen eine andere wandte. Das Geschrei war so plötzlich und aus allen Kehlen zugleich aufgestoben, stockte und brach immer wieder gleichzeitig aus, daß der lang erstickte, nun sinnlos befreite Haß offenbar wurde. Von allen Häusern liefen die Leute hinzu, und vor allem die Weiber. Die Rüschellerin verlor, da sie sich immer dichter umstellt sah, ihre Haltung, sie riß das verplätschernde Schaff vom Brunnentroge und versuchte gegen ihre Hütte zu entkommen. Trotzig und aufrecht hätte sie vielleicht die Weiber des ganzen Ortes vom Leibe gehalten, so aber flog ihr nicht nur Schmach, Fluch und Giftblick nach, ein Holzbengel schwirrte ihr an die Knöchel, daß sie strauchelte, und dann folgten Steine. Einer traf ihre Stirn, und sie brach zusammen.

Es geschah dicht unter dem Fenster des Paracelsus. Er sah, daß die Weiber nicht anhielten; Steine schlugen gegen die Wand, er stürzte hinaus. Sie hieben auf die Ohnmächtige ein, er drängte hindurch und stellte sich vor den niedergebrochenen Körper.

»Daß üch Potz Blut schänd, ihr Frouen, reit üch der Tüfel!«

Er sprudelte vor Zorn, schüttelte seine Fäuste. Da stutzten die vordersten, und er hörte seinen Namen.

»Sie ist eine Hex,« schallte es aus dem Haufen. »Ein Hex und der rechten bösen Wiben ei's!«

»Sumer Potz Marter,« fauchte der kleine Mann, »so die ein Hex wär, sie müget üren bösen Leumden, üer Stein und Bengel nit gedulden und üch allen ein Schwur antun, daß keiner nit kunnt ein lebendigs Glied rührn!«

Das dämpfte das Gemurmel. Er wandte ihnen den Rücken und kniete zu dem blutüberströmten Gesichte nieder, untersuchte die Wunde, fühlte den Puls, erhob sich eilig, brachte aus dem Hause, was not tat.

Und er sah, wie sich die Leute davondrückten. Da rief er etliche mit Namen, denn es waren darunter, die bei seinen Lesinen nie fehlten. Die halfen ihm.

Auf einem Haufen Reisig, wohin die Männer sie gelegt hatten, brachte er die Ohnmächtige zu Sinnen und verband die Wunde. Die Rüschellerin ließ kein Wort des Schreckens und keine Dankessilbe hören. Ihre Augen irrten wohl von Gesicht zu Gesicht, sie fanden immer wieder zu dem des Paracelsus zurück, dann schloß sie die Lider, für eine Weile befriedigt. Ein Häuflein Menschen hatte sich gesammelt. Er wollte schon in das Haus, da seine Kunst getan war. Da hielt er an, seine Stirn zuckte. Unter den Leuten standen Männer und Frauen, denen er um Gottes Lohn geholfen hatte.

»Was stehnd ihr und luget? Weiset mir euer Händ! Du, Kunrad Schürglin! Du, Tannerin! Du, Hänsli Roderer, und du, Gretta Meigerin! Du auch, Els Schnüggin, und du, du ...«

Sie mußten es tun, denn er brannte wieder auf, und keiner wußte sich frei. Wo er aber eine Rechte vom Rote besudelt fand, nahm er sie, und zog den Mann und die Frau vor den Reisighaufen, auf dem die Rüschellerin lag.

»Uer Hånd feind fchuldig am Blut diefes Wibs faffet an, traget fie heim, wartet ihrer. Gott fchafft fin Kreatur nit in die Welt, daß fie gefteiniget werd, fundern bekehrt. Und wo ihr nit wellt, will ich von üch gehn und foll mich gereuen, daß ich mich erbarmet, weilen ihr nit anders gelegen, als dies Wib hie liegt.«

Da faßten fie an. Die Rúfchellerin aber ließ fich behutfam tragen. Ihr Mund war breit, fie hielt die Augen vor Hochgefühl gefchloffen, trotzdem ihr der Schådel merklich brummte.

Es dåmmerte in feiner Stube. Er ging in dem engen niedrigen Raume hin und wider, wåhrend fein Blut verebbte, als müffe er fich in feines Geiftes-wefens Sphåre, von der die Stube erfüllt war, wie-derfinden.

Auf dem Tifche vor den beiden kleinen Fensterluken lag die Vulgata. Das fechste Kapitel des Evangelium Matthåi war aufgefchlagen, er hatte aufs neue eine Auslegung verfucht.

Das Kapitel beginnt mit den Worten: »Hütet eure Werkgerechtigkeit, daß ihr fie nicht vor den Augen der Leute übt, ein Schaufpiel zu bieten . . .« – In feiner Auslegung eiferte er gegen die Ueberhe-bung der offenen Almofen, gegen Stifterhochmut und Klofterwefen. Und feine Auslegung fchien ihm fo gerecht als fchal. Da fein Blut die Hitze verlor, da das Zwielicht des Tages und feines Herzens fein Ge-wiffen löfte, fchmeckten die Worte des Evangeliften bitter, als håtte er einen Pomeranzenkern zerbiffen.

Weshalb hatte er an dem törichten Weibe sein Arzttum nicht schweigend erfüllt? Was mußte er seinen schallenden Zorn gegen den Unverstand dieser Leute geworfen und endlich von einem jeden mit Namen den Lidlohn eingefordert haben, dessen er sich um seiner Menschenpflicht willen längst begeben hatte — einen Lidlohn nicht an Geld oder Gut, das jedem Zahler die Freiheit wahrt, sondern an Demut einer erzwungenen Wohltat. Ueber die Rücken gemahnter, erniedrigter Menschen hatte er den Zelter seiner Werkgerechtigkeit hinweggeführt, klingend von hundert Schellen, und hatte sich und den andern das Schauspiel geboten; sich vor allem.

Mochte die Rüschellerin des Satans sein! Der Versucher war in der Wüste zu Christ, dem Herren, getreten: »So du der Sohn Gottes wärest, sprich, daß diese Steine Brot werden!« Und er, Theophrastus, der Knecht, hatte gesprochen, Stein in Brot gewandelt, den Versucher nicht entkräftet. Wieviel des Fatzspieles! Was Gugelwerks! Wo war das Gewicht, das ihm die Wage hielt!

Doch es hob sich aus der dunklen, gleichsam erstarrten Flut dieser ersten Scham wie eine rote Welle sein Zorn wieder. Er blieb stehen, ballte die Fäuste, zitterte unter der Erinnerung an den keifenden, mordwütenden Haß. Nur daß er jetzt in Stille und Dämmerlicht der raschen Tat überhoben war und seines jähen Gemüts gedankenmächtig blieb.

Ein Heiliger würde vielleicht gezögert haben. Vielleicht hätte sich ein Heiliger stumm über die Niedergeschlagene geworfen, hätte mit seinem Leibe Hieb und Stein aufgefangen, wäre über der Sünderin gestorben und für sie, so daß der Povel an seiner eigenen Wut gebrochen worden wäre und ungefordert gebüßt hätte.

O armer Heiliger, der den lebendigen Zorn nicht kennt! Der sich lautlos opfert und dabei Sünde auf die Menschen häuft, bis sie unter ihr zusammenbrechen, weil sie das Maß der Schuld an dir, du Heiliger, erfüllen! Heiliger du, des lebendigen Gottes Selbstkasteiung! Heiliger du, des lebendigen Gottes Reue über seines Wesens Selbstentäußerung, die er in alle Schöpfung gesetzt hat, da er Gut und Böse, Engel und Teufel aus seinem Wort und Geisteswehen gezeugt hat!

»Hypage, Satana! Hypage, Satana! Was willtu dich vermessen, Theophraste! Unheilig im Zorn, dannocht des lebendigen Gottes! Wohl dinem Zorn, da er dich dienstbar erniedrigt hat und gemein gemacht mit ihnen in ihres Wütens Niedertracht. Dann du bist eins mit ihnen worden, Teil ihrer Schuld. Sie hand den Schimmel diner Werkgerechtigkeit ufgezümt und die Schellen daran gehangen, du hast den Schimmel geritten. Darus ist erwachsen, daß du und sie dem Weibe ufgeholfen hand, ist ein schinbarlich Werk gewachsen vor Aug und Ohr, und das Maß der Schuld ist an diesem Weibe nit erfüllet. Gott ist der bitteren Reu entlediget in dir und ihnen, Theophraste, du Unheiliger! Als lebet die Rüschellerin, und es ist Zeit und Weil geben, so dir,

so den andern, weiter zu taſten durch der Welt Ne=
belwehen, und iſt das Gericht uſenthalten. Wär nit
der Zorn geſein, du wäriſt ein Schelm worden auf
dieſen Abend! O armer Heiliger, dem der Zorn iſt
entflohen, du biſt der Bſchluß und kennſt das Leben
nit mehr, du biſt der Bſchluß und Tod und die Reu
Gottes! O Mattheus, ſchwerer Skribent Gottes,
was vor ein Wort haſtu erloſet us der Tiefe des
Herrn! Es muß das Wort des Gerichtes ſein: da
die werden uſſtehen, ſo ihr Werkgerechtigkeit ohn
aller Menſchen Aug und Ohr vollbringen, wird als
auch der lebendig Zorn dahin ſein, und die Menſchen
werden zerfallen in Heilig und Verdammt!«

Erſt in der Nacht, als ſein Gemüt beſänftigt war,
erkannte er, daß der Evangeliſt die Werkgerechten
ohne Zorn und Liebe meinte, und da erſt ſchämte er
ſich nicht mehr und wußte, daß er noch unter den
Leuten von Urnäſch bleiben konnte, bis auch dieſe
Zeit erfüllt ſein werde. Er ließ es bei ſeiner Auslegung
bewenden, die ihm gerecht und ſchal erſchien, denn
es iſt gefährlich, das Gift der letzten Wahrheit in
die Hände derer zu legen, die nicht zu wägen wiſſen
und die Doſis nicht kennen.

Am andern Tage aber ging der Peter Oegſter in
ſeinem Feſtkleide hinauf an die Allment in das Haus
des Arztes, gewichtig, denn er wollte ein Beiſpiel
und eine Warnung ſein, daß der gute Herr Parcelſi
nicht in die Stricke jenes Weibes geriete.

Und Paracelſus kam ein wenig erhitzt von einem

Heilmeistergang. Er fand den Peter Oegster, breit und ernst auf einem Stuhle sitzend.

Eine Nacht war vergangen, die Rüschellerin und der ganze Lärm lag weitab, nur eine Kopfwunde, ungefährlicher als sie geschienen hatte, blieb übrig. Das war alles, und andres ging dem Heilmeister durch den Kopf. So fragte er den Bauern hastig nach Begehr und Wehtag.

Peter Oegster lüftete seinen Sitz ein wenig, hielt die hohle Hand an den Mund und flüsterte, indem er die Augendeckel hochzog:

»Es kummt von der Hex, Meister Parcelsi.«

Paracelsus stutzte. Peter Oegster war ein Mann mit faltigen, rosigen Wangen, auch sonst ein wenig fett, und er hatte Mühe, die schlaffen Lider so weit zu öffnen, er schob die Brauen hoch.

»So du bist behext, Baur, gang zum Pfaffen, daß er sein Exorcismum mach ober dir. Hie bistu nit am Ort.«

»Als . . . Meister Parcelsi, nit minethalben bin ich do . . . dich ze bewahrn vor des Hexenwibs Tück!«

»Was willtu davor tun, Peter Oegster!«

Da war der Mann entbunden. Er berichtete weitum mit einem begeisterten Beben in der etwas verhaltenen Stimme, was für ein Kerl er gewesen sei, und wie ihn seine Margret zu allen Zeiten des Tags und der Nacht freudig befunden hätte, bis er von der Rüschellerin behext worden wäre. Das sei nun schon im dritten Jahr.

»Und so ich mit der minen Frouen Margret ützit

278

vermöcht sider Jahren dri — allwegen mit Schaden. Als find ich in acht Tagen nindar kein Ruw, kunnt dannocht nüt ohn min Frouen fin. Hab als ein Trachten ihr nach unde Hangen. Do ich wär, fo ufm Feld, fo im Holz, muß ich ab dem Werk unde heim ze ihren. Do ich heim kumm und feh min Frouen, als ftößet mir ein unwirfchlich Wefen zuo, und wird min Margret fchier untraglich in minen Augen. Als feind wir mehrenteil uneins, voll Zank, Haider und Hinderdacht, eins wider das ander.«

Und dann erzählte er die Gefchichte von dem verfteckten Holz mit den vielen Kerben, das die Hexe feiner Frau gegeben hatte.

Paracelfus war ernft geworden. Er fah den Mann und feine Not, hinter ihr den Harm und die Zwietracht einer Ehe und nicht allein diefes fchlichten Mannes Ehe, der ihm einfältig das Herz auftat — er hatte hundertfältigen Ehezwift gefehen auf feinen weiten Wegen und deffen Wurzel gefucht, der Bauer hier legte fie bloß.

Da Peter Oegfter erhobenen Fingers mit einer Warnung geendet hatte, hieß er ihn ans Fenfter fitzen. Und der Bauer gehorchte verwundert.

»Reck din Zung ftrack us dem Mul als wit als du kunntft!«

Peter Oegfter tat es erfchrocken.

»Tremula . . . nu ftreck din Arm für dich hin und fpreit din Finger us.«

Auch hier das Zittern.

»Die Rüfchellerin ift ein töricht Wib«, fchalt Para-

279

celſus, »und ein Närrin wider ihr ſelbſten. Do hilft
kein Bengel Holz nit, und wär er lang als ein Wies-
bom und wärind Kerben drein zehen tuſend. Do
ſolltu nit der Rüſchellerin ein böſen Leumden uf-
hängen!«

Der Bauer ſtammelte von ſeinen Jahren und was
für ein Kerl er geweſen ſei.

»Was Jahr und Zit, Peter Oegſter! Sich an, auch
mir ſeind mine Haar entwichen vor der Zit. Hanget
nit am Umblauf der Sunn; iſt eim jedlichen ſin Prädeſtinaz intan, darnach er iſt jung und wird alt.«

Der Bauer ſtarrte faſſungslos in das belebte Geſicht
des Arztes. Was für eine Krankheit, die ſolch einen
Namen trug, und in ſeinem Leibe! Paracelſus wandte
ſich ab, es packte ihn an. Der Bauer folgte hangen-
den Blicks den heftigen Schritten des kleinen, murmelnden Mannes, der nicht einmal ſein Schwert
abgelegt hatte. Endlich ſtotterte er ihm nach:

»Haſtu nütz, guter Herr Parcelſi? Haſt nütz wider
min Diſtenaz?«

»Darvor iſt nünt, Peter! Din Prädeſtinaz iſt nit
us dir, die iſt in diner Mutter gewachſen mit dir und
hinwiederumb in diner Mutter Mutter. Das iſt der
lang Weg der Kreatur, und iſt in diner Natur geſein,
eh dann du warſt geborn. Allein du übſt ein böſen
Leumden wider das dumb Wib, die Rüſchellerin,
und die wär uf den Abend ſchier zu Tod worden
erſchlagen!«

»Die iſt ein Hex, Meiſter Parcelſi . . . die hat
miner Margret das hölzin Beuglen geben, etwa eins

Fingers lang und waren all voll Krinnen geschnitten drein an allen Orten, und redte min Frow, daß sie hätt sollen beten darzuo . . .«

»Baur, das ist alls ein toll Grempleri und idel Tockenwerk, des solltu dich gänzlich entschlan, dann es lieget alls in dir.«

Peter Oegsters Wangen zitterten vor Erregung, er sah verständnislos und flehend auf.

»Dins Bluts ist das Füer noch nit erloschen, das saget die Spiritus oder Lebensgeist uf. Als begehrest du din Wib Margret und heischest dins Bluts ein Sättigung an diner Frouen. Darumb so hangest du ihr an, und so du din Werk tust, lässet dir din Hütz kein Ruh nit. Do brennt din Imagination oder einwendig Inbildung, als der frudig Mann in ihm hat, do er ein Frou ansicht und ihr begehret und sich sines Füers an ihr entschlacht. Darumb so meinest du, alsbald du din Frouen für dir hättist, do künntest an ihr satt werden. Und lässest du din Werk ston und mußt heim ze ihren.«

Er trat dicht an den Mann heran.

»So du aber din Frouen Margret ansichst mit den Augen des Leibs, entschwindend dir die Augen diner Inbildung oder Imagination. Dann dine Nieren seind laß und treibend kein Kraft nit in das Blut, daß es frudig bleib unde im Füer und daß es über= wind die Kluft, so liegt zwischen der Imagination und dem Bild des leiblichen Auges. Da wirst un= frudig und unlustig.

Indem du aber nit erkennst dins Leibes Schwächi,

allein den Gluft diner Imagination, ftößet dir ein
unwirfcht Wefen zuo wider din Frouen Margret.
Dann du vermeineft, daß es an ihr fige gelegen. —
Als lieget ihr im Haider und Zank, und ift ein Hinder=
dacht eines gen das ander. Allein du bleibft diner
Frouen dannocht zutan, möchtift nit umb Geld unde
Gut von diner Frouen lan und fie nit von dir. Das
ift üch beiden, Mann und Wib, ein groß Bedenken,
und wiffet keins nit, wo aus und ein.

Als und fehend ihr die Rüfchellerin, und ift ein
töricht Wib, machet ihr felbften funderbar und wun=
derlich. Da hand ihr ein Ziel und glaubet, ihr hättit
es nun gfunden, was üch befchwert. Und ihr fagt:
‚Die hats ton!‘ Und du fprichft: ‚Die hat min Kraft
von mir genommen, die ift ein Her!‘ Das fagft du
diner Frouen, und din Frouen glaubts, als glaubends
und fprechends bald all. Und uf ein Abend gahts
der Rüfchellerin fchier an ihr Leben.

Es ftehet aber: ‚So einer fpricht zu feinem Bruder,
du bift ein Narr, fo ift derfelb des Füers der Höllen
fchuldig worden.‘ Wes ift fchuldig, der da zu feiner
Schwefter faget: ‚Du bift ein Her! Steiniget! Stei=
niget!‘«

Peter Oegfter faß zufammengefunken unter der
Stimme, er hatte feine Ellbogen auf die Knie geftützt
und feinen Kopf geduckt; er war zu fehr erregt, als
daß ein Bibelwort hätte verfangen können. Sein Ge=
wiffen blieb ungerührt, aber er hatte doch aus den
Worten des Arztes eine Ahnung von der Natur des
Zwiefpaltes eingefangen, der ihn drückte. Die Glau=

benswelt war ihm bedroht, daran er sich aufrecht=
erhalten hatte, und er wehrte sich – ein Trotz gegen
das Fremde und gegen den Fremden. Er stieß hervor:

»Es ist nût ... das ist nût! Dann ich möcht ohn
min Frouen nût sin ... dann ich han ein Trachten
ihr nach ...«

Er schlug bei jedem Satze mit der geballten Faust
in die hohle Linke, und stand dann auf, streckte seinen
Finger gegen den Arzt.

»Das ist nût! Es ist ein zoubrischt Unwesen!«

Paracelsus wußte wohl, worum der Bauer kämpf=
te. Allein etliche Schritte straßab lag ein Weib, das
vor wenigen Stunden kaum vor dem Tode hat be=
wahrt werden können. Er fühlte den verstockten
Selbstbetrug in dem Bauern. Nichts haßte er mehr,
selbst offene Lüge nicht.

»Du willt nit sechen! Wohl Baur, dir soll us
dem Traum geholfen sin!«

Er schloß seinen Koffer auf und suchte unter den
Büchslein, öffnete eines und hielt es dem Bauern hin.

»Was merkst du!«

Peter Oegster sah und roch und berührte die einge=
trockneten, schillernden Käfer.

»Es seind Würm, gich Schwobenwürm, allein
stinkend und gläsig.«

»Meinst, daß ein Zauber sige dorbi!«

»Es seind Würm, tot Würm und dürr ...« er
schüttelte den Kopf und lächelte befangen.

»Gouchwürm, ze Sant Gallen in der Apotheken
kunntest die glichen sehn. Die hand ein Arznei in ihn’,

die folltu nehmen. Ist ein Kraft dorinnen, die stößet
zu denen Renes oder Niern. Und ist die Kraft, die
dir gebricht. Darus will ich dir einmal ein Trunk
geben. Hie folltu warten, weilen ich den Trunk mach,
und sollt sechen, daß ich kein Spruch tu, noch ein Zei=
chen, und daß alls sige ohn ein Zauber. Der Trunk soll
dir einmal Kraft geben. Und so du wårest behext,
müsset ich ein Zauber treiben wider den Zauber. So
aber dieser dürr Würm einer dich us deim vermeinten
hexischen Wesen löset, ist es kein Zauber gewest, sun=
dern alls natürlich gesein, wie ich zu dir gesprochen.«

Der Arzt redete heftig, Peter Oegster war einige
Schritte gewichen, aber er breitete die Hånde.

»Meister Parcelsi, als du gesprochen: wider min
Unwesen ist nûnt . . .«

»Kunnt dich ein Bissen Brot sättigen vor all Lebens=
zit? Kunnt dich ein Trunk stillen vor Jahr unde Tag?
Dies ist ein kurz gemessen Kraft, als ein kurz gemessen
Kraft liegt in einem Mahl. Und hungret dir bald
wieder. Allein es ist ein natürlich Kraft und soll dir
zügen, daß din Zauber ist ein Torheit.«

Paracelsus nahm einen Kåfer aus der Schachtel,
da trat Peter Oegster geschwind hinzu, schlug mit
zitternder Hand ein Kreuz über ihn und murmelte einen
Segen. Argwöhnisch folgte er jeder Bewegung des
Arztes, wåhrend dieser das Mittel zerrieb, über einer
Kerzenflamme ein Dekokt bereitete, eine Gabe unter
ein Glas Wein mischte und den Rest des Absudes
verschüttete.

»Trink Baur, und lern din Zung hüten!«

Als die Rüschellerin genas und ihren Tages-
geschäften nachgehen mußte, wunderte die sich über
die Leute, unter die sie nur mit Furcht und Zagen getreten war. Man begegnete ihr freundlicher. Denn dem
Peter Oegster war in der Nacht nach dem Lärmen
der Sant Antoni mit Wichwadel und Schwein
erschienen und hatte ihm verheißen, daß er mit nichten
behext sei, sondern zu großer Buß berufen, und der
Peter Oegster solle eine Wallfahrt auf Einsiedeln tun.

Ob nun auch die papistische Wendung seiner Diagnose dem Paracelsus nicht wohl gefiel, und die evangelischen Leute von Urnäsch Anstoß an der Buße
nahmen, war die Rüschellerin von mancher Drang-
sal befreit; und sie trug ihre Stirnnarbe nicht ohne
Hochgefühl.

*

Und er seufzte wieder hinter dem Pfluge seiner Heilmeisterschaft. Weite, steinige Wege, karge Seelen, Menschen, die ihm das Dach, das ihn schirmte, den Boden, der seine Füße trug, und die klare Luft, die seine Lunge trank, hoch anrechneten. Sie waren hart und arm, so wurde auch er arm unter ihnen und mußte eine Rauheit niederkämpfen, die ihn heftiger überkam. Doch blieb er um der wenigen willen, die eine Lehre forderten. Er nannte sie in seinen Schriften, die sie nicht kannten, amici et sodales.

Aber gegen den Herbst hin erinnerte er sich häufiger eines Gehöftes, das Roggenhalm hieß. Es lag abseits über dem Dörfchen Bühler unweit von Gais, woher der Uli Fusch stammte.

Aus Trieb und Abgunst der Städte in die stillende Einfalt der Natur entwichen, fern von den Anreizen des Ruhmes und einer Ueppigkeit des Verdienstes, in schlichter Glaubenswelt und Lebenskargheit, fühlte er mehr als je seines Archäus Hand. Mit der Witterung des Tieres, das seine Arzneipflanzen findet, hatte er Ort auf Ort besucht, wo immer sein Werk reifen konnte. Und er hatte Ort auf Ort ausgenommen wie Vogelnester, soviel aus jeglichem an der Kraft zu schöpfen war, deren er für sein inneres Wachstum, sein Werk, bedurfte. Element und Gestirn jeder Landschaft in ihrer Subtilität waren sein, war Nahrung im Lebenshaushalte seiner Kräfte geworden. Hungrig sah er Mensch und Land an, wenn er kam. Er begehrte nicht mehr darnach, sich einzufinden,

Heim und Frieden zu gewinnen, er sog Mensch und Land aus, wie der Dürstige die Beeren einer Weintraube, ungesättigt, unerfüllt, aber seiner Bestimmung immer gewisser.

An einem Sonntagabend saß Paracelsus ober der Allment am Saume des Gehölzes mit ihnen, die er seine Freunde nannte. Sie waren unter dem entschwindenden Tage alle einsilbig geworden, ruhten jetzt und schauten in die westlichen Berge. Die Berge flossen zu einem dunkelbefeuerten Blau ineinander, das immer mehr erkaltete, aber die Gipfel zeichneten eine Linie in den durchleuchteten Himmel wie ein stillbewegtes Lied. Und jeder Berg verlor seinen Namen, wurde wieder eins mit der Welt.

Da wußte Paracelsus, daß er nicht länger mehr mit ihnen sein werde; wer ihm folgen mußte, der konnte ihn auch dann finden. Wessen Gemüt aber dem Acker glich, der seinen Samen empfangen hat, der sollte bleiben und des Samens leben. —

Sie hatten über Gut und Böse gesprochen, und er hatte das letzte Wort nicht finden können, vielleicht war er von der farbigen Natur und den lebendigen Augen und Stimmen abgehalten worden, in jene verborgenste Tiefe Gottes zu schauen. Nun, da die Berge aufgelöst in eins verschwammen, löste es sich auch in ihm.

»Gut und Bös . . . o mins Wegs Genossen in dieser abendlichen Rast! Das Gebürg entschläft, und der Acker liegt in Ruh und will den Frieden. So seind wir Aecker all, und umb uns stehn die Berg und das schweigend Holz. Gut und Bös: was in den Acker fällt, das fällt mit des Ackers Willen. Wornach ihn hungert, dieselbig Speis wird in ihn gesäet. Seind viel Hunger nach Bösem, viel nach Gutem.

Und möchtist uf das sagen, wir hättend den Willen fri ze tun oder nit. Das ist nindar. Wir mügend nütz tun, Gott gebs dann. Der das Bös tut, dem muß es Gott geben, sunst vermag ers nit. Wie künnt der Mensch machen, was er will, so er doch nit ein Haar kann weiß oder schwarz machen! Allein, du bist Acker und dich hungret. Hungret dich nach des Tüfels Sam, er wird nit anstehen und sin' Sam uswerfen, darzu ihn Gott hat verflucht. Der Tüfel tuts, nit du. Allein der Acker hat die Macht, Frucht zu tragen, Distel oder Trauben, Gilgen oder Dorn.

Als folgend uns nach unser Werk, das ist: unser Werk seind die Uferstehung des Menschen. Der Mensch ist ein Frucht, die us ihm ist gewachsen. Da die Zit ist kummen der Urständ aller und des Gerichts, ist der Acker der Würmen und sunst nüt mehr.

Gut und Bös, o mins Wegs Genossen, das ist der ganz Gott, das ist der ganz Ring und die erfüllet Sphär. Da Gott Alpha gesaget, ist also auch sinem Munde Omega entschlossen und das Leben ganz. Was ist das Leben ohn das Bös! Wird ein Teig ohn Surteig zu Brot! Wo ist ein Wachstumb ohn das Ferment!

So will ich uf diesen Abend üch us dem Buch der Erkanntnus deuten: Besser ist Ruhe, dann Unruhe.

Not ist, daß Laster werden und beschechen, wiewohl der verflucht wird, durch den sie kommen. Das Laster treibt ihn, der sunst still säß, und giebet ein Ursach dem Gerechten, Gott weiter zu erkennen. Der Gerecht gleichet dem Hund, so seine Güte im Gejägd erzeigt. Wo kein Gewild wär, wär auch kein guter Hund erkanntlich.

So nun das Laster gut ist — und wie gut, daß es ist, dann eins bewegt das ander — so muß das Laster us Gott sin. Gott hat dem Menschen geben: dem Guten die Notdurft des Guten, dem Bösen die Notdurft des Bösen, als seind beid versorgt.

Demnach so übe sich ein jedlicher. Der Bös, der sich nit übt, der weiß nit, was bös in ihm ist, dessengleichen der Gut. Ihr sollt den verborgen Schatz treiben us ürem Wesen. Dann das ist not: es muß herus, was im Menschen ist. Gott hat das A und O gesprochen.

Als wird der gut Bom tragen die süße Frucht, der bös Bom aber bringen Säure, Bittre, Koloquint. Es muß getrieben sein. Und aber wie nit alles süß Ding gut ist, nit alle Bittre bös — also auch ihr.

Trachtet nach, o trachtet ürer Fülle nach, dann es ist groß und bedeutsam zu reden: der Mensch soll vollkommen sein. Da ihr lebet, so lebet zur Gänzi. Gebet us, was in üch ist, so werdet ihr voll werden.

Als hat ein jedlicher Maß und Gsatz in ihm von Gott, darnach er soll trachten. Das ist, er soll sich probiern im Füer des Lebens. Trachten und nit wähnen, trachten und nit befolgen, nur folgen dem Gsatz us Menschenmund und dem Maul der falschen Propheten, so allein den eigen Bauch und die eigen Glori kennen. Es soll ein jedlicher nach dem Gott trachten in ihm mit dem suren Schweiß sines Leibs, mit dem bittren Bluet sines Herzens, mit der räßen Not sines Gwissens und kein Ruh nit finden ehedem.

Darzu kunnt üch nit helfen die äußer Regul und Gsatz. Dann was ist beschechen? Der Priester und Levit erhuben ihr Nasen und wollten nit schmecken den armen Menschen, der do verwundt war, und gingen vorüber, nahmen sich siner nichts an. Was bedüt das? Allein: daß wir sie nit sollen haben, Priester, das ist den römschen Stuel und sein Orden, Levit, das ist die Predikanten, so der römisch Stuel Ketzer heißt. Die seind uns beid nichts nütz. Und alle Sekten. Dann was nichts soll, das zerteilt sich in Sekten und in viel Weg.

Es ist ein Wort Gottes und heißt: ‚Schüttlet den Staub von den Schuchen und gehet hin!‘ Das bedeut nit den Priester und Predikanten, sundern den ungeseßnen Mann, der do nit versorgt ist und nit will versorgen, der do geht und verkündt.

Trachtet nach, daß ihr vollkommen werdet, dessen so Gott in üch hat gsetzt. Trachtet nach in üch selbsten. Dann so schüttlet den Staub von dem Gschuch und gehet hin. Als wird üch die Ruh nit kränken und üer Unruhe nit schwächen, als werdend ihr Gott sehen im Guten und im Bösen und ihr werdend über Bös und Gut ein Frucht werden, so in den Schoß Gottes zuruckfällt.

Es ist Zit worden, lieben Brüder und Genossen dieses Wegs, schon ist der sternig Himmel über uns, und der Boden wird bald fücht werden von kühlem Tau. Es wird sin, daß ich in kurzer Weil nit mehr bi üch bin. So gedenket dieser kargen Wort des ungeseßnen Manns, der ein Zit ist hie gesein und gehen muß, schüttlen muß den Staub von den Schuchen.«

Er stand auf und ging von ihnen. Sie wagten nicht ihm zu folgen, seine letzten Worte hielten sie zurück.

Und es war schon Nacht, er schrieb bei dem Oellämpchen seinen Worten nach, die er in dem stillen Kreise gefunden hatte, da pochte es an die Laden. Er meinte, daß irgendein Kranker Hilfe suche, und öffnete.

»Meister Parcelsi, du willt dich nüt meh enthalten bi uns? Ist etwar, so dich geleidiget oder beschweret hätt, daß du willt von uns abwichen?«

»Es ist nünt, und keiner von üch hat mich geleidigt.« Er stützte den Ellbogen auf den Fensterrahmen und legte seinen Kopf in die flache Hand. »Es ist nünt, ihr guten Gsellen, das üch kunnt gereuen. Ich han min Lauf in mir, als der Stern Lauf daroben. Do bin ich zitig worden und muß gahn. Viel Städt und Länder han ich also erfahrn, darvon ihr kaum ützit gehört deren Namen nach. So lasset mich fründhold, und soll dieser Abend die Letzi sin. Ich geh nit wit. Noch muß ich mich in diesem Lande enthalten, do es still ist und gschlicht. Ich will uf Gais weiter, gen Bühler hinab uf den Hof Roggenhalm, der Baur wird mich ein Zit husen.«

Da boten sich etliche an, ihm für seine Habe behilflich zu sein.

*

Das Gehöft war uralt. Ein breiter Steinbau, in dessen Erdgeschoß die Ställe lagen, über ihnen erst die Stube und eine Reihe von Kammern. Die dunkle Holzscheune, angegliedert in einer Flucht, streckte das Gehöft um die Hauslänge gegen Osten hin. Es lag am Hange, leuchtend vom Weiß der Tünche. In die Kammern gelangte man durch eine Seitentür ober der Stallung vom Hange her, während das Vieh sein Tor an der Stirnseite des Erdgeschosses hatte. Die Ställe waren fast noch niedriger als das Obergeschoß, und dicke Steinpfeiler trugen die Decke. Hier mochte in früheren Zeiten auch die Rauchstube der Bauern gelegen haben, ehe noch spätere Geschlechter das Stockwerk errichtet hatten, ein Drittel der Decke war tief geschwärzt. Und ein Pfeiler im Hintergrunde, besonders breit, trug den gewaltigen Lehmofen des Oberstockes. Der war halb in den Berghang hinausgebaut, ein riesiges Backgewölbe, das auch die Stube wärmte und mit einer Ecke in die Nebenkammer hineinragte. Dort hauste der fremde Arzt, zu dem die Leute von weither kamen, manche mühselig herbeigetragen wurden. Während der Rauch des Backofens und des offenen Herdes über die Stubendecke hinweg und durch die Fenster-

292

luken abzog, blieb die Kammer von dem Qualme
verschont und hatte doch ihren Teil an der Hitze.

Paracelsus war schon im vergangenen Sommer,
dem ersten seiner Weltflucht, auf Roggenhalm gewesen. Er hatte der Bäuerin einen Blasenstein geschnitten. Des Bauern und seiner ältesten Tochter wegen
war er gerufen worden, die lagen damals an der Ruhr.
Er heilte sie, als niemand mehr Rettung wußte, und
so war ihm auch das Leiden der Frau offenbart worden. Die beiden Eheleute wußten ihm Dank und litten
es, daß sich im Winter an den Sonntagen Männer
und Frauen, zuweilen auch fremde, in der Stube
sammelten. Sie selbst blieben von dem sonderlichen
Wesen unberührt, ließen Gott und den Parcelsi, sowie
die Grübler und Grillenfänger um ihn gute Leute
sein. Sie hatten ihr Teil an der Kunst des berühmten
Mannes gehabt, und neues Leben war ihnen in den
Hausstand gegeben worden, dabei gaben sie sich zufrieden.

Sie alle: der Vater, Enz Höchener, die Mutter,
Barbeli Bierbomerin, und die Söhne und Töchter,
soweit ihrer noch im Hause waren, überragten den
Gast um mehr als Haupteshöhe. Ihre Zungen regten
sich schwerer als ihre Fäuste. Langsam und schweigsam
wandten sie die Mächtigkeit ihrer Gliedmaßen an
Vieh, Wald und einen kargen Boden, der ihnen
Hafer, Hirse, Rübe und, weil sie an der Sonnleiten
lagen, auch den spärlichen Roggen trug, von dem das
Gehöft seinen Namen hatte. Saß Paracelsus an
ihrem langen Tische, ehrenhalber neben dem Vater

Enz Höchener, dann schoben sie ihm die Schüssel mit den Rüben, dem Haferbrei oder der hochbegehrten Käsesülze, die glasig im Löffel zitterte und aalglatt über die Zunge schlüpfte, etwas näher und ermunterten ihn durch einen gutmütigen Laut oder einen Wink, daß er nach Kräften eintue, als solle er endlich zu seinem ganzen Menschen kommen, völlig werden und einbringen, was er am Leibe versäumt habe. Er saß unter den schwergliedrigen Menschen wie ein halbwüchsiges Kind und langte nur mäßig zu, denn die derbe Kost bekam seinem Körper nicht mehr.

Sie übten auch sonst eine ehrende Umständlichkeit ihm gegenüber. Daß er, der Vielgerühmte, seine Kunst so stark bewährte, schien ihnen nur natürlich, wenn er aber zu einer Stube voll Menschen sprach, die tief versonnen jeder Silbe nachhingen, dann konnte es sein, daß eines von den Höchenerleuten in fassungslosem Staunen den Mund anstarrte, dem immer neue Sätze entflogen, einer unbegreiflicher als der andere. Uebrigens lebten Höchener in Gais, die zu Ehren und Würden gekommen waren. Der Urstamm des Geschlechtes auf Roggenhalm hatte nicht viel Umgang mit ihnen, aber es wuchs ihm von dorther doch eine Ahnung dessen, daß es noch gültige Kräfte gäbe, die nicht auf Arm und Lenden allein gestellt seien. Sie blieben nicht ohne Empfindung für den Zulauf und dafür, daß sich der Name des Gehöftes im Lande herumsprach.

Allein in Bühler und Gais, im ganzen Außerrhoden überhaupt, hielten die Weiber zu den papisti-

ſchen Pfaffen und hatten kein Gefallen an der ſant=
galler Neuerung gefunden, ehe noch die Schlacht
bei Kapell geſchlagen war, und der zum Regiment
erhöhte Abt Diethelm die Prädikanten gewaltigte.
Nicht, daß ſie die Kirchen füllten und dem Herrgott
die Ferſen abbiſſen. Aber es waren ſeit je handfeſte
Kerle geweſen, die ihnen für Sakrament und Bitt=
gang beſtallt wurden, Kerle, die ihren Mann ſtellten
und ſich nicht hinter Amt und Würden drückten,
wenn einer wider ſie vom Leder zog, ſondern unbe=
denklich das Speckmeſſer aus der Hoſentaſche zückten.
Man brauchte das Sakrament wider den Teufel,
Weichwadel und Bittgang für Vieh, Alm und Feld.
Verſtand einer damit handlich umzugehen, war wenig
mehr gegen ihn einzuwenden. Nur frei heraus lachen
mußte er können, wenn ihm über den Wirtshaustiſch
zugeſungen wurde:

> »Dar wellt ich fragen ohn all Liſt,
> Warumb ſo viel Tüfel und einzig ein Herrgott iſt!«

Dazu hatte er gutwillig den ganzen Chorus zu
ſchmecken:

> »Lieben Fründ, hob nur ein Gduld,
> Iſt der Münch und Pfaffen Schuld.
> Hättind die in ihrn Mäſſen
> Als viel Tüfel als Herrgott gfräſſen,
> Wärind Tüfel all vertrieben,
> Ihrer keiner überblieben.«

Und Täufer waren im Lande umgegangen. Kein
geringer Anhang war ihnen gefolgt, doch verloren
ſich die meiſten Taufgeſinnten binnen Jahresfriſt,

froh, daß Freunde und Nachbarn ihnen Geld und Gut wiederbrachten, das sie vor die Türen zu jedermanns Belieben geworfen hatten, um im neuen Reiche Gottes vom Mammon nicht beschwert zu sein. Sie ernüchterten bald. Dennoch blieb ein Verlangen im Lande. Das Evangeli behielt seinen Anhang unter den Männern. Einer Freiheit Hauch war erschmeckt. Die Grandsonzeit und die Zeit des Trotzes gegen Kaiser Max lebte unvergessen, schweizer Erbe. Beides, Weltregiment und Pfaffenregiment, drohe es von Burgund, vom Reiche oder von Rom her, galt als fremdes Joch, und dagegen sträubten sich die breiten Nacken.

Aber im Außerrhoden hielten die Weiber zu den Pfaffen, und so kam es eines Tages, daß Paracelsus eine Luftfahrt tat und der älteste Sohn des Hauses, der Uli Höchener, etliche blaue Flecken davontrug.

Die Hausmutter, Bärbeli Bierbomerin, stammte aus Gais, sie hatte dort Brüder. Eines Bruders Tochter war selbst für das Maß des Landes merklich gediehen. Von Taufswegen hieß sie Els, die Leute aber nannten sie den Gouchzagil. Auf der Kilby, wenn die Mädchen wettliefen, Stein und Stange stießen, überholte sie, noch im Kindesalter, die stärksten; so litt man es seit etlichen Jahren, daß sie mit den Männern antrat. Da war sie in demselben Jahre, als die Evangelischen in Gais hochkamen, von drei jungen Leuten herausgefordert worden. Sie hatte die Schwinghose angelegt und die drei Forderer wie rünftige Kernsäcke über die Schulter weg auf den

Rasen geworfen, daß es stäubte. Und diese Schmach der Mannsleute anzusehen, war dem Uli Ransperg, des Landammannes Matthias Sohn, des eifrigsten Anhängers der neuen Lehre, dermaßen in die Galle gefahren, daß er der gewalttätigen Jungfrau über den Platz zugeschrien hatte:

»Gouchzagil, ich wellt, daß dichs fallend Uebel anging, du unsittigs, prachtigs Frouensmensch! Ich wellt dir etwas din laistigen Schwingbruch gerben!«

Sie aber hatte ihm hohnlachend gedroht:

»Du willt mich prechten und senken! Ich will dir din Wehr abgürten unde dich erbletzen! Do solltu wieder zuo allen Heiligen rufen us diner Ketzeri!«

Allein sie hatte geprahlt und wohl gewußt, daß sie den Uli Ransperg nicht geworfen hätte. So war sie mit drei anderen Mädchen ihres Schlages heimlich übereingekommen, den Ransperg selbdritt zu überfallen, ihm sein Schwert zu nehmen und ihn zu verbläuen. Indessen Weiberheimlichkeiten wider einen tüchtigen Mann! Er ist ihr trefflich zuvorgekommen, hat sie an einem Sonntage auf lichtem Markt ergriffen, hat ihr den Balg nach Notdurft gedroschen und sie mit Füßen getreten. So war seine und der andern Mannesehre wieder rein geworden, ohne daß die Els Bierbomerin an Ruf gelitten hätte, denn der Uli Ransperg war von keinem Manne geworfen.

Und diese Jungfrau suchte an einem Frühlings-tage ihre Magschaft auf Roggenhalm heim, denn sie hatte von dem Fremden mehr gehört, der ein Erz-

297

ketzer war und den Leuten die Ohren vollblies, als ihr freudig Gemüt unbetätigt vertragen konnte.

Auf der Bank vor dem Hause lehnten die Melk= eimer, und der kupferne Milchkessel blinkte daneben in der Lenzsonne, denn das Vieh war noch nicht ausgetrieben. Paracelsus aber ließ sich den Rücken wärmen, während er auf dem Pfostentische vor der Bank schrieb. Sie hatten ihm einen geschnitzten Lehn= stuhl hinuntergetragen.

Er schrieb mit fliegender Feder und stand in nicht geringem Feuer, denn ihm war zugetragen, daß von der Kanzel wider ihn derb gestochen und er ein Winkelprediger gescholten wurde. Sein zielstürmen= der Geist wandte sich nicht erst gegen die Pfaffen und Prädikanten der Dörfer und Städte, er ging — der gewohnten Regung folgend — die Professoren der heiligen Geschrift an.

»Ueer täglich Widerbellen und Scharpfreden wi= der mich von wegen der Wahrheit ... so ich etwan und etlich Mal in Tabernen, Krügen und Wirts= häusern geredt hab wider das unnütz Kirchengehn, üppige Feier, vergebens Beten und Fasten, Almusen= geben, Opfern, Sakrament nehmen und all derglichen priesterlich Gebot ... auch dasselbig in ein Trunken= heit gezogen, darumb, daß es in Tabernen beschechen ist ... die Tabernen für untüchtig Oerter zu der Wahrheit zu sein und mich ein Winkelprediger ge= nennt. Dieweil ihr mir geschwiegen hättit und ich gar wohl gefallen, so ich in Spelunken geredt, man sollet üch Opfer geben und folgen! — Wohlan, es

war ein Zit, da was ich gläubig in úch, aber jetzt
bin ich gläubig in Christo. Auch zeucht ihr mich, ich
hab nur ein Vernunft unter Bauren zu reden. Das
sei. Ja, ja! Ich sollet unter die Doktores zu Leuen,
Paris, gen Wien, Ingolstadt, gen Cöln, do ich Leut
unter Augen haben würd, nit Bauren, nit Kaufleut,
sunder Meister der Theologie. So wissend: denen
wird ihresgleichen zukummen. Bin ichs nit, so wirds
ein andrer sein. Jedoch min Red und Anzeigen von
Christo wird herfürkomben, wird sie überwinden.
Christus kamb nie gen Rom, noch ist Rom sein Verweser. Sant Peter kamb nie gen Cöln. Und so ich
schon an die End nit komb, liegt nichts an mir.
Dann die Red ist nit min, ist Christi. Der wird ihn'
ein niederländschen Boten schicken gen Leuen und
den' von Wien und Ingolstadt ein ihres Landes
Genossen. Und die Wahrheit wird unter ihnen ge-
geboren werden. Durch sie selber wird sie an Tag
komben und nit durch mich. Und wann ich gestorben bin, so lebt die Lehr noch, denn sie ist Christi,
der stirbet nit. Mich möchtend die nit strafen zu
Leuen und zu Paris, Wien etc.; sie müßten Christum strafen . . . Ihr klaget sehr und fast: ich hab
úch die Bauren widerspenstig gemacht. Gedenket,
wenn min Red us dem Tüfel wär, so folgten die
Bauren úch und nit mir. Aber sie folgen mir, so gedenket, daß der heilig Geist in ihnen sei. Der lernet
sie erkennen úer Gemüet, Tück und große Lügen.
Dann ich habs mir nit selbs erdacht, was ich geredt hab. Ueer Tück ist alt, von Kain her. Aber das

Jung ist wahr, das Aelter ist erlogen. Das Jünger straft das Aelter, und das Aelter ist nit das Jünger. Wär das alt Testament vollkommen gerecht und gut gesein, Christus hätts nit wieder erneuert . . . Ich widerrede üren heiligen Vätern, dann sie habend dem Leib geschrieben und nit der Seel, sie han Poeterei gebraucht und nit die Theologei. Sie haben Schmeichlerei getrieben und nit die Wahrheit erzählt. Ihrer ist auch keiner zu einem Marterer worden. O ihr gütig Beichtiger! Alle des Bauchs Lehrer und Kuchinprediger, keiner der ewigen Seligkeit! Wie kann der Gläubig ein Frucht geben, der nit ein Marterer wird! Da stärkend sich viel tausend uf ihn, die wachsend all us dem Marterer und seind die Frücht . . .«

Während er schrieb, achtete er des heftigen Wortwechsels nicht, der unweit zwischen dem Uli Höchener und der Els Bierbomerin geführt wurde. Da schreckte er auf: stampfende Tritte, dicht an ihn heran, und eine Faust, die krachend auf den Tisch niederfuhr, daß das Tintenfaß sprang und spritzte.

»Du niederträchtig, rüdig Ketzer, was vor ein Tüfel willtu hier beschrieben? Ich will dir dinen Rachen berieben mit diesem Zettel, du Gogler! Daß dich der Ritt . . .«

Paracelsus starrte in das sprühende Frauengesicht, er tastete an seinen Sitz, um den Stuhl zurückzuschieben und aufzustehen, aber ehe er sich dessen versah, hatte die junge Person das Stuhlbein erfaßt und ihn mitsamt dem Sessel in die Luft gehoben. Sie zottelte lachend den Hang hinunter, und er hatte Mühe sich festzuklammern, denn sie schüttelte ihn von Zeit zu Zeit.

»Ich will dir, du Ketzer! Du Kinderdöcklin! Ich will dir und din ketzerlich Fenanz! Ich will dich beutlen, daß du fast verdomlet würdist und kein Wort mehr für dich brächtist!«

Sie hielt ihn an den beiden Stuhlbeinen hoch über ihrem Scheitel, als wolle sie ihn so nach Bühler und Gais zu aller Leute Spott führen.

Es waren Zugriff und Entführung so schnell geschehen, daß Paracelsus keines rechten Gedankens mächtig werden konnte. Der Uli Höchener erholte sich rascher. Mit etlichen langen Sätzen war er dem Mümeli nachgesprungen und zwang ihre Arme nieder. Der gute Herr Parcelsi konnte gelinden Schwunges und heil mit beiden Füßen landen. Die grimmige Jungfrau schleuderte den Stuhl fort und warf sich auf den Gegner. Paracelsus sah, wie die beiden eng umschlungen, Wange an Wange, den abschüssigen Boden stampften, wie sie strauchelten und langsam abwärts rollten, dabei einander kräftig walkten. Und sie trieben ab, keines kam hoch. Unerschöpflich schienen die beiden jungen Leiber. Er sah die hohen Kräfte in Wallung, sie mußten entladen sein. Und die jüngste Tochter war vom Herde herbeigesprungen, schrie, lachte, zupfte ihn am Aermel und deutete auf die beiden, hielt sich die erschütterten Seiten, atemlos vor Entzücken. Da faßte er seinen hölzernen Sattel an der Lehne, schleifte ihn zum Tisch zurück und setzte sich zurecht, als habe nur ein kecker Windstoß seine

Blätter davongetragen. Die anderen Höchener waren auf den Feldern, wahrscheinlich hätten auch sie nur gejohlt und sich lachend die Bäuche gehalten. Er zuckte die Achseln. Noch etwas kurz und klemm an Atem, las er seine Zeilen, und der andre Zorn überkam ihn wieder. Er tastete nach der Feder.

»Wellicher ist unter üch, Radensaat, der von wegen des Namens Christi Priester werd oder worden sei? Der nit versorgt gewesen sei mit guter Pfründ, mit Haus und reichem Opfer? Darzu groß Ansehen, groß Ehren und überdas voller Bauchfüll, voll Lusts und vollen Mauls in Essen und Trinken . . . mit Fluchen, Ueppigkeit und aller Unreinigkeit voll! Erkennt üch selbs, daß ihr nit von Gott seid! – So seid ihr Kinder des Tüfels und unter dem Vater der Lügen. Gott aber will üch und üer Laster, das dem Frommen ein Stachel sei in der Zeit.

Leget Uech selbs nit Gottes Gewalt zu, schätzet üch selbs nit so gerecht, zu begehren vor das Gericht zu gehn, sundern allmal umb Gnad! Hoffart und Uebermut ist die größist Sünd. – Indem so gib ich die letzte Leher us Christo: daß ihr in üren Künsten, Rechten und Ordnungen, in all üren Wegen also infältig werdt, als die Kinder uf der Gassen. Sonst werden ihr zum andern Mal nit geboren werden, zu wellicher Geburt uns Christus allen helf. Amen.«

Amen – auch er war frei geworden und hob den verschleierten Blick. Die Wand, die Eimer, der Kessel – und auf der Stallstufe saßen die beiden, schwiegen ihn an. Da es ihm um die Lippen zuckte, und sie merkten, er sei so unwirsch nicht, grinsten sie, daß die weißen Zähne in der Sonne blitzten. Er ging mit seinen etwas steifen Schritten vor sie hin.

»Du hast mich so übel nit geketzeret uf diesen hellen Morgen und bist ein Frouensmensch als ich nindar gsehn an Leibs Gewalt. Do hätt ich gor ein Ritt ton, so nit der Uli dem lustigen Schimpf den Boden uß= gestoßen.«

Die Els blinzelte dem Uli Höchener zu, stieß ihn leise mit dem Ellbogen an und preßte die fünf Kloben ihrer Rechten an die Lippen. Paracelsus sah auf die junge Pracht dieser beiden Menschen lächelnd nieder. Sie waren trefflich zerzaust und mitgenommen, glei= chermaßen herrlich allen Ueberschusses entladen, glü= hend noch vom Glücke ihrer Balgerei. Und sie ver= mochten kaum ihr Gelächter zu verhalten. Da löste es sich in ihm. Ein leiser Wehmutschatten huschte über seine Stirn, und er ging zurück, raffte sein Schreibwerk zusammen, trug es bedächtig in seine Kammer.

*

Es war auf gefrorenem Boden ein erster Schnee gestäubt. Paracelsus ging mit dem appenzeller Kaplan Matthias Lusi talauf nach Gais, wo ein Schwer= kranker lag. Und die Medikamententasche klapperte an seiner Hüfte. Er stützte sich auf einen Stecken, das Schwert schleppte über Stein und Runse, seine Knie knickten, er sah faltiger aus als sonst, Augäpfel und Stirn waren gelb. Sein Laudanum hatte ihm über das

Gallenstechen hinweg zu einem dumpfen Schlaf verhelfen müssen.

»Das geht vorüber. Ich hab ein Arcanum und ist keins gewaltiger, damit getrauet ich mich hundert Jahr zu werden. Die größist Meister hand es fürbracht, aurum potabile.«

Der Kaplan hatte ihn bedrängt, nach Appenzell zu ziehen. Roggenhalm sei zu entlegen, und er fände die rechte Nahrung nicht.

»Und eins, lieber Matthias,« er nannte ihn sonst nicht bei dem Taufnamen, »dort wären wir allzu nahe. Das ist ein Gsatz, fester dann Menschengsatz und Ordnung: es muß einer der Wahrheit folgen uf weiten Wegen, dann sunst wird sie ihm ring unter den Händen und ein Spiel. Der Mensch muß darumb dienen, also glaubt er und siehet. Es ist der weite Weg von Abbazell, den Ihr uf Roggenhalm gehet und führt über ein Joch, der tut Uech die Augen auf. So ich wär in den Ringmauren glegen, ein Physicus der Stadt, und so ich verhocket wär hinterm Ofen und uf dem Katheder, ein Lehrer der Schul, wo möcht min Kunst geblieben sein, wo min Theologei! Glichermaßen ein unnütz Martern ist: als Geißlen, Fasten, Beten, Knierutschen und Pönitenz, und ist gen den Geist mehr dann gen den Leib, ein fauler Frieden – glichermaßen ist aber ein nütz Martern, und heißt der lang Weg, der die Seel dürstig macht und hungren den Leib, darus kein fauler Frieden wird, sundern Verlangen. Nit ein kalts Kreuz selber uffsetzen, sundern eins, das für und für in uns brenne! Dann ihr' viel vermeinen, sie tragen Kreuz, so sie des Leibs ein Uebel tragen. Darumb so müsset Ihr den Weg über den Hirzberg von Abbazell uf Roggenhalm gehn, der nit quemlich ist. Einsmals sollet Ihr aber alls in Händen haben ohn ein Schritt. So min Zit hie voll ist, und ich muß weiter, will ich die Scripta Uech geben, die Ihr habet gsechen.«

Matthias Lusi blieb stehen, eine Freudenwelle rötete sein Gesicht, er strahlte den kleinen Meister an. Doch der blinzelte kaum hinüber und verzog seine Stirn.

»Kombt nur, Matthias, Ihr seid der wenigen einer, so ich gefunden. Darumb ist baß, Ihr bleibet zu Abbazell und ich uf Roggenhalm. Es hat nur einer sprechen dürfen: Laß fahrn, was din ist, und folge mir.«

Dann schwiegen sie bis Gais. Vor der Tür des Kranken bat er den Kaplan zu warten, denn er konnte ihn noch ein Stück abwärts gegen Bühler zurückbegleiten, weil Matthias Lusi erst beim Grüt unterhalb Gais abbiegen mußte. Der gaiser Pfaffe hatte dem Kranken Sakrament und Oelung gegeben, ihm auch die Beichte abgenommen, aber Paracelsus kam lachenden Mundes zurück, denn er wußte, daß die Krisis überwunden sei.

»Do ist einer,« er zeigte lebhaft auf die breite Pfarre hinüber, »der ist dem Tod ein Stück fürgeloffen, daß ihm der Pfennig vor Bicht und viaticum nüt entwüschet. Dieser wohlversehen Baur soll mit Gottes Hilf noch etlich Jahr säen und ernten.«

Der Kaplan nannte den Namen des Pfarrers, Paracelsus nickte.

»Der heißt mich ab der Kanzel ein Winkelprediger. Ist aber min Predigt und Sakrament diesem Baurn wohl angeschlahen, des Pfaffen Predigt und Sakrament vergeblich. Dann ich hab ihm ein viaticum geben vor das Leben, dieser vor den Tod.«

Er lachte leise. Der Kaplan war blaß und sehr ernst geworden. Als sie die letzten Häuser verlassen hatten, flüsterte Matthias Lusi mit belegter, zögernder Stimme:

»Das Sakrament liegt mir schwerer uf der Seel mit jedem Tag. Der Zwingli hats vor ein Gedächtnus genommen, do ist licht Brotbrechen und den Wein trinken. Der Luther nimbts vor ein Heiltum und satzt es in die heiligest Zit. Ich aber soll das täglich Opfer ton, ich soll den Leib und Blut uf jedlich ein Morgen nehmen, do ich die Nacht bin ein Sündenmensch gesein in miner Träum Entbundenheit. Und Ihr heißet gar Uer Medicin ein Sakrament und viaticum!«

Er hatte Augen und Stirn mit der Hand bedeckt und strich schwer darüber hin, als wolle er einen zähen Schleier abwischen. Paracelsus, etliche Schritte voraus, war auch stehengeblieben. Seine kranken Züge hellten auf, und die Augen verloren den fast tückischen Glanz, wurden weit und voll.

»Kommt, Matthias,« sagte er, und sie gingen noch eine Weile schweigend, dann bröckelte es von seinen

Lippen, und der Kaplan mußte seinen Kopf tief nei=
gen, Paracelsus sprach leise:

»Anders willt es us mir verlauten, so ich zu Uech
red, anders zu denen Bauren. Ihr rufet anders,
Matthias, also ist auch min Stimm und Sprach.
Do ich gerufen werd, das lässet mich vor mir selbs
bestehn. Dann so ich nit wär glich der Schlucht des
Gebürgs, dohin Gott schallt durch das fleischgewor=
den Wort siner Kreatur, ich müsset schweigen und
schweigen. So aber widerhallet es und also will ich
Uech sagen, des ich denen Bauren wohl geschwiege,
dann sie möchtind nur den hohlen Ton vernehmen.«

Es wuchs seine Stimme.

»Und so will ich Uech sagen: lasset die Narren
ihres Glaubens leben, die da meinen, Gott habe dem
Menschen sin Mysterium in die Hand geben, daß
er ein Zeichen mach und Zeremoni und wandle das
Brot und den Wein in den Suhn. Es wird die Zit
ankummen, do werdind auch sie sehend werden. Lasset
sie essen und trinken täglich das Nachtmahl Christi,
daß einer oft tausend Hostien und Trünk bekombt,
der eins Hanfkörnleins groß das Leiden Christi nie
verkündt hat. Lasset sie des Tempels leben, des Altars
und verwandlen Christum, singende, gedenken des
Tods, daß es niemand innewird. Wahrlich, der
Altar ist der Abgötter Stuhl und der Gsang, Kleid
und Ornat!

Uns aber hat Gott sine Magnalia uston im Lichte
der Natur, darin wir sehend werden. Dann ohn das
Materialisch ist nichts. Gott hat ihn selbs offenbart

und ist natürlich worden in den Dingen. Darnach so müssend wir betrachten. Do sechen wir: der Mensch isset sin Leib selbs us der Nahrung, und die Nahrung ist ehebevor nit Mensch gewest, erst wenn der Mensch durch den Mund eintuet und däuet, wird die Nahrung ein Mensch. — Und aber der Krank, der do sin Mittel neußt, isset sin eigen Kraft wider die Krankheit us dem Mittel, und das Mittel ist ehebevor kein Mittel gesein, doch der Mensch wandlets an dem Ort, wo die Krankheit sitzt, und es wird die Kraft des Orts, macht also genesen. Das aber seind die Sakramenta Gottes in limbum Adae intan. Und seind die Sakrament des alten Bunds und des alten Menschen, den Gott us dem Leimenkloß erschaffen hat und in das Fiat der Welt gsatzt hat.

Aber Gott hat sin Wesen selbs usgehauchet und ist gewehet dem limbo Adae an, ist an den Leimen bunden — das muß gelöset sein. Als war in limbo Adae ingeschloffen der limbus aeternus, das ist des Suhns Art und muß durch des Suhns Art werden fri.

Dieweilen nun Gott hat das Wunder der Däuung verricht durch Speis und Trank, dessenglichen arte medica in dem Leimenkloß, das ist in limbo Adae — was sollet Gott ermanglen mit Speis und Trank und Däuung in dem andern Leib, das ist in limbo aeterno, dessen Teil wir vom sechsten Schöpfungstag in uns tragen, unsichtig, ungreiflich und nit zu hörn, wohl aber in des Glaubens Tiefe zu vernehmen!

Gott hat sin Fiat gesprochen, als hat Christus sin Accipite gesaget und uns das Abendmahl sins

Leibs und Bluts geben. Das ist natürlich, das ist korporalisch, nit anderst als täglich Speis und Trank für den alten Menschen, nit anders als Heilmittel für den Kranken. Christ hat den Leib genomben an und den nüen Menschen darus gemacht, glichermaßen als Gott den Leimenkloß genomben und Adam geschaffen hat. So ist über Leimkloß durch Fiat entwachsen der Leib und über den Leib durch Accipite erwachsen der nüe Mensch ex limbo aeterno. Dann uf Erden fangt das Rich Gottes an und nit im Himmel.«

Er schwieg eine Weile und sah in die Berge, als habe er zu ihnen gesprochen und warte auf Widerhall. Dann senkte er den Blick und fuhr trockener als früher fort, unwillig fast, daß er nun vor eines Menschen Ohr beenden müsse.

»Darumb so sollen wir bleiben beim leiblichen Verstand des Abendmahls und kein andern Verstand darein ziehen, dann es ist Magnale eins wie das ander — was will das Mysterium darüber hinaus! Ist groß gnug und göttlich gnug.

Ueber die irdisch Däuung des sichtigen Leibs ist erwachsen die englisch Däuung des unsichtigen Leibs. Als essend wir Brot und Wein leiblich und künnens geistig däuen. Als essend wir unsern Leib in limbo aeterno us Christi Leib und Blut, ufdaß derselb unsichtig Leib in uns lebe und wachse. So hat Christus Fisch g'essen und Honig nach der Uferstehung und hat ihn geistig gedäuet. Ist anderst nit müglich gesein.

Lasset die Narren glauben, Gott hab dem Menschen sin Mysterium in die Hand geben. Warumb

glauben die! Sie hand kein Verstand nit des großen
Mysterii der Natur, so in jedlichem Bissen liegt, den
der Mensch nimbt, darvon er lebt. Sie sechend die
Magnalia Gottes nit, dann ihre Augen seind blind
worden an den Dingen, und ihre Ohren stumpf,
gustus desglichen. Sie begehrend des Wunders und
Mirakuls. O blind Magi! So ihr in Händen haltet
das Magnale des Brots und Weins und müsset erst
Zeichen, Gebet und Zeremoni darüber ton! Dann
wahrlich, wer das Wunder will, dem ist es verschlossen, wer aber die Natur suchet, der muß groß Wunder finden!«

Sie standen schon eine Zeitlang unter dem Grüt,
wo ihre Wege sich schieden.

Dann sah Paracelsus den andern mit kühlem Arzt-
blick an, der die Wirkung eines starken Mittels mißt,
als ob er heimlich den Pulsschlag einer Seele zählte.
Und Matthias Lusi hatte beide Hände um die Krücke
seines Stockes geklammert, der schräg vor ihm in den
Boden gestemmt war. Er starrte schweratmend nieder,
sein Gesicht war gesenkt, und Mund und Nüstern
bebten. Endlich kam es ihm aus tiefer Brust:

»Wie soll ichs tragen ... Meister!«

Paracelsus lauschte auf, er blinzelte in die Ferne.
Als habe schon einmal ein Mund so zu ihm gesprochen ... ein Nonnenmund, und über dem zwei flehend aufgetane dunkle Augen. Aber das blasse Gesicht
durchdrang ein andres, als schimmerte eine Gnaden-
seele durch die irdischen Wangen. Du Lächeln der
Gottesmutter!

Er schloß die Augen und streifte mit dem Hand=
rücken der Linken darüber hin, ließ die Hand fallen,
sah die andern Augen des andern Fragers.

»Ganget heim, Matthias Lusi, und traget es über
dies Bergjoch. Schreitet gewaltig us; als werdend
Ueer Puls in den Ohren erklingen. Und die ufge=
rottlet Kraft des Leibs wird die Kraft der Seelen
stärken. Ihr hand gefragt, ich hab geantwort', fragt
nit weiter, wie Ihr es sollt tragen. Traget, traget,
dann es ist nit min, sundern Ueer, sunst hättet Ihr nit
die erst Frag ton, und ich nit die Antwort gefunden.
Traget, und es wird sin eigen Weg finden. Dann
ich kann den Weg nit wisen, ich kann nur die Na=
tur wisen us dem Lichte der Natur. Der aber ge=
sagt hat: ,Ich bin der Weg' — der do lebet in limbo
aeterno Ueres Leibs, der wird den Weg zeigen us
Uech selbs.«

Er winkte kurz und ging. Matthias Lusi, der noch
lange stand und ihm nachblickte, meinte einen andern
zu sehen. Denn all die Erschlaffung des Leidens einer
Schmerzensnacht war von dem zarten Körper ge=
wichen. Fast groß, so aufgereckt, schritt er hinab, hielt
sein Schwert am Knaufe nieder, hatte die Tasche
hintenüber geworfen und stieß den Stecken bei jedem
Schritte fest in den Boden. Und Matthias Lusi ver=
stand. Er richtete sich auf und langte mit seinen starken
Beinen gewaltig aus, wie ihm geheißen war. Er war
noch jung.

✳

Und mochten sie auch von der Kanzel gegen ihn zeugen, da sie es vergeblich von Mann zu Mann getan hatten, er ging in die Dörfer und stieg zu entlegnen Gehöften hinauf, wenn irgendwo ein Krankes lag und nicht mehr gebracht werden konnte. Er gab seine Kunst öfter um Gottes willen, als er den ärmlichen Lidlohn empfing. Und die Leute sahen ihm an, daß es zuweilen unter eigener Leibesnot geschah.

Als Paracelsus seine Lesinen im appenzeller Lande begann, war Abt Diethelm der kapeller Siegesfrucht noch nicht so sicher geworden. Die Prädikanten verteidigten Bekenntnis und Kanzel erbittert, während die Lehre des fremden Arztes alles Sektenwesen mied. Sie wollte den Laut nicht und nicht die augenfällige Tat, ihre Anhänger hielten still und besonnen an sich. So hoffte man anfänglich ihn zu gewinnen, seinen Einfluß zu nutzen. Und fast zu spät erkannte man, daß in diesem Eigenen, weil er alle geistige Bindung mied, alles menschliche Gebot über das Gewissen verwarf und eines Glaubens lebte, der kein Mittel kannte, jener Trieb in Urgestalt weiterwirkte, aus dem Zwingli und Luther hervorgegangen waren. Doch Zwingli und Luther hatten zu handgreiflichen Thesen gefunden, über die disputiert werden konnte, und hatten Konfessionen gebaut, die bestritten, verdammt, verketzert wurden, die man entblößen konnte, er aber, der nicht Formel fand noch suchte, wahrte den Geist, der die innerste Gefahr jeder Kirche bedeutete, Geist, den sie evangelisch nannten. — Noch wußte man in der Abtei nicht, wo hinaus das wuchs, und man wußte auch nicht, daß der Sonderbare einer Stunde entgegenharrte, die ihm das »Schüttle den Staub!« heißen werde. Sie wären beruhigt gewesen in Sankt Gallen und hätten die Mäuler über den Kanzelpulten schweigen geheißen.

Um die Adventzeit geschah es nun, daß der appenzeller Kaplan Matthias Lusi die Messe verweigerte und nach einem heftigen Hin und Wider zwischen Appenzell und der Abtei außer Landes verschwand. Doch man hörte, daß er zuweilen wiederkäme. Er trüge wollene Kleidung und einen Hut wie die Schiffsleute an dem See. Und Matthias Lusi war in hohem Ansehen gestanden. Der appenzeller Pfarrer las seine Messen vor leeren Bänken. Der stille Widerstand griff weiter, selbst die Weiber versagten.

Diese rätselvolle Ungewißheit einer Neuerung, ganz auf den inneren Menschen gestellt und so dem Zugriffe der allumfassenden Mutter Kirche weichend, regte den Monsignore Anselm Reuschentaller mehr an, als die geheimen und öffentlichen Unternehmungen des Abtes Diethelm Blarer, die das alte Regiment aufrichteten und ausbauten, den alleinseligmachenden Glauben und reiche Besitztümer der Abtei vor künftiger Ueberrumpelung zu bewahren. Einige Kunst und Vorsicht war da noch immer geboten, denn man hatte einen Volksstamm vor sich, der ipsissima natura ungefüge war und über solche Wesensart hinaus einen Doktor Vadianus besaß. Gerade dieses gefährlichen Mannes wegen war der Monsignore von Petri Stuhl nach Sankt Gallen verordnet worden. So sehr man der Schlauheit des Abtes Diethelm traute, so wenig sicher war man seiner Cortesia, wogegen Vadianus, ein gekrönter Poet, ehemals auch Rektor der Wiener Universität, den Ruf eines vorzüglichen Redners und Disputators genoß und nicht nur als Mediziner, sondern auch als rechtskundiger Politiker weithin galt. Man wählte den Monsignore Anselm Reuschentaller, da er – selbst ein Sohn der tiroler Berge und deshalb nicht ohne unmittelbares Verständnis für die Wesensart jenes rauheren Volkes – lange genug mit Fleiß und löblichem Ehrgeiz an der Kurie gewirkt hatte, um einer beachtenswerten Sache die ersprießliche Geschmeidigkeit zu geben. Aber vielleicht schlug hier auch in dem bewährten Manne die eigenbrötlerische Neigung des Deutschen durch, die dem Stuhle Petri seit allen Zeiten die schwierigsten Unwägbarkeiten zugemutet hatte: der Monsignore langweilte sich allmählich bei den Entschließungen des Kapitels, die längst schon eine gewünschte Form nahmen, und wurde erst lebhafter, wenn hie und da ein Wort über den wunderlichen Arzt im appenzeller Lande und dessen Anhang verlautete. Zudem war die eigentliche Mission des Gesandten schon erfüllt. Der winterliche Schnee hielt ihn noch jenseits der Berge zurück. Und so fand man es nicht allzu bemerkenswert, daß der lange, sehnige Tiroler eines Tages sich mit derberem Schuhwerk und einem dicken Bauernmantel ausrüstete, den Talar hoch bis über die Knie aufgürtete, um, bergein wandernd, die kräftige Luft und den reineren Schnee der Höhen zu schmecken. In der appenzeller

Dechantei erregte er Bestürzung, auch konnte er, als er morgenden Tages seine Messe las, mit eigenen Augen den Mangel an bereiten Seelen feststellen.

Und noch am gleichen Morgen saß er geduldig auf der Ofenbank in der Stube des Gehöftes Roggenhalm und wartete, bis zwei chirurgische Kranke abgefertigt waren und ein kleines Mädchen, das in einem großen Topfe etliche Gaben Medizin abholte.

Während die Hausleute ihrer Wintertrödelei nachgingen und dem Fremden mit einiger Scheu auswichen, hatte er Muße, den fast wortkargen, ruhevoll bemühten Heilmeister zu betrachten, der erst Laune und Beredsamkeit zu gewinnen schien, als er dem Kinde einlernte, wie der Heiltrunk genommen werden müsse. Und dann, als die Kleine ohne Dank, mit einer besorgten Hast, als habe sie einen Fund zu bergen, ihren Topf in beiden Händen hochhaltend, davongelaufen war, wandte sich Paracelsus an den Fremden. Er schien ihn jetzt genauer wahrzunehmen, denn er richtete sich straffer auf, und seine Züge wurden streng, seine Augen scharf.

»Und Ihr,« fragte er.

»Nicht um Euerer weitbegehrten Kunst willen bin ich gekommen, Doktor.« Er sprach Latein mit einer klangvollen, tiefen Stimme, und er erhob sich langsam, den schlanken Körper etwas vorgeneigt, das Gesicht freundlich geglättet. »Ich weile, ein Prälat und Gesandter des heiligen Stuhles, seit etlichen Monaten in der Abtei und wollte, ehe die Alpen mir den Weg wieder freigeben, den berühmten Gast dieser Berge kennenlernen.«

Die geradlinigen, blonden Brauen, die blauen, aufgetanen Augen und eine scharfgekantete Hakennase klärten Paracelsus schneller auf als die gleitende Anrede.

»Es sei, als Ihr wünschet, Monsignor. Do will ich auch zu Uech reden nach Stammesart und Laut, dann Ihr erfahret mich nit anderst; müget Ihr immerhin die gewohnte Sprach der Kuri brauchen.«

Er öffnete die Tür seiner Kammer und lud ein. Monsignore Anselm Keuschentaller mußte sich bücken; er lächelte, denn er hatte nicht soviel Freimut und Gelassenheit erwartet. Umschweife schienen kaum angemessen, vielleicht gefährlich. Der Prälat witterte alle Ursprünglichkeit und merkte doch, daß Schlingen gefälliger Worte vergeblich ausgelegt würden. In wenigen klaren Sätzen brachte er vor, was er von den verfänglichen, ja verdammungswürdigen Lehren und Wirkungen gehört hatte, ließ durchschimmern, daß ihm die Laufbahn des berühmten Arztes, besonders dessen baseler Geschick, bekannt sei, aber er wandte sich bei aller Schärfe des Ausdruckes immer an den Sohn der alleinseligmachenden Kirche.

Indes saß Paracelsus auf dem Rande seiner Bettlade ihm gegenüber und verfolgte aufmerksam Wort und Miene des Besuchers, als ginge dessen Rede über irgendeinen Fremden.

»Da Ihr Euch sonst offen gegen alle Ketzerei be-

kannt habt,« meinte der Geistliche, und er drehte
seine Handfläche mit einer verbindlichen Bewegung
dem Arzte zu, »und weder den Schwärmern, noch
der teuflischen Versuchung Wittenbergs oder Zürichs
folgtet, wohinaus wollt Ihr, Doktor! Ihr sammelt
Leute um Euch und leugnet doch die Gemeinschaft!
Und würdet Ihr nur alle Gemeinschaft verleugnen,
selbst die der seligen Kirche — es gibt Menschen,
denen das Gesetzmäßige an sich selbst ein Greuel
scheint — aber Ihr seid ein Arzt, der die Kranken
den Gesetzen der Heilung unterwirft und Ihr stellet
Lehrsätze auf, die eine Form gefunden haben, seien
sie nun verwerflich oder nicht, eine Form, und jede
Form verpflichtet zu Gemeinschaft, zu Gesetz, Regel!
Jede Form verpflichtet auch zur Verteidigung, besonders wenn sie den Formen der anderen Gemein-
schaften zuwiderläuft. Da Ihr sie bildet, und da sie
ihre Wirkung übt, seid Ihr gebunden, für sie ein-
zustehen. Es genügt nicht zu erkennen, sei nun die
Erkenntnis dem Heile oder dem Verderben Eurer
Seele zugeordnet; wo Erkenntnis seine Form findet,
dort ist sie auch schon Bekenntnis. Und ein Be-
kenner muß seine Farben weisen.«

Paracelsus strich seinen Bart und nickte, als habe
er für eine Diagnose genug gehört, und der Prälat
erfaßte diese Bewegung sofort. Er verstummte und
neigte bereitwillig seinen Kopf.

»Ihr tuet ein Frag, und ist mines Schattens Frag,
der all min Leben an mir gehangen und mir ist gefolgt durch Europen, Städt und Länder. Es reiset

je und je die Zit, do staht min Schatten uf vor mir, wird laut durch eins Menschen Mund. Wes Art bist du, wes Glaubens, so fraget mich die Rott Galeni, Avicennae, so fraget mich die Rott des Luther und Zwingli, und bekenn! Als fragend Ihr mich und heischt min Farben. Mins Schattens Mund spricht, ich seh den Finger Gottes, Ihr seid ein Wink und Zeichen, und der Archäus reget sich.«

Er sagte das alles ruhig, fast verhalten. Monsignore Anselm Reuschentaller hatte, bei jedem Worte höher, seinen Oberkörper aufgereckt, war steif geworden und machte große Augen. Aber Paracelsus sah durch ihn hindurch in die Wand, wie er es manchmal zum Befremden jener Menschen tat, die ihm zeichenhaft wurden und alles eher sein wollten, als durchschaute Zeichen: wirksame Persönlichkeiten.

»Tu din Bekanntnus, weis din Farben, so ruft min Schatten durch des Menschen Mund, und er hat not zu rufen, dann er hat kein Farb nit in ihm, ist forma absoluta, nichts dann Form, lechzet nach Farb und Bekanntnus; meinet, er kunnt voll werden und farbig. Do ich aber der Rott Galeni und Avicennae hab min Wappen gewiesen, das ist die Kunst, und hab ihre Kranken gsund gemacht vor ihrem blinden Gesicht, da hand sie all geschrieen: dies ist kein Farb nit und kein Bekanntnus, dann woher hast du's! So ich ihnen gesaget: ex lumine naturae, lachten sie miner Tat und der geheilten Kranken und miner selbs, als eines Phantasten. Und so ich Uech antwort: Monsignor, min Wappen ist Christus und

318

wiefe Uech den Frieden uf ihren Stirnen, die mich
us Herzensgrund anhörn, so möchtet Jhr rufen:
Woher haſt du's! Und wann ich ſag: ex limbo
aeterno — als werdet Jhr Achſlen zücken und ſpre=
chen: Ecce phantasma! Und iſt billig, daß Jhr ſo
ſprechet. Dann es iſt der Laut des Schattens, die
Zung formae absolutae. Muß nit eim Schatten all
Leib und Farben als ein Phantaſei erſcheinen. Dann
Farb und Leib iſt ſinem Weſen ſo frembt, daß er ſie
nindar kunnt faſſen. Jhr wellet die Form, das Gſatz,
die Regul, das Wort, daran Jhr hangen künnt,
dann, ſo meinet Jhr, Jhr hättet mich. Als denkt min
Schatten auch und meint, ich ſige geſchaffen, daß ich
ihn uf das Erdrich würfe, und ſunſt ſeie mins Lebens
kein ander Zweck.«

Monſignore Keuſchentaller, der das baſeler Ge=
ſchick des Paracelſus kannte, hatte alles eher erwartet,
als eine bildhafte Abgeklärtheit dieſer Art, die genau
eröffnete, weshalb man greifbare Formen wünſche,
die aber zugleich jenen Urzwiſt zwiſchen Form und
Jnhalt klarlegte, um ihn auf den Grund des Weſens
zu verſenken, wo es nur mehr ein Ja und Nein gibt,
und weder Bekehrung noch eine mittelbare Verſtän=
digung gefunden werden kann. Der geübte Schola=
ſtiker mußte ſich eingeſtehen, daß ihm kaum gewandter
hätte begegnet werden können. Und doch hatte er
keinen liſtigen Hinterhalt in den merkwürdigen Augen
dieſes Mannes entdecken können, kein Zucken des
dünnen Mundes hatte Bosheit verraten. Nur grob,
faſt beleidigend war die Sachlichkeit, mit der nicht

nur seine Dialektik, sondern auch sein ganzer Mensch in eine Zwangsläufigkeit eingeordnet wurden.

»Ihr setzt Euch außerhalb der menschlichen Natur, Doktor. Uns ist von Gott das Wort gegeben, und wir sind genötigt, die Form zu finden. Was verleugnet Ihr das Mittel, dessen Ihr Euch bedienen müßt, um auch nur leben zu können!«

Paracelsus lächelte unbeirrt.

»Zwiefach ist das Wort, Monsignor, zwiefältig Form und Mittel, als Gott zwiefach ist erflossen in der Kreatur: Gut und Bös, Suhn und Antchrist. Ihr heischet min Wort, Ihr fraget nach miner Form und Mittel. Das ist Wort und Form miner Kreatur us Adam, das ist der Antchrist in mir und die irdisch Beschlossenheit. Was aber kunnt dies min eigenmenschlich Wort und Form bedüten in denen göttlichen Dingen! Es muß ein Stückwerk sin und Verführung, als jedlichs Gsatz, Form, Konfession, von Menschen usgangen, in denen göttlichen Dingen ist. Ihr wellt das tüflisch Wort und Form, daran ein Widersacher kunnt erstarken und es niederrennen, darüber jeder sin Fändli ufwerfen kann und rufen: Sehet, der Schelm, den ich widerleget! — Es ist aber ein ander Wort und Form, und ist nit min, noch mines Adams und Antchrists, darnach Ihr nit gefraget. Dies Wort gehet nit us mir, dem Menschen Paracelso, sundern ex limbo aeterno Paracelsi, durch mich hindurch als durch ein Mittel des Gottsuhns. Und gehet nit us mir, dem Mittel allein, sundern us allen ihnen, die mit mir seind. Das ist das heilig Wort und Form, so Gott

320

dem Menschen geben hat, darnach Ihr nit fraget, das auch nit kunnt erfraget sin. Dann es bricht herfür zu siner Stund und bricht us der Gemeinschaft für. Nit us mir alleinig, nit us den andern alleinig, us allen in einem. Wie kunnt Ihr sprechen, ich hätt mich gsatzt ußenthalben den Menschen! Bin ich nit in ihnen gesein, do sie mit mir warend, indem es us mir gesprochen? Seind sie nit in mir gesein, do ich bi ihnen bin gewest, indem es us mir ein lallend Form gefunden? Das aber ist des Antchrists Zeichen: er suchet die Gemeinschaft nit der Geister, er würd zu Schanden do, dann er kunnt nur die wenigen finden siner Art, und uf den wenigen lässet sich kein Herrschaft bauen, noch Kirchen. Als suchet er das Wort und Form, so alle bindt, je leerer dest baß, dann nur ein leers Wort und Form kann allen taugen, dann nur ein leers Wort und Form schreit alle an: gib mir von dinem Wesen, mach mich voll. Von dinem Adamswesen, nit vom Suhneswesen in dir ex limbo aeterno! Ich hab min Wort und es ist nit min, ich hab min Form und sie ist nit us mir. Und red nit ich, so redt ein andrer, doch er und ich us selbigem Grund.«

Nun saß der Monsignore weit vorgebeugt, seine Stirne war schwer gefaltet. Was er gehört hatte, so unbedenklich schlicht es klang, war die letzte Formung der großen Feindschaft. Alle Autorität war hoffnungslos dagegen. Kein System war dem gewachsen, das war ganz unbeherrscht, ganz Natur. Was das gefährlichste schien, es war bewußt geworden, gerade

dort, wo die Schleier des Mysteriums heilsam und
sinnverhüllend wehten.

‚Impossibile per rationem naturalem ad cogitionem
divinarum personarum pervenire‘ – der Satz des heiligen Thomas, wie ein rettendes Tau flog er ihm zu.
Aber was blieb dieser Satz! Fromme These, heilige
Behauptung. Vielleicht vermochte das deutsche Gemüt die kardinale Größe und Entsagung dieses Satzes
gar nicht zu erkennen, vielleicht konnte es nicht entsagen, mußte aus innerster Natur die Person Gottes
in sich beschlossen und aus sich erschlossen fühlen:
unmittelbar, unmittelbar – so daß auch die Ratio
naturalis, sofern sie nur Natur blieb, in die Erkenntnis Gottes eingebettet lag! – Hatte Gott die
Alpen getürmt, daß sie ein Zeugnis der unüberwind-
lichen Trennung zweier Geistesartungen seien! War
Kirche überhaupt möglich, wo solche Natur wuchs!

»Euere Meinung bedarf der Erläuterung,« sagte
er trocken. »Auch der heilige Thomas erkennt dem
Irrtume und dem Bösen die Kraft zu, das Gute zu
fördern. Ihr solltet vor wissenden Menschen sprechen.«

»Dies min Meinung, so ich zur Stund Uech angezeigt, ist nützit meh, dann ein gschlicht Empiri und
ist nur der Weg, der zur Erkanntnus führt, nit aber
die Erkanntnus Gottes selbs. Es gehe ein jedlicher
sinen Weg. Da hilft kein Disputaz.«

»Und die Erkenntnis,« fiel der andre rasch, fast
heftig ein. »Weshalb teilt Ihr sie mit den Bauern,
warum verweigert Ihr sie denen, die ihres Geists geschulte Kräfte daran setzen könnten!«

Darauf antwortete Paracelsus mit der Bescheiden=
heit eines Mannes, der den Kampf nicht braucht,
um sich zu behaupten:

»Es war ein Zit, do gestund ich in manniger Dis=
putaz. Paris, Wilna, Leipzig und an anderem Ort.
Do hand sie mich im Wort überwunden, ich sie in
Kunst und Theorik. Und ist etlich Jahr her, do wel=
let ich disputieren. Doch alls in arte medica, darinne
ein elementisch und astrisch Fundament liegt, uf dem
kunnt man ein Wort stechen, ohn sich selbs zu ver=
liern. Was Jhr von mir wellt, Monsignor, und
was die narrecht Welt tuet sider Jahr und Tag, ist
Disputaz in Glaubens Sach. Wer kunnt do Wort
stechen! Do ist ein Wort leer und ein bloßer Wind,
so es nit fleußt us der Gemeinschaft dessen, der do
spricht und deren, die do hörn. Wo aber dieselb Ge=
meinschaft lebt, dort ist kein Disputaz müglich, allein
Erkanntnus. Sollet ich mit Uech disputiern, Mon=
signor, als höreten wir unsern Schall und würfen
Schall us und einer an des andern Ohr vorbi.
Darzu min stammlete Zung, so ich vor vielen red,
die nit eins Grunds und Willens mit mir seind!
Jndem und Jhr allein hie vor mir sitzet, kann ich
sprechen, dann Ueer Wesen ist mir ustan. So ich
vor vielen sollet reden, müsset ich versagen, dann ich
miner Zungen und der zufliegenden Red nit gewal=
tig, noch min selbs gewiß bin zu eröffnen vor den
vielen. Die ungezähmten Gegenred und die Abweg,
so da unterlaufen einer Disputaz, nehmend minem
Munde den Geist, berauben mich mines Herzens

Gemüet und eröffnen ein andres, dann ich im Sinn trag. Und glichermaßen als mich die Gemein reden machet, machet mich der Hauf stammlen und schweigen. Gott hat mich begrenzt. Und ich bin über dem Berg.«

Die letzten Sätze murmelte er mehr vor sich hin, als habe er den Besucher vergessen. Mit eigener Verkniffenheit blinzelte er in die Wand. Und doch nahm sein Gesicht einen müden, entlasteten Ausdruck an. Erst als der Prälat Anselm Reuschentaller sich erhob, zuckte es über Paracelsus, wie Erwachen aus einem kurzen Schlummer.

Es war natürlich, daß der Monsignore ging. Sie flüsterten wohl einige höfliche Worte, keiner war mehr bei dem andern, obwohl sie einander die Hände reichten.

Um so tiefer war jeder bei sich selber. Sie hatten in die Kluft gesehen, die alles Wesen scheidet: Ratio – Natura! Und wie Gewissensnot pochte es in ihnen beiden, da sie allein waren.

Paracelsus wunderte sich nicht, als er nach etlichen Tagen ein Schreiben des Monsignore erhielt, in dem er gemahnt wurde, seine Lehre schriftlich niederzulegen, da er es vermeide, sie mündlich zu verteidigen. Und wo er den Haufen scheue, möge er zu dem Heiligen Stuhle selbst sprechen. – Wie anders als die Rotte Galeni und Avicennae, die ihm Lehre und Druck versagte und am liebsten auch sein Tintenfaß verschüttet hätte! Und doch – um wie viel fer=

ner! Die Aerzte und ihre Fakultäten wollten eine Gefahr stumm machen, diese aber wollten sie in die Form zwingen, um sie an der eigenen Form zu zerbrechen. Fast lachte er, als er die Aufforderung las. Welch eine Ueberhebung! Dachte der Pfaffe, es bedürfe erst einer Lizenz!

Seit seiner Unterredung mit dem Legaten hatte Paracelsus alle Skripta, soweit sie das Reich Gottes betrafen, gesammelt und übersehen. Immer neue Fragen erhoben sich vor ihm, und es überkam ihn ein Eifer des Gestaltens, daß seine Heilkunst ihm schwerer und hinderlich fiel. Er wußte nun: es sollte ein Ende gefunden sein. Nicht ein System, nur die entscheidenden Anlässe und Stoßrichtungen der Gedanken mußten noch gegeben werden, und dann, dann war er wieder frei. Doch wollte er den Freunden und Genossen untersagen, das ans Licht zu geben, was er ihnen wies. Und sie sollten selber die Wege weiterfinden, auf die er deutete.

Gleichwohl schrieb er zwei Bücher Sermones ad Clementem pontificem maximum et chorum Cardinaleum, zeigte auf den menschlichen Irrtum in göttlichen und weltlichen Dingen und mahnte zur Einkehr. Dazu noch heftete er sieben Bücher: De coena domini, die er schon früher, es mochte in Nürnberg, Beratzhausen oder Regensburg gewesen sein, dem obersten römischen Bischof zugedacht hatte.

,Du aber in Rom, der du nit ohn große Irrtumb lebest, ursachest ander Irrtumb, dann die Irrunge des Haupts seind das Irrgehn der Glieder ...', so las er von seinen Blättern ab, und seine Feder flog im Eifer, während er reinschrieb.

Er ließ es dem Monsignore zustellen, mochte es den Ort finden oder verlorengehen. Auch sie hatten in die Schlucht gerufen, und er hallte wieder.

Dann aber – es war der neue Lenz in die Berge heraufgestiegen – wartete er nur auf den Schiffs-mann vom See, Matthias Lusi. Er hatte alles, was ihn beschweren konnte, verschenkt, weniges verkauft, um einen Pfennig für den Weg zu haben. Ein taug-liches Gewand, das Schuhwerk und seine beiden Taschen waren geblieben. Er war arm geworden. Seine Habe und der Lidlohn dreier Jahre hatten kaum genügt, um seine Fläschlein und Büchschen zu versehen und das Leben zu erhalten. Selbst von dem Koffer trennte er sich. Dort sollten Bücher und Schriften bleiben.

Und die Hände des Matthias Lusi zitterten, als er den Schlüssel des Koffers empfing.

»Wohin . . . Meister,« stammelte der junge Mann. Er kniete noch vor dem Koffer, den er schließen sollte, und sein wetterbraunes Gesicht zuckte vor Erregung.

Paracelsus sah nieder.

»Wohin, Matthias! Das ist die ander Frag mines Lebens, die nit min Schatten tuet, sundern das Wesen. Wohin!«

Er streckte die Arme aus und drehte den Oberleib einmal langsam hin und her, als griffe er durch die Enge der Kammer in die Weite des Horizontes.

»Dahin, Matthias, dann ich bin noch nit erfüllt!«

Der Heimweg

Unter den Lauben des innsbrucker Marktes war es schon kühl, und den Lodenmantel — es war einer gewesen, wie ihn die appenzeller Bauern trugen, warm und dicht — hatte der „Blaugsotten Karpf". Die innsbrucker Wirte hielten es wie zu Zeiten des hochseligen Kaisers Max, dessen Gefährte eine Nacht lang hatten auf der Gasse bleiben müssen, als er vom augsburger Reichstage her in die gute Stadt eingezogen war. Stall- und Haferrechnung waren vom letzten Male unbeglichen gewesen, also kamen die kaiserlichen Gäule und Kutschen, empfangen und feierlich geleitet, wohl durch das Inntor, nicht aber unter die Herbergstore. Was Max, dem Kaiser, eine Nacht lang recht sein mußte, ihn morgenden Tages sogar zu beweglicher Klage brachte, konnte einem Landfahrer, der sich für einen Doktor gab, billig sein. Doktor! So leicht gab man irgendwem den Doktor nicht zu im Landesherzen von Tirol. Wo waren rote Gugel und ein ditto Talar, wo das geduplete Birett, wo die Handschuch! Der Ring und Ketten gänzlich geschwiegen! Die Tasche, darin es nach Messingbüchslein, Glaskölblein und sonstigem Baderzeug klepperte, tats nicht, auch das Schwert mit dem blanken Knauf tats nicht. Aber es hingen die Hosen in Fransen, das Wams spiegelte und schlotterte, und der Hut spielte alle Farben.

Der „Blaugsotten Karpf", an dessen Tür er

327

Namen, Würde und Kunstvermögen geschlagen hatte, war keines von den ständischen Wirtshäusern. Die hatten für einen, der ungesattelt auf blindem, ausgetretenem Schuhwerk einritt, kein Logiment; man erwartete übrigens dieser Tage den Königstroß.

Die erste Woche war der „Blaugsotten Karpf" aus einem Beutel bezahlt worden, dem man seinen Kummer anmerkte, für die andere Woche mußte neben etlichen Hallern der Lodenmantel bleiben. Und in dieser Woche riß man den Doktor beider Arzneien und Professor der Theologie — so stand auf dem Anschlagzettel — von Rats wegen ab der Wirtshaustür des „Karpfen". Was jedem auf den ersten Blick hin einleuchtete, war ratskundig geworden, und die Medici von Innsbruck hatten sich vor solch einem Kollegen verwahrt. Nun hauste er bei der Witwe Kunspacherin ober der Steigen hinterm Roßmarkt; er sollte sie geheilt haben: ein Lidlohn, fast ein Almosen.

Unter den innsbrucker Marktlauben war es herbstlich kühl, und man nahm das Katzenkopfpflaster des Platzes in Kauf für die warmen Sonnenstrahlen. An den beiden dicken Pfeilern, die den Laubenbogen der Einfahrt zum „Güldnen Adler" trugen, lehnten zwei Prellsteine aus rosenrotem Marmor und prahlten vor Sonne.

Er hatte die Nacht hindurch an einem Libell über die Bergkrankheiten geschrieben und war steif durchfroren. Ueber Nacht hatte es gereist. Die Wärme beschmeichelte ihn nun, er wurde matt, schlafdürstig

und setzte sich auf einen der Prellsteine, stützte Arme
und Kinn auf sein Schwert, ließ die Glatze bräunen.
Der Hut war ihm vor die Füße gefallen. Und nur
sein Schwert unterschied ihn von den Gardbrüdern,
die vor den Gasthöfen lauern, um Leuten von Stand
aus dem Bügel und den Kutschen zu helfen.

Er war der Pest nachgegangen, die durch Tirol
schlich und den Menschenrasen graste. Er immer hin-
terdrein und mitten hinein, wie ein Wanderprediger
von Ort zu Ort. Sie hörten ihn. Wenn er sie willig
fand, zog er bald weiter, wußte seine Saat im Wachsen. Wo er sie störrisch fand, blieb er und heilte,
heilte bis etliche seinen Weisungen folgten, dann
trieb es ihn weiter. Doch, als innabwärts die Berge
fruchtbar wurden, und er die ersten Schmelz- und
Seigerhütten rauchen sah, faßte es ihn, das Feuer
seiner verschütteten Liebe. Weit droben, über den
Bergen lag die Theologei und er tauchte ins Element:
der Berg begann wieder zu atmen, und die Flammen
der Oefen wehten ihn an wie ein Lenzschauer. Es
war nicht mehr das belauschte Geheimnis der Natur, das ihn berauschte und erhob — er wußte von
dem Kampfe der elementischen Wesen, als sei der ein
Erlebnis seiner selbst, urewiger Erinnerungszeiten ein
Nachhall ferneher. Dies Schauen war längst sein
Besitz. Aber der Kampf der beiden Welten: des Elements und des menschlichen Mikrokosmus — war
in ihm noch unausgetragen geblieben und packte ihn.
Es lagen die Erzleut, die Schmelzer und die Knap-
pen. Ihr Gesicht, ein faltiges Pergament, ihre Lun-

gen ausgedörrt, keuchenden, stinkenden Atems. Die Lebern unter der palpierenden Hand schründig zerklüftet. Sie litten einen unstillbaren Durst. Und am Herzgrüblein ein quälendes Klopfen und Zittern. Zufallende Hitzen, faulendes Eingeweid, blutende Nieren.

Da löste sich in der Tiefe der Berge, bei den Probier- und Schmelzöfen und an den Krankenbetten der Mikrokosmus und Makrokosmus vor seinen Augen zum andern Mal. Er hatte durch Appenzell hindurch müssen, hatte erleben müssen, daß aus seiner Brust nicht nur seine, sondern auch der andern Seelen sprachen, den großen Laut zu bringen, der zu Gott fand, und so hatte er sehen gelernt, daß die Firmamente dessen, was Ich und Du hieß, was Mikrokosmus und Makrokosmus zu nennen war, fließende, reifende, unumgrenzbare Gestalten seien, durch die das Leben des Ewigen schreitet einem unfaßbaren Ziele zu.

Das lebendige Geheimnis des Bergschoßes: Hand, Augen, gustus griffen nach hablichen Dingen – Miner, Metall, Markasit – und jedes führte Gestalt, Farbe, Namen, und doch war keines ein Fixum, und durch jedliches hindurch regten sich die drei Urgewalten, Sulphur, Mercurius und Sal, keines Menschen Auge und Hand faßbar und doch wesentlich, ihrer Perfektion zu. Jedes Metall, jedes Miner hatte sein Feuer, seinen lebendigen Trieb und seinen materialischen Halt unerfüllt, in Entwicklung, in Wachstum. Trachtet nach, so hatte er gelehrt. Trachtet der eigenen Fülle nach! In der Natur geschah es. Und das Liquidum verzehrte sich aus Kraft seines zehrenden Feuers, so trieb sich der Merkurius der Dinge selbst in die Destillation überall in den Klüften und Gängen. Aber in der Schluchttiefe stand der Mensch, umhaucht von den exkrementischen Dämpfen dieser gewaltigen Digestion und Däuung, wie im Dampfe einer Badstube. Der Eindringling Mensch. — Es ist in die Erde gesäet der lebendige Same der Metalle und Mineralien, sie müssen wachsen, haben ihren Herbst und ihre Ernte. Wo hinaus? Ein Fluß! Weich aus, Mensch, mit deinen begierigen Fingern!

Und Menschen? Wiewohl erwachsen alle an Gestalt, Farben, Namen, jeder seines Wesens erfüllt und gläubig, und gleichwohl alle noch in der Mutter. Auch hier: die Matrix hält das Wesen umfangen. Element und Generation ringweis um den Menschen, und er wandelnd mitten darinnen.

Paracelsus murmelte vor sich hin: »Wie Hühnlein in der Schalen, also luck und weich seind wir ... all Ström in uns gehnd ... kummen zu wesentlichem Effekt in uns ... Himmel und Erden die Matrix, und beid ein Ding ... der Mensch das Mindste und doch alls ... im Wachsen und Werden durch Ich und Du ... wohinaus? Ein Fluß. Ueber das Element hinaus!«

Aber der Mensch stieg in die Eingeweide des Elements, in die Badstuben der Berge, und atmete den Hauch. Er riß das unreife Miner und Metall aus der natürlichen Matrix und gab es den Feuern. Da umquoll ihn das Chaos der rascheren Däuung. Ein jedes Metall mehrte sein eigenes Wachstumsfeuer an den Kunstfeuern und hauchte dann den Rauch, als Bleirauch, Silberrauch. Und das lüftige Chaos in den Bergen und aus den Oefen zeucht die Lunge an sich. Da wirkt der Atem des Elements im Atem des Menschen. Makrokosmus gewaltigt den Mikrokosmus. Wie der Geschmack der Rose, so dringt das Chaos des Elements ein und sein Gift. Und ist des Arzet Befelch, zu wandlen das Gift in sein Arcanum durch die Kunst, daß der fressend Tartarus, den das Chaos des Elements in Microcosmo wirket, gelöst wird.

Paracelsus murmelte: »Fürlaufen, am gsunden Menschen allbereits anheben mit der Kunst, praevenire!

Liquoris tartari, zween Unzen, Olei colcotarini, ein Skrupel, Laudani purissimi, ein halbete Drachmen ... gemischt, eingeben dreier Gerstkorn schwer ...«

Er nickte, sein Oberkörper neigte sich weit vor, wohl tat ihm die milde, die sonnige Wärme, ein Rieseln durch alle Glieder.

Da stand für einen Augenblick ein Schatten dicht vor ihm, und er hörte es zu seinen Füßen klirren, riß die Augen auf, blinzelte geblendet. Ein grinsendes Gesicht, das sich schnell abwandte, zwei Männer in rotem Talar; sie gingen lachend weiter. Er sah ihnen nach, ein wenig stumpf noch, vom Lichte und der kurzen Schlafbenommenheit befangen.

Dann erinnerte er sich des klirrenden Lautes und schaute in den Hut, der offen zu seinen Füßen lag: drei Münzen, ein Weißpfennig und zwei kupferne.

332

Ein leichter Ruck versteifte ihm den Oberkörper, er stemmte den Schwertknauf mit beiden Armen ab, daß er es am Wehrgehänge spürte, und war bis auf die Lippen blaß.

Aber sein Blick glitt nieder, und er sah die Aermel seines Wamses, die aufgeschundenen Knie, die Stiefel. Und er bückte sich, holte die drei Münzen aus dem Hute, ließ sie auf der flachen Hand im Lichte tanzen. Er sah sich um. Ihm gegenüber auf dem andern Prellsteine saß einer, noch etwas mehr defekt als er. Der streckte ein Stelzbein in den Weg und schielte hinüber.

Um den Mund des Paracelsus huschte ein Lächeln. Er warf dem andern die drei Münzen zu. Der fing die beiden kupfernen geschickt wie ein Gaukler und stolperte dem Weißpfennig über das Pflaster nach.

*

Er kam von der Herrengasse. Ein Thun, der sich unter den Trünken der Aerzte, aufs schärfste vomiert, purgiert, zudem bis ans Weißbluten zur Ader gelassen, etliche Tage mit einem Grimmen im Bette gewälzt hatte, war von ihm in Kürze hergestellt worden. Er wollte, leichteren Herzens, gegen den Markt zurück und schritt quer durch die dichten Haufen Bettelvolkes, die des Hoflagers wegen zu beiden Torseiten der Jakobskirche bis in den Burghof hinein den Weg stopften. Da stieß ihn ein Sterzer mit der Krücke an und wies zwinkernd auf einen

Geiſtlichen, der unter dem Schatten des Torpfeilers
ſtand und mit einer leichten Bewegung, als wolle er
nicht allzu auffällig werden, winkte.

Paracelſus folgte. Als ſie den Blicken der Straße
entzogen waren, wandte ſich der kleine, hagere Pfaffe
halb zurück, ſtreifte den Arzt mit einem Blicke und
drückte den Finger ſeiner Rechten gegen die Lippen,
eilig an der Seitenwand des Kirchenſchiffes weiter=
ſchreitend. Sie kamen durch eine kleine Pforte in die
Sakriſtei. Dort richtete ſich der Pfaffe auf, verzog
die dicken Brauen, maß den Arzt faſt warnend,
wiederholte das Zeichen des Schweigens, und vom
Munde weg mit einem leichten Schwung, der einer
prieſterlichen Geſte glich, deutete ſein Finger auf ein
Tiſchchen, eigentlich auf einen offenen Beutel, wäh=
rend ſich das raſierte Geſicht zutunlich glättete. Da
aber Paracelſus unter dem Bogen des Pförtchens
verharrte, kaum Neugierde, eher einen leichten Unmut
verriet, glitt der Pfaffe an das Tiſchchen hinüber und
warf den Beutel um, daß die Silbermünzen ſich
ergoſſen. Die Wirkung blieb aus. Der Geiſtliche kam
mit haſtigen Schritten näher, faßte des Arztes Hand
und zog ihn vor eine Bank, über deren Sitz und
Lehne eine Altardecke gebreitet lag. Die Bank ſtand
im Dunkel. Schnellen Griffes riß der Pater die
Decke von einem faſt noch kindlichen Mädchen,
deſſen Geſicht weiß, leblos aus dem Schatten leuch=
tete. Paracelſus war zurückgetreten. Es mochte ihm
ein Laut der Ueberraſchung entſchlüpft ſein, vielleicht
auch hatte ſein Führer irgendein Zeichen gegeben, er

hörte zwei Türen gehen, die beiden Türen der Sakristei. Und je ein stämmiger Pfaffe, unbewegten Gesichts, die Arme an die Brust gebogen, die Hände in den weiten Kuttenärmeln verborgen, stand nun vor jeder Tür.

Paracelsus musterte die drei langsam, sie hielten seinem Blicke ungern stand. Und er lachte zornig.

»Was vor ein Gugelfuhr, Patres! Lasset eur Jeremoniam!«

Doch das junge, leblose Wesen da! Er deutete hastig und rief den Türstehern zu: »Fasset an, tragt sie ins Licht!«

Die beiden schielten unsicher zu dem kleinen Geistlichen hinüber, um dessen Mund Ueberraschung und Verlegenheit kämpften. Aber ein Wink brachte sie in Bewegung, sie rückten die schwere, geschnitzte Bank unter das Fenster.

Ueber dem bunten Mieder und dem gefältelten Kittel waren unkundige Hände gewesen, er vermochte die Schnüre kaum zu lösen. Das Herz ging matt, der Puls war schwer zu finden, vom Atem kaum eine Spur, Gesicht und Hände kalt und feucht. Ohnmacht oder Betäubung? Die verknüpften Nesteln machten ihn stutzig. Er öffnete den kindlichweichen Mund, dessen Lippen unter einem leichten Ekel verzogen waren, strich mit dem Finger über die schlaffe Zunge und kostete.

Meconium! Sie hatten sich in der Dosis vergriffen, Laurbuben! — Er stellte rasch seine Arzneitasche ab und öffnete sie. Camphora. Ein Wergbäuschchen

335

unter die Nase. Und dann massierte er das übertäubte Herz mit raschen kurzen Stößen.

Als sie die Augen öffnete und zu lallen begann, sprach er beruhigend auf sie ein und lagerte den Kopf höher.

Erhitzt richtete er sich auf. Seine Augen huschten über die Pfaffengesichter hin. Es war Hoflager zu Innsbruck, hinter diesen versteinerten Larven mochte sich vielleicht nur die Schuld des Mitwissens verbergen. Er sagte leise: »Ein Trunk Wein!«

Die beiden Türsteher verschwanden, und den Wein brachte eine Nonne, über deren rosigem, fettem Gesichte das Spiel einer mildtätigen Besorgnis lag. Er gab Tartarus und etwas Vitriol zu und flößte der Benommenen den Trunk ein. Ein kräftiger Magen, ein junges Blut – die Wirkung geschah reichlich über die Marmorfliesen der Sakristei, fast vor die Füße des geistlichen Herren hin, der beunruhigt näher getreten war und dem Arzte zuflüsterte:

»Ihr reicht ein Vomitiv, Doktor! Weshalb ein Vomitiv? Das arme Kind ist im Beichtstuhle ohnmächtig geworden!«

Paracelsus fuhr noch mit dem Finger nach, um alle Reste des Opiates gründlich zu heben. Dann trocknete er seine Finger an dem Altartuche, das über der Banklehne hängen geblieben war. Er ging zu seiner Tasche, ordnete sie und verschnallte sie; mit einem kurzen Blicke streifte er den Geistlichen.

»Dies ist als auch ein Beicht, confessio naturalis – da fährt der Tüfel us eim ohnschuldigen Magen, und

die Abſolutio liegt vor aller Augen und Naſen, eim
jedlichen ze ſechen und ze ſchmecken.«

Des Pfaffen Mund und Brauen zogen ſich zuſam=
men, und die Wangen waren eingeſogen, ſie und die
Stirne noch bläſſer als ſonſt, die Lider bis auf einen
ſchmalen, glimmenden Spalt geſchloſſen.

»Ihr ſollet dem armen Kind fließig naſſe Tüchl uf
die Stirn tun und kühl, fließig wechſlen,« ſagte er der
Nonne, die ſich an den Kleidern des Mädchens zu
ſchaffen machte.

Paracelſus ſchulterte ſeine Taſche. Der Pfaffe kam
dicht heran, wies noch einmal auf den Beutel und
führte noch einmal, etwas zögernd, den Finger an
den Mund. Aber Paracelſus ſteckte die Hand in ſei=
nen Hoſenſack und klimperte mit den Münzen, die
ihm an dieſem Morgen in der Herrengaſſe zugekom=
men waren. Dann ſtraffte er ſich ein wenig.

»Theophraſtus ab Hohenheim, Bombaſt, beider
Arzeneien Doktor.«

Seine Lippen waren dünn und bewegten ſich
kaum, unter den hochgezogenen Brauen ſtanden die
Augen für eine kurze Weile ruhevoll, halb geöffnet.
Und der geiſtliche Herr verneigte ſich ein wenig, wäh=
rend der Arzt mit kurzen, feſten Schritten die Sakri=
ſtei verließ.

*

Er wußte, daß die Stadt am Inn für ihn vertan
war, gerade als ſie des Hoflagers wegen von fremden
Herren und Gſind ſummendvoll ſtand und einen Zu=

lauf aus allen Teilen des Landes hatte. Sitzt die Armut auf, so mag einer durch Haufen Geldes waten, kein Pfennwert bleibt hängen. Es war Zeit, daß er Barschaft und Schuldigkeit wog und sich dabei zufrieden fand, seinen Mantel wieder zu haben. Allein, es lagen noch Kranke, die er angenommen hatte.

Und auch die kurze Heilfrist schien den Patres zu lange. Ein lächelndes, rundwangiges Pfäfflein brachte ihm, da er für hilfreiche Handlung an jenem armen Kinde, dem Schwäche und Ohnmacht zugestoßen waren, keinen Lidlohn nähme, ein hochgeweihtes Paternoster aus venezianischen Glasperlen und einen Brief in die Kammer der Witwe Kunspacherin oder der Steigen hinterm Roßmarkt und entfernte sich unter Segenswünschen, ohne daß Paracelsus zu Worte kommen konnte. Der Brief war dick gesiegelt, aber nicht pitschiert, er trug keine Anschrift. Und wesenlos sorgfältig waren seine Zeilen und Buchstaben, sorgfältig das Latein:

»Ruhm und Gehorsam ihr, der alleinseligmachenden Mutter voll der Gnaden, der ein Theophrastus ab Hohenheim, Doktor, nicht nur als Christ des Heiligen Sakramentes der Taufe halber zugeordnet ist und bleibt, sondern auch als Mensch und Mann, unter den Hoheitsrechten des gepriesenen, gnadenreichen Stiftes zu Maria Einsiedeln von seiner Mutter Weßnerin her leibend und lebend, wo immer er sei.

Durch den hochwürdigen Prälaten des Heiligen Stuhles, Monsignore Keuschentaller, der die Geneigtheit hatte, etliche Tage in unsern Mauern zu weilen, ehe er seine Reise in die gepriesene Stadt weiter verfolgte, ist uns Kundschaft von Eurem heißen, nach Kenntnis um das Wesen der heiligen Dreifaltigkeit ringenden Herzens geworden, eine Kenntnis, deren Wege dem niederen menschlichen Verstande sinnverwirrend und äußerst gefährlich werden können, wenn der einzelne und vielleicht weniger geschulte Geist von den kanonischen Weisungen läßt, die viele heilige und selige Väter und Förderer der Kirche wie ein Leitseil den Händen der Gläubigen dargereicht haben und immer noch darreichen. Item Ihr habt das flammende Verlangen Eures Herzens — an sich ein Verlangen, das auch das Ingenium der größten Heiligen beseelte — nicht in der Tiefe Eurer Brust verborgen, Ihr habt gelesen, Konventikel geführt und auch Schriften hinterlassen.

Weder Eifer noch Mut wird abzusprechen sein, zumal Ihr Euch der erwähnten Handlungen, ja Lehren, zu einer Zeit unterfinget, darin unsre gnadenvolle Mutter Kirche, der allein Ruhm und Gehorsam gehören, nach etlichen Jahren der Heimsuchung und Prüfung in junger, gottgewollter Entschlossenheit den ketzerischen Fallstricken des Teufels wirksam zu begegnen beginnt. Schon hebt der weltliche Arm sein Schwert und weiß mit dessen Schärfe zu treffen und zu vernichten, wo die Schädlichkeit der Irrlehren unverfroren ihr Haupt durch die Gassen trägt — dort aber, wo etwan eine neue Häresie den geilen Sproß aus dem Unkraute dieser Weltläufe zu heben wagt, ist dieser hochbewährte Arm bereit, mit flacher Klinge, unversehens und nebenher, zu vertilgen und zu vernichten. Denn Gott und die Heilige Jungfrau haben die Jahre der Heimsuchung und Prüfung nicht ohne Segen über das Haupt der gebenedeiten Mutter Kirche sinken lassen: nur so vermochte des Satans heimlich Tücke in hellen Flammen hervorzubrechen und der Gnadenreichen den Ort zu weisen, wo sie, kraft ihres Amtes, zu lösen und zu binden, an Statt der unmittelbaren göttlichen Gerechtigkeit zu walten hat.

Es ist bekannt, Theophrastus ab Hohenheim, Doktor, daß Ihr wenig Glück bei Disputationen habt und solche nicht liebt, ihnen darum kluger und bedachtsamer Weise ausweichet. Was also hättet Ihr vollends von einem Lande zu erhoffen, das es gar nicht erst auf Disputationen ankommen ließe, sondern am liebsten und besten strictissime handelt! Eure Kunst nährt auch anderswo.

Darum begleiten wir Eueren Weg, den Ihr schon morgen im Laufe des Tages aus den Mauern dieser Stadt irgendwohin nehmen werdet, mit wirksamen Segenswünschen der gnadenreichen Mutter Kirche, die allen, so willig und gehorsam sind, zu Frieden und Gedeihen auszuschlagen pflegen, denen aber, die in des Widersachers Atem leben, zu Pest und Elend werden.

Ruhm und Gehorsam ihr allein!

Datum Inspruck die exaltationis sanctae crucis.«

Der Brief trug weiter keine Unterschrift, er bedurfte deren auch nicht.

Die exaltationis sanctae crucis! Ein zartes, fast kindliches Lächeln huschte über sein Gesicht. Wahrlich, selbst unter diesen Händen wurde das Kreuz, das sie aufrichteten und in die Schädelstätte pflanzten, nicht das kalte Kreuz. Sie meinten ihn zu treffen, mit flacher Klinge, nebenher. Und sie ahnten nicht, daß sie nur Luft fächelten.

Die Kranken noch! Etliche Rezepte und Weisungen waren zu geben, den Pflegern einzulernen, wie der bedrängten Natur Schritt für Schritt zu helfen sei. Und dann hielt ihn nichts mehr.

Ein vorzeitiger Herbst, der auch wenig verwöhnte Finger über dem Schreibwerke erstarren ließ, grau verhangen, wies ihm den Weg.

Und er war vogelfrei für jeden, der ihn jagen wollte, aber auch frei zu jeder Wahl. Noch lag die Straße offen, die über die Berge in die Sonne führte. Seine Stiefel waren frisch genagelt und gesohlt.

Brich des Elementes Haus.
Limbus Adae: Fleisch und Bein,
Läßt dich karg und zwingt dich klein.
Fließe aus und überaus!

Brich das Haus, dein Sternenhaus!
Laß die Flügel dir nicht sengen:
Aus des Firmamentes Sängen
Flammend fliegt dein Phönix aus.

Lohe du, im Weltenbrande,
Sturm, in Gottes Atemfluß,
Woge, noch von Schöpfungsguß,
Land, im unbegrenzten Lande!

Schließ dich auf und gieß dich aus!
Deine Welt muß überklingen,
Singen noch, wo Sein und Wesen
Nicht an Wort und Willen brandet
Und auf stetigbreiten Schwingen,
Raumgenesen, zeitgenesen,
Blühend aus der Matrix landet.
Stürz' die Mauer, brich das Haus!

Jenseits des Brenners türmten sich die Fels-
hänge zu beiden Seiten der Straße steiler,
kühlten ihm Schatten zu, öffneten immer
wieder das Tor der südlich heiteren Sonne.
Und die Welle, der schäumende Knappe, schürfte den
Tagbau, grub die Straße, lachenden Gefälles. Baum-
und Mattengrün, dem Wandertage entlang, sanft-
ladend, stillgewillt, beständig und schweigsam, so
schweigend, daß ein Herz den Drang des Blutes vergessen konnte! Sonst nur das lockende, harrende, neid-

342

los enthuschende Getier, das Worte nicht kennt, die gierigen, eifervollen Worte, und Raum gibt und Raum findet. Kein Mensch daneben.

Es wurde still um ihn und gelassen. Während die Beine und Schultern ermüdeten — sie hatten ihn mit seiner geringen Habe einem tiefen Schlafe zugetragen und so die erste Nacht von Innsbruck her gesegnet — ruhte er auch im hellen Tageslichte der Wanderung, satten Auges und erquickten Ohres, als halte der Gott, der hinter der Welt schweigt, seinen drangvollen Mann und Knecht für eine Weile in den bunten Mantel selbsterlösten Lebens gehüllt und wie ein Kind gewiegt. Das Werk war verstummt, da ihn keines Körpers und keiner Seele Qual und Not anrief. Doch alle Welt in ihrem heimlichsten Leben wurde sein, denn sie besaß ihn nicht, wollte ihn nicht, wie die Natur nicht Gott will, sondern Gottes ist.

Wunschlos erlebte das Felstal, durch das Paracelsus schritt, sein hochgetürmtes, unerschüttertes Element und atmete dessen ernstes Wesen. Wunschlos fiel das rauschende Wasser, von jedem Stein gelenkt und jeden Stein bezwingend, und gab nur Ton und Schall eines Weges, nicht des eigenen Wesens Laut, während es verschäumte, aber sofort gestillt, friedsam, wo sich ein sanftes Bett bot, war sein Element bis in den kühlen Grund blaugrün erschlossen. Die Bäume, die Wiesenhänge und die duckenden Sträucher, soweit sein Auge sie umfing, alle sein in ihrem subtilsten Leben, das aus Licht und Boden harmlos und willenlos ein Selbstgenügen fand, in sich erfüllt

von dem, was ihm zugemeſſen war, ein Leben, fried=
voll geſättigt und nur ein Zeichen für den Teil des
Elementes und Geſtirnes, der aus ihm wirkte. Und
jedes Tier, in ſeiner Notdurft rein und friedlich. Floh
eines das andre, kein Haß lag in der Flucht, bei
aller Vorſicht und Scheu, kein Lauern und Bangen.
Die Schuld fehlte, Sünde war nicht da, ein Spiel
nur, und konnte es ein Spiel um Leben und Tod ſein:
der böſe Wille fehlte.

O Eremita, was bauſt du deine Klauſe nicht! Hier
liegt Geröll, dort wächſt ein mildes Moos, Schatten
und Zweige, wohin dein Auge fällt!

Zu allem, allem hat Gott ſein Fiat geſprochen, und
es war da, es ſtand in ſich, geſchaffen, beſchloſſen.
Nur zu dir hat Gott ſein Fiat nicht geſagt! Das Ge=
heimnis des letzten Schöpfungstages: Gott mußte
das Element ergreifen, mit ſeinen Händen den Erdkloß
formen, Gott mußte dem Element den eigenen Atem
einhauchen, ſeinen weſentlich=wortloſen Atem. Zu
allen Geſchöpfen hat Gott geſprochen: es werde —
vor dir allein hat er eingehalten mit dem Willens=
laute: Laſſet uns machen! Da war Fiat verſiegt, denn
der alte Bund des Elementes und des Geſtirnes war
eingefangen in ſeines Weſens Zirkel. Und er hauchte
und gab den eigenen Atem, der grenzenlos iſt, unbe=
griffen, unſtillbar im Element und Geſtirn und der
ewigen Sehnſucht voll, ſein Selbſt zu ſchauen. Gott
mußte den neuen Bund entzünden wie ein Feuer, den
Bund des Sohnes, der unmittelbar iſt und ſeiner ſelbſt.
Mikrokosmus, der den Makrokosmus eint, um über

ihn hinaus in das Urewige zu wollen! O Eremita, in der Einsamkeit deiner Sinne, der du mußt allgemein sein in deinem Gemüt! Was Wunder, daß du deinen Brüdern nachhangest mit Haß und Liebe, mit Begierde und Gnade, denn du allein vermagst ihn nicht zu stillen, den Atem des sechsten Schöpfungstages in dir, du mußt eines Stammes und einer Art werden, und mußt Monarcha sein, das ist: Anheber. Wo aber lebt dein Vollbringer?

So ist dir inmitten des Gartens der Baum gepflanzt, in dessen Saft das Blut der Schlange fließt, und du hast von den Früchten des Baumes essen müssen: Gut und Böse. Eremita, in der Klause deiner Worte und Sinne, Eremita, in der Gemeinsamkeit deines Herzens! Eremita, was könnten dir Mauern einer Zelle sein, aus Geröll erbaut, darüber das blaugrüne Leben geflossen ist! Was sollte dir ein Bett aus dürrem Moos, das einst in Saft und Kühle gegrünt hat! Und vermöchten die trockenen Äste eines Rindendaches dein treibendes Gemüt zu decken! Eremita, du führst deine Zelle mit dir, wie die Schnecke ihr Haus. Brich dein Haus, stirb dir selbst, nicht nur deinem Fleisch und Bein, dir selbst, auf daß du lebst und erfüllt seist!

Und während Paracelsus diese wundersame Fuga seines Lebens sang, in der alle Stimmen der sechs Schöpfungstage laut wurden, kam er der Bergstadt näher, wo er seinen und der andern Leute Adam aufzuerbauen gedachte, denn er war äußerst dürftig geworden an Leib und Gut, und er hatte in Dorf und Weiler gehört, wo man seine Art an der Arzneitasche erkannte, daß die Pest ihm voran ins Eisachtal gezogen war; zu Sterzingen war sie dort eingebrochen.

Hinter Gossensaß holten ihn Menschen und Wagen ein, denn es wollte Abend werden. Er ließ sich gerne überholen. Wenn sich die Leute zurückwandten, sein Gesicht und den goldenen Schwertknauf sahen, boten sie ihm die Tageszeit, er aber ließ es zu keinem Gespräche kommen.

Vor Sterzingen stand ein rundgemauerter, dicker Bildstock, wo die Brennerstraße noch eine Welle schlug, seitab führte ein Fußweg zu einem Gehöft auf halber Bergeslehne. Die Stadt lag hinter der seichten Talbiegung verborgen. Paracelsus witterte sie nahe, und hätte er auch den bläulichgrauen Schmauch nicht gesehen, er hätte sie gefühlt wie ein verstecktes Lebewesen, das in die ahnende Sphäre eines Menschen taucht. Vor jeder neuen Stadt schlug ihm das Herz wie einem gewitzten Spieler, der seinen guten Einsatz gefährdet weiß, und doch vor jeder neuen Stadt ergriff ihn die Lust zum Spiele. So bog er noch einmal aus und kletterte den Fußsteig bergan, um das verborgene Wesen zu sehen.

Das erste war ein schlankes Reitertürmlein am Ende seines langgestreckten, graubeschindelten Firstes, der breit wie ein Riegel durch das auftauchende Dächergewimmel geschoben war. Und dann trat ein hoher Steinturm mit steilem Treppengiebel vor, mit

ten in der Stadt. Noch ein Stück südwärts einen
steinigen Rain entlang, und das Nest lag unter ihm:
zwei enggeschmiegte Häuserschwärme, dort, wo der
Steinturm stand, durch eine Binnenmauer getrennt.
Vor den Mauern aber gegen Mittag bei einem großen Hofe, in das flachgeweitete Tal vorgeschoben,
die breite, hochbedachte Kirche, an deren Turm sich
das ganze Talgefüge friedfertig zu sammeln schien.
Die Turmkugel stand noch im Lichte. Hinter ihr
trieb ein schattender Bergzug und kreuzte das Tal,
das offen gegen Süden stand.

Er wußte nun, daß hier, wo leichte, schleiernde
Dünste die Ferne ermatteten, auf einem hochgestauten
Moorboden dasselbe harte Sauergras wuchs, das
seine nackten Füße im Hochtale der Sihl, als er ein
Knäblein war, zuweilen geritzt hatte. So lebte die
Stadt nicht vom eigenen Boden. Fremdes Korn
wurde in ihren Mühlen zu Mehl, fremdes Flachs-
und Wollengewebe kleidete die Bürger. Und von
fremdem Brote und in fremdem Kleide lebt der
Geist, der das Leben zur Ware macht. Da lernen
die Menschen fremde Gedanken reden, als wären sie
aus dem eigenen Kopfe gewachsen und selbst erfahren. Tausch wird ihnen alles, Tausch werden sie,
ohne es zu merken. Konnte er einen unter den Ge-
schäftigen dieser Stadt erhoffen, der seiner selbst und
eigen wäre?

Paracelsus saß noch eine Weile auf einem Steine,
der graugrün von Flechten überzogen war, und sah
in die neue Stadt nieder. Bald aber mahnte das

Geläute. Und er zog zu Sterzingen ein, des Spiels gewohnt, eines stillgefaßten Mutes.

*

Stadt um Stadt, Region um Region. Das Fähnlein hatte sich gewendet. Paracelsus war, von Sterzingen noch zu unfreundlichem Auszuge genötigt, in Meran zu Ehren und gutem Gelde gekommen. Und weiter: der Fürstabt Russinger hatte ihn nach Pfäffers berufen, ein Libell über das Bad zu schreiben und ihm selber Heilung zu bringen. Der Arm des Kirchherren reichte weit, Innsbruck und er hatten Fühlung. Die königliche Kammer beschied, daß Seine Majestät Ferdinandus die Dedikation einer Wundarznei zu Gnaden nehmen werde. Das evangelische Nürnberg hatte sie verschmäht.

Und Paracelsus war wieder an die deutschen Druckerstätten bergab gezogen. In Ulm hatte er der Offizin des Hans Varnier, der sein chirurgisches Hauptwerk zu verpfuschen drohte, den Drucksatz umgestoßen und war mit dem Manuskripte nach Augsburg durchgegangen. Dort lebte, ein Physikus der Stadt, der Arznei Doktor Wolfgang Thalhauser, mit dem er an der Universität Ferrara des berühmten Leoniceno und Manardo von allem barbarischen Latein purgierten Galen gehört hatte.

Ein großes Sterben war jüngst auf der goldschweren Reichsstadt gelegen, und die Aerzte standen noch in Ansehen. Paracelsus ritt auf einer Fuchsstute durch das Schwibbogentor ein. Sein Wams war damasten, mit Marder ausgenäht, und er trug samstene Hosen. Hinter ihm trieben zwei Knechte auf ihren Maultieren die Fahrnis nach. Ueber dem Bauche spannte sich ihm eine pralle Geldkatze, und die Türen der Herbergen standen weit offen. Alle Sorglichkeiten der Doktoren und Meister hatte der Jugendgenosse Thalhauser gestillt. Allein Paracelsus wußte, daß ihm nur eine Gastfrist gewährt sei. Sie brachten ihm alle Freundlichkeit entgegen, die Tage und Wochen abzählt, auf den Termin gesetzt ist, und verkniffen unter günstigen Mienen, daß der berühmte Mann von den Häusern der Fugger, der Imhof, Rem, Ilsung, Rechlinger und anderer Geschlechter begehrt wurde, also auch bei den geringeren Bürgern, die auf sich hielten, zu Konsilien gelangte; man übersah es, daß eines Fremden Taschen trotz merklichen Aufwandes täglich voller wurden. Aber je glatter, desto schneller, man hatte acht, daß die Offizin des Heinrich Stayner eifrig am Werke blieb. Paracelsus fand sich gefördert, so hoch er immer nur wünschen konnte. In zwei Monaten waren die beiden Bücher der Wundarznei gesetzt und gedruckt, zugleich auch eine Prognostikation auf vierunddreißig Jahr zukünftig, die deutsch und lateinisch ans Licht kam. Er wurde zu Gast geladen, ein Schwarm von Schülern begleitete ihn, die Fuggersche Kanzlei erholte seinen Rat, denn ihr war wohlbekannt, daß der bergerfahrene Mann wachen Auges ganz Europa durchzogen hatte. Und über alledem: er hatte das Wort wieder, darum er noch in Beratz=

349

hausen bitter gelitten hatte. Und doch fiel ihm alles nicht herzbewegender zu als ein lachender Himmel nach Regen; wer aber des Wanderns gewohnt ist, der weiß seinen Sturm und Schauer zu nehmen. War er dem steten Drange und Kampfe so tief anheimgegeben, daß ihn die heitere augsburger Sonne fast erschlaffte! Vielleicht auch waren die Brücken, die Thalhauser und er in die Jugend zurückschlugen, allzu ungleich geworden, so daß er ahnungsvoll seine Prädestinaz erwog. Was konnte ihm noch zugemessen sein!

Paracelsus hatte das erste Buch der Wundarznei mit einem Briefe an den Jugendgenossen eröffnet und auch die Antwort des hochgeachteten Mannes in den Satz getan. Beide wiesen auf das Unvermögen der Aerzte vor der Kunst der Chirurgie, und Thalhauser beteuerte, sich freimütig zur Kundschaft dessen zu erbieten, daß der hochberühmte, vielerfahrene Herr Theophrastus von Hohenheim als erster begonnen habe, das henkerische Martern der Chirurgen anzutasten: »Euch, als einem zu solchem nützlichen Handel von Gott erwählet, billigs Lob versähen und geneigtesten günstigen Willen erzeigen ...« schrieb der Physikus von Augsburg, allein — als griffe er doch nach einer Stütze, die seinem Freimute beglaubigten Halt bieten sollte — er wies zugleich auf den teuren, lobwürdigen Johannes Manardus von Ferrar hin, der schon um gemeinen Nutz der Arzenei halben sich bemüht, die Irrtumb auszureuten. Und man wußte zu Augsburg, daß er und der hochbe-

rühmte Fremde Schüler des Manardus gewesen
waren. Nur war des Italieners Kampf ein Kampf
gegen verderbtes Latein und Irrtum gewesen, der
aus den verschweinten Texten geflossen war. Des
Paracelsus Strauß aber ging um eine neue Kunst
aus dem Lichte der Natur gegen allen Irrtum, auch
den der textgereinigten Autoritäten. Thalhauser bekannte sich zu ihm und hatte seinem Werke, wie es
kaum ein andrer getan hätte, trefflich in die Wiege
geholfen, und doch verleugnete er des fahrenden
Freundes, der heute eine Fuchsstute ritt, Sammet-
hosen antrug, morgen aber kaum in Elendherbergen
unterkam, wahre Monarchie. Er verleugnete sie,
mußte sie verleugnen, denn er war einmal mit ihm
gleich und gleich gewesen, in Tübingen, in Ferrar.
Nichts kommt dem Geistmenschen härter an, als
den Genossen über das eigene Maß hinausgewach-
sen zu sehen.

An dem Tage, da Paracelsus dem Freunde sein
Werk gebracht hatte, saßen sie im stillsten Winkel einer Wirtschaft hinter dem Perlach, die ein berühmter
Koch und Kellner führte. Paracelsus hatte ein Edel-
mannsessen bestellt und hatte die besten Weine her-
auszulocken verstanden. Sie waren beide Kenner eines
Bissens und Trunks.

Von dem verschwiegenen Gelage waren ihre Köpfe
gerötet und die Augen satt und blank. Paracelsus floß
von seines Lebens jagendem Umtriebe bitterschäumend
und polternd über, und der seßhafte Thalhauser —
leicht vorgebeugt, mit einem Arme auf den Tisch ge-

lehnt, etwas abgewandt und nur von Zeit zu Zeit aus
seinem Glase saugend – wurde stiller und stiller. Bald
hörte er nur mehr mit halbem Ohre hin, ein duseln=
des Lächeln umspielte seinen Mund, Behagen sank
ihm in die schmächtigen Glieder. Wie war das liebe
Leben sonst friedsam eingetan! Laß schütten, laß trom=
meln! Mochten die Butzen vom Hagel klappern, der
irgendeinem draußen das Fell gerbte! Freundlich
knackte das braune Getäfel der Zimmerwand zu eines
Buches höflichem Satzgefüge, das den Herrn Pysikus
für eine Stunde auf sanften Kissen der Gelehrsamkeit
trug, und die warmen geräumigen Kacheln von der
Ecke her taten wohl. Es gab ja etlichen Hader und
Aerger, hie und da, ein wenig Neid auch, ein bißchen
Scheelsucht, einen Brocken Dummheit, der wider=
spenstig durch den Schlund drückte, aber gemeinhin
ging man gemächlichen Schrittes durch heimische
Gassen, trat in ansehnliche Häuser, gebeten, geehrt,
auch von Hochmögenden vertraulich aufgenommen,
und konnte es sich leisten, auf Mangel an Kunst und
Geschick der andern gelassen herabzusehen. Konnte
auch einen Mann, dessen Ruhm flackernde Schatten
warf, mit Freimut empfangen und fördern, wo an=
dere um ihren Ruf hätten bedacht sein müssen. Im
übrigen waren die Wachteln dieses Abends köstlich
gewesen und die Forellen auf der Zunge zerfallen, da=
zu ein Reinval und jetzt der Muskatell=Malvasier. Ein
Bissen Marzipan hob die edle Würze.

Paracelsus rumorte inzwischen in der Alchimie.

»... so von der Arznei tund, das nit Arznei ist...

352

jetzund sehend, was Alchimia vor ein Kunst sei . . .
das Unnütz vom Nützlichen tun und bringen das in
sein letzt Materiam und Wesen . . .« Er schnipfte
mit dem Finger und hielt den Zeiger hoch. »Experi-
entia! Ganget hin, suchet, leset im Buch der Natur!
. . . Was tund ihr, Bankritter, Hosenwetzer, Biren-
brater . . . stecket eure Nasen immerhin in die
papieren Welt und klaubet Buchstaben! Seind in
Pergament bunden!« Er kicherte in sich hinein. »Tin-
tenbücher, so keine Kunst inn haben, allein Sudelns
und Kudelns durcheinander. Machend alsdann den
Schwaderlappen, daß die Säu lieber Dreck fressen,
dann ihr Gekochs! Und darum, daß sollich Schwaderlappen, so die Säu nit mögen, nichts sollen,« er
schlug auf den Tisch, »darumb ist Alchimia von Gott
gesatzt! Ei schau, wie ein hübsch Kunst in den
Tintenbüchern steckt und in den erdichteten Ärzten.
Sollich ein Bladerwerk, das ist ihr Kunst.«

Fast traurig sank die Stimme des Paracelsus in
sich zusammen. Und Thalhauser lächelte verschmitzt,
er nickte leise und streckte die Beine. Gut, gut. Welch
ein Eifer! Wie er die Backen vollblies, als hätte er
Kraut und Ruben zu derben Klößen gegessen und
suche seines Magens Schwere zu lockern. Der wußte
nichts mehr von dem köstlichen Nußgeschmack der
Forellen, von dem subtilen Fleischarom der fetten,
knusprigen Wachteln. Der schluckte den Malvasier,
als schlappe er Röhrenwasser. Ein melancholischer
Phantast! Red weiter, vomier dein Herz!

Die beiden Unschlittkerzen schwalchten und tränten.

Thalhauſer tappte nach der Schere und ſchneuzte ſie glücklich nach einigen Verſuchen, die er ſelber beſchmunzelte.

Da hielt Paracelſus plötzlich mitten im Gedankenzuge ein. Beider Männer Augen ruhten ſtarr ineinander. Thalhauſer ließ den Arm mit der Putzſchere auf die Tiſchplatte fallen, daß es klirrte, aber ſie zuckten beide nicht mit den Wimpern, Auge in Auge.

»Thalhuſer, Thälhüſerli,« quarrte die Stimme heiſer herüber, »was haſtu wellen mit dem Manardo! Was ſoll derſelb Manardus neben mir! – Thalhuſer, deine Jahr ſeind kurz geweſt und meine lang, lang … ich han ein zehentfachs Leben gelebt unde du eins allein! Du haſt dein Frieden unter den Einlebigen. – Thalhuſer, was muß ein Menſch tun, der zehen Leben hat hinter ihm! Er muß in die nüe Region und in die ferner und wieder in die ferner – ad ultimam regionem! Was ſoll ein Methuſalem des Lebens unter den Einlebigen! Er muß hindurch durch das Leben der Einlebigen. Was willtu mit dem Manardo, deinem Lehrmeiſter zu Ferrar, neben mir! Derſelb iſt vor dich von geſtern her, und dein Weg führet zu ihm ein Dutzend Schritt, als über die Straß, nit weiter. Vor mich iſt er hundert Jahr und mehr geſtorben. Und langeſt du us deim Fenſter in den Luft der Nacht, du künnteſt Ferrar noch greifen mit deinen Händen, ſo nahe: den Kortilpalas … den Rigobellturn. – Mir iſt das längeſt verſunken. Wann iſts geweſt! An hundert Jahr und meh ….«

Er lachte gläſern, trüb und fern. Und Thalhauſer,

der während dieſer ſeltſamen Rede in den Augen des Paracelſus gelegen war, ſo daß er kaum zu atmen wagte, fiel ab wie ein ſchwerer Tropfen. Er verſuchte auch zu lachen, aber er brachte es nur zu einer zuk= kenden Bewegung der Lippen und flüſterte vor ſich hin:

». . . optime, optime, optime . . .«

Der Wirt, der ſeine Kunſt reifen ſah, brachte ein ſauerduftendes Gericht. Es waren Früchte, die in gezuckertem Eſſig mit Nägelein und Zimt gekocht waren und in Eis gekühlt aufgetragen wurden, daß die Zinnſchüſſel betaut ſchimmerte. Davon aßen ſie nun ſchweigend und weckten den ſchlummernden Ge= ſchmack für einen Sekt, der ihnen als letzte Gaumen= freude vorbehalten war.

Er wußte noch einen am Wege, den er nicht vergessen konnte. Da ihn der Erbmarschall von Böhmen, Johannes von Leipnik, nach dem mährischen Kromau ans Krankenbett berief, nahm er die Fahrt donauabwärts nach Linz, hier und dort von Kranken, in Passau von eigener Leibesbeschwer aufgehalten, so daß ein Jahr neu ergrünte, als ihn der Gaul von Linz durch das sanftbewegte Land nach Eferdingen trug, jenem geneigten Manne zu.

Das Geläute des Ostertages verschwebte aus der hellen Gasse in die Lenzbläue. Auf dem Hofe der Herberge standen gesattelte Pferde mit nachgelassenen Gurten an ihren Krippen, und draußen vor den Bretterbuden des Marktes, farbenlustig wie der ausgebreitete Kram, ermunterte den Ausschauenden, dem noch die Steifheit des Morgenrittes in den Knien saß, ein regsames Gedränge, Stadt- und Landvolk, das, seiner täglichen Sorge entbunden, dem Zufalle freundlicher Begegnung hingegeben war, im Bewußtsein eines gediegenen Feierkleides, behäbig. Weitaufgebreitet standen die Torflügel der Kirche, und durch sie hallte, von einigen Instrumenten begleitet, die mehrstimmige Vokalmusik. Allein, die Leute schienen dem Hochamte Gesang, Feierlichkeit und den, im winterlichen Gemäuer erkalteten, Weihrauchduft zu lassen, sie hatten sich beim Läuten der Glocken vor der Kirche gesammelt, aber sie blieben unter dem heiterdurchsonnten Himmel.

Paracelsus trat in den großen, kühlen Bau ein, um Herrn Hansen vom Brandt, den Kirchherren von

Eferdingen zu finden. Das Schiff lag leer, im Chore knieten und standen etliche Reihen kaum so dicht, daß die zelebrierende Geistlichkeit vor dem behutsamen Besucher verdeckt worden wäre. Er schlich seitlich näher und erkannte in dem wohlbeleibten, mäßig großen Manne, der von Kaplan, Frühmetter und zwei Meßnern umgeben, das Hochamt las, den Freund. Ueber ein Dutzend Jahre waren seit jenem vertraulichen Regentage vergangen . . . Der Kirchherr wandte sich langsam der Gemeinde zu, breitete die Hände. Sein Gesicht schien voller geworden, die stark aufgeworfenen, beinahe wülstigen Lippen öffneten sich nur träge, und die schweren Lider über den vorgewölbten Augäpfeln blieben gesenkt, das Haar — ergraut, aber immer noch dicht — fiel zu beiden Seiten der Wangen über die Ohren bis an den Hals nieder, wo es rund um den Kopf gleichgeschnitten war. Er trug ein weißsamtenes, goldgesticktes Meßgewand.

Ein warmes Lächeln huschte über das Gesicht des Paracelsus, und er verließ, lautlos und unbemerkt, das Chor. Er wollte zunächst auf sein Quartier: ruhen und etwas genießen, um dem Kirchherren nicht unversehens in Küche und Keller zu fallen. Aber während er aß, stellten sich die Gedanken wieder ein, die ihn auf seinem Ritte von Linz herüber begleitet hatten. Er schrieb an einem Buche über tartarische Krankheiten, Sand- und Steinleiden, vielleicht deshalb, weil ihn die eigene Galle gequält hatte, als er schmerzliche Winterwochen zu Passau lag. Und es blieb nicht bei einem aufgenommenen Gedankenspiele. Er be-

357

endete den Imbiß schnell; es beläftigte ihn der schwirrend volle, wirbelnde Gaftraum. In seiner Kammer schrieb er lange, und als der Impuls ausgeftaltet und verebbt war, wies das Zeigerwerk des eferdinger Turmes eine Stunde, in der er nicht mehr zu fürchten brauchte, einen Festtisch zu überrumpeln.

Man führte ihn auf dem Pfarrhofe vor eine Tür, er pochte, trat ein. Herr Hans vom Brandt saß unter dem Fenster und hatte gelesen. Er starrte den Besucher tief erschrocken, fast entgeistert an. Paracelsus stutzte. Der Kirchherr war todblaß geworden, mühsam erhob er sich, stand einen Augenblick regungslos, und dann streckte er die Hand vor, beide mittleren Finger aneinandergepreßt, den kleinen Finger abgespreizt, Zeiger und Daumen zu einem Ring geschlossen, so daß sich ihre Spitzen berührten. Und die Hand bebte.

Paracelsus erkannte die Geste, er trat einen Schritt näher und hob beruhigend die Arme.

»Alle gueten Geift zu Gottes Lob und Preis,« flüfterte der Kirchherr, »Jesus, Maria und Josef ftehnd mir bei, so seid Ihrs, Fleisch und Blut, von Hohenheim, oder etwan . . .«

Er schlug ein Kreuz.

»Der bin ich und leiblich, Ehrwürdig. Han ich Euch us so schwerem Bsinnen aufgerottlet, daß Ihr ein anders meinet!«

Da kam ihm der vom Brandt feierlich entgegen und umfing seine Hand mit beiden Händen, drückte sie mehrmals und führte ihn an die Fensterbank, gab die Hand nicht frei. Sie saßen eine Zeitlang schweigend

358

nebeneinander. Paracelsus ließ den Hochatmenden Sammlung finden.

»Da ich auf diesen Morgen die Meß glesen und mich zum andern Mal gen die Tabern kehret umb von der Gmein, ist mir auf dem vergüldten Türl Euer Kopf erscheinen, nit leiblich, gleich eim Bildnus, allein nit glatzet, sundern an Haupthaar wohlbestellt und umb etlichs fülliger, dann Ihr jetzund seid.« Er suchte noch nach Worten. »Ich han die Jahr her — es ist etlich ein Läng — von Euch ghört. Erstlich durch Herrn Paulsen Stadler, Dumbherr zu Salzburg, mein Freund, und hinwiederumb aus Straßburg, da ist der Leopold Taferner auf ein Zeit gewest, item aus Nürmberg. — Was ist Euer Nam weit worden und fruchtbar über deutschem Land! — Als auch von denen zu Innsbruck ghört. Euer gleichwohl allweg in Freundschaft gedenket, so wunderlich fast unterweilen die Red ist gangen. Niemalen so oft Euch zugewandt im Sinne, dann in vergangner Winterszeit Und fürgestern Euch hoch erwünschet, dann es liegt mir ein Liebes krank hie, und die Arzt wissend nit. — Indem ich auf diesen Morgen mich wieder zum Cibori 'kehrt auf dem Altar, und mir Euer Haupt ist erscheinen, mußt mir sein, als hätt mir Gott den Arzet angezeigt. Als han ich mich bsunnen, wie ich Euch möcht erreichen in gschickter Eil. Nun sitzend Ihr hier, und ich halt Euer Händ . . .«

Paracelsus senkte den Kopf. Der Kirchherr wußte nicht, daß er für eine kurze Weile im Chor gestanden war. Es mochte sein, daß ihn Brandt während der heiligen Handlung mit halbem Blicke geftreift, aber feiner nicht wiffend geworden war, nur darum fchon, weil er ihn nicht gewärtigte, wiewohl er ihn herbeigewünfcht hatte. Und aus dem gleichfam unempfangenen Bilde der leiblichen Augen mochte die Imagination erwachfen fein, die alle Züge des Erinnerungsbildes trug. Aber es blieb feltfam und bewegte den grübelnden Arzt: der vom Brandt hatte diefen Winter hin öfter feiner gedacht, als er fchon auf dem Wege nach Eferdingen war, und vorvergangenen Tags, da ihn der Kirchherr herbeigewünfcht, hatte er den letzten Ritt auf Linz zu getan. Sie waren, einander ahnend, begegnet. Der geheimnisvolle Schauder faßte auch Paracelfus. Wunderfam der Wirklichkeit entrückt, faßen die beiden Männer. Nach einem langen Schweigen fiel es trocken, daß er felbft aufhorchte, von den Lippen Theophrafts von Hohenheim:

»Ich will auf Kromau, dahin ich von dem Erbmarfchalk bin beruft fider verwichner Herbeftzit. Sider und auch ich Euer zum Dickermal gedacht, und was ein Verlangen in mir, Euch heimzefuchen, Herr Doktor. So dünket es mir dupplet gfchickt, daß es auf ein Zeit möcht befchechen, da ich Euch nit allein kunnt fehen, fundern glichermaßen dienftlich fein.«

Mit augenfällig ungewohnter, tappender Belebtheit richtete fich der Kirchherr auf, tat einige Schritte in das Zimmer, winkte mit den Armen, fchüttelte den Kopf, blieb dann mit geneigter Stirn zu feinem Gaft gewandt ftehen und fammelte die Fingerfpitzen feiner

Rechten vor dem Munde. Sein Gesicht war jetzt gerötet und erhellt.

»Man spricht mannigerlei dem Paracelso nach,« brach es aus ihm. »Wunderlichs gnug. Daß Ihr ein Magus seiet, wohlan, ich hans zur Stund erfahrn, und schlotternd mir fast die Knie. Allein, Euer Aug,« und hier stockte er, wurde ernst und leiser, »wiewohl eins Lebens voll, das nit jedermanns ist, hat noch den stummen Schein in der Tiefen.«

Er breitete ihm beide Hände entgegen und kam auf ihn zu.

»Paracelsus, Magus, verzeihet mir, daß ich Euch nit nach Gebühr und wie einen bösen Geist schier hab empfangen. Seid also willkummen!«

Da wurde auch des vielgewandten, umgetriebnen Mannes Gemüt weit. Und die beiden Männer umarmten einander wie Brüder.

»Ein schlechter Hauswirt, der Brandt zu Eferdingen! Gstiefelt und gspornt, als ich seh! Wo steht der Gaul?«

»Ich han mein Logiment ze Linz und ein Knecht dort bei dem Gut, auch krank Lüt angenommen für ein paar Täg. Als gedacht ich, allein diese Nacht hie ze bleiben, und stellet das Roß drüben ein.«

Der Kirchherr winkte lebhaft ab und eilte ohneweiters zur Tür, rief in den hallenden Gang hinaus; da aber keine Antwort kam, ging er, um nach dem Rechten zu sehen, und ließ die Tür angelweit offen.

Paracelsus lauschte, von dem seltsamen Empfange bewegt, in das Haus, durch das die freudige Stimme klang. Ihm war, als löse sich sein Leibwesen, das ihn sonst wie eine wehrhafte, schutz- und trutzbereite Mauer umhegte und selbstbefangen hielt; es löste sich wie in einem Bade und tiefer noch wie in jenen geheimnisvollen Minuten, darin Mensch und Welt zu Schlaf sinkt. Er lehnte den Kopf an das Wandkissen zurück, schmiegte sich in die Bankecke und schloß die Augen. Eine lächelnde Müdigkeit schimmerte aus dem faltigen, frühgealterten Gesichte des Peregrinus, und er wäre beinahe eingeschlafen. Die hallenden Schritte des Kirchherren ermunterten ihn.

Pferd, Sattel und seine Taschen, die er nie zurückließ, denn er kannte den Fürwitz und die Untreue seiner Knechte, wurden eingeholt, bald stand ein wohlbesetzter Tisch vor den beiden Männern, und Paracelsus ließ sich die gute Stunde gefallen, während der Kirchherr, an dem aufgetanen, sprudelnden Geiste seines Gastes froh gesammelt, nur hie und da unterbrach, um zu Speise und Wein zu nötigen.

Bald aber drängte Paracelsus selbst, und Brandt führte ihn zu des Peter Parzners Hausfrau, deren Kinder sich vertraulich an den Kirchherren hingen. Die Frau und die Kinder zeigten dieselben vollen Lippen und dieselben breiten Züge. – Paracelsus erkannte, daß eine tiefsitzende häutige Bräune das junge Weib in Fieberhitzen auf das Lager geworfen hatte. Er ordnete die Trennung von den Kindern an, um Kontagion zu verhüten, und mischte eine Flüssigkeit, die er mit einer stumpfgeschnittenen Federfahne in den Hals der Kranken pinselte. Er bereitete auch ein Gurgelwaſſer, ordnete ein ſchweißtreibendes Hausmittel an und verſprach, am nächſten Tage wiederzukommen, er hoffe, das Uebel bereits in ſeinem Sitze gelöſt zu finden.

»Ich hab in Dänemarken, da es gen die feſte Stadt Stockholma ging, und ich ein Medicus des Regiments geweſt, ein Ort geſehn,« meinte er auf dem Rückwege, »do ſeind die Lût daran gelegen in jedem Hus, Alt und Jung, und war ein groß Sterben. Jedannoch mannigeim geholfen, der wohl noch heunt ſein Leben darvon hat. Ihr müget ſein unbeſorgt. In zween Tägen ſo iſt die Frau vom Fieber frei.«

Sie blieben den Tagesreſt im chimiſchen Keller der Pfarre. Der weißhaarige Frühmetter, Chriſtof Püchler, war mit ihnen. Kirchherr und Kunſtgenoſſe brachten etliche Verſuche, die ihnen bedeutſam ſchienen, nach ihren Aufzeichnungen vor den berühmten Gaſt. Und was ſie auch ſagten und von ihren Präparaten herbeitrugen, es geſchah mit ſo hingebungsvollem Eifer und einer faſt ehrfürchtigen Lernfreudigkeit, daß Paracelſus ſeit langem wieder das Glück empfand, unangefochten von Neid und Gier der andern, aus reichem Herzen und frohem Geiſte ſchenken zu können. An einem kurzen Experimente, bei geſchäftig zugerüſteten Feuern, erwies er ihnen, daß ein Prozeß, der ſie zu kühnen Vermutungen verleitet hatte, dadurch ins Stocken geraten war, weil der Grad des Feuers beim Ausgange der Fixation, die der Exaltatio vorläuft, verfehlt worden war, und als er ihnen vollends zeigte, daß der Prozeß, richtig gefördert, ein wohlbekanntes Ergebnis brächte, lächelten sie beide freimütig und voll dankbarer Anerkennung. Sie wiesen in einem Bande des großen Glossarium cum Concordantiis eine Stelle, die auf ihren Versuch Bezug hatte und offenbar einen Irrtum enthielt, und korrigierten nach seinen Weisungen. Die große, heiligende Liebe einer Kunst schuf den drei Männern glückliche Stunden. Es wurde spät, und sie griffen nur mehr nach einem raschen Trunk und Bissen, ehe sie sich trennten.

So ruhte er in einem duftigreinen, geräumigen Himmelbette. Er hatte die Gardinen offen gelassen. Die durchlichtete Nacht füllte das Zimmer mit einem friedvollen Dämmern. Er genoß den Segen dieses Tages nach und war so dankerfüllt, daß er nicht schlafen konnte. Als werde er von sanfter, schaukelnder Wolkenfülle getragen. Pulswelle auf Pulswelle: sein belauschtes Herz.

Da fühlte er, wie das glückhafte Lächeln auf seinem Gesichte stand, es erstarrte ihm zu einer Maske und fiel von ihm ab. Seine Pulse jagten auf.

Weshalb hatte er davon geschwiegen, daß er am Morgen schon gekommen und in der Kirche gewesen war? Konnte das magische Band, das Mensch an Menschen schloß, das ihn hatte seinen Weg über Linz nehmen und den Freund in langen, schweigenden Jahren immer wieder hatte seiner gedenken lassen, nicht geheimnisvoll genug sein?

Und er wußte, daß er auch ferner schweigen werde,

mit einer ängstlichen Untreue, als fürchte er, durch das ernüchternde Wort ein seltenes Glück zu stören, das ihm die freudige Erschlossenheit eines wunderberührten, reinen Herzens gewährte.

Er seufzte tief.

Peregrinus, Fremdling, eilenden Fußes nimm auch den Unschuldslaut der Quelle, die deinen Durst stillt, mit dir, nimm auch Duft und Fächeln des Baumes, in dessen Schatten du geruht hast, mit dir, nimm, stiehl dir den fürchtigen Glauben einer Menschenseele, die dich eine Stunde in Frieden gewiegt hat! An fremden Feuern mußt du deine eigene Flamme nähren, denn sie brennt über dich hinaus. Gleich einem Diebe in der Nacht schleichst du dem Glück nach.

Und dennoch fühlte Paracelsus keine Reue. War das Lächeln von seinem Gesichte geglitten, so war er selber doch wie der kalte Guß aus Wolkenhöhen in sein eigenes steiniges Rinnsal zurückgestürzt, wieder seiner selbst geworden. Das brachte ihm den Schlaf.

Als sie des andern Morgens an den Hinzenberg gingen, um nach der Arbeit in dem Weingärtl zu sehen, war auch die Brust des Kirchherren von schwellendem Verlangen voll. Er pries das Leben des Freundes, der seine Schwingen breiten konnte, wohin das kunsterfüllte Gemüt trieb, ganz Europa mochte er sein eigen nennen.

»Ihr habet recht,« meinte Paracelsus trocken, »die

Kunst hat kein Statt nit und treibet ein umb. Allein, der Mensch sucht ein Statt. Es zehrt am Leben, so einer muß dessen gewohnt werden, daß seine Heimat überall und nindert liegt. Ihn geruhigt kein Haus, kein Tal, und er muß des Hungers schweigen lernen, der umb ander Leut Gemüet anstehet, daß ihm ein Hilf und Frieden werd, wider das eigen Herz. Ich kunnt nindert meh sein, noch bleiben. Ehbevor hab ich gemeint, die Lüt wellend nit, do ich viel Widerpart und Schmach erfahrn. Das ist nit. Es liegt an mir, der ich bin einer Kunst, das ist des schaffenden Gottes ein Knecht, da ich ruß Anfang sein und Monarcha. Die nach mir kummend und us mir sind, min Aug wird sie nit sehen. — Soll keiner darnach hangen, dann es ist keins Willens Ziel und kann nit ergriffen werden wie ein Stück Brots oder ein Becher Weins. Ist einer so gar der Kunst und intan, er braucht nit zu begehrn die Fern und die Weiten und den Weg und das Elend. Dann er hats in ihm.«

Darnach schwiegen sie beide lang.

Dem Kirchherren war auch zugetragen worden, daß Paracelsus unter den Gottessuchern gelebt und gelehrt hatte. Das neue Glaubenswesen bedrängte Hans vom Brandt, er mußte fürchten, daß es in Eferdingen mit Kirche und Glauben nicht anders gehen werde als irgend sonst in deutschem Land. Die Gemeinde zerrann ihm unter den Augen. Er hätte gerne darüber Wort und Aufschluß gefunden. Nun aber schwieg er, und er wußte, daß er darüber schweigen werde. Wie ein Siegel legte sich die Rede des Freundes auf seinen Mund.

Noch am selben Tage wußten sie, daß des Peter Parzner Hausfrau ärztlicher Hilfe nicht mehr bedürfe, und gegen Abend trieb es Paracelsus zu den Kranken nach Linz.

Der Kirchherr ließ den Schimmel vorausführen. Sie gingen ein Stück Wegs gegen das Donaukloster Wilhering miteinander. Auf der Höhe einer Straßenwelle, von der man den Turm der eferdinger Kirche noch sah, wartete der Knecht. Er war nicht dorthin bestellt, und doch schien beiden Zeit und Ort gerecht. Ihre Hände und Blicke wuchsen ineinander. Da der Knecht den Sattelgurt anzog und mit den Bügeln klapperte, fanden sie auch ein Wort, einen Segen, Dank und Gruß.

Er saß auf und ritt im Schritt davon. Nach einer Weile sah er sich um. Hans vom Brandt stand noch auf der Höhe. Sie winkten. Dann gab er die Sporen.

Paracelsus kam von Sankt Veit her dem ossiacher See entlang, und als er gegen Abend den schattenden Bergstock des Dobratsch über der villacher Alp sah, hämmerte es vor Schmerz und Freude in seiner Brust. Er wußte seit Sankt Veit, daß er den Vater nicht mehr finden werde.

Er ritt über die Draubrücke und nahm die Zügel straffer, als müsse er das Pferd vor den ausgefahrenen Pfosten hüten.

Das untere Tor – die untere Maut – und er wurde über den langgestreckten Marktplatz getragen, der einer breiten, leicht ansteigenden Straße glich. Er ließ die Zügel fallen, hob sein Schwert quer über den Sattelknauf. Die Augen wurden ihm trocken, alles schien ihm klämmer, kleiner, stiller geworden: die Gewölbtore, die Fensterreihen, die geraden Blendgiebel mit ihren Wasserspeiern, dort wo hinter den flachen Fronten die Nachbardächer zusammenstießen.

Das Pferd ging langsam weiter, als es des unteren Brunnens gewahr wurde, zog es hinüber und trank. Paracelsus ließ es geschehen. Er sah hinauf zu dem andern Brunnen, auf dessen Säule der verwitterte Sankt Jörg mit seinem Eisenspieße stand, und dort war auch das Haus . . .

Dann wandte er sich im Sattel um. Gegenüber der Maut, vom Markte weg, zweigte die Lederergaß ab, er war vorübergeritten. Die Seigermeisterschul – bestand sie noch! Nach ihm – nach dem Vater! Vielleicht hatte er sie längst schon aufgegeben, war zu alt geworden, zu schwach für die Hitze der Oefen und den Dampf der Metalle. Wie alt war er geworden! Vier Jahre sollte es her sein, und als sie von der Tüfelsbruck kamen, stand der Vater inmitten der Vierziger. Er mußte an die achtzig gewesen sein. Sein Leben war hoch gekommen. Ein Leben des Friedens, der Milde, geruhig.

Eine Magd hatte ihre Wasserbutte an den Brunnen gebracht. Während das Gefäß vollief, sah sie den fremden, sinnenden Reiter fragend an, dessen Gaul schon getrunken hatte und leise, erwartungsvoll schnob. Auch etliche Straßenjungen standen nicht weit von ihm und warteten. Paracelsus sammelte sein Pferd. Er mußte eine lähmende Trägheit überwinden, aber am Widerstande wurde er wacher. In der nächsten Herberge stellte er ein.

Ohne zu rasten, als triebe er auf einem schleichenden Strome, ging er das kurze Stück weiter bis zum oberen Brunnen und trat in das Tor. Es war ein Kaufmannshaus mit einem geräumigen Leggadem, der fast leer stand; in der Tiefe nur einige Ballen. Es roch noch immer nach Leder. Paracelsus blieb eine Weile stehen und sog den juftenden Duft ein, stieg dann die knarrende, ausgetretene Holzsteige hinauf, tat etliche Schritte über den dunklen Söller der Tür zu und hielt an, lauschend, mit vorgeneigtem Kopfe. Das Haus war ganz still. Und er wandte sich wieder, streckte den linken Arm gegen die Wand, während er das Schwert mit der Rechten gegen die Brust hob. Seine Augen schwammen. Er tastete Schritt für Schritt zurück, die Steige hinunter.

Etwas weiter oben drosselte das Chor der Sankt Jakobspfarre den Markt ab. Mit seinen hohen, schmalen Spitzbogenfenstern stand es fremd, abgewandt, auf dem ummauerten Kirchberg, und es schnitt nüchtern in den leuchtenden Himmel. Der Turm ragte mit Gesims und schlankem Helm über die Giebel der Markthäuser hinweg. Alles nahe und drückend eng. Paracelsus ging rascher über den Platz zu der Steintreppe hinüber, die auf den Kirchhof führte, wo auch die Wohnung des Mesners lag.

Dort trat er ein, und aus der Küche quoll ihm der Geruch einer Pfanne entgegen, auf der die Frau des Mesners etwas briet. Er erkannte sie. Sie war klein und dick, hatte die stechenden Augen und den breiten eingekniffenen Mund behalten, ihre Haarsträhne waren dunkel geblieben und klebten fettglänzend, wie aus der Stirne gestrichen, um die Ohren.

»Ist der Mesner daheim, Mesnerin?«

Sie stellte die Pfanne auf den Stein.

»Was willt Euer Gnaden vom Mesner?«

»Vor etlich Jahren vier ist der Herr Wilhelm Bombast von Hohenheim hie verscheiden und lieget etwan auf diesem Friedhof begraben. Es soll mir der Ort gewiesen werden, Mesnerin.«

Er reichte ihr ein Geldstück. Sie warf den Hader fort, mit dem sie den Pfannenstiel gehalten hatte, wischte die Hände an ihren Schurz und nahm das Geld, murmelte etwas und schlappte voraus, indem sie den Zipfel ihrer schmutzigen Schürze in den

Bund steckte. Sie ging rasch um das Chor und an der Südseite der Kirche hin. Gegen die obere Kirchgasse an der Mauer des Friedhofes lag eine Reihe eingesunkener Grabhügel von gemeinsamer dichter Rasendecke überwachsen. Die Mesnerin wies mit einer ausfahrenden Handbewegung über die ganze Reihe hin.

Paracelsus hatte den Scheitel entblößt, langsam näherte er sich zwischen den Gräbern.

»Welichs ist das Grab ... hat er kein Stein nit!«

»Er hat kein Verwandts nit ghätt, Euer Gnaden. Es mueß das dritt oder viert sein, etwan das fünft.«

Er sah die Frau unter halbgesenkten Lidern an, seine Stirn gekräuselt, seine Lippen kummervoll eingesogen, und der Blick der Frau verfing sich in seinem Blick, ihre breiten, niedrigen Züge glitten auseinander, sie wich etwas zurück, fingerte an ihrem Schurzbande, ihre Lippen bewegten sich fast ohne Laut.

»... das viert, es möcht wohl das viert sein, Euer Gnaden ...«

Er winkte mit der Hand, die den Hut hielt; sie ging eilig davon.

Als er allein war, kniete er nieder und tastete mit gespreizten Fingern durch die feinen Gräser hindurch auf die Erde. Die Gräser zitterten zwischen seinen Fingern. Er stützte sich nicht auf, fühlte nur wie durch ein dichtes Haar, das feucht vom kalten Schweiße ist. Nicht lange blieb er so. An seinem Schwerte richtete er sich auf und stand dann, ein wenig eingesunken, die Hände über dem Knauf gefaltet.

Er betete nicht, und er weinte auch nicht. Ihm war leer wie einem Uebermüdeten, der an das sehnsüchtig gehegte Ziel kommt, und das Ziel ist nicht mehr. Seines Lebens Fahrt, einem langen, oft geknoteten, weit ausgeschwungenen Bande gleich — hier unten zu seinen Füßen wurzelte es, aber das andere Ende, er selbst in seiner lebendigen Minute, flatterte im Endlosen.

Wilhelm Bombast war nicht. Nicht hier, noch anderswo, wohin Füße tragen konnten. Der Leichnam, der zu Erde verwitterte und versickerte, war Wilhelm Bombast nicht, war Wilhelm Bombast nie gewesen. Ein jeder Becher, an dem seine Lippen getrunken hatten, ein jedes Buch, in dem seine Finger geblättert hatten, über dessen Zeilen seine Augen geglitten waren, trug mehr von seinem Wesen, immer noch mehr, als diese Erde, die den Leichnam aufsog. Und er, Theophrastus, war er nicht das Lebendigste, das Reichste von allem, was über Wilhelm Bombast hinaus wesentlich im Element blieb? Ein andres, das einmal den Vaternamen getragen hatte, es lebte in limbo aeterno, war nicht Element noch Stern, war nicht mehr Teil, war eins geworden, ewig eins.

Da fühlte Theophrast von Hohenheim, daß seines Lebens Weg, den er stets sehnsuchtsvoll vor sich gesehen hatte, von einer sanften Hand in seine eigene Brust zurückgeleitet wurde. Er, der des Wegs gelebt, der sich Monarcha, das ist ein Anfang und kein Ziel, genannt hatte, wußte nun, daß er auch End und Ziel gewesen sei, Ziel aller seines Stammes, deren Element und Stern zerfallen war, ihrer aller letztes, äußerstes Leben auf Erden.

Ein namenloser Friede, die Ruhe dessen, der getragen ist, indem er trägt, überkam ihn. Er wandte sich langsam von den niedergesunkenen Gräbern, über die eine dichte Rasendecke gebreitet lag. Den Hut noch in der Hand und das Schwert mit festem Griffe erhoben, ging er tiefgesenkten Hauptes durch die Hügelreihen hindurch, am Chore vorbei. Es lag ein leises Lächeln auf seinem Gesichte.

Als er an die Staffel kam, die auf den Markt niederführte, blieb er stehen.

— Da Jesus Christ vor Petri Haus Kranke geheilt hatte, wurde ihm des Volkes zu viel. Er hieß die Jünger über den See fahren. Aber auch auf dem andern Ufer liefen sie herbei und wollten heil werden. Ein Schriftgelehrter, von den sichtbaren Zeichen übernommen, trat zu ihm. »Meister, ich will dir folgen.« Ihn warnte Christus: »Der Fuchs hat sein Gruben, der Vogel hat sein Nest, der Menschensohn hat nicht, wo er sein Haupt hinlege.« An diesen Worten wurde einer unter den Jüngern bang, daß er rief: »Herr, laß mich gehn und ehebevor meinen Vater begraben!« Diesem sagte Jesus: »Folge mir nach, und laß die Toten ihre Toten begraben!« —

Paracelsus hob seinen Kopf. Das Blut strömte ihm zum Herzen, er war blaß.

Er konnte den villacher Marktplatz überblicken, und nun sah er auch, daß der Platz voll Leben war. Der Abend kam, es mochte nicht weit mehr zur Feuerglocke sein. Eilig, eilig mußte der Tagesrest eingebracht werden.

Er stieg hinunter in das Leben, das sein Vater noch vor wenigen Jahren mit ihnen allen geteilt hatte. Es war ihm, als sei auch für ihn ein Heimatshauch zurückgeblieben.

Sie pflanzten ein Bäumchen

Seit Theophraſtus von Hohenheim am Grab des Vaters ſein Ziel tief in der eigenen Bruſt gefunden hatte — er ſelbſt des Lebens Sinn und Zweck, weither in die Prädeſtinaz eines alten Geſchlechtes von Gott geſetzt — war auch der Unfriede ſtill geworden, der ihn ſonſt durch die Jahreszeiten getrieben hatte. Wenn es grünte, war ſein Troſt auf den Herbſt geſtellt geweſen, da er irgendwo Halt und Schutz vor dem Winter ſuchen werde, ein Bleiben, ein Ruhen — durch Lenz und Sommer mußte er hindurch. Und wenn den Wegbereiten irgendwo Herbſt und naher Winter ſtocken ließ, da ihn Schnee und Eis in den Mauern gefangen hielten, hatte er ſich nur auf den Frühling vertröſten können, der das flache Land und das Gebirg auftut. Seit jenem Abend aber, als er einen Abſchied ſuchte und keinen fand, als er ein Ziel verloren glaubte und ihm das einzige und letzte wie ein Erwachen gewiß wurde, ſah er den Weg nicht mehr an, den Menſchen ſonſt Elend hießen, und die Jahreszeiten zogen neben ihm her wie Spielleute, die manchmal eine liebliche, manchmal eine räße Weiſe bringen.

Er hatte den Kampf gebraucht, der durch die andern hindurch zum Eigentum führt, und hatte ſo den Schild gebraucht, auf dem die harten Worte ſtanden: Sei keines andern Knecht, ſo du beſtehen kannſt in dir. Nun wußte er, daß Schildworte dem Stabe eines

Blinden gleichen, der durch seine Finsternis tastet. Hätte ein Uneigener diesen Spruch unter sein Wappen geschrieben! O devisamenta, symbola heroica, Reguln alle und Gsatz! Was seind ihr mehr, dann erste Form primae materiae und des Wesens selber ein Zeichen, das noch in der Matrix gärt! Er hatte Kampf gebraucht, sein Artifikalfeuer, und all sein Lebenlang nur sich erlebt auch in ihnen, die ihm widerstrebten.

Von den kärntner Landständen waren etliche Schriften ehrenvoll empfangen und gedruckt worden. Er hatte das Lavanttal für die augsburger Fugger nach Gold durchspürt, war einem münchner Rufe gefolgt, dann einem nach Augsburg, schlesische Kranke hatten ihn gebeten, er war auch in Breslau gewesen und dann südwärts gegen Wien gezogen, wieder in Wien geblieben, wo er schon einen Winter verzehrt hatte, ehe er nach Kärnten kam. Dreimal war der Schnee zerronnen und den blumigen Wiesen gewichen. Im dritten Lenz trieb ihn sein Steinleiden, das ischler Bad zu versuchen. Doch es hielt ihn nicht lange in dem Waldtale. Weitergetrieben, mußte er am Fuschlsee, von den heftigsten Schmerzen niedergeworfen, eine Weile rasten, und dort entdeckte er, daß ihm die Leber wucherte. Sie war geschwollen, und er fühlte harte Knoten.

Bergsucht! Cancer? Noch kannte er den Feind nicht. Holten ihn seine Kunstfeuer ein! War das giftige Chaos der Metalle mächtig an ihm geworden! Theophraste, erweis deine Kunst an dir! Ein Same wuchs in ihm, feindlich gefät aus dem Mercur und Sal der Metalle, die von ihm zeit feines Lebens in fublime Reifegrade getrieben worden waren. Rächte fich der träge Wille des Elements, das er mit Flammenzungen gepeitfcht, purifiziert, zum Quintum Esse gezwungen hatte!

Es wuchfen die Schmerzen rafch, und fein Laudanum ftand ihm bei, ein dunkler, befchattender Freund, der den Warnruf der Natur fanft übertönte und fchweigen machte. Allein, in der Einfamkeit eines Bergfeeufers wollte er den Kampf nicht ausfechten, er wußte, daß er bitter und fchwer fein werde. Er wollte unter Menfchen, von denen er fich nicht allzuläftiger Härte verfah. So kam er nach Salzburg, das er im Jahre des Bauernzornes verlaffen hatte.

Sein Diener hieß Klaus Frachmair, er war in Ifchl zu ihm geftoßen, ein fchmächtiges Männlein, nicht unerfahren vor den Oefen, mit einem wohlgeformten, fchon fpärlich behaarten Kopf, der eben noch jene letzte Durchbildung vermiffen ließ, die Menfchen hohen Blutes zeigen. Etwas Vorreifes und darum früh Gewelktes fprach aus den altklugen Zügen, und mit forgfältiger, eigenfinniger Dienftwilligkeit verfuchte er den Herren und Meifter, vielleicht gerade deshalb, weil er fühlte, daß er ihn nicht voll begriff, in einer äußerlichen Ordnung einzufangen, von deren Wichtigkeit er eine hohe Ueberzeugung trug.

Sie fanden enthalb der Brucken in einem Eckhaufe auf dem Platzl eine Herberge, die aus zwei Kammern und einem Vorraume beftand. Die Fenfter waren gegen den Salzachfluß gerichtet, die Stadt mit Türmen und Dächern, Hohensalzburg und der Mönchsberg lagen vor ihnen, denn die Wohnung befand sich im obersten Stockwerke. Und dieses Logiment richtete Klaus Frachmair ein. Ueber der schmalen Bettlade erbaute er das Gerüst eines Himmels und bezog es mit Decke und bunten Gardinen. Auf die Regale stellte er silberne Becher und etliche Instrumente. Neben das Schreibpult in handlicher Nähe reihte er Bücher auf einer Truhe, und eine andre Truhe war sorgfältig mit Papierstößen und Schreibgerät belegt. Büchsen, Pulverskatulae, Fläschchen und Tiegel standen auf einem langen, schmalen Wandbrette wie in einer Apotheke. Und in der Ecke neben der Tür war das Holzmodell eines Schöpfwerkes, wie man eines in Bergwerken zum Wasserheben braucht, bis zur Decke aufgebaut. An einer langen Stange vom Fußende des Bettes gegen das Fenster hin hing die Kleidung des Paracelsus, der Jahreszeit und Witterung entsprechend und ihrer Dignität nach säuberlich aufgereiht, darunter standen die Stiefel und lagen Reitpulgen, Satteltaschen, Sporen und Zaumzeug im Glied. Paracelsus mußte sich wohl oder übel in die Liebhaberei eines Dieners schicken, zuweilen erzürnt, weil Klaus nicht bei der einmal zugegebenen Ordnung blieb, sondern für Aenderungen stets neue Gesichtspunkte gesteigerter Subtilität fand und wortreich verteidigte, so daß Paracelsus immer wieder genötigt war, nach griffgewohnten Dingen zu suchen, weil sie ihren Ort im neuen Systeme hatten ändern müssen. Nur im Vor-

378

raume vermochte der Heilmeister seinen Willen zu behaupten. Dort hatte Klaus verständnisvoll, fast ohne besondere Weisungen, einen chimischen Herd mit breiter Platte aus rotem Marmor errichtet. Der Raum war Räucherkammer gewesen, die Wände waren von duftendem, glänzendem Ruße geschwärzt.

Eines Morgens erwachte Paracelsus aus dem dumpfen, narkotischen Schlafe. Er fühlte den Schmerz gelindert und verlangte, seinen Tag zu beginnen. Ein Klirren — er lupfte den Bettvorhang und hielt noch eine Weile zurück, um Klaus Frachmair zuzusehen, der leise sein Spiel trieb. Die Heilmittel, die zum Morgentrunke genommen wurden, standen beim Imbiß auf einem Brettchen säuberlich geordnet neben dem Bette.

Klaus Frachmair wollte, auf den Zehen schleichend, mit der ausgebrannten Zinnlampe in den Vorraum, dessen Tür offen stand, und gewahrte die ruhigen Blicke seines Herren. Er flüsterte seinen Gruß, stellte die Lampe nieder, zog die Gardinen zurück und knüpfte sie auf. Und er machte sich sogleich daran, die Medikamente in den Wein zu mischen.

»Willtu min Leben einfangen, du seßhaft Gemüet? Es liegt eine Magia verborgen in denen täglichen Dingen, die spürest du wohl. Allein du möchtist weitaus greifen, so du mich welltest ganz und gar mit mines Lebens Husrat umbhegen.«

Klaus Frachmair schmunzelte befriedigt. Er hielt den Trunk bereit. Paracelsus nahm ihn, langsam schlürfend, und streckte sich noch eine Weile in die Kissen zurück.

»Es liegend so Bücher als Scripta, miner eigen Hand und in die Hand miner Knecht diktiert, allenthalben fern in Kisten und Koffern, als auch in den Truchen miner Fründ. Je Kolmar im Elsaß, ze Wil bi Sant Gallen an dem See, ze Nürmberg, Augsburg, ze Breslen und Kromau und andern Orts. Ueberall do steckt ein Zaunpfahl, Klaus. Min Leben, das ist usbreit, weithin gesät. Als ein Schlang aus ihrer Haut schlüpft, so sie ist ze eng worden und klämm, hab ich sie hintanglassen, Bücher, Gschrift und viel Husrat, Kleidung, dem Wirt, dem Fründ, vertan, verschenkt . . . Du sollt mich lassen frembt sein, Klaus, und ohn ein Vaterland, dann min Wesen hat sin Frieden in der Unruh, und die Magia der täglichen Ding ist an ihm verlorn.«

»Verlaub, Herr Doktor, es mueß ein Ruh sein und ein Fried wern. Bsinnt Enk auf Enkere Wehtäg. Die Unruh, sel kummt nacher, erst gsund wern. Als beim Strobl, beim Fuschlsee, da händ mir kein aurum potabile mehr ghätt und kein culinam, daß Ihr eins gmacht hätt. Halts ab, Euer Gnaden Herr Doktor, halts ab, es mueß sein.«

Paracelsus lächelte. Mit einem mühsamen Ruck richtete er sich auf. Und er sah, daß über Nacht seine Füße angelaufen waren. Ober den Knöcheln versuchte er die Geschwulst; die Druckdelle blieb. Er kräuselte leicht die Stirn.

»Hydrops. Wir müssend umb etlich Grad schärfer werden in unserer Kur. — Es ist ein Kranker, und ich muß ihn annehmen. Bleibet mir einmal der Trost nit, daß der Krank ist von denen Winkelblaseren und Sudelkramern verdorben.«

*

Als Paracelsus nach Salzburg gekommen war, mußte er sich zwei Tage im Bette erholen. Der Ritt hatte seine Kräfte übernommen. Er lag zur Herberge in der Krone. Am gleichen Abend noch wurde seine Ankunft bekannt, und Tags darauf besuchten ihn manche, die sich des weitberühmten Mannes von jenem Winter her gerne erinnerten. Vor allem der Gerichtsschreiber Setznagel und Meister Lienhard, der Maler, auch Hans Rapl, der Bader. Und sie vermochten kaum die Befangenheit hinter ihren guten, überlauten Worten zu verstecken. In dem Bette lag ein Greis, kahlköpfig, am spärlichen Schläfen- und Nackenhaare fast gänzlich ergraut. Sein Mund war blaß und eingefallen, seine mageren Wangen tief durchfurcht, das Antlitz gelb wie altes Pergament, nur die Augen ruhten in einem lebensvollen Lichte, klar und dankbar zugleich für die freundliche Gewalt, die sich geneigte Menschen taten, um ihn nichts merken zu lassen. Als er aber dann wieder durch ihre Straßen ging, mit einer gewissen ruhevollen Würde, die ihm sein Leiden aufzwang, und sonst stattlich angetan, gewöhnten sie sich rasch an sein Aussehen und ein Gehaben, das dem Rufe seines Namens besser entsprach, als jenes fahrige, ausbrechende Wesen von dazumal.

Ab und zu erteilte er eine Ordination bei den Raplbadern, auch in den übrigen Stuben, und es war besonders der Badermeister Andree Wendel enthalb der Ach am Platzl, der ihm eifrig anhing, so daß er von Paracelsus manchmal an die Krankenbetten mitgenommen wurde. Der Zulauf wuchs rasch, und bald war ihm das laute Treppauf-Treppab in seiner Bestandherberg lästig. Er konnte manche Tage das Bett nicht verlassen, mußte sich Ruhe schaffen. Da mietete er, als der Sommer drückend wurde, im Wirtshause „Zum weißen Roß" am Kai ein kleines, kühl gelegenes Stüblein, wo er sich zu fester Stunde einstellte, um seine Patienten zu finden; dort konnte ihn auch Meister Wendel bei kundigen Krankheitsfällen vertreten, wenn er selbst den kurzen Weg über Bruck und Steige zu scheuen hatte. Nicht zu häufig kam dies vor. Er führte seine schärfste Klinge gegen den Feind im Leibe, und es gelang ihm, der Wassersucht immer wieder Herr zu werden.

*

Unter den salzburger Gottesfreunden ging eine Abendmahlschrift des Paracelsus von Hand zu Hand.

Sie kamen nicht mehr in der Wohnung des Gerichtschreibers zusammen. Der Bischof Matthäus Lang war bald nach dem Bauernrumor streng gegen die Stillsten im Lande vorgegangen, und auch sein Nachfolger im Regimente, der Herzog Ernst von Bayern, der Paracelsus vor wenigen Jahren noch in Passau zu Rat gezogen hatte, hielt ein waches Auge auf suspekte Heimlichkeiten. Doch trafen sie einander an Orten außerhalb der Stadt, und Paracelſus kam, ſo oft er konnte. Er lauſchte ruhig der frommen Unterhaltung, die Satznagel leitete, hielt nicht zurück, ſelten nur ließ er ein Wort fallen. Dann aber fühlte er, daß ſie ihn voll Achtung hörten. Und es war wieder der ſanfte Meiſter Lienhard, der ihn, wann er nur eine Spur von Bereitwilligkeit witterte, und er hatte eine feine Empfindung dafür, mit Fragen anging. Doch lag dabei in Stimme und Ausdruck gerade dieſes geneigteſten Mannes ſo viel Schonung und rührende Bedachtſamkeit, daß Paracelſus ſcheu in ſich befangen blieb.

Manchmal aber ſtieg es in ihm wie eine Qual auf, härter als ſein Leiden: ſtarb ſeine Liebe, ſeine Menſchenliebe! Sie war der edle Kern des Eifers, der Haſt, der rauhen, ingrimmigen Art ſeines Kampfes um Kunſt und Wahrheit geweſen. Nun konnte er Meinungen gelaſſen hören, auch wenn ſie im Irrtume tappten, er konnte ſchweigen, auch wenn er wußte, daß Widerſpruch vonnöten war, um die Erkenntnis weiterzuführen. Sie rührten ihn nicht auf, ließen ihn kühl. Und je beſſer er den Menſchen zu behagen ſchien, deſto tiefer fühlte er, daß ſie mit ihm nichts mehr gemein hatten. Das quälte, denn er wußte, daß dabei etwas ſtarb, wovon er hoch über allem Leben getragen worden war. – Als könne er ſich loskaufen, überlieferte er dem frommen Lienhard nach und nach alle theologiſchen Scripta, die ihm zur Hand lagen. Sie wurden von Gottesfreunden eifriger genommen, als hätte er ihnen von Aug zu Aug gelehrt; ihn aber belastete der Buchstabe, den er wie eine schlechte Münze gab, während er das lebendige Wort und die Magie der Persönlichkeit zurückhielt. Er konnte sich nicht mehr geben und hatte sich nie gespart. War das der Tod?

Sie saßen am Abend eines drückendheißen Tages vor dem Steintore im Baumgarten eines Wirtshauses beisammen, es war der Abend nach Christi Verklärung. Von dem Wunder auf dem Berge Tabor schweifte die Rede auf das Wesen der Dreifaltigkeit ab. Sie gerieten in großen Eifer und verwickelten sich immer tiefer in die Widersprüche der Einheit und der Menschwerdung, der Göttlichkeit und des leiblichen Todes Christi. Obwohl nun Meister Lienhard seine fragenden Augen oft an Paracelsus wandte, und auch sonst manches Wort an ihn gerichtet schien, ein peinigendes Gefühl der Fremdheit und Leere legte sich zwischen ihn und die andern. Es war kaum ein einziger Gedanke laut geworden, der eine Brücke von ihrer Welt zu der seinen hätte stützen können. Lähmend drückte es sein Bewußtsein: du gehörst nicht zu ihnen. Und wieder wie ein Schrecken jagte es ihn auf: du gehörst nicht mehr zu ihnen! Er schützte Schmerzen vor und wollte das kurze Stück Weges allein nach Hause finden. Lienhard begleitete ihn. Er hing am Arme des Malers, sie gingen schweigend. Paracelsus war so sehr beunruhigt, daß er manchmal, ohne es selbst zu fühlen, schwerer in den Arm des Freundes sank. Lienhard nahm es für ein Zeichen des Leidens, er fah voll Sorge auf den gebeugten Mann nieder. Und mit belegter Stimme, faſt ſchroff, forderte Paracelſus den Maler auf, in die Wohnung mitzukommen. Dort brachte er Wein, griff zwei Silberbecher vom Geſims und füllte ſie. Ein letztes Tageslicht verhüllte die Dinge mehr, als es ſie erkennen ließ. Paracelſus lag zurückgeſunken in einem Polſterſtuhle.

Lienhard glaubte, daß der Kranke in ſeinem Schmerze nur eines Menſchen Nähe fühlen wolle, darum blieb er ſchweigſam und ſah durch das offene Fenſter in den Himmel.

»Ihr tragt eine Kunſt in Uech, Lienhard,« begann Paracelſus mit einer fernen Stimme, die den Maler abhielt, ſeine Augen ihm zuzuwenden. »Ihr tragt eine Kunſt in Uech, darumb ſo verſteht Ihr zu ſchweigen, und darumb kann ich reden . . . Ihr ſeid der letzte Menſch . . .«

Die Augen des Malers huſchten hinüber. Paracelſus hob die Hand und ließ ſie erſt wieder fallen, als er den ſpäten Gaſt beruhigt wußte.

»Ich hab kein Schmerz zur Stund, es möcht dann ein Schmerz genennt ſein, ſo ein Menſch wird deſſen gewahr, daß ihn der Tod abſundert von den andern.«

Lienhard wollte ſprechen, aber das Geſicht des Paracelſus war von einer unbewegten, verſteinerten Ruhe, die ein anderes Wort verwehrte.

»Ich han viel Lüt ſterben gſehn. Was iſts, das die Menſchen ſchröckt am Tod? Der do ſtirbet, iſt ihr Bruder gſein und ein Menſch als ſie, do tuet ſich

ein unsichtiger Mantel umb ihn, und ein Mauer
baut sich auf umb den. Kann keiner nit meh hindurch
zu ihm. Der do stirbet, saugt sine Sphär ein, darmit
er sunst der andern Sphär durchdrungen und umb-
schlossen hat. Er wird abwendig. So meinend die
andern ihm müsset das größist Leid beschechen. Das
ist nit. Der do stirbet ist einiger, dann sie. Das größist
Leid ist aber Entzweiung: Riß und Kluft im selbsteigenen Wesen. Nit der Tod ist die Qual. Die Qual
ist, wo der Tod hebt an. Da noch ein Drang lebt,
einzutauchen die Sphär in des Bruders Sphär . . .
allein die Mauer wächst, und der Mantel zeucht sich
umb ein zusammen, do kein anderer mehr hindurch
kann. — Ich will künftig nit zuo denen Brüderen
gehn, bitt Uech also, lieben Meister Lienhard, des
wohl zu geschweigen, dann es beschicht nit us eim
andern oder hoffärtigen Grund. Was mir vor Augen
liegt, klar und bschlossen, daß sie nimmer sehen möchtind mit ihren Augen . . . ich kunnts nit mehr in
das Wort fassen, welichs ihnen zu Herzen geht . . .
es ist als der Bom, der sin Laub hat von ihm geworfen und zeucht sin Saft in ihm selbs zurück.«

Der Maler breitete die Hände aus, seine Augen
waren weit und seine Lippen zitterten, aber Paracelsus
blieb so ruhig, daß Lienhard in stürmischer Ergriffen-
heit erblaßte und kaum den Atem meistern konnte.

»Sehet an die göttlich Trinitas, lieber Meister
Lienhard! Was vor ein Reden und Deuten unter denen
Brüdern, als sei die Dreieinigkeit gescheiden von den
Menschen und ein Ding außenthalben. Darumb die

Frag, was an dem Suhn seie Mensch gewest, und was Gott. Wie kunnt der sterblich Christus materialisch gewest sein! Der Leib Christi ist nit materialisch gewest, allein empfindlich. Er ist empfindlich gestorben für die Menschen limbi Adae und hat am Kreuz mehr gelitten, dann ein Mensch kunnt leiden, des Tod die Empfindung nimbt von ihm. Was vor ein Fragen! Ist äußerlich. – All Ding seind drei und eins. Do ist allen Salz, Schwefel und Liquor in Kraft des Elements geben. Und do ist Vater, Suhn und Geist in Kraft des einigen Gottes ewiglich. Und das Element in ihm hat drei natürlich Wirkungen, als hat Gott in ihm drei göttlich. Das Sal gleichet der Schöpfung und dem alten Bunde, das Feurig aber dem Suhn, so den Adam läutert in seim Füer, der Liquor gleichet dem lebendigen Geist, der do macht, daß Sal und Füer ein Leben hånd. So seind unser irdisch Ding ein Schatten des Himmlischen, als ein Schein im Spiegel. Und ist ein Unterscheid allein: das Himmlisch, als Vater, Suhn, Geist, beruhend in einander und seind Eins, das Irdisch aber treibt Sal, Sulphur und Liquor nebeneinander, do ist noch ein Kampf, do ist noch ein Tod, do muß es erst Eins werden. – Und so dies ist beschechen, werdend all Ding auferstehen, gleichwie das Wesen primae materiae auferstehet us den Kunstfüern im Quinto Esse. Do werdind all Ding gescheiden sein in Gut und Bös und dannocht eins sein mit Gott in Himmel und Höllen. Und es wird der Kampf aus sein, und es wird getrennt sein Schlacken und Edel, und es wird die Schöpfung sein erschöpfet in ihrem treibenden Wesen. Dann das Wort Fiat war im Anfang, und seine Kraft währet bis an das Gericht.«

Die Stimme des Paracelsus war immer matter geworden. Nun war sie verhaucht. Seine Augen ruhten müde und abgewandt in den Höhlen. Die Hände lagen gefaltet im Schoße. Und der Maler saß vorgebeugt, er trank das Bild dieses Ureigenen ein, wie eine Abendröte, die den Blick nicht freigibt, ehe sie erlischt. Dann aber schreckte er auf und riß sich von der schuldhaften Bildbefangenheit los: er war dem Geiste des Paracelsus kaum mehr gefolgt. Ein letztes, fast übermenschliches Erkennen, das Gott und Welt in unerhörter Einheit zusammenschloß, war ihm offenbart worden, er aber hatte sich nur tragen lassen wie in einem Kahne auf einem tiefen Strome, und sein Auge und Herz war, menschlicher Sorgfalt voll, an einen Menschen verloren gewesen, aus dem die ferne Erkenntnis verlautete. Er stammelte:

»Was sagt Ihr ... Doktor, warumb habet Ihr nit so zu den Brüdern gesagt!«

»Zu Abbazell in den Bergen hab ichs über die Menschen vermocht. Do war min Sphär gewaltig einer ganzen Stuben voll. Nun aber ist die Zeit kummen, do ichs kaum über den letzten Menschen vermag. Ich will das zu Wort und Schrift bringen, so könnt Ihr es finden. Lasset ihm gut sein, lieber Meister Lienhard, vor diesen Tag. Ruft mir den Frachmair, der soll mir anzünden.«

*

Wenige Tage nach diesem Abend waren seine
Beine steif geschwollen. Er ließ sich vom Bürger-
spital ein Reisbettl holen, auf dem ihn Klaus und
ein Knecht der Badstuben enthalb der Ach in das
Weiße Roß hinübertrugen. Er wollte, so lang sein
Geist willfährig blieb, die Kranken nicht versäumen.
Und sie drängten sich zu ihm, als dürften sie keinen
Tropfen einer versiegenden Heilquelle verloren gehen
lassen. Besonders vom Lande her war der Zulauf
groß.

Bald aber mußte er, um sich zu erleichtern und den
Atem frei zu halten, von Hans Rapl und dem Meister Andree Wendel Beine und Unterleib öffnen lassen.
Seine stärksten Mittel versagten. Doch blieb er eines
klaren, fast freudigen Gemütes. Die peinigenden
Schmerzen der Leber waren seit einiger Zeit verstummt. Und kaum von der lästigen Beschwer des
Wassers erleichtert, fühlte er seine Lebensfeuer so rege,
daß er den Klaus Frachmair zum Schreibpulte rief.

Der machte Umstände und Einwände, doch fruch-
teten sie nur so viel, daß Paracelsus, ehe er diktierte,
eine Stärkung zu sich nahm. Dann floß es ihm frei
von den Lippen, nicht anders als in seinen besten
Tagen:

»... so wisset, daß die materia nutrimenti sein
Straßen lauft durch den Körper, und wird ihr im
Laufen das Nutriment uszogen ... darus dann fol-
get, daß in allen Aderlin, so in der Leber seind, der
Harn hindurch muß und das Nutriment ... so nun
der Harn nit schnell ist im Durchlauf, oder schnell

389

und die Hütz der Däuung zu trucken und zu gäch, so behalt die Leber den Tartarum darinnen . . . ist ihr gleich, als wär es an der Sunn ustrücknet . . . dadurch nun in denselbigen Aderen der Leber zu wissen ist, daß sie da auch verstopfen und dolores hepatis machend. Als ist die Leber der Ursprung vieler Krankheit, und ist ein edles Glied, das vielen Gliedern dienet und fast allen. So sie leidet, so ist es nit ein klein Leiden, sundern ein groß. Darumb so ist do ein sundere Geburt der Wassersucht, ein sundere des Kaltenwehe, ein sundere der Lebersucht. — Es wär der Profession der Arzet viel nützer gewest, sie hättend die Brillen ufgsteckt und etwas von diesem Tartaro besechen, eh dann sie beschrieben händ, den Ursprung der Wassersucht und derglichen ander mehr Krankheiten, die sie us der Leber setzen . . . Mich wundert, wie sie einander die roten Doktorhütlin uffsatzen künnen und seind doch so blind — ich mein, sie tasten den andern mit den Fingern, wo ihn' der Kopf steht . . .«

Er schloß die Augen, ein feines Lächeln spielte um seinen Mund. Da Paracelsus schwieg, wandte sich Klaus Frachmair langsam um und sah das Lächeln. Rasch las er den letzten Satz noch einmal, verstand und zog sein welkes Gesicht in hundert heitere Falten. Dann wurde er plötzlich ernst und blinzelte wieder hinüber. Er glaubte seines Herren Augen fest geschlossen und wiegte langsam den Kopf.

»Verwunderts dich als auch, Frachmair?«

Klaus errötete, er meinte schnell:

»Ees brauchet kein Brillen auffsteckn, Euer Gna=
den Herr Doktor, Ees sehets noch allweil durch die
Augendeckel durch, wo der Kopf den andern steht.«

»Allweil noch . . . noch ein Weil, Cläui, ein kurz
Weil. Die soll mir nit zu kurz werden. Nu gib der
Feder valet. Gang hinüber zum Notari Hansen
Kalbsohr, dem solltu min Gruß bstelln, und daß
er kumm morgenden Tags umb Mittag, do mich
die kranken Lüt nit mehr im Rößl suchend. Und soll
ins Rößl kommen uf min Stübl, dann ich will min
Testament machen. Gang desglichen zem Setznagl,
zem Hans Mühlberger, Ruprecht Strobl und Ba=
stian Groß, die wohnend hart bi, daß sie mir ein
Zügenschaft tätend. Auch solltu den edel, fest Mel=
chior Schuch, Stadtrichter zum Hallein, und den
Stefan Waginger ersuchen, die seind als auch nit
weit. Ich hoff, die werdens mir nit versagen, sie
seind mir wohl geneigt . . . Ist gut, ist gut, Cläui,
laß gut sin . . . ich will schlafen . . . nu beschweret
mich das Wasser nit mehr. — Gang, bestell din
Sach wohl.«

Klaus Frachmair rückte behutsam die Polster zu=
recht und zog die Vorhänge zu. Er schlich beküm=
mert hinaus.

*

Das Stübl im Weißen Roß war voll von den
Leuten. Paracelsus hatte jeden freundlich empfangen
und von jedem gehört, daß keiner daran glaube, er
hätte Testierens oder dergleichen not. Paracelsus saß

auf dem Tragbett und wünſchte die Sache getan. Aber der Notar Kalbsohr konnte nicht ſo ohne weiteres umhin, und das war gut. Als endlich Papier, Tinte und Feder in Ordnung lagen, hielt er eine Anſprache.

»In Gottes Namen, Amen. Ich, Hans Kalbsohr, ein beheirater Klerik ſalzburger Bistumbs, aus kaiſerlicher Gwalt offener Notari, als auch ihr, Edel, Feſt, Ehrbar, als Zeugen ſonderlich erfordert und erbeten, ſeind hie zugegen und perſönlich erſchienen, daß wir ein offen Inſtrument machend. Indem der würdig, hochgelehrt Herr Theophraſtus von Hohenheim, der freien Künſt und Arzenei Doktor, ohn Teſtament und Ordnung ſeiner zeitlichen Güter von dieſer Welt net abſcheiden will. Als ſehnd wir ihn perſönlich, auf dieſem Reisbettl ſitzend, wiewohl ſchwachen Leibs, aber der Vernunft, Sinne und Gemüts ganz aufrichtig. Indem ſo und wir dies offen Inſtrument verfaſſen, ſei allen und jeden, die es anſehen, leſen oder hören ſollen, kund, wiſſen und offenbar, daß es geſchehen ſei nach Chriſti unſres lieben Herren Geburt tauſend fünfhundert und im einundvierzigſten Jahr der vierzehenten Indiction, an Sant Matthäustag, des heiligen Zwölfbotens, den einundzweinzigſten des Monats Septembris, Mittags Zeit, als regieret der allerheiligeſt in Gott Vater und Herrn, Herr Paulus, aus göttlicher Fürſehung der dritt Papſt des Namens, im ſiebenten Jahr.«

Er hielt ein und ſah ſich im Kreiſe um. Alle ſtanden ernſt und feierlich. Einem jeden ſchienen die

Worte gerecht und bedeutsam. Auch Paracelsus nickte zustimmend. Sie waren des drückenden Gefühles entkleidet. Aus einem letzten Willen, der bebend in die Zeit hinübergreift, da jeder Wille schweigt, war ein Instrument geworden, befreiend in seiner Sachlichkeit und Kälte. Und da der Notar ihres Beifalles gewiß war, setzte er sich nieder und schrieb den Kopf des Testamentes. Dann bat er um die Punkte.

»Min Seel sige dem barmherzigen Gott us Gnad des Leidens, Marter und Absterbens des eingebornen Suhns empfohlen. Min Bstandherberg ist enthalb der Brucken, muß demnach min Begräbnus desglichen sein. Allein nit zu Sant Andrae. Ich bin mins Lebens die größist Zit ußenthalben der Ringmauren gewest, das soll auch im Tod sein. – Do ist die Sant Sebastiani Pfarr und der Friedhof vom Bruderhus der Sant Sebastianipfleg. Dort solls sein.«

Hans Rapln setzte er den Lidlohn reichlich an, und Meister Wendel sollte die Arzneien und das Instrument bekommen, dann gedachte er seiner einsiedeler Sippe mit einem Legat.

»Mins Hab und Gut sunst will ich zu Erben bekennen all arm, elend und dürftig Lüt, denen ich bin ein Gnoß und Bruder gewest.«

Eine Bewegung ging durch die Zeugen. Man wußte, daß Paracelsus nicht ohne Mittel schied, es mußte ein ansehnliches Almosen sein. Aber der Notar vermochte das aufbrechende Gefühl klug zu beschatten. Er führte Pfründen und Almosen an, die schon

393

bestanden, und man beschränkte die Erbgabe des Paracelsus auf Arme, die solcher Wohltat entbehrten. Es wurden noch die beiden Testamentarien bestimmt, die das Inventar aufzunehmen und den Willen zu vollstrecken gebeten werden sollten. Und Hans Kalbsohr, der Notar, faßte das alles in einen ausladenden, jedes Vorbehaltes und Einwandes wohlbedachten Stil. Er las das fertige Instrument mit einer sonoren, gleichmütigen Stimme vor. Man unterschrieb, reichte dem Kranken die Hand, fand leichter die Worte einer tröstlichen Gewißheit und eines guten Mutes. Paracelsus war der ehrsamen Männer, die ihm würdig und gelassen über eine bange Stunde hinweg geholfen hatten, dankbar froh. Befriedigt ließ er sich von seinem Klaus Frachmair höher betten. Und dann trugen sie ihn über die Brücke zurück.

Er sah die Salzach hinauf und hinunter. Der Herbst war schon zu spüren. Im Herbste hatte er sonst um sein Winterlogiment Sorge getragen. Gott meinte es gut mit ihm; wäre es treibender Lenz gewesen, er möchte nicht so ruhig geblieben sein.

Als sie ihn vor dem Hause absetzen und auf die Arme nehmen wollten, sagte er:

»Traget mich noch ein Stück vors Tor.«

Klaus Frachmair wußte, was sein Herr wollte.

Der Kirchhof des Sant Sebastiani-Bruderhauses lag etwas tiefer als die Straße, er war, sowie die ganze Pflege, von einer Mauer umgeben, durch die eine spitzbogige Pforte führte. Gleich von der Pforte aus gingen die Staffeln nieder. Er ließ sich unter

394

dem Bogen abstellen und sah über das Geviert des Totenackers hin, in dessen Mitte eine kleine Kapelle stand. Die Kronen etlicher Bäume, schon etwas angegilbt, ragten über die Mauer herein.

Klaus Frachmair, dem das Herz bis an den Hals schlug, schielte auf das Antlitz seines Herren nieder, aber er gewahrte keine Erschütterung. Langsam schweiften die müden Augen über den niedrigen Hügeln, immer wieder, als grüßten sie jeden der schlafenden Brüder. Dann blickte er auf. Und als er es in den Augen seines Dieners schimmern sah, meinte er lächelnd:

»Ein Peregrinus muß sins Winters Logiment wohl besehen. Die Lüt hie seind friedlich. – Nu tragend mich heim.«

*

Ehe sie ihn zu Bett brachten, saß er eine Weile im Vorraume vor dem chimischen Herde. Er nahm etliches Instrument in die Hand, betrachtete es und stellte es wieder an seinen Platz. Inzwischen bereitete Klaus das Bett. Auch ein neues Glaskölbchen voll aurum potabile stand für ihn auf der Steinplatte. Er ließ es sich von dem Badknechte reichen, und als Klaus Frachmair wieder in den Vorraum kam, um ihn zu holen, hielt Paracelsus das Fläschchen gegen das Licht und schüttelte es.

»Sieh, Cläui, ein Arcanum, gewaltig, des ich in minem Leben oft genossen und mich berühmet, darmit hundert Jahr und meh ze werden. Laß dir sagen, das ist wahr und ist beschechen. Dann miner zeitlichen Jahr zählet eins drei und mehr. Ich kunnt min Prädestinaz nit vor gering achten.«

Er setzte das Fläschchen auf die Steinplatte. Vielleicht war seine Hand zu schwach geworden, sie stieß das Kölblein um, und das Arcanum ergoß sich in die Asche. Klaus sprang zu und wollte noch etliche Tropfen retten, aber seines Herren Hand legte sich auf die seine und drückte sie leicht an das umgestürzte Gefäß.

Sie hatten ihn kaum entkleidet und sorgfältig gebettet, da sank er in einen tiefen Schlaf. Erst am folgenden Tage lockerte sich der Schlaf zu einem Dämmerzustande auf, der ihn jedoch nicht in die Klarheit des Bewußtseins zurückgelangen ließ.

Es war der Gerichtsschreiber Setznagel dagewesen, Meister Wendel und andere. Der Maler Lienhard wollte die nächste Nacht bleiben, daß Klaus Frachmair schlafen könne. Sie hatten oft versucht, ihm Milch und Wein einzuflößen, aber er nahm keine Nahrung mehr.

✳

Am dritten Morgen bald nach Sonnenaufgang sammelte sich seine Seele. Ihm war, als werde er, auf dem Rücken liegend, hoch über rauschende Fluten eines Landes mit Schneegebirgen getragen. Er sah nur einen Himmel voller Dunkelheit über sich, das Land und die Ströme wußte er unter sich, er sah sie nicht. Er glitt, unendlich leicht und befreit, immer

ſchneller dahin. Und er fühlte, daß die Bahn ſich
ſenke, aber in gleichem Maße verſank auch Waſſer
und Feſte unter ihm.

Da ſchlug er die Augen auf. Alles war überhell.
Die Butzenſcheiben blinkten, und die Becher und
Büchſen am Wandborde funkelten. Licht, Glanz,
Farben. Ein Aufjauchzen und Verklingen. Denn
durch die Farben, den Glanz und das Licht quoll
ein immer tiefer erdunkelndes Blau, das alle Form
zu ewiger Nacht auflöſte.

In derselben Stunde noch flog es durch die Gassen, daß der Parcelsi gestorben war.

Seine fürstliche Gnaden der Administrator des Erzstiftes, Ernst von Bayern, saß beim Frühstück. Der Vorschneider kredenzte ihm mit einem Rebhuhne die Neuigkeit, er brachte sie aus der Küche mit.

Prinz Ernst hatte seine Messe am frühen Morgen gehört. Es war Sankt Rupertitag; ein großer Zulauf, Prozessionen, Brüderschaften mit Fahnen, Kerzenqualm, Dunst und Gesang, weit vom Lande herein, stand den Kirchen bevor, und Herzog Ernst liebte es nicht, allzuhäufig vor allem Volke zu erscheinen.

Eine Weile stutzte der hohe Herr, dann stieg ihm der Duft des Leibgerichtes in die Nase. Er griff zu und, während er den Bissen zum Munde führte, befahl er:

»Den Tumbherrn Cajetan!«

Der Sekretär erschien nach einer guten Weile, etwas erhitzt und schnaufend, seine runde Glatze war mit Schweißperlen besetzt.

»Eine ungewohnte Stunde,« meinte der Administrator lächelnd.

Der beleibte Domherr flüsterte einige Entschuldigungen über den Tisch hinüber.

»Lieber Doktor, Ihr habt es vielleicht schon gehört, der Paracelsus ist gestorben. Es ist gut, daß wir davon frühe Nachricht erhalten. Wir müssen versuchen, etwaige Manuskripte an uns zu bringen. Jetzt werden die Drucker aufmerksam werden.«

»Es gehen deren länger schon von Hand zu Hand, Euer fürstliche Gnaden. Ein Maler Lienhard ist der Vermittler.«

»Um so besser, wenn Ihr den Ort wißt, wo man zugreifen kann. — Er war sehr gefährlich. Jetzt ist er tot. Wir wollen — soweit es geht — verhindern, daß er nach dem Tode gefährlicher werde. Die medizinischen Fakultäten haben ihn nicht zu nehmen verstanden. Sie haben ihn gereizt, und er war eine vulkanische Natur. Hier ist er ziemlich zurückhaltend gewesen.«

»Seine Krankheit, Euer fürstliche Gnaden,« flüsterte der Sekretär. »Er ist schon mit dem Tode im Leibe in die Stadt gekommen.«

»Ihr möget recht haben. Wir wollen nun trachten, möglichst viel in die Hände zu bekommen. — Ich habe übrigens noch zwei seiner ausgezeichneten Pillen. Auch davon sollte man etliche erreichen. Er hat sie in seinem Schwertknopf bei sich getragen.«

Der Domherr verbeugte sich.

»Und etwas . . . es wird gut sein, wenn man ihn feierlich begräbt. Er ist berühmt und ist ein Sohn der Kirche gewesen. Sorgt dafür, lieber Doktor, ehe man uns zuvorkommt. Es könnten letzte Bestimmungen vorhanden sein.

Prinz Ernst sah am Gesichtsausdrucke des Doktor Cajetan, daß es in dessen Schädel bereits zu arbeiten begann. Er reichte ihm mit eigener Hand drei von den kandierten Pflaumen; er kannte die Vorliebe seines Sekretärs für Süßigkeiten. Und Doktor Cajetanus bedankte sich tief für das Geschenk, das zugleich eine Auszeichnung bedeutete.

*

Als gegen Abend die feiertäglich geputzten Leute aus dem sonnigen Herbsttage wieder dem Steintore zu wollten, es war kaum mehr eine Stunde vor Torschluß, da sammelten sie sich im Vorübergehen noch für eine Weile auf den Stufen des Sankt Sebastianfriedhofes. Dicht bei dem Kapellchen, inmitten, standen Geistliche in goldgesticktem Ornat, eine Reihe Kuttenmänner und etliche ansehnliche Bürger bei anderen ärmeren um das Grab. Die Weihrauchwolken kräuselten sich in der Luft, und die Gesänge und Gebete schwebten feierlich herüber. Langsam wurden die Leute auf den Stufen von denen, die hinzutraten, tiefer in den Kirchhof hineingedrängt. Man hörte immer wieder seinen Namen flüstern: das C, S und J.

Dann kam Bewegung unter die Kleriker und Bürger am Grabe. Die drei Geistlichen in den goldgestickten Ornaten lösten sich aus dem Häuflein Menschen, ihnen folgten die Ministranten, und die in den Kutten schlossen sich paarweise an. Die Stiege und Friedhofspforte mußte freigegeben werden.

So strömte der aufgestaute Spaziergängerschwarm zurück und setzte seinen Weg zum Tore fort.

Auf dem Sebastiansfriedhofe waren bei dem Totengräber nur noch der Maler Lienhard und Klaus

400

Frachmair geblieben. Klaus schaufelte mit dem Totengräber das Grab zu. Lienhard saß auf der Stufe
des Kapellchens, und als aus dem Grabe der kleine
Hügel wachsen wollte, holte er einen jungen Sam-
bucus, den er am Nachmittage in seinem Garten
ausgegraben und hinter der Friedhofskapelle geborgen hatte.

Sie pflanzten das Bäumchen zu Häupten des Paracelsus.

ECCE INGENIUM
TEUTONICUM

*

Inhaltsverzeichnis